달리는
기차 위에
중립은
없다

달리는
기차 위에
중립은
없다

You can't be Neutral
on a Moving Train

하워드 진의 자전적 역사 에세이

하워드 진
HOWARD ZINN

유강은 옮김

이후

- 일러두기

1. 인명이나 지명, 그리고 작품 명은 될 수 있는 한 '외래어 표기법'(1986년 1월 문교부 고시)
   과 이에 근거한 『편수 자료』(1987년 국어연구소 편)를 참조했다.
2. 단행본, 전집, 정기간행물에는 겹낫쇠(『 』)를, 논문이나 논설, 방송, 기고문, 단편 등에
   는 홑낫쇠(「 」)를, 그리고 단체 명에는 꺾쇠(〈 〉)를 사용했다.
3. 이 책의 모든 각주와 〔 〕 안에 삽입한 내용은 옮긴이가 작성한 것이다.

감사의 말

꼼꼼히 편집해 주었을 뿐만 아니라 책을 준비하고
집필하는 전 과정에서 과분한 지지를 보내 준
〈비컨프레스〉의 편집장 앤디 라이시나에게
감사를 표하고 싶다. 〈비컨프레스〉의 이사
웬디 스트로스먼은 현명한 충고를 아끼지 않았다.
크리스 코천스키는 단순한 편집자 이상의 몫을
해 주었다. 그녀는 찬찬한 제안을 통해 놀라운
문학적 감수성을 보여 주었다. 이번에도 변함없이
저작권 대리인을 맡아 준 릭 볼킨은 수년에 걸쳐
나의 작업을 자극해 주었으며, 따라서 어떠한
고난이 따르더라도 전적으로 책임을 함께한다.
마지막으로 언제나 나의 첫 독자이자 마지막
독자인 로즐린 진에게 감사를 보낸다.

차례

머리말

청중과의 대화

미시건 주의 캘러머 주에 연사로 초대받아 갔던 적이 있다. 1992년 대통령 선거의 마지막 텔레비전 토론 방송이 있던 밤이었는데, 놀랍게도(선거의 광란에서 휴식이 필요했던 걸까?) 수백 명의 청중이 모여 있었다. 그때는 콜럼버스가 서반구에 상륙한 지 5백 년이 되는 해였고, 나는 '콜럼버스의 유산, 1492~1992'라는 주제로 강연을 하고 있었다.

그때부터 10년 전인 1982년, 내 책『미국 민중사』*의 첫 부분에서 나는 콜럼버스에 관해 서술하면서 독자들을 놀라게 만든 적이 있었다. 그들은 나와 마찬가지로, 콜럼버스가 세계 역

• *A people's History of the United States*, 〔국역〕『미국 민중사 1, 2』, 유강은 옮김, 이후, 2006.

사의 위대한 영웅 가운데 한 명이며 그의 상상력과 용기라는 대담한 업적은 존경해 마땅하다고 초등학교에서 배웠다(초등학교 이상의 교육을 받더라도 이런 설명은 결코 어긋나지 않는다). 나는 콜럼버스가 용맹한 뱃사람이었음은 인정했지만, 또한 이 대륙에 도착한 그를 따뜻하게 맞이한 친절한 아라와크 족을 사악하게 대했다는 사실을 (그 자신이 직접 쓴 일지와 많은 증인들의 보고에 근거하여) 지적했다. 콜럼버스는 아라와크 족을 노예로 만들고 고문하고 살해했으며 이 모두는 오로지 부를 추구하기 위한 과정이었다. 콜럼버스는 서구 문명의 가장 못된 가치들 ─ 탐욕, 폭력, 착취, 인종차별, 정복, 위선(콜럼버스는 자신이 독실한 기독교인이라 주장했다) ─ 을 표상한다고 나는 주장했다.

『미국 민중사』의 성공은 나와 출판사 모두를 놀라게 했다. 처음 출간된 후 10년 동안 이 책은 24쇄를 거듭했고 30만 부가 팔렸으며, 미국 출판 대상 후보에 올랐고 영국과 일본에서 출간되었다. 전국 각지에서 편지가 쇄도했고, 그 가운데는 콜럼버스에 관해 쓴 첫 장에 대한 흥분된 반응이 압도적이었다.

알려지지 않은 이야기를 해 준 데 대해 내게 감사를 표하는 편지가 대부분이었다. 몇몇은 불신의 눈초리나 분노를 담고 있었다. 선생님한테 내 책을 과제물로 제시받은 오리건의 한 고등학생은 편지에 이렇게 썼다. "선생님은 콜럼버스가 직접 쓴 일지에서 이 정보의 많은 부분을 얻었다고 말했습니다. 저로서는 그런 일지가 과연 있는지, 만약 그렇다면 왜 그게 우리 역사의 일부분이 아닌지 궁금합니다. 당신이 말한 것 가운데 어느 것 하나 왜 제가 보는 역사책에는 없는 겁니까?" 자기 딸이 학교에서 가져온 『미국 민중사』를 들여다본 캘리포니아의 한 어머니는 격분한 나머지, 내 책을 갖고 수업을 진행한 교사를 조사해 달라고 교육위원회에 요구하기도 했다.

문제(그렇다, 나는 문제를 야기했다)가 콜럼버스에 대한 나의 불경함만이 아니라 미국 역사에 대한 나의 접근법 전체임이 분명해졌다. 『미국 민중사』를 통해 나는, 한 서평자가 말한 것처럼 "관점의 역전, 영웅과 악당의 자리바꿈"을 주장했다. 건국의 아버지들은 새로운 국가의 재주 많은 창건자(그들은 분명 그러했다)인 동시에, 또한 하층계급의 반란이나 (제임스 매디슨의 표현을 빌면) "평등한 재산 분배"를 두려워한 부유한 백인 노예주이자 상인, 채권 소유자들이었다. 우리의 영웅적 군인들— 앤드루 잭슨, 시어도어 루스벨트—은 인종차별주의자이자 인디언 학살자, 전쟁광, 제국주의자였다. 우리의 자유주의자 대통령 대부분—제퍼슨, 링컨, 윌슨, 루스벨트, 케네디—은 비非 백인의 권리보다는 정치권력과 국가 확장에 더 많은 관심을 쏟았다.

반면, 내가 열거한 영웅들은 셰이스 반란*의 농민들, 자신의 형제자매들에게 자유를 주기 위해 법을 위반한 흑인 노예제 폐지론자들, 제1차 세계대전에 반대하여 감옥에 갇힌 사람들, 경찰과 민병대에 도전하며 강력한 기업에 맞서 파업을 벌인 노동자들, 베트남전에 맞서 용감하게 반대의 목소리를 낸 참전 군인들, 삶의 모든 측면에서 평등을 요구한 여성들이었다.

역사학자나 역사를 가르치는 교사들 가운데는 내 책을 환영하는 이들이 있었다. 하지만 많은 사람들은 분노를 금치 못했다. 그들이 보기에 나는 명백히 질서를 벗어나 있었다. 만약 형사상의 처벌 조항이 있었다면, 아마 나는 '살상 무기(책)를 통한 폭력 행위'나 '풍기 문란(회원제 클럽에서의 꼴사나운 소동) 행위,' '역사 편찬 전통의 성스러운 영토에 대한 무단 침입' 등으로 기소되었을지도 모른다.

어떤 사람들에게는 내 책만이 아니라 내 삶 전체가 질서를 벗어난 것으로 보였다 — 이 사회에서 벌어지고 있는 많은 일들에 대한 내 비판에는 비애국적이고 전복적이며 위험한 무언가

• Shays' Rebellion. 미국 독립혁명 후 밀어닥친 경제 불황으로 극도의 생활고에 시달린 매사추세츠 주 스프링필드의 농민들은 혁명의 영웅 D. 셰이스를 지도자로 하여 1786년 8월에 반란을 일으켜 재판소 등 공공 기관을 습격하였다. 반란은 이듬해 2월까지 계속되었으나 정부에서 편성한 특별군에 의해 진압되었다. 이 반란으로 재산권에 위협을 느낀 보수적인 부유층은 중앙정부의 권한을 강화할 필요성을 통감하여 강력한 중앙집권적인 새로운 연방 헌법의 제정을 추진하였다.

가 있었다. 나는 1991년 걸프전 와중에 매사추세츠의 한 고등
학교 강당에서, 학생 대부분이 부유한 집안의 아이들이고 들
리는 말로는 "95퍼센트가 전쟁에 찬성한다"는 한 사립학교에
서 강연을 했다. 허심탄회하게 이야기를 풀어 갔는데 놀랍게
도 한 차례 큰 박수를 받기까지 했다. 그러나 강연이 끝나고 몇
몇 학생들과 교실에서 만난 자리에서는 토론 내내 노골적으로
적개심을 보이며 나를 노려보던 한 소녀가 갑자기 분노로 가득
찬 큰소리로 말했다. "그런데 선생님은 왜 이 나라에 살고 계신
가요?"

가슴이 뾰족한 것에 찔린 듯 아팠다. 직접적으로 말을 하든
안 하든 그것이 사람들이 흔히 갖는 의문임을 나는 알고 있었
다. 그것은 누군가 대외 정책을 비판하거나 병역을 기피하거나
국기에 대한 맹세를 거부할 때면 거듭해서 등장하곤 하는 애국
심의 문제, 조국에 대한 충성의 문제였다.

나는 내가 사랑하는 건 조국, 국민이지 어쩌다 권력을 잡게
된 정부가 아니라고 설명하려 애썼다. 민주주의를 신봉한다는
것은 「독립선언서」의 원칙들─정부는 인위적인 창조물로서
모든 사람이 삶과 자유, 행복을 추구할 수 있는 동등한 권리를
보장하기 위해서 존재한다. 나는 '모든 사람'에 전 세계의 남성
과 여성, 어린이가 포함되는 것으로 해석했다. 그들 자신의 정

부나 우리의 정부에 의해 빼앗길 수 없는 삶의 권리를 가진 사람들 말이다— 을 신봉하는 것이다.

어떤 정부가 이런 민주주의의 원칙을 저버린다면 그 정부는 비애국적이다. 그렇다면 민주주의에 대한 사랑은 당신으로 하여금 당신의 정부에 반대할 것을 요구한다. '질서에서 벗어날' 필요가 있게 되는 것이다.

『미국 민중사』의 출간으로 전국 각지에서 강연 요청이 쇄도했다. 그래서 나는 1992년의 그날 저녁에 캘러머 주에 갔던 것이고, 콜럼버스에 관한 진실을 이야기하는 게 왜 오늘날 우리에게 중요한지를 말했다. 나는 사실 콜럼버스 개인에 대해서가 아니라 그와 미국 원주민들의 상호작용이 제기한 문제들에 관심이 있었다. 오늘날 사람들이 역사를 극복하고 평등하고 존엄하게 함께 사는 게 가능한가 하는 문제 말이다.

강연 막바지에 누군가, 똑같지는 않지만 전에도 여러 차례 받았던 질문을 던졌다. "지금 세계에서 벌어지고 있는 우울한 뉴스들을 생각한다면, 선생님은 놀라울 만치 낙관적으로 보입니다. 무엇이 선생님한테 희망을 주는 겁니까?"

답변을 하려 했다. 나는 세계의 현 상황에 낙담하는 건 이해할 수 있다고 말했지만, 질문을 던진 이는 내 심중을 정확히 포착했다. 그와 다른 참석자들이 보기에 나는 폭력적이고 불의

달리는 기차 위에 중립은 없다

로 가득 찬 세계를 엉뚱하게도 유쾌하게 바라보고 있었다. 하지만 흔히 낭만적인 이상주의나 안이한 낙관적 사고라고 경멸받는 태도는, 적어도 내가 보기에, 그러한 희망을 실현시키고 이상들에 생기를 불어넣을 수 있는 행동을 자극한다면 정당화될 수 있다.

그러한 행동을 실천하려는 의지는 어떤 확실성에 기반해 생겨난 것이 아니다. 인류가 저지른 잔인한 행위들을 나열한 기존의 시각이 아니라 새로운 방식으로 역사를 들여다봄으로써 나타날 가능성에 기반해 생겨난다. 그러한 독해를 통해 우리는 전쟁과 더불어 전쟁에 대한 저항을, 불의와 더불어 불의에 맞선 반란을, 이기심과 더불어 자기희생을, 폭정 앞에서의 침묵과 더불어 도전을, 무정함과 더불어 연민을 발견할 수 있다.

인간은 폭넓은 스펙트럼의 특질을 보여 주지만, 보통 이 중 최악의 것만 강조되며 그 결과 너무나도 자주 우리는 낙담하고 용기를 잃게 된다. 그러나 역사를 돌아보건대, 용기는 결코 꺾이지 않는다. 역사는 거대한 적과 맞서 자유와 정의를 위해 함께 싸워 승리한 사람들의 얼굴로 가득 차 있다―물론 충분히 많은 승리를 거두지는 못했지만 훨씬 더 많은 가능성이 있다는 것을 보여 주기에는 충분하다.

정의를 위한 이러한 싸움에 없어서는 안 될 요소가 바로 인

간이다. 잠시라도, 두려움에 사로잡혀 있는 순간에도 남들과
는 달리 아무리 작은 일이지만 무언가를 행하는 인간이다. 또
영웅적인 것과는 거리가 먼 아주 작은 행위라도 불쏘시개 더미
에 더해지면 어떤 놀라운 상황에 의해 점화되어 폭풍 같은 변
화를 가져올 수 있다.

개개인의 사람은 필수적인 요소이며, 내 삶은 그 존재 자체
만으로 내게 희망을 준 평범하거나 비범한 사람들로 가득 차
있다. 실제로, 선거 결과를 넘어서 세계를 우려의 눈으로 바라
보고 있던 캘러머주의 바로 그 청중들은 이 힘든 세상에서 변
화의 가능성을 보여 주는 생생한 증거였다.

마지막 질문자에게 그렇게 말하지는 않았지만, 그날 저녁 바
로 그 도시에서 이미 그와 같은 사람들을 만났다. 강연 전 만
찬 자리에서 나는 미식축구 전방 수비수 같은 몸집의 대학 교
구 신부와 자리를 함께 했다. 신부에게 나는 내가 좋아하는 사
람에게 흔히 하곤 하는 질문을 던졌다. "신부님은 지금과 같은
독특한 생각을 어떻게 갖게 됐습니까?"

신부의 답변은 단 한마디였는데 많은 사람들에게 들은 것과
꼭 같았다. "베트남이지요." 삶을 탐구하는 질문들에는 언제
나 한마디의 답변이 있는 듯하다. 아우슈비츠… 헝가리… 애티
카,* 베트남. 신부는 그곳에서 군종신부로 일했다. 신부의 직속

상관은 조지 패튼 3세 대령이었다. 자기 아버지**의 충실한 아들이었던 패튼은 자기 병사들을 '빌어먹을 훌륭한 살인자들 darn good killers'이라 부르길 좋아했다. '제기랄damn'이란 말에는 주저했지만*** '살인자'는 거리낌 없이 내뱉었다. 패튼은 신부에게 전투 지역에서는 권총을 휴대하라고 명령했다. 신부는 명령을 따르지 않았고 패튼이 윽박질러 댔지만 계속해서 거부했다. 신부가 베트남에서 빠져나온 것은 단지 베트남전 때문만이 아니라 모든 전쟁에 반대해서였다. 이제 신부는 암살대****와 가난에 맞서 싸우는 사람들을 돕기 위해 엘살바도르를 왕래하고 있다.

만찬에서는 또 미시건 주립 대학에서 사회학을 가르치는 젊은 교수도 만났다. 오하이오의 노동계급 가정에서 자란 그 교수도 베트남전에 반대했다. 이제 그는 범죄학을 가르치고 있었

• 1971년 9월 뉴욕 주 애티카 감옥에서 수감자들이 부당한 처우에 항의해 폭동을 일으켰다. 간수들을 인질로 하여 교도소 운동장을 장악한 수감자들은 닷새 동안 인종차별이 없는 해방구를 형성했으나 군대의 공격으로 진압되었다. 진압 후 교도소 당국은 죄수들이 인질로 잡혔던 간수들의 목을 잘랐다고 발표했으나 검증 결과 군의 총격으로 사망했음이 밝혀졌다. 2000년 1월 연방 법원은 뉴욕 주에 군의 과잉 진압으로 정신적·물질적 피해를 본 1,281명의 수감자에게 8백만 달러의 손해배상금을 지불하라고 판결했다.

•• 조지 패튼 2세는 제2차 세계대전 당시 롬멜이 이끄는 독일군의 주력 기갑 부대를 궤멸시킨 장군으로 전쟁 영웅이자 호전적인 성격으로 유명하다.

••• 'darn'은 'damn'의 완곡 표현이다.

•••• death squads. 중남미의 군사독재 정권들이 좌파와 노동자, 농민의 저항을 탄압하기 위해 양성한 비밀 부대로 저항 세력을 납치, 암살하는 데 앞장섰다.

는데 단순 절도나 강도가 아니라 중대한 범죄*에 관해, 개인들이 아니라 사회 전체를 희생자로 만드는 정부 관료와 기업 중역들에 관해 연구하고 있었다.

아무리 작은 집단이라도 그곳에 많은 역사가 존재한다는 사실은 주목할 만하다. 우리 테이블에는 최근 대학을 졸업한 젊은 여성도 있었는데, 중미의 시골 마을 사람들에게 도움을 주고자 간호학교에 막 입학한 이였다. 그녀가 부러웠다. 사회에 대한 기여가 너무 간접적이고 불확실한, 글을 쓰거나 가르치고, 법을 업으로 삼고, 설교하는 많은 사람들 가운데 한 명이었던 나는 직접적인 도움을 주는 이들―목수, 간호사, 농민, 통학 버스 운전자, 어머니―에 관해 생각했다. 자기 손으로 무엇이든 쓸모 있는 일을 하고 싶다는, 빗자루 하나라도 만들고 싶다는 평생의 바람에 관한 시를 쓴 칠레의 시인 파블로 네루다를 나는 떠올렸다.

캘러머 주의 마지막 질문자에게 이 가운데 어느 것도 말하지는 않았다. 사실 그에게 진정한 답을 주려면, 우리가 알고 있는 세계에도 불구하고 왜 내가 그토록 신기하게도 희망에 차 있는지에 관해 더 많은 말을 해야만 했을 것이다. 내 삶을 한참

• high crime. 대통령이나 기타 선출직 국가 공무원의 탄핵 이유가 되는 부정不正 범죄.

거슬러 올라가야 했을 것이다.

열여덟 살에 조선소에 취직, 추울 때나 더울 때나 귀를 멍멍하게 울리는 소음과 유독성 연기에 휩싸인 채 제2차 세계대전 초기에 쓰인 전함과 상륙선을 건조하는 도크에서 3년 동안 일했던 시절에 관해 말해야 할 것이다.

스물한 살에 육군 항공대에 입대, 폭격수로 훈련받고 유럽에서 전투 임무를 수행하고 후에 전쟁에서 한 일에 대해 나 스스로 괴로운 질문을 던졌던 일에 관해 말해야 할 것이다.

결혼을 하고 아버지가 되고 제대군인 원호법G. I. Bill 아래 대학에 입학하는 한편, 나는 창고에서 트럭에 짐을 부리는 일을 하고 아내도 일을 하며 두 아이는 자선 어린이집에 맡긴 일, 우리 가족이 살았던 맨해튼 로워 이스트사이드*의 저소득층 주택 단지에 관해서도.

또 컬럼비아 대학에서 박사 학위를 받고 처음으로 실질적인 교수직(몇 차례 이름뿐인 교수직을 거치긴 했다)을 얻어 남부 지방 끝의 흑인 사회에서 살고 가르치며 7년을 보낸 일에 관해. 어느 날 캠퍼스를 둘러싼 상징적이고 실제적인 석벽石壁을 기어오르기로 결단하여 민권운동 초창기에 역사를 만들어 낸 스펠먼

---

* Lower East Side. 뉴욕 맨해튼 섬의 동부 지역으로, 과거에 빈민가였다.

대학의 학생들에 관해.

그리고 애틀랜타와 조지아 주 올버니, 앨라배마 주 셀마, 미시시피 주 해티스버그와 잭슨, 그린우드에서 벌어진 민권운동에서 내가 겪은 경험들에 관해.

또 보스턴에서 가르치기 위해 북부로 옮기고, 베트남전에 반대하는 저항 운동에 결합하여 대여섯 차례 체포된 일('어슬렁거리고 빈둥거림', '무질서한 행위', '물러서지 않음' 등 공식적인 기소 내용은 항상 흥미로웠다)에 관해 말해야 할 것이다. 또 일본과 북베트남을 방문해서 수백 차례의 모임과 집회에서 발언한 일과 법을 무시하고 한 가톨릭 사제를 지하에 숨겨 준 일 등에 관해.

1970년대와 1980년대에 증언을 위해 출두한 십여 차례의 법정 장면들을 다시 떠올려야 할 것이다. 또 단기 죄수든 무기 징역수든 내가 알고 있는 죄수들에 관해, 어떻게 그들이 투옥에 관한 내 시각에 영향을 미쳤는지에 관해 이야기해야 할 것이다.

교수가 되었을 때 나는 도저히 내 경험을 교실 바깥에만 놔둘 수 없었다. 가끔씩 나는 왜 그토록 많은 선생들이 1년을 학생들과 보내면서도 자신이 누구인지, 어떤 종류의 삶을 살아왔는지, 자신의 사고가 어디에서 연유하는지, 무엇을 신봉하는지, 또 자신 스스로나 학생, 세계를 위해 무엇을 원하는지를 결코 밝히지 않는지 궁금해했다.

그렇게 감춘다는 사실 자체가 무언가 끔찍한 것—문학, 역사, 철학, 정치학, 예술 등의 연구를 자기 자신의 삶과 옳고 그름에 대한 가슴 깊숙한 곳으로부터의 확신과 분리할 수 있다는 사실—을 가르치는 것은 아닐까?

나는 학생들을 가르치면서 한 번도 내 정치적 견해—전쟁과 군사주의에 대한 혐오, 인종 불평등에 대한 분노, 민주적인 사회주의와 전 세계 부富의 합리적이고 공정한 분배에 대한 신념—를 숨기지 않았다. 나는 강대국이 약소국에 대해서든, 정부가 시민에 대해서든, 고용주가 피고용인에 대해서든, 또 우파든 좌파든 자신이 진리를 독점하고 있다고 생각하는 이들이 행하는 모든 종류의 협박에 대해서도 증오하고 있음을 분명히 밝혔다.

이처럼 실천과 강의를 뒤섞고, 교육은 우리 시대의 중요한 쟁점들에 관해 중립적일 수 없다고 주장하고, 자기 학생들도 함께하기를 바라는 교사들이 학교 밖에서 벌이는 투쟁 현장과 강의실을 왔다 갔다 함으로써 나는 언제나 전통적인 교육의 수호자들을 섬뜩하게 만들었다. 그들은 교육이라 함은 단지 새로운 세대로 하여금 낡은 질서에서 적당한 자리를 찾도록 준비시키는 과정일 뿐, 그 질서에 문제를 제기하는 건 아니라고 생각한다.

나는 매학기 첫 강의마다 내 학생들에게 그들이 나의 관점을 듣게 될 것이라고, 하지만 다른 이들의 관점도 공정하게 다루도록 애쓰겠다고 분명히 말했다. 나는 학생들에게 나와 의견을 달리 하라고 격려해 주었다.

나는 가능하지도 바람직하지도 않은 객관성을 가장하지 않았다. 학생들에게 "달리는 기차 위에 중립은 없다"고 말하곤 했다. 몇몇은 이 은유에 당혹감을 감추지 못했는데, 어떤 학생들은 이를 문자 그대로 받아들여 그 의미를 자세히 분석해 보기까지 했다. 대부분의 학생들은 내가 말하고자 하는 바를 바로 알아챘다. 이미 사태가 치명적인 어떤 방향으로 움직이고 있고, 여기서 중립적이라 함은 그 방향을 받아들이는 것을 의미한다는 사실을.

내가 하얀 석판, 즉 때 묻지 않은 지성에 내 견해를 강요한다고는 한번도 생각하지 않았다. 학생들은 내 수업에 들어오기 전 오랜 시간 동안—가정에서, 고등학교에서, 매스미디어에서—정치적 이념을 주입받아 왔기 때문이다. 나는 단지 너무도 오랫동안 정통 교리에 지배되어 온 시장터에서 내 작은 손수레를 끌고 다니면서 다른 이들의 물건과 나란히 내 물건을 보여 주고 학생들이 스스로 선택하게 되기를 바랐다.

여러 해에 걸쳐 내 수업을 들은 수천 명의 젊은이들은 내게 미래에 대한 희망을 주었다. 1970년대와 1980년대 내내 대학 밖의 사람들은 누구나, 요즘 세대 학생들이 얼마나 '무식'하고 '수동적'인지에 관해 불평하는 듯 보였다. 그러나 학생들의 말에 귀 기울이고 그들이 펴내는 잡지와 신문, 그리고 과제물로 작성한 지역사회 활동에 관한 보고서 등을 읽어 본 뒤, 나는 불의에 대한 그들의 감수성과 훌륭한 대의의 일부가 되고자 하는 열정, 세계를 바꿀 수 있는 그들의 잠재력에 깊이 감명 받았다.

1980년대의 학생운동student activism은 규모가 작았고, 참여할 만한 커다란 전국적 운동도 없었다. '성공'하고, '좋은 일자리'를 얻고, 번창하는 전문직 세계에 참여하라는 막중한 경제적 압력이 사방에서 가해지고 있었다. 그런데도 많은 젊은이들이 다른 무언가를 열망했기 때문에 나는 절망하지 않았다. 1950년대에 오만한 논평가들이 '침묵하는 세대'를 고정된 사실로 이야기했지만 1960년대가 도래하자 그런 언명이 파열되었음을 나는 상기했다.

내 심중의 응어리에는 무언가 말하기 쉽지 않은, 나의 개인적 삶이 있다. 비범한 한 여인과 더불어 삶을 살아왔고, 그녀의 아름다움과 몸과 영혼을 우리 아이들과 손자, 손녀들에게서 다시 볼 수 있다니 얼마나 운이 좋은가. 로즈(부인 로즐린의 애칭]는 사회복지사와 교사로 일하면서 나와 많은 것을 공유하고 도와주었으며 나중에는 화가와 음악가로서 자신의 재능을 활짝 펼쳤다. 로즈는 문학을 사랑하며 내가 쓰는 모든 글의 첫 번째 편집자가 되었다. 로즈와 함께 삶으로써 나는 이 세계에서 무엇이 가능한지에 관해 지각을 높일 수 있었다.

하지만 나는 우리가 거듭 맞닥뜨렸던 난처한 문제들을 잊지는 않았다. 이 문제들은 나를 에워싼 채 항상 밀려들며, 이따금씩 낙담하게 만들고 분노케 한다.

오늘날의 가난한 사람들에 관해 생각해 본다. 그들 대다수는 어마어마한 부유층 거리에서 불과 몇 구역 떨어진 유색인 빈민가에서 살고 있다. 정치 지도자들의 위선에 관해, 기만과 고의적인 누락을 통한 정보의 통제에 관해 생각해 본다. 또 세계 곳곳의 정부들이 어떻게 민족적·인종적 증오를 자극하는지에 관해서도.

나는 절대다수의 인류가 일상생활에서 당하는 폭력을 알고 있다. 이 모두는 어린이들의 이미지로 표상된다. 굶주린 어린이들. 사지가 잘린 어린이들. 공식적으로는 그저 '2차 피해'로 보고되는 어린이들에 대한 폭격.

이 글을 쓰고 있는 1993년 여름, 자포자기의 분위기는 널리 퍼져 있다. 미국과 소련 사이의 냉전의 종식은 세계 평화로 귀결되지 않았다. 소비에트 블록의 나라들은 절망과 혼란투성이다. 구舊유고슬라비아에서는 야만적인 전쟁이 계속되고 있고, 아프리카에서는 폭력이 늘어 가고 있다. 번영하는 세계 엘리트들은 가난에 시달리는 나라들의 기아와 질병을 간단히 외면하고 있다. 미국을 필두로 한 강대국들은 인류가 어떤 대가를 치르든 간에 이윤을 낼 수만 있다면 어디에든 무기를 계속해서 팔아 댄다.

이 나라의 경우, 1992년 선거에서 젊고 진보적이라 기대되던 대통령*과 더불어 나타났던 행복감은 이제 사라져 버렸다. 이 나라의 새로운 정치 지도자는 전임자들과 마찬가지로 과거로부터 단절하려는 비전과 대담함, 의치를 결여하고 있는 것처럼 보인다. 현 정치 지도부는 경제를 왜곡시키는 어마어마한 군사 예산을 그대로 유지하고 있으며, 엄청난 빈부격차를 바로잡기 위한 노력이라고는 눈곱만치도 기울이지 않는다. 그러한 노력이 없는 한, 우리 도시들은 폭력과 절망으로 흉흉해질 뿐이다.

이를 바꾸려는 전국적 운동의 조짐도 보이지 않는다.

역사적 관점을 바꿔야만 우리의 어둠을 밝힐 수 있다. 금세기에 우리가 얼마나 자주 놀랐는지 유념해 보라. 민중운동이

---

* 공화당은 부시 당시 대통령을, 민주당은 당시 46세였던 빌 클린턴을 후보로 내세웠다. 결과는 클린턴의 승리였다.

갑자기 등장하고, 폭정이 뜻밖에 몰락하고, 꺼져 버렸다고 생각했던 불씨가 돌연 되살아나기도 하지 않았는가. 우리가 놀라는 까닭은 끓어오르는 조용한 분노나 최초로 들려오는 희미한 항의의 소리, 우리가 절망하는 와중에도 변화의 자극을 예시하는 곳곳에 산재한 저항의 조짐을 알아채지 못하기 때문이다. 고립된 행동들이 결합되기 시작하고 개별적인 일격이 조직된 행동을 뒤섞이며, 흔히 상황이 가장 가망 없어 보이는 어느날 하나의 운동이 장막을 찢고 폭발한다.

우리가 놀라는 까닭은 현재의 표면 아래에는 언제나 변화를 가져오는 인간적 재료—억압된 분노, 상식, 공동체의 필요성, 아이들에 대한 사랑, 다른 이들과 조화를 이루어 행동할 적절한 순간을 기다리는 인내심—가 있음을 보지 못하기 때문이다. 이런 것들이 운동이 역사에 등장할 때 표면으로 튀어 오르는 요소들이다.

사람들은 경험이 풍부하다. 그들은 변화를 바라지만 무력하고 고독하다고 느끼며, 다른 것들보다 웃자란 잔디 잎사귀가 되어 잘려 나가길 원치 않는다. 다른 누군가가 첫 번째나 두 번째로 움직여 신호를 보내길 기다리는 것이다. 그리고 역사의 어떤 시기에서는, 대담한 사람들이 나타나 위험을 무릅쓰고 첫 번째로 움직이고 다른 이들이 그들이 잘려 나가지 않도록 신속하게 뒤따르게 된다. 이것을 이해한다면 우리가 그러한 첫 번째 움직임을 만들 수도 있다.

이는 터무니없는 공상이 아니다. 이것이야말로 과거에, 심지어 아주 가까운 과거에도 거듭해서 이루어진 변화의 방식이다. 매일매일 우리에게 쏟아지는 사진과 이야기들의 홍수에, 현재에 너무 압도당한 나머지 우리가 희망을 잃는 것도 놀라운 일은 아니다.

여러 면에서 너무나도 운이 좋아서 나로서는 희망을 느끼는 게 더 쉬운지도 모르겠다.

우선 나는 운 좋게도 어린 시절의 환경에서 빠져나올 수 있었다. 이민 온 공장 노동자로 만난 아버지와 어머니는 평생 열심히 일했지만 결코 가난에서 벗어나지 못했던 것으로 기억한다(교만하고 부유한 이들의 목소리─우리는 훌륭한 체제를 갖고 있으니, 열심히만 일하면 성공할 수 있다─를 들을 때면 나는 언제나 분노를 느낀다. 우리 부모님은 얼마나 열심히 일했던가. 찬물만 나오는 브루클린의 빈민가 아파트에서 네 아들의 목숨을 부지하기 위해 얼마나 용감하게 사셨던가).

신통치 않은 일자리만 전전하다 내가 사랑하는 일을 찾았으니 나는 운이 좋았다. 운 좋게도 가는 곳마다 비범한 사람들을 만났고 좋은 친구들을 여럿 사귀었다.

또 항공대에서 제일 친했던 친구들—열아홉 살에 죽은 조 페리와 스물여섯 살에 죽은 에드 플랫킨—은 전쟁이 끝나기 몇 주 전에 죽었지만 나는 운 좋게도 살아남았다. 그들은 미주리 주 제퍼슨 부대에서 기초 훈련을 받을 때부터 단짝이었다. 우리는 한여름의 열기 속에 함께 행군했다. 함께 주말 외출도 나가곤 했다. 버몬트에서 파이퍼 컵기* 조종 훈련을 받았고, 자대 배치를 기다리면서는 캘리포니아 주 샌터애너에서 야구를 하기도 했다. 그 후 조와 나는 폭격수가 되어 각각 이탈리아와 영국으로, 에드는 항법사가 되어 태평양으로 떠났다. 조와는 서로 편지를 주고받을 수 있었는데, 나는 B-17 조종사가 B-24기를 모는 이들을 조롱하는 것처럼 그를 놀리곤 했다—우리는 그들을 '추락기 B-24'** 라고 불렀다.

유럽에서 전쟁이 끝나던 밤에 우리 승무조는 잉글랜드 동부의 중심 도시인 노리치로 가고 있었는데, 모두 거리로 몰려 나와 흥에 겨워 날뛰고 있었고 시가지는 6년 동안 꺼져 있던 불빛들로 불타오르고 있었다. 맥주가 넘쳐흐르고 생선과 음식 조각이 신문지에 싸여 모든 사람에게 전해지고 사람들은 춤추

- Piper Cub. 제2차 세계대전 당시 미군의 훈련용 경비행기.
- 원문의 'B-Dash-Two-Crash-Four'는 'B-Dash-Twenty-Four(B-24)'의 발음과 비슷하게 만들어 낸 말이다. B-17은 B-24에 비해 폭탄 탑재 능력은 다소 떨어지는 편이나 높은 고도에서의 비행 능력과 방어 화력이 우수하여 상대적으로 생존율이 높았다.

고 소리 지르며 서로를 끌어안았다.

그 며칠 후, 얼마 전 조 페리에게 보낸 편지가 되돌아왔다. 겉봉에는 연필로 '사망'이라고 씌어 있었다―한 친구의 삶을 몰아내기에는 너무 급하게 쓴 필체였다.

내 승무조는 전투의 상처로 얼룩진 낡은 B-17기를 몰아 태평양에서 폭격 준비를 하기 위해 대서양을 가로질러 날아갔다. 그러고는 히로시마에 원자탄이 떨어졌다는 소식을 들었고 감사해마지 않았다―전쟁이 끝난 것이다(어느 날 히로시마를 방문해서 원폭에서 살아남은 눈이 멀고 불구가 된 사람들을 만나리라고는, 원폭과 다른 모든 것에 대해 다시 생각하리라고는 상상도 하지 못했다).

전쟁은 끝났고, 뉴욕으로 돌아와 나는 에드 플랏킨의 부인을 찾아갔다―에드는 해외로 떠나기 전날 밤 포트딕스 기지에서 몰래 빠져나와 그녀와 마지막 밤을 보냈다. 그녀는 에드가 전쟁이 끝나기 직전에 태평양에서 추락해 죽었다고, 그리고 에드가 무단 외출을 한 그 밤에 아이를 가졌다고 말했다. 몇 년이 지난 후 내가 보스턴에서 수업을 끝마치려 할 때 누군가 내게 다가와 메모를 건넸다. "에드 플랏킨의 딸이 당신을 만나고 싶어합니다"라고 적혀 있었다. 우리는 만났고 나는 그 아이가 알지 못하는, 내가 그녀의 아버지에 관해 기억하는 모든 걸 말해 주었다.

　결국 나는 살면서 거의 50여 년 동안—감히 받을 자격은 없지만 운 좋게도—선물을 받았다고 생각한다. 나는 언제나 이것을 잊지 않았다. 전쟁이 끝나고 몇 년 동안 나는 똑같은 꿈을 계속 꿨다. 두 남자가 거리에서 내 앞을 걸어간다. 어느 순간 그들이 돌아서면, 조와 에드였다.

　나는 너무 운이 좋았고 그들은 아니었기 때문에, 무언가 그들에게 빚지고 있다는 사고가 내 마음 깊숙이 자리 잡고 있다고 나는 생각한다. 물론 나는 어느 정도 인생을 즐기고 싶다. 몇몇 순교자를 알고 있고 존경하긴 하지만, 내가 순교자가 될 생각은 없다. 하지만 나는 조와 에드에게, 내가 받은 선물을 헛되이 낭비하지 않아야 하고 내게 주어진 시간을 잘 사용해야 한다는 빚을 지고 있다. 이것은 나 자신을 위한 것이 아니다. 우리 셋 모두가 생각했던 세계, 그들의 삶을 앗아 간 전쟁이 약속해 주리라던 바로 그 새로운 세계를 위한 것이다.

　결국 내겐 절망할 권리가 없다. 나는 희망을 고집한다.

　이건 물론 느낌일 뿐이다. 하지만 비합리적인 것은 아니다. 사람들은 느낌을 존중하지만 그럼에도 이유를 원한다. 계속 나아가야 할 이유, 굴복하지 말아야 할 이유, 개인적 사치나 절망으로 물러서면 안 되는 이유를. 사람들은 내가 말한 인간 행동에서 그러한 가능성의 증거를 보고 싶어 한다. 나는 이유들이 존재한다고 주장해 왔다. 나는 증거가 있다고 믿는다. 하지만 캘러머 주에서 그날 밤 질문자에게 말해 주기에는 너무나도 많았다. 책 한 권은 거뜬히 될 것이다.

그래서, 나는 이 책을 쓰기로 결심했다.

1부
남부와 운동

이 젊은 여성들에게 대학 교육은
사느냐 죽느냐의 문제였다.

남부로 가다

  '민권운동'이 한창일 때, 조지아 주 애틀랜타에 있는 스펠먼 대학의 흑인 사회에서 7년 동안 가르치고 생활하면서 나는 보다 큰 행동을 위한 길을 닦기 위해 작은 행동들이 얼마나 중요한지를 알게 되었다.

  1956년 당시에 좋은 일을 하겠다는 충동에서 '흑인 대학'을 찾은 건 아니었다. 나는 단지 일자리를 찾고 있었다.

  그전에 3년 동안은 뉴욕 대학과 컬럼비아 대학을 다니면서 오후 4시부터 자정까지 창고에서 트럭에 짐 부리는 일을 했다 (제대군인 원호법 덕분에 나는 수업료를 한 푼도 내지 않았다 — 이는 정부가 최소한의 관료 조직으로 엄청난 인적 혜택을 주는 대규모 프로그램을 운영할 수 있음을 보여 주는 좋은 사례이다). 어느 날 나는

80파운드[약 36킬로그램]짜리 박스를 너무 많이 들다가 허리를 다쳐 '시간제' 강의를 시작했고, 얼마 지나지 않아 시간강사는 전임보다 일은 더 많이 하면서도 보수는 적게 받는다는 사실을 알게 됐다. 나는 스웨덴 루터파에 속하면서 아주 경직된 학교로 이름이 난 뉴저지의 웁살라 대학에서 네 개의 주간 강좌를 맡았고, 이상할 만큼 혼란스러운 브루클린 대학에서 두 개의 야간 강좌를 맡았다. 때문에 나는 당시 우리 가족이 살고 있던 맨해튼 남부의 '저소득층 주택 단지'에서 며칠은 서쪽으로 한 시간 거리의 뉴저지로 가고, 다른 날은 역시 동쪽으로 한 시간 거리인 브루클린으로 다니면서 여섯 개의 강좌를 가르쳤다. 그렇게 해서 1년에 총 3천 달러를 벌었다.

로즈는 우리 모두를 부양하는 데 보탬이 되고자 비서 일을 했다. 문학잡지 편집장도 하고 영문학 우등 메달도 받았지만, 똑똑하기 그지없는 여자애들한테 주위에서 흔히 기대하듯이, 로즈는 고등학교에서 타자와 속기를 배웠다(아이들이 다 자라고 나서야 대학에 갈 기회가 생겼고, '특별한 학생들', 즉 수업을 따라가지 못한 거친 아이들에게 영어를 가르쳤으며, 사회복지사가 되어 흑인 고등학교에서 중퇴생들을 가르치고, 나중에는 보스턴의 이탈리아계와 아일랜드계 지역에서 빈민 노인들을 도왔다. 로즈는 스스로 말했듯이 삶이 자신에게 준 것을 되돌려 주고자 했다).

아이들은 이따금 학교를 방문하는 선량한 부유층 여성들 ―
그들은 한결같이 큰 키에 엘리노어 루스벨트 같은 생김새였
다―이 후원하는 저소득층 대상 어린이집에 다녔다. 각자의
목적지로 도망치듯 출근할 때마다, 달랠 길 없이 울어 대는 두
살짜리 아이를 어린이집에 보내던 첫 날의 상처를 우리는 되
풀이해서 겪곤 했다. 아들 제프를 데리러 간 어느 날 오후, 내
가 오는 걸 본 아이는 교문을 향해 제 힘껏 달려오다 교문 빗장
사이에 머리가 끼어 버렸다. 소방관이 오고 지렛대를 쓰고서도
10분이 지나서야 아이를 구할 수 있었다.

컬럼비아 대학에서 역사학 박사 학위 논문을 막 끝내 갈 무
렵, 대학의 취업 관리실로부터 뉴욕을 방문한 스펠먼 대학 총
장과 인터뷰해 보라는 연락을 받았다. '흑인 대학'이라는 생각
은 머리에 떠오르지 않았다. 당시 스펠먼은 흑인 사회 바깥의
사람들에게는 전혀 알려지지 않은 곳이었다. 총장은 역사학
및 사회학과의 학과장 자리와 연봉 4천 달러를 제시했다. 나는
용기를 냈다. "저에게는 아내와 두 아이가 있습니다. 4천5백 달
러로 하면 어떻겠습니까?"

그렇다. 거긴 조그만 학과였고 비웃길 좋아하는 사람들은
그런 곳의 학과장은 마치 웨이터 두 명이 전부인 식당의 수석
웨이터 자리나 마찬가지라고 말할 게다. 하지만 내 처지에서는

대환영이었다. 나는 여전히 가난하겠지만 어느 정도의 위신은 세울 수 있게 된 셈이다.

흑인 사회에서 가르치는 일을 원했던 건 아니었지만, 그때까지 내가 흑인들을 만나 본 바로는 그런 일을 한다는 것이 전혀 꺼림칙하지 않았다. 10대에 읽었던 책들(업튼 싱클레어의 『정글』,* 존 스타인벡의 『분노의 포도』,** 리처드 라이트의 『미국의 아들』***)은 내게 인종 및 계급 억압이 서로 얽혀 있음을 가르쳐 주었다. 해군 조선소에서의 노동을 통해 나는 흑인들은 숙련 노동자들을 위한 직종별 조합에서 배제된 채 절삭공이나 리벳공 등 배 위에서 제일 험한 일을 할당받아 압축 공기로 작동되는 위험한 철제 기구를 휘둘러야 한다는 것을 알고 있었다. 항공대에서는 히틀러의 파시즘에 대항한다고 하는 전쟁에서 흑인 병사들에 대한 차별이 어떠한지를 고통스럽게 깨달았다. 우리가 사는 저소득층 주택 단지에서 우리의 친구와 이웃들은 아일랜드계, 이탈리아계, 아프리카계, 푸에르토리코계였는데, 〈세입자 위원회〉에서 함께 일도 보고 한 가지씩 음식을 만들어 와 식사 모임을 갖거나 지하실에서 춤을 즐기기도 했다.

• 채광석 옮김, 페이퍼로드, 2009.
•• 김승욱 옮김, 민음사, 2008.
••• 김영희 옮김, 창비, 2012.

1956년 8월, 로즈와 나는 두 아이와 가재도구를 10년이나 된 셰비°에 싣고 남부로 달려갔다. 비가 오는데도 무더웠던 여름밤에 우리는 애틀랜타에 도착했고, 로즈와 아이들(마일라는 아홉 살이었고, 제프는 막 일곱 살이 되었다)은 잠에서 깨어나 폰스더리온 대로의 가물거리는 젖은 불빛을 바라보았다. 우리는 집에서 천 마일(약 1,600킬로미터)이나 떨어진 다른 세계에, 뉴욕의 포장도로와는 거리가 먼 새로운 세계에 와 있었다. 이곳은 나무들이 빽빽이 들어서 있는, 목련과 인동덩굴의 향기를 풍기는 도시였다. 공기는 더 달콤하고 진하다. 사람들은 더 검거나 하얗다. 창문에 빗방울이 부딪힐 때면 사람들은 마치 어둠 속으로 미끄러지듯 움직이는 유령 같았다.

스펠먼 대학 캠퍼스는 시내에서 멀지 않았고, 붉은 벽돌 건물들이 층층나무와 목련이 가득한 달걀 모양의 정원 주위에 늘어서 있었다. 우리 가족은 이 건물들 중 하나에 임시 숙소를 제공받았고 얼마 지나지 않아 시내에 살 곳을 마련했다. 쉬운 일은 아니었다. 집주인들은 내가 어디서 일하는지 알고 싶어 했다. 스펠먼 대학에서 가르치고 있다고 말하면 대번에 분위기가 바뀌었다. 그러면 아파트는 없던 일이 됐다. 그토록 오랫동

• Chevy. 시보레Chevrolet의 애칭.

안 모든 미국인들을 사로잡아 온 적개심―그러나 당시에는 남부 주들에서 훨씬 더 가시적이었다―과 우리가 처음 직접적으로 마주친 경험이었다.

우리에게는 그저 불편한 일이었던 것들이 흑인들에게는 결코 끝이 없는 일상적인 굴욕이었고, 그 이면에는 살인에까지 이르는 폭력의 위협이 있었다. 10년 전, 그러니까 1946년에 조지아 주 베이커 군郡에서 한 보안관이 흑인 남자를 수감하고 증인들이 보는 앞에서 곤봉으로 머리를 수차례 구타한 일이 있었다. 그 남자는 죽었다. 보안관 클로드 스크루즈는 지역 배심원들에 의해 무죄 방면되었으나 그 후 옛 민권 법규 아래 연방 배심원단에 의해 유죄를 선고받고 6개월 징역형에 처해졌다. 그러나 대법원은 보안관이 죄수의 헌법상의 권리를 박탈할 의도가 있었다는 증거가 없다며 이를 다시 뒤집었다. 어느 날 나는 조지아 주 주 의회 의원 명단을 훑어보다가 클로드 스크루즈의 이름을 보았다.

당시 애틀랜타 시는 남아프리카공화국의 요하네스버그처럼 엄격한 인종 분리 정책을 실시하고 있었다. 도심인 피치트리 거리는 백인 전용이었다. 시내에서 차로 5분 거리에 있는 오번 대로(흑인 사회에서는 '아름다운 오번'으로 알려진)는 흑인 거리였다. 흑인이 시내에 가는 경우는 백인들을 위해 일하기 위해서거나,

흑인과 백인 모두 물건을 살 수는 있지만 카페테리아는 백인 전용인 리치즈 백화점에 쇼핑하러 가는 경우뿐이었다. 백인과 흑인이 나란히 길을 걸으면서 흑인이 하인이나 뭐 그런 지위임을 분명히 표시하지 않을 경우 거리의 분위기가 갑자기 싸늘해지고 위협적으로 변했다.

나는 강의를 시작했다. 스펠먼에 백인 학생은 한 명도 없었다. 다양한 피부색의 내 학생들은 제넙, 허셸, 마네스바, 애러민사 같은 멋진 이름들을 갖고 있었다. 그들은 전국 각지에서 왔지만 대부분은 남부 출신이었고 한 번도 백인 선생 밑에서 공부해 본 적이 없었다. 그들은 호기심도 많고 부끄러움도 잘 탔지만, 우리가 서로를 알게 되고 나서 부끄러움은 사라졌다. 몇몇은 흑인 중간계급—교사, 목사, 사회복지사, 소기업 경영인, 숙련 노동자—의 딸들이었다. 나머지 학생들은 가정부, 짐꾼, 비숙련공, 소작인의 딸들이었다.

이 젊은 여성들에게 대학 교육은 사느냐 죽느냐의 문제였다. 학생 중 한 명은 어느 날 내 연구실에 앉아 이렇게 말했다. "저희 어머니는 제가 잘 해내야만 한다고 말씀하세요. 저는 벌써 투 스트라이크를 먹었다는 거예요. 흑인이고 여자니까요. 스트라이크 하나면 이제 아웃인 거죠."

그래서 그녀들은 옷은 어떻게 입고 걸음걸이는 어떤 식으로 하고 차는 어떻게 따르고 등등을 엄격히 관리하는 이 대학의 분위기를 받아들였다—또는 받아들이는 것처럼 보였다. 일주일에 여섯 차례나 의무적인 채플 시간이 있었다. 학생들은 기숙사에 출입할 때마다 사인을 해야 했고 저녁 10시까지는 돌아와야 했다. 남자들과의 접촉은 일일이 감시를 받았다. 대학 당국은 성적으로 자유로운 흑인 여성들, 또는 설상가상으로 결혼도 안 하고 임신한 흑인 소녀들에 관한 이야기들을 그냥 지나치지 않았다. 신입생은 길 건너 애틀랜타 대학에 있는 도서관에 출입할 수 없었다. 거기서 모어하우스 대학의 젊은 남자들과 마주칠 수 있기 때문이다. 애틀랜타 시로 나갈 때면 면밀한 감독을 받았다.

애틀랜타의 백인 권력 구조와 흑인 대학들의 행정 당국 사이에 무언의 암묵적인 합의가 있는 것처럼 보였다. 우리 백인들은 너희 유색인들이 괜찮은 작은 대학 몇 개를 갖도록 해 주겠다. 우리들은 너희들이 흑인 사회에 이바지하도록, 교사나 사회복지사, 어쩌면 심지어 의사나 변호사가 될 수 있도록 너희 유색인 소녀들을 교육시킬 수 있다. 너희를 괴롭히진 않겠다. 너희들은 또 백인 교수를 몇 명 둘 수도 있다. 크리스마스에는 우리 백인 시민 몇몇이 유명한 스펠먼 합창단의 노래를 들으러 스펠먼 캠퍼스에 갈지도 모른다. 대신 그 보답으로 너희는 우리의 삶에 끼어들어서는 안 된다.

캠퍼스를 둘러싼 12피트[약 3.6미터] 높이의 석벽—몇 군데는 철조망이 쳐 있었다—이 이 약속을 상징하고 있었다. 우리 가족이 담장 근처에 있는 캠퍼스의 아파트로 이사하고 나서 그런 문제에 전문가가 다 된 것인 양 보였던 여덟 살짜리 아들 제프(당시 아이는 캠퍼스의 건설 인부들과 시간을 보내곤 했다)는 철조망이 침입자를 막기 위해서가 아니라 스펠먼 학생들이 밖으로 나가지 못하게 하기 위해서 비스듬하게 설치되어 있다고 귀띔해 주었다.

언젠가는 학생들이 벽을 뛰어넘고 철조망 울타리를 기어 올라가게 될 것이었지만 1956년 가을에는 그런 도전의 기미가 전혀 없었다. 한 해 전 앨라배마 주 먼고메리의 버스 보이콧은 승리로 끝났다. 그보다 한 해 전에는 대법원이 마침내 헌법 수정 조항 제14조가 공립학교에서의 인종차별을 금한다는 결론에 다다랐다. 하지만 이런 결정은 전혀 실행되지 않았다. 대법원 명령은 '매우 신중한 속도'를 조건으로 명기하고 있었는데, 여기서 핵심 단어는 '속도'가 아니었다.

얼마 지나지 않아 나는 내 학생들의 공손함과 예절 바름 속에는 일생 동안의 억압된 분노가 깃들어 있음을 알게 되었다. 한번은 그들에게 인종적인 편견을 처음 겪은 기억과 그 몸서리

쳐지는 느낌을 적어 보라고 했다.

한 학생은 십 대 시절에 버스 앞쪽 백인 여성 옆자리에 앉았던 일을 얘기해 주었다. "이 여자는 단박에 자리를 박차고 일어서더니 제 발과 다리를 밟아 뭉개면서 나지막한 목소리로 저주를 퍼부어 댔습니다. 다른 백인 승객들도 수군거리며 욕지거리를 했습니다. 나를 증오하는 듯한 눈초리로 사람들이 뚫어지게 쳐다보는 건 태어나서 처음 겪는 일이었어요. 마치 내가 유해하거나 유독한 생물이라도 되는 것처럼 직접적으로 거부당한 건 정말 처음이었지요."

조지아 주 포사이스 출신의 한 학생은 이렇게 말했다. "선생님이 저처럼 조지아 주의 소도시 출신이라고 해 봅시다. 그렇다면 선생님이 태어난 날이 바로 처음 편견과 맞닥뜨리는 때라고 말할 수 있을 겁니다. (…) 제 부모님은 병원의 하나뿐인 인큐베이터가 '백인 전용'이라는 이유만으로 갓 태어난 쌍둥이가 죽어 가는 모습을 그저 바라볼 수밖에 없었습니다."

단 한 명의 예외도 없이 모든 학생이 일찍이 그와 비슷한 경험을 지니고 있었다. 애틀랜타에 오기 오래 전에 나는 카운티 컬린의 시, 「사건Incident」을 읽은 적이 있다.

한번은 옛 도시 볼티모어를 구경 다니며

가슴 가득, 머리 가득 기쁨에 넘쳤죠

그러다 볼티모어 토박이 하나 만났는데

저를 뚫어져라 쳐다보더군요

전 여덟 살이었고 아주 작았어요

그 애 역시 더 크진 않았고요

그래 웃어 보였더니 아이가 혀를

날름 내밀고 나더러 "깜둥아" 하더군요

전 볼티모어를 샅샅이 구경했어요

5월부터 12월까지

그런데 그곳에서 일어났던 일 가운데

기억나는 건 단 하나, 그것뿐이에요

　　열아홉인가에 읽었던 이 시는 내게 둔중한 울림을 주었다. 그전까지 머리로 알고 있었던 인종 편견이 이제는 내 가슴을 찔러 왔다. 잠시나마 나는 그 여덟 살 소년이었다. 어린이에 대한 불의에 그렇게 쉽게 반응할 수 있는 건 아마 우리 모두가 굴욕을 견디지 못했던, 각자 어린 시절의 의지할 데 없는 순결함을 기억하기 때문일 테다. 자기만의 어린 시절의 경험들에 관한 학생들의 이야기는 내게 이와 똑같은 울림을 주었다.

가난하게 자라나 조선소에서 일하고 전쟁까지 겪은 내 삶의 사건들은, 재산이나 군사력, 사회적 지위를 이용해서 다른 이들을 억누르는 이 세계의 깡패들에 대한 분노를 키워 주었다. 그리고 나는 사람들이 출생의 우연으로, 단지 피부색을 이유로 열등한 존재로 대접받는 상황의 한가운데 서 있었다. 백인 교사인 내가 앞장서서 이끌어선 안 된다는 점은 알고 있었다. 그러나 나는 학생들이 바라는 어떤 일에든 개방적이었고, 강의실 바깥에서 그토록 많은 일들이 경각에 달려 있는 상황에서 선생은 교실에서 가르치는 일에만 집중해야 한다는 생각을 거부했다.

스펠먼에서 지낸 지 여섯 달째가 되던 1957년 1월, 나와 학생들은 조지아 주 의회와 작은 대결을 벌이게 되었다. 우리는 주 의회 정기 회기를 참관하기로 했다. 그저 주 의회가 어떤 식으로 일을 처리하는지 보기 위해서였다. 예상했어야 하는 일이지만, 의회에 도착해서 우리가 처음 맞닥뜨린 것은 방청석 구석의 좁은 구역에 적혀 있는 '유색인용'이라는 표지였다. 학생들은 서로 의논을 하더니 표지판을 무시하고 텅 비어 있던 가운데 자리에 앉기로 결정했다. 잠깐 동안이었지만 주 의원들이 조지아 주 강계에서의 어업권에 관한 법안을 둘러싸고 되도 않는 소리를 지껄이는 걸 듣고는 우리는 왜 방청석이 텅텅 비어 있는지 알 수 있었다.

우리 30여 명이 줄줄이 자리를 채우자 여기저기서 당황하는 걸 알 수 있었다. 어업권이고 뭐고 잊은 듯했다. 의장은 뇌졸중 발작을 일으킨 것처럼 보였다. 갑자기 마이크를 낚아채더니 소리를 질러 댔다. "야 이 검둥이 년들아, 너네 자리로 가! 조지아 주 의회가 인종 분리인 거 몰라."

의원들도 자리에서 일어서서는 우리에게 고함을 질러 댔고 그 소리는 거대한 돔형의 의사당에 기묘하게 울려 퍼졌다. 의사 진행이고 뭐고 안중에 없었다. 신속하게 경찰이 나타나더니 우리 쪽으로 험악하게 다가왔다.

의사당에 긴장이 고조되는 가운데 우리는 다시 의논했다. 남부 전체가 봉기하기 몇 년 전이었던 당시에 학생들은 아직 체포될 각오가 되어 있지 않았다. 우리는 일단 복도로 나갔다가 '유색인용' 자리로 돌아오기로 했다. 나도 그 자리에 앉았다.

그러고는 인종주의자이면서도 예의 바른 남부인들의 자가당착이 낳은 묘한 광경이 벌어졌다. 경비원이 내게 다가오더니 '백인'인지 '유색인'인지 도무지 모르겠다는 표정으로 얼굴을 바싹 들이대고 뚫어지게 쳐다보고는 이 방청객들이 어디서 왔는지 물었다. 나는 대답해 주었다. 잠시 후 의장이 마이크가 있는 단상으로 올라가더니 한 의원의 말을 다시 가로막으며 이렇게 읊어 댔다. "조지아 주 의회 의원들은 스펠먼 대학에서 온 방청단에게 따뜻한 환영을 베풀고자 합니다."

모어하우스 대학의 몇몇 남학생들이 우리와 함께 있었다. 그중 한 명은 줄리언 본드였는데, 저명한 교육자이자 링컨 대학 총장을 역임한 호레이스 만 본드의 아들이었다. 줄리언은 스펠먼 캠퍼스의 우리 집에 가끔 놀러오곤 했는데, 레이 찰스*의 레코드판을 들려주기도 하고 자기가 쓴 시를 가져오기도 했다 (10년 후 유명한 민권운동 지도자가 된 줄리언은 조지아 주 하원 의원에 당선되었는데, 묘하게도 우리의 경험을 반복하기라도 하듯, 베트남전을 공공연하게 반대했다는 이유로 동료 의원들에 의해 제명되었다. 후에 줄리언의 표현의 자유를 인정한 대법원 판결로 그는 의원 자리를 되찾았다).

1959년 초의 어느 날 나는 내가 자문 교수를 맡고 있던 스펠먼 사회과학 동아리에 사회 변화에 영향을 미치는 실질적인 프로젝트를 벌여 보면 어떻겠냐고 제안했다. 활발한 토론이 진행되었다. 한 학생이 말했다. "공공 도서관에서의 인종 분리에 관

• Ray Charles, 1930~2004. 조지아 주 올버니의 빈민가 태생으로 여섯 살 때 녹내장으로 시력을 잃었지만 현대 재즈, 블루스, 컨트리 등 다양한 장르를 혼합해서 독창적인 리듬앤블루스를 개척함으로써 흑인 팝 음악의 새로운 지평을 열었다.

해 뭔가를 해 보면 어떨까?" 그렇게 하여, '앉아 있기 운동sit-ins'이 남부를 휩쓸고 '민권운동'이 전국을 흥분의 도가니로 몰아넣기 2년 전에, 스펠먼 대학의 몇몇 젊은 여성들은 애틀랜타의 주요 도서관의 인종 분리 정책을 공격하기로 결정했다.

그것은 비폭력 습격이었다. 모두가 빤히 바라보는 가운데 흑인 학생들이 카네기 도서관에 들어가서 존 로크의 『인간지성론』*이나 존 스튜어트 밀의 『자유론』,** 톰 페인의 『상식』*** 등을 신청하기로 했다. 둘러대는 답변("너희 흑인 창구로 책을 보내겠다")을 듣고 쫓겨나면 다시 돌아가서 「독립선언서」나 「미국헌법」, 또는 신경질적인 사서를 불편하게 만들 수 있는 어떤 책이든 다시 대출을 신청했다.

도서관들에 대한 압박은 계속 고조되었다. 우리는 다음 차례는 소송이라고 알려 줬다. 스펠먼의 프랑스어 교수이자 애틀랜타의 유명 집안 출신인 아이린 돕스 잭슨 박사가 고소인 중의 한 명이 될 예정이었다. 아이린의 동생 매티윌다 돕스는 유명한 오페라 가수였다. 또 아버지 존 웨슬리 돕스는 옛 남부 전통을 전하는 위대한 연사였다(전에 휘트스트리트 침례교회에서

---

* 정병훈·이재영·양선숙 옮김, 한길사, 2014.
** 서병훈 옮김, 책세상, 2005.
*** 『토머스 페인 상식』, 남경태 옮김, 효형출판, 2012.

나는 존 웨슬리 돕스가 천여 명의 청중을 끊임없이 왁자지껄하게 만드는 모습을 보았다. "내 딸 매티윌다가 이곳 애틀랜타에 와서 노래를 불러 달라고 부탁 받았습니다." 존은 우렁차게 말했다. "아이는 말했지요. '안 됩니다. 아버지가 2층 좌석에 앉아야만 한다면 그럴 순 없어요!'" 시간이 흐른 후 아이린 잭슨의 아들 메이너드 잭슨이 애틀란타 시장에 당선되었다. 흑인이 도서관에 갈 수 있는 권리 같은, 우스꽝스러울 정도로 단순한 무언가를 요구하기 위해 우리가 그토록 압력을 가했던 그 시절에 이건 상상조차 할 수 없는 일이었다).

우리가 한창 캠페인을 벌이고 있던 어느 날, 나는 애틀랜타 대학 사회복지학부 학장으로 우리와 함께 활동하던 휘트니 영의 사무실에 앉아 있었다. 우리는 다음 단계로 어떤 일을 할지 얘기하고 있었고, 그때 전화벨이 울렸다. 도서관 운영 위원이 전화를 한 것이었는데 휘트니는 잠자코 듣고는 "고맙습니다!"라고 말하며 끊었다. 휘트니는 미소를 띠었다. 운영 위원회에서 애틀랜타 도서관들에서의 인종 분리 정책을 중단하기로 결정했던 것이다.

며칠 후, 우리 넷(아이린 잭슨 박사, 스펠먼의 젊은 흑인 음대 교수인 얼 샌더스, 스펠먼의 내 학과에서 철학을 가르치고 있던 헨리 웨스트의 부인으로 앨라배마 태생 백인인 팻 웨스트, 나)은 카네기 도서관에 가려고 시내로 차를 몰았다. 앳돼 보이는 사서가 아이

달리는 기차 위에 중립은 없다

린 잭슨에게 새 도서관 회원증을 건네자, 아이린은 나지막이 말했지만 손은 가볍게 떨리고 있었다. 아이린은 역사의 한 조각이 막 만들어지고 있음을 알고 있었다.

남부 백인이면서도 흑인 사회에서 살고자 이사를 해서 양쪽 집안의 체면을 깎아 내린 팻과 헨리 부부에게는 세 살짜리 아들이 있었고, 그 아이는 스펠먼 대학 어린이집에 처음이자 유일한 백인 아이였다. 크리스마스 무렵에는 전통적으로 어린 학생들을 데리고 시내의 리치즈 백화점에 산타클로스를 만나러 간다. 아이들이 번갈아 산타의 무릎에 앉아 크리스마스에 선물로 받고 싶은 걸 귓속말로 속삭이곤 했다. 산타는 일자리가 아쉬운 백인 남자였고 흑인 아이를 무릎에 앉힌다고 역겨워하거나 하지는 않았다. 꼬마 헨리 웨스트가 산타의 무릎 위에 올라타자 산타는 아이를 뚫어지게 쳐다보고 다른 아이들까지 바라보더니 헨리의 귀에 속삭였다. "애야, 너 백인이니 흑인이니?" 어린이집 교사가 옆에 서서 다 듣고 있었다. 헨리는 대답하길, "전 자전거 받고 싶어요."

내가 애틀랜타 도서관의 인종 분리 철폐를 위한 작은 운동에 관해 이야기한 것은 사회운동의 역사가 곧잘 대규모 사건이나 일대 변화를 가져온 순간들에 스스로를 국한시키기 때문이다. 민권운동의 역사에 관한 개관은 으레 브라운 사건에 대한

대법원 판결이나 먼고메리 버스 보이콧, 앉아 있기 운동, 자유
승차 운동Freedom Rides, 버밍엄 시위, 워싱턴 대행진, 1964년 민
권법, 셀마-먼고메리 행진, 1965년 투표권 법안 등만을 다루고
있다.

이들 거대한 운동을 이끌어 낸 이름 없는 이들의 셀 수 없는
많은 작은 행동들은 이 역사에 빠져 있다. 그러나 이것을 이해
할 때, 우리는 우리가 참여한 아무리 작은 저항 행동이라도 사
회 변화의 보이지 않는 뿌리가 될 수 있음을 알게 된다.

어느 날 저녁 스펠먼 캠퍼스의 우리 집 거실에서 내과 의사
오티스 스미스는 주민 1만 2천 명의 농업 도시인 조지아 주 포
트밸리—스미스는 그곳의 유일한 흑인 의사였다—에서 최근
떠나온 일에 관해 이야기해 주었다. "마을에서 도망쳐라." 스
미스는 웃었다. "옛날 서부영화에서나 듣는 말 같지요."

스미스 박사는 모어하우스 대학의 인기 운동선수였고 내시
빌의 미해리 의과대학에서 공부했다. 스미스는 조지아 주 대학
평의원회에서 의과대학 4학년 학비를 보조받는 대가로 졸업
후 조지아 주의 농촌 지역에서 15개월 동안 의사로 일하겠다고
약속했다. 피치 군郡의 포트밸리는 적당한 곳 같았다. 도시에
있던 유일한 흑인 의사가 몇 년 전에 죽고 난 후, 흑인 주민들
(전체의 60퍼센트)은 최남부 지방의 백인 의사-유색인 환자 관

계에 으레 따라붙게 마련인 굴욕적 상황에 그대로 노출되어 있었다. 병원에 들어갈 때 옆문을 이용하고, '유색인' 전용 대기실에서 기다리고, 때로는 가정 방문을 해 달라는 전화에 "돈은 있소?"라는 질문이 날아오기도 했다.

오티스 스미스는 집 한 채를 임대해서 개인 병원 간판을 내걸었고 얼마 지나지 않아 스미스의 병원은 환자로 가득 찼다. 그러나 스미스가 이 도시에 오고 나서 처음으로 포트밸리 종합병원 산부인과에 당번 근무를 하러 갔을 때였는데, 백인 간호사 둘이 그를 뚫어지게 쳐다보더니 분만 중이던 흑인 여자를 내팽개친 채 분만실에서 나가 버리는 것이 아닌가. 스미스는 옆에 있던 흑인의 도움을 받아 아이를 받아 내야만 했다.

어느 날 저녁에는 도움을 필요로 하는 환자와 통화하고 있었다. 그런데 백인 여자가 혼선이 되어 껴들더니 자기가 얘기하게 전화를 끊으라는 것이 아닌가. 스미스는 자기는 의사이고 지금 환자와 통화 중이라고 얘기했다. 백인 여자의 대답이 날아왔다.

"전화 끊어, 검둥아." 아마 구식 흑인 의사였다면 달리 반응했겠지만, 젊은 스미스 박사는 거침이 없었다. "너나 끊어, 이년아."

다음 날 스미스 박사는 체포되었고 변호사가 재판이 열리는

지 알기도 전에 법정에 섰으며, 백인 여성에게 외설적인 언어를 사용했다는 이유로 8개월 강제 노역형을 선고 받았다. 감옥에서 줄줄이 사슬에 묶여 강제 노역을 할 찰나에, 스미스는 당장 도시를 떠나면 석방해 주겠다는 제의를 받았다. 다음 날 포트밸리의 흑인들은 자기들의 의사를 떠나보내야 했다.

'앉아 있기 운동'이 분출하기 전 '조용한' 몇 해 동안, 조지아를 비롯한 남부 모든 주에서는 개별적인 행동들─눈에 띄지도 않았고 역사에 기록되지도 않았으며, 때로는 겉으로 보기에 아무 성과도 낳지 못했다─이 있었고, 그로 인해 도전의 정신이 생생히 살아남았다. 이 행동들은 어떤 경우 쓰디쓴 경험에 지나지 않았지만, 분노를 키워 주었으며 그 분노는 언젠가 거대한 힘이 되어 남부를 영원히 바꿔 버리게 될 것이었다.

달리는 기차 위에 중립은 없다

2장

젊은 숙녀들,
일어서다

표면적으로는, 1950년대의 남부는 평화로워 보였다. 그러나 먼고메리 보이콧과 1960년대의 역사적인 '앉아 있기 운동' 사이의 5년 동안 열여섯 개 도시에서 '앉아 있기 운동'이 있었다. 이 큰 나라에서 줄곧 벌어진 너무나도 많은 저항 행동들과 마찬가지로, 이 운동은 전국적인 관심을 끌진 못했다. 언론은, 정치인들이 그러하듯이, 너무 커져서 무시하지 못하기 전까지는 반란에 주목하지 않는다.

그 5년 동안 스펠먼 대학에서, 모어하우스 대학에서, 그리고 애틀랜타 대학 체계에 속한 다른 네 개 흑인 대학들*에서, 모든 일은 조용해 보였고, 사태의 표면만을 본다면 언제까지든 그런 식으로 계속될 것처럼 보였다. 스펠먼에서 내가 배운 중요한 것

가운데 하나는 침묵을 용인으로 혼동하기 쉽다는 점이다.

1960년 2월 초, 노스캐롤라이나 주 그린스보로에서 흑인 대학생들이 울워스 간이식당의 의자를 차지한 채 꿈쩍도 하지 않았고, '앉아 있기 운동'과 닮은꼴인 이런 행동이 노스캐롤라이나와 버지니아, 테네시의 도시들로—그러고는 플로리다와 사우스캐롤라이나, 앨라배마, 텍사스 등지로 빠르게 번져 나가고 있다는 소식이 라디오와 텔레비전, 신문을 타고 전해졌다.

애틀랜타에서는 줄리언 본드와 또 한 명의 모어하우스 대학생인 인기 미식축구 선수 로니 킹이 행동에 들어갔다. 둘은 애틀랜타 대학과 연계된 다른 흑인 대학—스펠먼, 클라크, 모리스브라운, 신학센터—학생들과 접촉하면서 계획을 세우기 시작했다.

이 소식을 들은 대학 총장들은 학생들의 투쟁심을 가라앉히기 위한 조치를 취했다. 그들은 '앉아 있기 운동'이나 시위, 파업 보호선** 등을 보고 싶어 하지 않았다. 총장들은 그 대신 학생들에게 『애틀랜타 컨스티튜션*Atlanta Constitution*』에 그들의 불만 사항을 담는 전면 광고를 실어 보라고 제안했다. 총장들

---

* Atlanta University system. 애틀랜타 대학, 스펠먼 대학, 모어하우스 대학, 모리스브라운 대학, 클라크 대학, 범교파신학센터 등을 말한다. 모두 애틀랜타 시내에서 가까운 곳에 몰려 있는 흑인 학교로, 일종의 자매 대학들이라고 할 수 있다. 클라크 대학과 애틀랜타 대학은 1988년 통합, 클라크애틀랜타 대학으로 새롭게 출발했다.

은 이를 독려하기 위해 광고에 필요한 돈을 직접 모금해 주겠다고 약속했다.

학생들은 제안을 받아들였지만 광고를 직접 행동을 위한 발판으로 활용하기로 비밀리에 결정했다. 하루는 내 제자이자 우리 가족의 친구였던 스펠먼의 총학생회장 로즐린 포프가 우리 집에 와서는 타자기를 사용해도 되겠냐고 물었다.

그 일이 있기 한 해 전 로즐린이 장학생으로 파리에서 1년을 공부하고 돌아온 직후인 어느 날 저녁, 캠퍼스 밖으로 차를 몰아 애틀랜타의 로즐린 부모님 집에 태워다 주다가 그녀와 내가 체포된 적이 있다. 두 명의 경관이 탐조등으로 내 차를 샅샅이 비춰 보더니 경찰차에 타라고 명령했다.

"왜 우리를 체포하는 겁니까?" 나는 물었다(로즐린은 조용히 있었다. 나는 로즐린이 애틀랜타와 파리 사이의 도덕적 거리를 재고 있다고 생각했다).

"무질서한 행동이요."

"우리 행동이 뭐가 무질서하다는 거요?"

•• picket line. 노동조합 등에서 쟁의 행위를 할 때 파업 파괴자(대체 노동 인력)를 감시하고 이들이 파업 중에 불법적인 조업을 하기 위해 작업장에 몰래 들어가는 것을 막기 위해 설치하는 것이다. 우리나라에서는 '파업'이라 하면, 보통 공장 한 귀퉁이에서 집회를 하거나 그조차도 전투 경찰에 진압당해 공장 바깥의 대학교나 거리를 전전하며 파업의 대의를 선전하는 장면이 연상되는 데 반해, 서구에서는 파업 보호선을 설치하는 것이 당연한 권리이자 필수적인 행동으로 인식되고 있다. 피켓을 들고 벌이는 시위 일반을 가리키기도 한다.

경찰은 손전등을 손바닥에 탁 치더니 말했다. "검둥이 여자애와 한 차에 타고 있으면서 뭐가 무질서한 행동이냐고 묻는 겁니까?"

우리는 따로 떨어진 유치장─두 곳 다 나이와 신분을 초월해서 한 떼거리의 불행한 사람들로 가득 찬 커다란 방이었다─에서 하룻밤을 보냈다(유치장은 성별과 인종에 따라 이중으로 분리되어 있었다). 내가 전화를 한 통 쓰겠다─미국 사법 제도의 신화에 따르면 체포된 사람의 신성한 권리이다─고 하자 간수는 한쪽 구석에 있는 낡아 빠진 공중전화를 가리켰다. 잔돈이 없었는데 동료 죄수가 10센트짜리를 하나 줬다. 동전이 찰칵 떨어졌다. 전화는 먹통이었다. 밑을 내려다보니 전화선이 잘려 있었다. 한 손으로 전화선을 이어지게 붙든 채로 다른 손으로 다이얼을 돌려 돈 홀로웰과 간신히 통화를 할 수 있었는데, 돈은 법정에서의 대담한 태도로 내가 평소 존경해 왔던 젊은 흑인 변호사였다. 아침 일찍 찾아온 변호사 덕분에 우리는 풀려났다. 그 뒤 기소는 기각되었다.

그로부터 1년이 지나 우리 집을 방문한 로즐린 포프는 학생 지도자들이 계획한 성명서의 초안을 쓰고 있었다. 로즐린은 전공이 영문학인 데다가 글 솜씨가 훌륭했으므로 우리는 보통이 아닌 문서가 나올 것임을 바로 알 수 있었다.

성명서는 1960년 3월 9일자 『애틀랜타 컨스티튜션』에 「인권을 위한 호소」라는 큼지막한 표제 아래 극적으로 한 면 전체를 장식했고, 곧 큰 반향을 불러일으켰다.

우리는 (…) 인류의 구성원이자 미국 시민으로서 우리의 타고난 권리를 얻겠다는 대의를 위해 우리의 가슴과 머리, 몸을 함께 모았다. (…) 우리는 이미 법적, 도덕적으로 우리의 것인 이러한 권리가 어느 순간 단번에 우리 앞에 떨어질 때까지 잠자코 기다리지 않을 것이다. (…) 우리는 민주주의를 공언하는 나라에서, 기독교도임을 자임하는 국민들의 나라에서, 이곳 조지아 주 애틀랜타의 흑인들이 바로 지금 겪고 있는 것과 같은 차별적 상황을 용인하지 않을 것임을 분명하고도 명쾌하게 선언하고자 한다.

호소문은 교육, 직업, 주거, 투표, 병원, 음악회, 영화, 식당, 법 집행 등에서의 분리주의로 인해 흑인들에게 가해지는 부당한 일들을 아주 구체적으로 열거하고 있었다. 호소문의 마지막 구절은 학생들에게 행동 계획을 예고하는 신호가 되었다. "우리는 이 위대한 민주주의 체제의 성원들로서 완전한 시민적 권리를 쟁취하기 위해 동원 가능한 모든 법적, 비폭력 수단을 사용하려 한다고 솔직하게 말해야 한다."

조지아 주 주지사 언스트 밴디버는 분노로 날뛰었다. 호소문은 "반反미국적 문서로 (…) 분명 학생들이 쓴 게 아니"었다. 게다가 주지사는 말하길, "이 글은 이 나라에서 씌어진 것으로 보이지 않는다."

닷새 후, 아내와 나는 학생들이 연 파티에 있었는데 학생들이 우릴 한쪽으로 데려가더니 계획을 말해 주었다. 다음 날 오전 11시에 수백 명의 학생들이 애틀랜타 시내의 간이식당 열 곳으로 몰려가 백인 자리를 차지하겠다는 것이었다. 학생들은 경찰에 정보가 흘러나가지 않도록 11시가 되기 바로 직전에 언론사에 전화를 걸어 달라고 부탁했다.

다음 날 아침 10시쯤 여섯 명의 스펠먼 학생들이 우리 집에 자동차를 빌리러 왔다. "시내를 가려면" 차가 필요하다고 그들은 웃으며 말했다. 나는 정확히 11시가 되기를 기다려 전화를 걸었다. 전화선 반대편에서 편집장이 내가 이름을 알려 준 식당들을 기자들에게 하나씩 할당해 주는 소리를 들을 수 있었다.

훌륭하게 조직된 행동이었다. 수백 명의 학생들이 시내의 식당들로 삼삼오오 몰려갔고, 시계가 11시를 알리자 자리를 차지하고 앉아 꿈쩍도 하지 않았다. 스펠먼 학생 열네 명을 비롯해서 일흔일곱 명이 체포되었다. 열네 명 중 열셋은 남부 지방의 끝—사우스캐롤라이나 주 베네츠빌이나 조지아 주 베인브릿지, 플로리다 주 오칼라 등—출신으로 포크너의 소설에 등장하는, 전통적으로 순종적인 흑인들의 소도시에서 온 이들이었다.

'스펠먼 여자애들' 가운데 또 다른 내 제자인 매리언 라이트도 체포되었다. 조지아 주 전역에 퍼진 사진을 보면, 매리언은 체포 당시 카운터 앞에 조용히 앉아 C. S. 루이스의 『스크루테이프의 편지』*를 읽고 있었다.

학생들은 보석으로 풀려났지만, 불법 공모, 평화 파괴, 식당 주인 위협, 점포 무단 점거 등 여러 죄목으로 기소되었다. 각각의 최대 형기를 합치면 90년에 이르렀다. 그러나 애틀랜타와 남부 전체를 뒤덮은 여러 행동들이 체제를 압도하면서 그들의 사건은 재판으로까지 이어지지는 않았다.

이는 애틀랜타에서 인종 분리에 대한—그리고 또한 스펠먼 대학의 75년 역사를 대표하는 귀족 행세와 침묵, 사회적 투쟁 자제라는 오랜 전통에 대한—공격의 출발점이었다. '스펠먼 여자애들'은 이제 전과 같지 않을 것이었다. 시위와 보이콧, 피케팅이 이들 젊은 흑인 여성들의 삶의 일부분이 되게 되었다. 그

• 클라이브 스테이플즈 루이스 지음, 김선형 옮김, 홍성사, 2000.

리고 이는 대학의 보수적인 행정 관료와 이사들에게 전율을 야기할 것이었다.

일부 교수들 또한 편하지는 못했다. 정치학과의 한 흑인 교수는 『애틀랜타 컨스티튜션』에 편지를 보내 학생들의 행동을 개탄하면서, 그녀들이 수업을 빼 먹고 교육을 망치고 있다고 말했다. 내가 보기에는, 학생들은 정치학 열 과목을 들어도 미치지 못할 방식으로 교육을 확장시키고 있었다.

계속되는 '앉아 있기 운동'이 한창이던 어느 날 매리언 라이트가 막 기숙사에 붙이려던 대자보를 들고 우리 아파트에 찾아왔다. 대자보의 제목은 이 '스펠먼 여자애'의 과거와 현재를 완벽하게 결합시키는 것이었다. "투쟁에 참여할 수 있는 젊은 숙녀분들, 아래에 서명해 주세요."

(매리언은 나중에 예일 법대에 진학했다. 매리언은 미시시피에서 최초로 흑인 여성 변호사가 되고, 민권운동 변호사인 피터 에델먼과 결혼했으며, 워싱턴 DC에서 아동 보호 기금 설립에 착수했고, 호소력 있는 달변으로 전시戰時 경제의 요구에 맞서 어린이와 어머니들의 권리를 전국적으로 옹호했다. 우리의 우정은 그동안 계속 이어졌다.)

애틀랜타에서 우리 가족의 삶은 '정상적'이지 않았다. 캠퍼스의 우리 아파트에서는 연일 어떤 종류든 모임이 있었고, 그 와중에도 아이들은 자기 방에서 숙제를 하느라 애썼다. 애틀랜타의 학교는 여전히 인종 분리 체계였으므로 마일라와 제프는 스펠먼에서 멀지 않은 백인 학교에 다녔다.

인종 분규라는 혼란의 시기가 아이들로서는 견디기 힘든 무거운 짐임을 로즈와 나는 잘 알고 있었다. 백인 학교 친구들을 캠퍼스로 데리고 와서 동네 흑인 꼬마들과 함께 놀곤 하던 제프, 자기가 다니는 백인 고등학교에 처음으로 입학이 허용된 흑인 여자애와 친구가 된 마일라, 우리는 이 두 아이가 무척이나 대견했고 또한 자랑스러웠다.

우리는 아이들이 자기가 정치적 영웅이 되어야만 한다고 느끼지 않도록 최선을 다했다. 하지만 매일매일 도덕적 딜레마에 맞닥뜨리던 남부에서의 그 긴장된 시기에 '옳은 일을 해야 한다'는 압력을 느끼지 않도록 할 방도가 없었다. 아이들이 자신들 주위에서 벌어지고 있는 상황에 대해—아마도 우리들의 격렬한 참여에 대한 도전으로— 침착한 거리를 유지하는 동안 우리는 아무 말도 하지 않으려 애썼다. 하지만 이따금씩 아이들이 우리를 놀라게 만드는 바람에 기쁘기도 했다. 핵의 위협이 감돌던 1962년 가을의 쿠바 미사일 위기 당시, 우리는 애틀랜타 시내의 시위 대열에서 평화적인 해결을 요구하고 있었다. 마일라는 열다섯이었다. 아이는 당시 엄마와 함께 연극 일에 관여하고 있었고 『안네의 일기』에서 주연을 맡은 상태였다. 마일라는 연극 개막을 앞두고 신문 등에 대서특필되었기 때문에, 우리는 아이가 정치적 논쟁에 휘말려 상황을 복잡하게 만들려 하지 않을 것이라고 생각했다.

그러나 마일라는 그날 시위 대열에 나타났다. 현장에 있던 기자들은 아이를 에워싸고서 논평을 해 달라고 했다. 아이는 자기가 여기 있는 것 자체가 논평이라고 간단하게 답했다.

로즈는 흑인 대학의 학생 및 교수들과 완전히 의기투합했다. 최고의 재능을 지닌 극단이었던 〈애틀랜타-모어하우스-스펠먼 배우단〉은 뮤지컬 『왕과 나』의 배역 명단에 로즈를 합류시켜 왕의 아이들을 가르치는 영국인 교사 역할을 맡겼다.

샴 국왕 역은 훤칠하게 크고 건장하며 아주 검은 피부를 지닌 젊은이로 모어하우스의 미식축구 선수인 자니 팝웰이 맡았다. 머리를 밀어서 그럴듯하게 사나워 보였다. 개봉일 밤, 왕이 "아니오. 이건 유럽인들의 춤이 아니오"라고 말하는 유명한 춤 교습 장면에서 자니 팝웰이 로즈의 허리에 힘차게 팔을 감으며 춤을 청하자, 객석에서 웅성거리는 소리가 들렸다. 1959년 당시에 그것은 대담한 극적 사건이라 할 수 있었다.

7년이라는 격동의 시간을 애틀랜타에서 보내면서 나는 남부 백인들을 구제 불능의 인종차별주의자로 바라보는 북부인들의 전형적 시각을 그대로 믿어선 안 된다는 사실을 깨달았다. 양키*들의 독선은 보스턴이나 뉴욕 같은 곳에서 인종적 증오감이 얼마나 깊은지를 무시했다. 또 모든 사람은 환경이 바뀌면 그 자신도 따라 변할 수 있다. 이러한 변화는 오직 자신의 이해관계에 따른 반응일 수도 있지만, 그것이 발단이 되어 사고와 행동의 심대한 변화를 가져올 수 있다.

행동의 변화를 가져오는 이해관계는 종종, 단순하지만 거부할 수 없는 경제적 이익에 그 뿌리를 둔다. 가령, 1959년에 조지아 주 의회는 지나치게 자유주의적인 판결을 내렸다는 이유로 미국 대법원 판사 여섯 명의 탄핵을 요구하는 결의안을 압도적 다수로 통과시켰다. 그러나 그 직후, 주 의회는 조지아 주에서 흑백 인종이 함께 경기하는 것을 금지하는 법안은 통과시키지 않았다. 탄핵을 결의하는 데는 어떤 비용도 들지 않았지만, 흑백 인종이 함께 경기하는 것을 금지할 경우 조지아 주 야구단이 사우스애틀랜틱 리그에 참여할 수 없게 되어 주 세입의 상당 부분을 잃게 될 것이었다. 이와 비슷한 예로, 애틀랜타의 소방관들은 소방서가 흑백 인종으로 뒤섞이면 일을 그만두겠다고 공언했지만 흑인들이 계속 채용되는데도 그저 말뿐이었다.

---

* 원래 Yankee라는 말은 뉴욕 주의 네덜란드 이민자들이 코네티컷의 영국 이민자들을 부른 말이었으나 남북전쟁 당시 남부인들이 북부인들에게 붙인 이름이 되었고 보통 경멸 내지 적의를 내포하는 말이다. 영국인이 미국인을 지칭할 때도, 우리가 그러하듯이 가벼운 경멸을 담고 있다.

인종 관계에서 변화를 가져온 또 다른 힘은 정치권력이었는데, 인종차별주의적 정치인들조차 흑인 표를 얻기 위해 어조를 바꾸곤 했다. 인종 분리주의자들의 대부 격인 앨라배마 주지사 조지 월리스는 투표권법이 시행되자 놀라운 입장 변화를 보였다. 점점 더 많은 흑인들이 자신의 표를 행사하게 되면서, 오랜 인종 분리주의자였던 애틀랜타 시장 윌리엄 하츠필드도 견해를 바꾸기 시작했다.

변화는 1960년 봄, 흑인 전용 2층 좌석이 있던 애틀랜타 시민 회관에 뮤지컬 『마이 페어 레이디*My Fair Lady*』 공연단이 찾아왔을 때 분명해졌다. 〈애틀랜타-모어하우스-스펠먼 배우단〉의 대여섯 명은 관람하러 가기로 하면서 무대 중앙 앞자리에 앉기로 결정했다. 헨리 웨스트가 가장 좋은 자리인 무대 중앙 첫 줄에 앉을 수 있는 표를 사러 시내로 갔다.

오셀로처럼 생긴 연출가 J. 프레스턴 코크레인을 비롯한 배우들은 모두 우아한 옷차림으로 가서는 표를 내고 검표원이 미처 정신을 차리기도 전에 잽싸게 좌석을 차지해 버렸다. 관장이 와서는 자리를 옮기라고 요구하자 그들은 입장권 반쪽을 보여 주었다. 관장은 자리를 옮기지 않으면 공연을 중단하겠다고 으름장을 놓았다. 그들은 기다리겠다고 대꾸했다. 다른 관객들이 투덜거리는 것도 아니지 않느냐는 것이었다. 실제로 옆자리에 앉은 백인들은 뮤지컬을 보러 온 것이었지 남북전쟁을 하러 온 게 아니었다.

화가 머리끝까지 치민 관장은 사무실로 돌아가서는 집에 있던 하츠필드 시장에게 전화를 걸어 사태를 얘기했다. 시장은 잠시 생각하더니 점잖 빼듯 느릿느릿 대꾸했다. "내가 할 수 있는 제안이라곤 조명을 어둡게 하라는 것밖에 없군요." 뮤지컬은 계속되었고, 이 사건은 애틀랜타 시민 회관의 인종 분리를 종식시킨 첫걸음이 되었다.

분위기가 바뀌기 시작하면 사람들은 오래 지녀 온 습관을 버리고 상황에 적응하기 마련이다. 스펠먼의 한 학생은 연방 법원에서 대중교통 버스에서 인종을 분리해선 안 된다고 판결한 다음 날 아침 애틀랜타에서 버스를 탄 일에 관해 말했다. 그녀는 흑인 남자 한 명이 버스에 올라 앞자리에 앉는 것을 보았다. 분개한 백인 여자가 운전사에게 그 남자를 옮겨 앉히라고 요구했다. 운전사는 뒤를 돌아보았다. "부인, 신문도 안 보십니까?" 여자는 버스를 세우라고 하더니 지나가던 경관을 불러 세웠다. 경관은 버스에 올라 여자의 말을 듣고는 말했다. "부인, 신문도 안 보십니까?"

커다란 위험을 무릅쓰면서 인종 정의를 위한 운동을 개척한 남부 백인들은 언제나 있어 왔다. 나는 운 좋게도 그중 몇 명을 알게 됐다. 테네시 하이랜더포크 학교*의 설립자 마일즈 호튼, 켄터키 주 루이빌의 『서던 쿠리어Southern Courier』 편집인인 칼과 앤 브레이든 부부, 『애틀랜타 컨스티튜션』 기자인 팬 와터스와 마거릿 롱, 언론인 프레드 폴리지와 잭 넬슨 등등. 흑인들의 운동이 사회를 뒤흔들기 시작하면서, 오랫동안 분노를 억압당해 온 다른 많은 이들 또한 입장을 취할 용기를 얻었다.

지난 수십 년 동안 민권운동에 참여한 사람들의 투쟁과 희생은 흑인과 백인 모두의 의식을 변화시키는 데 커다란 성과를 가져왔으나, 그것은 단지 시작이라고 말할 수 있다. 이 나라에서는 인종차별주의가 여전히 존재함을 보여 주는 이야기들이 매일 들려온다. 그렇다고 민권운동의 성과를 인정하지 않거나 경시한다면, 새로운 세대들이 평등을 위한(이 말은 완성을 함축한다) 것이 아니라 평등을 향한, 오래고 느릿느릿하게 이루어질 싸움에 참여하지 못하도록 기를 꺾는 셈이 된다.

애틀랜타에서 벌어진 일은 전면적인 공격—앉아 있기 운동, 시위, 체포—과, 단단한 외피로 둘러싸인 인종 분리라는

• Highlander Folk School. 1932년 설립된 시민 학교로 '사회 변혁을 위한 교육'이라는 호튼의 신념 아래 성인 강좌를 진행했다. 대공황기에는 실업자 및 빈민 구제 활동을 벌이기도 했고 1940년대와 1950년대 내내 노동자, 농민 조직들과 긴밀한 관계를 유지했다. 학교가 유명해지게 된 가장 큰 이유는 1960년대 민권운동과의 밀접한 관계 때문이었다. 민권운동의 지도자 마틴 루터 킹 2세, 로자 파크스, 스토클리 카마이클 등이 모두 이 학교를 거쳐 갔다.

규칙들에 대한 지속적이고 완강한 타격이 결합된 것이었다. 그 10년 동안 우리는 '혁명'이라는 단어가 흩뿌려지는 소리를 들었다. 어떤 이들에게 그것은 무장 반란을 의미했다. 내 눈에는 그것은, 남부에서 내가 직접 본 것처럼, 단지 대담한 분출과 끈질긴 압박 – 압박 – 압박의 결합, 누군가 말했듯이, "제도들을 관통하는 기나긴 장정" ― 완결된 사건이 아니라 현재진행형의 과정 ― 을 뜻했다.

이를 깨닫기 시작하자, 소규모 파업 보호선도, 몇 명만 참석한 모임도, 한 무리의 청중이나 심지어 한 사람에게만 별것 아닌 생각을 가볍게 전달하는 것도 중요치 않은 것이라고 무시할 수 없었다.

지배적 견해에 도전하면서 공개적으로 발설된 대담한 생각의 힘은 쉽사리 측정할 수 없다. 적들의 자기 확신만이 아니라 친구들의 자기만족까지도 뒤흔들 정도로 용기를 내어 말하는 특별한 사람들은 변화를 위한 소중한 촉매이다.

흑인 남성으로서 세계적으로 유명한 사회학자이자 『미국의 흑인 가정The Negro Family in America』의 저자인 E. 프랭클린 프레이저를 마중하러 애틀랜타 공항으로 차를 몰고 가던 생각이 난다(내 인생에서 진정 혁명적인 장면들은 대개 공항으로 차를 몰고 가는 중에 벌어졌다). 프레이저는 프랑스에서 막 귀국해 애틀랜타 대학 센터에서 강연을 하러 오고 있었다.

프레이저는 중키의 탄탄한 사람으로 멋들어진 베레모를 쓰고 있었다. 공항 간이식당에서 커피 주문이 거부되자 프레이저는 웨이트리스에게 웃으며 말했다. "이거 재밌군요. 지난주에는 프랑스 대통령과 커피를 마셨는데, 이번 주에는 애틀랜타에서 커피를 거절당하다니 말이에요."

프레이저의 애틀랜타 방문은 커다란 흥분을 불러일으켰다. 젊은 시절 프레이저는 '남부 백인'에 관한 신랄한 논문을 출간한 후 이 도시에서 쫓겨났다. 프레지어의 애틀랜타 친구들은 흑인의 바람직한 행동에 관한 백인들의 통념에 비위 맞추기를 거부한 성마르고 대담무쌍한 사람으로 그를 기억하고 있었다. 프레이저는 시가를 피우고 위스키를 마시고 직설적이고 신랄한 언어를 사용했는데, 그건 마치 백인에 동화되기 위해 상류계급의 매너와 현학적인 어휘를 기르는 흑인들에게 모욕을 주기 위한 의도적인 행동 같았다.

당시 프레이저의 최신 저서였던 『흑인 부르주아지*Black Bourgeoisie*』는 미국의 부유층 흑인들에 비판적이고 때로는 통렬히 비난하는 시각을 담고 있었으며, 곧 흑인 사회에서 격렬한 논쟁을 불러일으켰다. 프레이저는 흑인 중간계급이 자신의 부르주아 스타일과 전통 종교를 지적·문화적으로 백치에 가까운 백인 중간계급으로부터 빌려 왔다고 말했다. 흑인들은 자신들 고유의 유산에 시선을 돌리고 독자적인 문화를 창조해야 한다고 프레이저는 주장했다. 몇 년이 지나 맬컴 X의 말을 들으면서 나는 프레이저를 떠올렸다.

스펠먼의 대강의실은 사람들로 가득 들어차 복도나 창턱 등 발 디딜 틈조차 없었다. 프레이저는 미국의 인종차별주의를 가차 없이 공격했으며 그가 흑인들의 비굴함과 보수주의라고 간주한 것에 대해서도 마찬가지였다. 프레이저는 성공한 사업가들은 영웅이라는, '허위'의 세계를 만들어 낸 흑인 신문과 잡지들을 비난했다.

프레이저는 말하기를, 이러한 허위를 깨뜨리고 흑인들에게 그들 자신과 세계의 참모습을 보여 주는 것이 다름 아닌 교육의 역할이었다. "우리 학교들 대부분은 흑인 중간계급의 사교계 진출을 위한 교양 학교에 불과합니다." 그날 모인 청중들에게 그는 힘주어 말했다. "저는 4년 동안 의무적으로 채플을 들었지만, 그 4년 동안 들은 말이라곤 알랑거리는 값싼 감상뿐이었습니다!" 프레이저는 흑인 자신들에게만 가혹한 공격을 퍼부으려는 건 아니었다는 점을 분명히 했다. "백인들은 이미 우리들의 범죄와 죄악을 완성시켜 놓았고, 우리는 비로소 그것을 저지른 자들이 됐습니다."

질문 시간에 누군가 물었다. "『흑인 부르주아지』에서 왜 그렇게 거친 표현을 쓰셨습니까?" 프레이저가 대답하자 청중석에서 폭소와 박수가 터져 나왔다. "친구여, 백인들은 우리를 교묘한 말로 속였습니다. 목사들은 우리를 교묘한 말로 속였습니다. 교사들은 우리를 교묘한 말로 속였고 우리 모두를 계속 속이고 있습니다. 우리에게는 우리를 속임수로부터 구해 낼 누군가가 필요합니다."

먼저 누군가 같이 할 사람을 찾아보지도 않은 채, 미국의 인종차별주의라는 골리앗에 맞서는 두려움 없는 다윗처럼 조목조목 힐난을 퍼부어 대는 프레이저의 용기에 나는 깊은 인상을 받았다. 프레이저는 자신이 진실을 말한다면, 그것이 처음에는 아무리 평판이 좋지 않을지라도 다른 사람들이 주위로 몰려들 것이고, 처음엔 멸시받던 생각들이 점점 더 받아들여질 것임을 굳게 믿고 있었다. 그 후 닥쳐 온 몇 년 동안 나는 프레이저가 보여 준 신념에 많은 용기를 얻을 수 있었다.

그해 6월 학생운동은 리치즈 백화점의 스낵 코너에서 소규모 '앉아 있기 운동'을 벌이기로 계획했다. 스낵 코너 자체에는 사실 의자도 없었지만 음식을 사야만 앉을 수 있는 테이블과 의자가 가까이 있었다. 로즈와 나는 카운터에 가서 커피 두 잔과 샌드위치 두 개를 사 오는 역할을 맡았다. 우리는 테이블에 앉았다. 근처에서 레코드판을 훑어보던 두 흑인 학생, 존 깁슨과 캐롤린 롱이 우리 자리에 합석했고 우리 넷은 점심을 먹기 시작했다. 스낵 코너 반대편 끝에서는 다른 4인조가 똑같은 행동을 했다.

점원이 와서 나가라고 말했지만 우리는 움직이지 않았다. 리치즈의 관리자들은 가뜩이나 곤란해지고 있던 정책에 사람들의 관심이 집중되는 것을 피하려고 했기 때문에 경찰을 부르지는 않았다. 그들은 그저 스낵 코너를 폐쇄한 뒤 불을 끄고 우리 주위의 의자들을 테이블 위로 올리기 시작했다. 백인 쇼핑객들이 한 떼거리 주위로 몰려들더니 우리가 자기들 점심까지 못 먹게 한다고 성난 말투로 투덜거렸다. 로니 킹을 비롯해 조금 전보다 많은 흑인 학생들이 우리 테이블에 합류했다. 우리는 어두컴컴한 그곳에 앉아 백화점이 문을 닫을 때까지 잡담을 나누고는 목적을 이룬 채 자리를 파했다.

더 많은 '앉아 있기 운동'과 더 많은 사람들의 체포, 상당수의 흑인 고객들이 참여한 보이콧이 있고 난 뒤이기는 하지만, 1961년 가을에 이르러 리치즈 백화점을 비롯한 애틀랜타의 다른 수많은 식당들이 인종 분리 정책을 없애는 데 동의했다. 확고부동해 보였던 일들이 변할 수 있었고, 꿈쩍도 할 수 없는 것처럼 보였던 것들을 움직일 수 있었다.

"제게 있어
대학은 학생들이 성장하는 곳이에요.
그런데 뒤틀린 환경에서 살면서
어떻게 똑바로 자라날 수 있겠습니까?"

3장

총장은
정원사와 같은 존재입니다

"이 행정 관료들은 우리가 야만인이고 우리를 개화시키는 게 자기들의 직무라고 생각한다." 이 말은 영문학을 전공한 스펠먼의 제자 하나가 자유의 결여, 낡아 빠진 규제, 사교계 진출을 위한 교양 학교 같은 분위기, 가부장제와 통제에 관해 던진 촌평이었다. 유치장에서 나와 캠퍼스로 돌아온 '스펠먼 여자애들'은 이제 전에는 받아들였던 것들을 용납할 분위기가 아니었다.

그들의 반란은 1963년 봄에 이르러서야 분출되었지만, 그에 앞서 여러 해 동안 차곡차곡 쌓인 것이었다. 내가 스펠먼에 도착한 직후, 허셸 설리번(나중에 그녀는 컬럼비아 대학에서 박사 학위를 받았고 아프리카에서 유엔 직원으로 일했다)이라는 인기 있는 학생이 학생 신문의 논설에서 우화를 사용해서 대학의 엄격한 학생 통제를 비난했다. 우화의 주인공 가운데 하나인 '문지기 사자'는 젊은이들이 바깥 세계를 탐험하러 가는 걸 막고 있었는데, 허셸은 그 사자의 행동을 "인자한 폭정"이라고 묘사했다. 허셸은 앨버트 맨리 총장에게 불려 가서 논설에 대해 격렬한 질책을 받았다. 총장은 또 논설을 실어 준 학생 신문 편집장도 헐뜯었다.

기품 있게 잘생긴 남자인 맨리는 스펠먼 최초의 흑인 총장이었다. 전임 총장들은 뉴잉글랜드의 백인 선교사 여성들이었다. 맨리는 신중하고 보수적인 인물이었으며, 흑인 캠퍼스들을 가로질러 퍼져 나가는 새로운 전투적 흐름에 우려를 금치 못했다. 또 맨리는 록펠러가를 비롯한 북부 출신 백인 사업가들이 많은 수를 차지하고 있던 대학 이사회의 요구에 부응해야만 했다.

허셸 설리번 사건 이후, 나는 허셸이 지지와 지원을 필요로 하고 있으며, 내 제자 중 한 명이 어쩌면 내 수업의 영향을 받아 캠퍼스에서 자신을 괴롭히는 일에 관해 자유롭게 자기 생각을 밝히고 있는데 내가 침묵할 수는 없다고 느꼈다. 나는 맨리 총장에게 장문의 편지를 보내 미국 역사와 서구 문명에 관한 수업을 통해 내가 억압에 맞서는 용기와 독립적 사고가 필요함을 역설해 왔으며, 표현의 자유를 꺾으려는 어떠한 행정적 시도도 자유로운 인문 교육의 핵심 가치들에 대한 공격임을 밝혔다. 그러나 아무런 답변도 받지 못했다.

　다른 다섯 명의 교수도 맨리 총장에게 편지를 보내 스펠먼 학생들의 지적·사회적 성장이 불필요한 규제에 의해 제한받고 있다는 우려를 표명하면서, 학생들에게 기강을 강요할 게 아니라 자기 수양을 계발하도록 장려해야 한다고 제안했다. 그들 또한 아무 답변을 받지 못했다. 그러나 갈등이 커지고 있음은 분명했다.

　1960년 봄 애틀랜타에서 '앉아 있기 운동'이 분출했을 때, 나는 『네이션*The Nation*』에 스펠먼 학생들의 참여에 관해 기고하면서, '젊은 숙녀들'을 길러 내는 데 중점을 두는 스펠먼의 전통이 도전받고 있으며 파업 보호선이나 유치장에서 새로운 유형의 스펠먼 학생이 등장하고 있다고 언급했다. 맨리 총장은 이 글이 기존의 대학 전통을 비판하는 데 분개했다고 한다.

　1962년 봄, 스펠먼 졸업생으로 당시 예일 법대에 다니고 있던 매리언 라이트가 학교를 방문하여 이제 젊은이들이 사회 변화의 추진력이 되어 가고 있다고 역설하자 학생들은 자극을 받았다. 매리언이 떠난 직후, 일군의 학생들이 스펠먼 대학 본부에 청원을 제기했다. 그들은 스펠먼의 "풍요로운 과거"를 정중하게 인정했지만, 대학이 "오늘날의 여성으로 하여금 현대의 급변하는 세계에서 책임을 떠맡도록 준비시키지 못하고 있다"

고 지적했다. "지적 호기심과 빼어난 학문 추구에 이바지하는 분위기가 현저하게 결여된 나머지 지식의 획득이 제대로 되지 않고 있다." 학생들은 새로운 분위기를 낳을 수 있는 "첫 단계들"로 교칙의 자유화와 교과 과정의 현대화, 도서관 시설의 개선 등을 요구했다.

청원을 공표하기 위해 소집된 모임에는 엄청난 인원이 모여들었다. 전교생의 절반 이상인 3백여 명의 젊은 여성이 청원에 서명했다. 우등생인 래나 테일러가 모임을 주재했다.

맨리 총장은 노한 반응을 보였다. 맨리는 래나 테일러를 비롯한 학생 지도부를 불러들여 청원서를 배포한 것에 대해 몹시 꾸짖으면서 학생들은 '공식 통로'를 이용해야 한다고 지적했다. 총장은 스펠먼의 현 상황이 마음에 들지 않으면 어떤 학생이든 떠나면 된다고 말했다. 맨리는 또 다음 호에서 청원서를 실을 예정이었던 학생 신문을 인쇄하지 말라고 요구했다. 편집장은 나중에 회고하며 말했다. "그건 마치 포고령 같았습니다. (…) 명령에 따르는 것 말고는 선택의 여지가 없다고 느꼈지요."

1962년 여름, 래나 테일러는 자신의 장학금 신청서가 '시민 자질 결여'를 이유로 반려되었다는 내용을 통보하는 편지를 대학 당국으로부터 받았다(래나는 그해 5월에 4학년 학생회장에 당선되었다).

1963년 봄에 이르자 사태가 극도로 악화되었다. 사회과학 동아리는 캠퍼스 생활과 관련된 몇 가지 이슈를 발표하기 위해 회의를 소집하기로 결정했다. 나는 동아리의 자문을 맡고 있었지만 내가 그런 생각을 발의한 건 아니었다. 그날의 주제는 '스펠먼의 자유'였고 교수, 대학 본부, 학생 모두가 초청되었다. 열두 명의 교수가 참석했다. 몇몇 행정 관료들도 왔지만 맨리 총장은 다른 약속을 이유로 참석하지 않았다. 보통 30~40명의 학생을 수용하던 방이 2백여 명의 학생들로 가득 찼다. 이날 회의는 케냐 출신 학생인 도커스 보이트가 주재했다.

학생들은 앞다퉈 일어나 자신들이 겪은 모욕적인 대우—감시, 가부장적 간섭, 권위주의—에 대해 대학 당국을 비난했으며 두려움을 표명했다. "어디에든 서명하면 졸업을 못할까 두렵습니다. 우리는 두려운 나머지 어떤 말도 못 합니다. 또 누군가 자신을 호출할까 봐 전전긍긍합니다." 학생들은 대학에서 주관한 음악회에 참석하지 않았다는 이유로 기숙사 방에서 외출을 금지당한 경험에 관해 이야기했다.

스펠먼 예술공로상 수상자이자 '방과 후에' 배역 모임에 참석했다는 이유로 정학을 당한 다섯 명의 연극반 학생 중 한 명이었던 마리 토머스(그녀는 뉴욕 연극계로 진출해서 성공을 거두고 있었다)가 보낸 편지도 회의에서 낭독되었다. 마리의 편지는

"전통적이고 낡아 빠졌으며 중세적이고 오래된 우리의 기준과 규칙, 규제"에 격렬하게 반대하는 것이었다. "이런 것들이 오늘날 우리의 현대 세계에서 정상적으로 자라고 배우는 현대적인 젊은 여성에게 도대체 무슨 의미입니까? 이미 시대는 바뀌었습니다. 하나님은 낡은 것들을 바꿀 힘과 지식, 이해력을 우리에게 주셨습니다." 학생들은 마리의 편지를 우레와 같은 박수와 환호성으로 맞이했다.

맨리 총장이 주재한 한 교수 회의에서 나는 학생들의 불만을 알아보기 위해 학생 회의를 녹음한 테이프를 들어 보자고 총장과 동료 교수들에게 제안했다. 맨리는 거절했다. 총장이 나를 단순한 지지자가 아니라 선동자로 보고 있음이 점점 분명해졌다. 학생들이 기성 당국에 도전하기 시작하면, 포위 공격을 당하는 행정 관료들은 종종 "누군가 뒤에서 조종하고 있음이 틀림없다"고 보곤 하는데, 이는 젊은이들은 스스로 생각하거나 행동할 능력이 없다는 속뜻을 담고 있다.

그 교수 회의 이후 나는 우리 사이의 긴장이 풀리기를 바라는 마음에서 맨리 총장을 찾아갔다. 캠퍼스의 우리 집은 맨리의 집 근처였고, 그전에는 몇 차례 집을 찾아가서 저녁 식사도 같이 하는 등 다소 공식적이긴 했지만 친한 사이였다. 아래는 1963년 전반기에 내가 쓰던 일기의 한 구절이다.

맨리와 상의함. 지난번 회의의 긴장 이후 얼굴 맞대고 마음 터놓으면서 대화를 하기 위해 만남을 요청했다. 진심을 나누지도 못했고 긴장은 조금도 풀어지지 않았으며, 어떤 주제에 대해서도 전혀 의견 일치를 보지 못했다. 사회과학 동아리의 경우를 보자. "당신은 우선 나와 먼저 그 문제를 분명히 해야 했습니다." 나는 그건 도저히 참을 수 없다고 말했다—민주적인 대학에서는 누군가에게 보고하지 않고도 어떤 그룹도, 어떤 주제에 관해서든, 언제든지 모일 수 있어야 한다고. "여기서 우리의 의견이 갈리는군요." 총장은 말했다. "당신은 왜 이런 문제를 계속 꺼내는 겁니까? 왜 다른 일들, 가령 시험에서 부정행위를 하는 학생들이나 기숙사에서 절도를 저지르는 학생들처럼, 매번 간과되는 일들에 관심을 기울이지 않습니까? 이런 문제에는 관심이 없나요?" 그렇게 관심이 많지는 않다고 대답했다. 아니, 모든 문제에 관심은 있지만 어떤 문제는 더 중요하다고 나는 말했다. 얘기를 하다 총장은 말했다. "나는 운동가였던 적도 없고 지금도 아닙니다." 자리를 파할 때쯤 나는 총장이 자신은 운동가가 아니라고 하면서 핵심을 지적했다고 말했다. "아마 전 운동가에 가까울 겁니다. 하지만 우리가 누구이든 간에, 운동가의 자질을 갖고 있는 학생들을 성장시켜야 하는 것 아닌가요?" 총장은 대답하지 않았다.

맨리 총장에게 연민 같은 걸 느꼈다—총장은 사방에서, 대학 이사회나 다른 대학 총장들, 흑인 사회의 유력 인사들로부터 압력을 받고 있었다. 나는 그런 저간의 사정은 알지 못했다. 그러나 나는 학생들에게, 마침내 자신의 의견을 떳떳이 말하게 된 그들의 용기에 감명 받았다. 자신의 발언을 검열하려는 학교 인사에게 저항했던 어떤 학생은 이렇게 말했다. "스펠먼은 마치 관棺 같습니다. 팔다리를 늘여서든 움츠려서든 몸을 정확히 거기에 맞춰야 합니다. 하나라도 삐쳐 나와선 안 돼요―발가락이나 손가락 하나, 머리카락 한 올도 말예요." 4학년 때 학교를 떠난 어떤 학생은 자기가 학교를 그만둔 이유를 편지로 보내 왔다. "선동에 휩싸이고, 갇혀지고 하는 것들에 질려 버렸습니다. (…) 스펠먼의 여자애들은 좋았지만, 그곳을 정말 좋아할 수는 없을 거예요. 사랑할 어떤 것도 주지 않았으니까요. (…) 제게 있어 대학은 학생들이 성장하는 곳이에요. 그런데 뒤틀린 환경에서 살면서 어떻게 똑바로 자라날 수 있겠습니까?"

4월 말에 맨리 총장의 10년 재직을 기념하는 감사 만찬이 있었다. 보스턴의 교육자로 스펠먼의 뛰어난 학생들을 위해 해외 유학 장학 제도를 후원하는 찰스 메릴과 나는 만찬장을 향해 걸어갔다. 찰스는 아마 스펠먼 대학 이사회에서 유일하게 자유주의적 목소리를 내는 사람이었을 것이다. 우리는 수년간 친하게 지내 온 사이였고 찰스는 농담을 던졌다. "내가 당신과 함께 걸어가야 하나요? (…) 당신 혼자 가면 사람들이 테이블에 자리를 내줄까요?" 뉴저지의 은행가이자 스펠먼 이사회 의장으로 만찬장의 주±연사인 로렌스 맥그리거는 다가올 일들에 대해 어떤 암시를 주었다(역시 내 일기에서 옮긴 것이다). "총장은 정원사 ─ 그는 자기 정원에서 모든 초목이 잘 성장하게 해야 합니다 ─ 와 같은 존재로, 그 자리에 자라선 안 될 것이 자라나면 싹을 잘라 버려야 합니다."

두 달이 지난 1963년 6월, 학기가 끝나 학생들도 집으로 가고 캠퍼스가 텅 빈 후 우리 가족은 북부에서 여름을 보내려고 낡은 셰비에 짐을 실었다. 로즈와 아이들이 차에 오른 뒤, 난 잠시 기다리라고 말하곤 편지가 왔나 하고 우편함을 뒤졌다.

총장실에서 편지가 한 통 와 있었다. "스펠먼 대학은 금번 학기 말에 귀하와의 고용 계약을 갱신하지 않으려 하므로 이에 이 사실을 통보하는 바입니다. (…) 따라서, 귀하는 1963년 6월 30일자로 본 대학에서의 모든 직무가 해제되며 1963년 6월 30일 이내에 귀하의 아파트에서 퇴거하시기를 바랍니다. 귀하의 최종 급여를 동봉합니다." 1년 치 봉급인 7천 달러짜리 수표가 한 장 들어 있었다.

충격이었다. 갈등이 점점 확대되고 있긴 했지만 이런 일은 예상하지 못했다. 모든 교수의 내년도 재임용 통지문이 이 펑계 저 핑계로 두 달 동안 발송되지 않은 이유가 이제야 분명해졌다—맨리는 모든 학생이 캠퍼스를 떠나기를 기다리고 있었고, 이제 아무 소동 없이 일을 처리할 수 있었던 것이다.

나는 차로 돌아가 로즈와 아이들에게 떠나기 전에 해야 할 얘기를 털어놓았다. 우리는 아파트 문을 다시 열고는 거실에 둘러앉았고 나는 편지를 읽어 주었다. 로즈는 놀라서 어쩔 줄을 몰라 했다. 마일라와 제프는 분노를 금치 못했다. 마일라는 애틀랜타를 떠나자고 몇 년 동안이나 우리를 상대로 시위를 벌이고 있었는데, 이제는 "우린 떠나지 않을 거예요!"라고 소리쳤다.

캠퍼스의 이웃이자 나의 학과 동료였던 스토튼 린드가 우리 차가 그대로 서 있는 걸 보고는 집 안으로 들어왔다. 스토튼과 그의 부인 앨리스는 추락 사고로 심하게 다친 아이를 보러 병원에 막 다녀오는 길이었다.

나는 스토튼에게 당신은 가족을 돌보는 것만도 걱정거리가 태산이지 않느냐고 말했다. 그러나 늘 그러하듯이 불굴의 의지를 지닌 스토튼은 즉시 전화기를 부여잡더니 여기저기 소식을 전하고 도움을 청했다. 반응은 세대에 따라 갈라지는 듯 보였다. 나이 든 교수들은 대놓고 말하길 주저했다. 젊은 흑인 교수들은 나를 열렬히 지지, 지원해 주었다—〈전국유색인지위향

달리는 기차 위에 중립은 없다

상협회(NAACP)〉활동가로 나와 같은 학과인 로이스 모어랜드, 애틀랜타 대학 정치학 교수이자 마틴 루터 킹 2세와 모어하우스 동창생인 새뮤얼 더보이스 쿡, 그리고 신임이자 그래서 특히 입지가 약하지만 용감하기 그지없는 젊은 수학 교수 셜리 맥베이(나중에 모어랜드는 스펠먼에 남았고, 쿡은 뉴올리언스에서 대학 총장이 됐으며, 맥베이는 MIT에서 학생처장을 맡았다).

영문과의 백인 동료 몇 명도 내 해고를 취소시키기 위한 캠페인에 합류했다 — 독일 태생의 소설가 러네이트 울프와 시인인 에스타 시튼. 그러나 맨리 총장은 단호했다. 자기를 찾아온 대표단에게 총장은 재임용 탈락 사유를 설명해 주었다. 나는 '반항적'이었다(내가 생각해도 틀린 말은 아니다).

나는 해고에 맞서 싸우고자 했고 법적으로도 유리한 위치에 있음을 확신했다. 나는 학과장이자 종신 재직권을 보유한 전임 교수였으며 직업 규정상으로 보더라도 약식 해고될 수 없었다. 법적 조언을 받으려고 돈 홀로웰에게 전화를 걸자 그는 맨리가 대학과 나와의 계약을 어겼다고 확신에 차서 말했다. 그러고는 "그래요, 제가 소송을 맡죠"라고 했다. 워싱턴에 있는 〈미국대학교수협회American Association of University Professors〉와도 통화를 했는데, 그들은 내 종신 재직권이 침해되었음을 확신하고는 조사 위원회를 구성하려고 했다.

그러나 이때쯤에 나는 법과 정의 사이의 간극을 날카롭게 의식하고 있었다. 나는 법의 자구字句가 현실 상황에서 권력을 쥐고 있는 자들만큼 중요하지 않음을 알고 있었다. 고소를 할 수는 있었지만, 소송은 몇 년이고 계속될 것이었고 나는 돈이 없었다. 〈미국대학교수협회〉는 조사에 착수할 것이고 수년 후 스펠먼 대학이 내 학문적 자유를 침해했음을 입증하는 보고서를 발간했겠지만, 큰 의미는 없었을 것이다. 나는 얼마 지나지 않아 이 싸움에 내 인생을 구속시킬 수 없다고 결론을 내렸다. 그 과정에서 나는 마지못해 현실에 굴복했다. 이런 경우 '법의 지배'란 보통 변호사 비용을 댈 능력이 있고 기다릴 수 있는 여유가 있는 사람이 승리한다는 걸 뜻하는 것이며, '정의'는 그다지 중요치 않다는 것이었다.

　　학생들은 뿔뿔이 흩어져 여름을 보내고 있었다. 그래도 소식은 퍼졌다. 우리와 가까운 친구 사이였던 몇몇이 도와주겠다고 편지를 쓰거나 전화를 걸어 왔다. 학생회장으로 침착한 성격에 의지가 강했던 베티 스티븐스가 그중 한 명이었다(하지만 베티는 내가 떠난다는 말을 듣고 눈물을 흘렸다). 베티는 나중에 하버드 법대에 진학한 최초의 남부 출신 흑인 여성이 되었다. 베티는 맨리 총장에게 편지를 썼다. "진 박사의 교수로서의 능력은 의문의 여지가 없습니다. (…) 스펠먼의 모든 학생은 진 박사를 존경하고 소중히 여기며 사랑합니다. (…) 이 사람은 단순한 교수가 아니라 학생들의 친구입니다. 그는 모든 학생들이 스스럼없이 다가갈 수 있는 사람입니다. (…) 그에게는 어느 누구도 하찮은 존재가 아닙니다." 베티는 "인간에 실망하며"라는 말로 편지를 끝맺음했다.

(죽어 가는 사람은 죽는다는 최악의 재앙만 뺀다면 어느 정도의 혜택 같은 것을 누리게 된다. 해고된다는 것도 이와 비슷하다. 사람들이 당신에 관해 특별히 좋은 말을 하는 걸 듣게 되니 말이다.)

즉시 지지를 보내 준 또 다른 학생은 앨리스 워커였다. 앨리스를 처음 만난 건 신입생 대상 우등생 만찬 자리에서였다. 우리는 여러 개의 기다란 테이블에서 우연찮게도 바로 옆자리에 앉게 되었다. 앨리스의 첫인상이 떠오른다. 자그맣고 호리호리했지만 강한 인상을 풍겼고 매끄러운 갈색 피부에 한쪽 눈은 고요한 채로 다른 눈은 커다란 웃음을 지을 듯이 호기심에 가득 차 있었다. 앨리스는 정중했지만 '스펠먼 여자애' 같은 스타일이라기보다는 거의 반어적인 정중함이었다. 무례한 게 아니라 단지 확신에 가득 찬 것 말이다. 우리는 대화를 나눴고 거의 단번에 서로를 좋아하게 되었다.

앨리스는 내 러시아사 강의를 들었으며 수업 시간에는 조용하지만 아주 경청하는 모습을 보였다. 나는 학생들에게 고골리나 체호프, 도스토예프스키, 톨스토이 등을 읽게 하여 역사에 활기를 불어넣으려 애썼다. 학생들이 첫 번째 에세이를 제출했을 때, 나는 앨리스 워커가 도스토예프스키와 톨스토이에 관해 쓴 글을 경탄을 금치 못하며 읽어 내려갔다. 학부생이 그토록 뛰어난 비판적 지성으로 쓴 글을 읽어 본 적도 없거니와 어떤 작가도 그렇게 훌륭한 세련미와 스타일을 보여 주는 문학 에세이를 보여 주진 못했다. 게다가 앨리스는 열아홉 살로 조지아 주 이튼턴의 농가 출신이었다.

앨리스가 스펠먼에 입학했을 당시는 '앉아 있기 운동'과 시위의 세 번째 물결이 막 일어나려는 때였고, 곧 앨리스는 그 모든 상황의 한가운데 서게 되었다.

앨리스는 우리 집에 자주 들렀으며 우리 아이들과 굉장히 친해졌다. 앨리스의 글쓰기는 계속해서 나를 경탄케 했다. 6월 초 내가 해고 통지서를 받았을 때, 앨리스는 이미 북부로 가서 보스턴의 형제와 여름을 보내고 있었다. 누군가 앨리스에게 전화를 해서 소식을 알렸고 그녀는 곧장 내게 편지를 보내 왔다. "선생님이 없는 스펠먼을 상상해 보려고 애썼습니다. 그런데 전혀 상상이 안 되더군요. (…) 어젯밤에는 너무 화가 나서 편지를 끝맺을 수도 없었어요."

로즈와 나는 그 여름 미시시피 주 그린우드로 가서 〈학생비폭력조정위원회(SNCC)〉에 관한 내 책을 주제로 활동가들에게 강연을 했다. 가을에 우리는 보스턴으로 가서 1년짜리 전셋집을 구했고, 나는 보스턴 대학의 교수직 제안에 관해 진지하게 고민했다.

앨리스 워커는 이미 스펠먼을 떠나기로 작정하고 있었다. 앨리스는 애틀랜타에서 편지를 보냈다. "이곳은 제게 사실 아무것도 아닙니다—거의 산 채로 매장당한 느낌이에요. 이 낯설고 공상적인 장소에서 떠나거나 나 자신—자아—을 잃거나 둘 중 하나밖에 없는 듯 보입니다."

10월의 어느 날 우리는 세간을 보스턴으로 부치고 친구들을 만나 보려고 애틀랜타로 돌아갔다. 〈SNCC〉 사무실을 찾아갔는데 내게 지지를 보내 주었던 백여 명의 스펠먼 학생들로 사무실이 미어 터질 지경이었다. 감동적인 재회였다.

그 모든 소요에도 불구하고—심지어 해고되기까지 했지만—스펠먼에서 보낸 시간을, 그토록 정겹고 멋진 시간을 마련해 준 이들은 바로 그 학생들과 그 밖의 많은 사람들이었다. 그 몇 년 동안 그들이 변화하는 모습을 바라보고 캠퍼스 안팎에서 기성 당국에 대한 그들의 저항 정신을 목격하면서, 나는 언제 어느 때든 모든 인류, 모든 생명체의 비범한 가능성을 확신할 수 있게 되었다.

흑인 주민들은
처음으로 대중행동 속에서 일어서고
자신들의 힘을 자각했으며,
또 낡은 질서를 흔들 수 있다면
언젠가 무너뜨릴 수도 있음을 알게 되면서
확실히 변모해 갔다.

4장

내 이름은
자유

　1962년 어느 여름날, 역사와 직접 대면하기 위해 강의실을 나와 떠돌아다니기 시작한 서른아홉 살의 역사학 교수였던 나는, 조지아 주 서남부의 면화와 피칸나무로 둘러싸인 도시, 올버니 시에 있는 도허티 군郡 보안관 컬 캠벨의 집무실로 걸어 들어갔다.

　애틀랜타의 진보적 연구 단체인 〈남부지역위원회〉에서 맡은 연구 과제의 일환으로 캠벨 보안관을 방문한 것이다. 1961년 겨울과 이듬해 봄과 여름, 올버니의 흑인 주민들은 인종 분리에 맞선 반란을 일으킴으로써 자기 자신들과 세계를 놀라게 했다. 나는 올버니의 소요를 조사하고 보고서를 쓰라는 요청을 받았다.

보안관을 면담하러 간 이유는 얼마 전 그의 관할 구역에서 일어난 어떤 일 때문이었다. 시청 앞에서 기도를 하면서, 이동하라는 명령을 거부했다는 이유로 열여섯 명의 다른 사람들과 함께 수감된 빌 핸슨이라는 이름의 백인 민권 활동가가 백인 죄수 한 명과 한 감방에 집어넣어졌는데, 그 죄수에게는 의미심장한 지령이 내려졌다. "너랑 같은 감방에 갇힌 그 녀석은 우리 백인들을 없애려고 이 마을에 찾아왔다." 핸슨은 감방에 앉아 신문을 보던 와중에 습격을 받았고, 의식을 잃도록 구타당했으며 턱이 부러지고 입술이 터지고 갈비뼈 몇 대가 나갔다.

그날 오후, 올버니 토박이이자 시 역사상 최초의 흑인 변호사였던 젊은 변호사 C. B. 킹이 캠벨 보안관의 집무실을 찾아가 빌 핸슨에게 무슨 일이 벌어진 건지 물었다. 그곳에서 성장해 법대를 졸업하고 다른 백인 변호사들과 똑같이 양복에 넥타이를 매고서 나타난 고향 '꼬마'가 의뢰인에 관해 묻자 보안관은 격분했음에 틀림없었다. 보안관은 말했다. "검둥아, 내가 밖에서 기다리라고 말하지 않았니?" 그러고는 바구니에서 지팡이를 하나 꺼내더니 있는 힘을 다해 킹의 머리에 휘둘렀다. 변호사는 얼굴에서 흘러내린 피로 옷을 적신 채 비틀거리며 보안관 집무실을 나왔고, 길 건너 경찰서장 프리체트에게 갔다. 프리체트는 병원에 전화를 걸었다.

달리는 기차 위에 중립은 없다

그 사건이 벌어지고 몇 주가 지나 자신의 집무실로 나를 초대한 캠벨 보안관은 고개를 돌리더니 말했다. "당신은 빌어먹을 검둥이는 아니지요? 그렇죠?" 나는 캠벨의 질문을 무시하고는 킹에게 무슨 일이 있었는지 물었다. 보안관은 나를 뚫어지게 쳐다봤다. "그래요, 내가 그 개자식을 죽도록 팼고 다음에 기회가 오면 또 그럴 겁니다. 그놈은 알아야 해요. 나는 백인이고 그놈은 빌어먹을 검둥이란 사실을요."

보안관의 말을 들으면서 그의 책상 옆에 있던 지팡이 바구니를 보았다. 맹인들이 제작한 것으로, 50센트에 판매한다는 말이 적혀 있었다. 도허티 군 맹인 시설에서 C. B. 킹을 구타하는 데 사용된 지팡이를 만들고 있는 한 흑인 남자에 관한 섬뜩한 상상이 내 머리를 빠르게 스쳐 지나갔다.

길 건너 프리체트 서장의 집무실로 갔다. 프리체트는 올버니에서 '질서'를 잘 유지하고 있다고 전국 모든 신문들에게서 칭송을 받고 있었다. 뉴욕의 『헤럴드 트리뷴』의 한 기자는 프리체트가 "그토록 폭력이 난무하는 상황에서 흉내 내기 힘든 전문가적 수준의 업적을 올버니에 가져다주었다"고 언급했다.

프리체트가 기성 언론들로부터 이렇게 칭찬을 받게 된 건, 단지 언론과 집회의 자유라는 자신들의 헌법상의 권리를 행사하려고 한 모든 남성과 여성, 어린이들을 (그가 자랑하듯 '비폭력적으로') 감옥에 집어넣었기 때문이었다. 프리체트와 캠벨 보안관은 고전적인 '좋은 경찰-나쁜 경찰' 팀이었다. 캠벨이 누군가를 피투성이가 되도록 구타하면 프리체트가 구급차를 불러 주는, 그런 식이었다.

나는 폭행죄를 저지른 것이 분명한 캠벨 보안관을 왜 체포하지 않았는지 프리체트에게 물었다. 프리체트는 웃으며 아무 대꾸도 하지 않았다. 프리체트의 비서가 들어왔다. "다음 손님이 도착하셨습니다." 프리체트는 일어서서 내 손을 잡았다. 나는 나가려고 일어섰다. 프리체트와 다음 약속을 한 사람이 들어왔다. 마틴 루터 킹 박사였다. 우리는 서로 인사를 했고(우리는 애틀랜타에서 자주 만난 사이였다) 프리체트—좋은 경찰—가 킹과 정성껏 악수를 나누는 것을 보며 집무실을 나왔다.

올버니의 모텔 방에 돌아와 보고서를 편집하면서 나는 1961년 12월부터 지난 여덟 달 동안 벌어진 모든 일에 관해 생각했다.

애틀랜타발 올버니행 기차를 잡아 타고 도착역에서 '백인' 대기실에 앉았던 〈학생비폭력조정위원회(SNCC)〉 활동가들을 프리체트가 체포한 일. SNCC는 젊은 흑인 대학생들을 중심으로 새롭게 결성된 조직으로, 지난해에는 남부 전역에서 '앉아 있기 운동'을 벌였으며, 이제는 이 나라에서 가장 거칠고 폭력적인 지역(조지아, 앨라배마, 미시시피)에서 인종 분리에 도전하려 하고 있었다.

SNCC 〈자유승차단〉의 체포에 항의하며 시내를 행진하고 노래를 부른 4백 명의 흑인 고등학생 및 대학생이 체포된 일.

시청에서 무릎을 꿇고 기도를 드린 70여 명의 올버니 흑인들이 체포된 일.

시청을 향해 행진을 벌인 3백여 명과 시내를 행진하며 노래를 부른 250여 명(이번에는 막 도착한 마틴 루터 킹 2세가 포함되어 있었다)이 체포된 일.

간이식당에 자리를 차지하고 앉아 주문을 받을 때까지 꿈쩍도 하지 않았다는 이유로 훨씬 더 많은 사람들이 체포된 일.

프리체트는 기자들에게 말했다. "우리는 〈전국유색인지위향상협회〉나 〈학생비폭력조정위원회〉, 또는 어떤 다른 검둥이 조직도 대규모 시위로 이 도시를 접수하도록 놔두지는 않을 것입니다."

〈남부지역위원회〉에 제출하기 위한 보고서에서 나는 핵심적인 초점을 찾고 있었다. 그 집약적인 형태는 인종 분리된 남부의 인종차별주의, 야만성이었다. 한 예만 들어 보자. 슬레이터 킹 여사(C. B. 킹의 형수)는 임신 6개월의 몸으로 세 아이와 함께 구치소의 누군가에게 음식을 갖다 주려 했다. 보안관보補 한 명이 여사를 걷어차 쓰러뜨렸다. 여사는 의식을 잃었다. 몇 달이 지난 후 그녀는 뱃속의 아이를 잃어야 했다.

하나의 물음이 나를 계속 따라다녔다. 이 모든 일이 벌어지고 있을 때 미국 정부는 도대체 어디에 있었는가?

나는 헌법을 가르치고 있었지만, 미국 헌법 수정 조항 제1조와 14조—언론의 자유, 집회의 자유, 법의 평등한 보호—가 올버니에서 거듭해서 위반되고 있다는 사실(내가 아는 것만도 적어도 30차례 그러한 위반이 있었다)을 아는 데는 그리 전문적 지식이 필요치 않았다. 그러나—헌법을 떠받들겠다고 선서한—대통령과 그가 마음대로 움직일 수 있는 미국의 모든 정부 기관들은 어디에서도 보이지 않았다. 조지아 주 올버니, 아니 남부 전역은 미국의 관할 구역 바깥이었나? 남부 연방이 남북전쟁에서 실제로 승리했고 도덕적으로나 현실적으로 연방을 탈퇴한 것이었던가?

나는 헌법 수정 조항 제14조를 통과시킨 남북전쟁 이후의 법률에 의하여 어떤 관료든 시민의 헌법상의 권리를 침해할 경우 연방 범죄가 된다는 사실을 알고 있었다. 이 나라 수도에서는 최근 자유주의적인 민주당 행정부가 취임한 상태였다. 존 F. 케네디가 대통령이었고 로버트 F. 케네디가 법무부를 총괄하는 법무장관으로서 연방법의 집행을 책임지고 있었다. 그러나

달리는 기차 위에 중립은 없다

조지아 주 올버니에서는 그 집행이 이루어지지 않았다.

〈남부지역위원회〉에 제출한 내 보고서는 『뉴욕타임스』 1면을 장식했다. 거기서 나는 연방 정부가 헌법상의 권리를 보호하는 데 실패했다고 지적했다. 『I. F. 스톤의 주간 신문*I. F. Stone's Weekly*』*은 요약본을 실었고, 『네이션』은 「케네디, 해방을 꺼리는 해방자Kennedy, the Reluctant Emancipator」라는 제목의 올버니 사태에 관한 내 글을 전재했다.

마틴 루터 킹 2세는 기자들한테서 내 보고서의 내용에 동의하냐는 질문을 받았다. 킹은 그렇다고 답하면서 〈연방수사국(FBI)〉의 인종차별주의를 지적했다. 애국심에 가득 찬 '백인 기사'를 자임했으며 비판에 익숙하지 않았던 반범죄, 반공주의의 미국 '영웅' J. 에드가 후버는 이 말에 노발대발했음이 분명했다. 언론은 FBI 비판을 크게 다루면서 후버의 격분을 불러일으켰지만, 내 보고서가 FBI를 넘어서 법무부와 백악관까지 건드리고 있었음에도 오직 FBI에만 문제를 국한시켰다. 이는 미국 저널리즘(아마도 사회 비평 전반)의 공통된 현상을 보여 주는 사

• I. F. Stone, 1907~1989. 스톤은 미국의 독립 언론인으로 17살의 나이에 언론계에 뛰어들어 1953년 부인과 함께 자기 집 부엌에서 『I. F. 스톤의 주간 신문』을 창간했다. 이 네 쪽짜리 신문은 정부 문서와 의회 의사록 등에서 스톤이 직접 간추리고 정리한 것으로, 얼마 지나지 않아 신뢰성 있는 정확한 사실을 제공하는 것으로 유명해졌다. 1968년 건강상의 이유로 신문을 종간할 당시에는 전 세계적으로 7만 명의 독자가 있었다.

례로, 행위자나 개인들에 피상적으로 초점을 맞춤으로써 깊은 분석을 할 경우 드러나게 될 사실—정부 그 자체, 사실상의 정치체제의 실패—을 감추는 것이다.

1963년 워싱턴 대행진에서 SNCC 의장 존 루이스는, 마틴 루터 킹의 "나에게는 꿈이 있습니다"라는 연설을 들은 바로 그 어마어마한 청중들을 상대로 연설하면서 핵심적인 질문을 던지려 했다. "연방 정부는 누구의 편입니까?" 행진 주최 측은 케네디 행정부의 심기를 건드리지 않도록 이 구절을 그의 연설문에서 빼 버렸지만, 루이스와 그의 SNCC 동료 활동가들은 남부에서 자행되는 폭력 앞에서 이상할 정도로 수동적인 모습을 보인 연방 정부를 수도 없이 경험했다—바로 이 정부가 나라 바깥에서는 그토록 자주, 흔히 압도적인 무력을 동원하면서까지 기꺼이 개입해 왔음을 보면 분명 이상한 일이었다.

존 루이스와 SNCC로서는 분노할 이유가 있었다. 존은 1961년 봄 〈자유승차단〉의 일원으로서 먼고메리에서 백인 폭도들에 의해 피투성이가 되도록 구타당했다. 연방 정부는 인종차별주의로 악명 높은 앨라배마 경찰에게 〈자유승차단〉을 보호하라고 맡기면서 FBI 요원들에게 사태를 기록하도록 지시한 것 말고는 아무 일도 하지 않았다. 케네디 행정부는 흑인과 백인이 함께 버스에 승차할 권리가 있다고 주장하는 대신, '냉각기'를 갖자며 자유 승차 여행을 일시 중단할 것을 요구했다.

활동가들이 자유 승차 여행을 미시시피까지 계속하겠다고 주장하자, 케네디 법무장관은 미시시피 주 정부와 거래를 했다. 〈자유승차단〉을 구타하지는 말고 체포만 하라고. 그해 여름, 3백 명 정도가 체포되어 미시시피의 감옥에서 고난의 시간을 보낸 것은 미국 정부가 그들의 권리를 보호할 필요가 없다고 생각했기 때문이었다.

자유 승차 여행은 법무부를 압박해 〈주간통상위원회Interstate Commerce Commission〉로 하여금 기차와 터미널에서의 인종 분리를 금지하는 규정을 만들어 1961년 11월부로 시행하게 하였다. SNCC 활동가들이 조지아 주 올버니의 기차역에서 시험해 보기로 한 것은 다름 아닌 바로 그 시행령이었다. 그들은 체포되어 법무부에 통고되었는데, 법무부는 침묵을 지킴으로써 그들의 시험을 저버렸다.

SNCC(그 친구들은 '스닉Snick'이란 별칭으로 불렸다)는 '앉아 있기 운동'의 베테랑들이 노스캐롤라이나 주 롤리에서 모인 1960년 봄에 결성되었다. SNCC의 초기 활동에 영감을 불어넣고 지도한 이는 할렘을 비롯한 여러 곳의 투쟁에서 잔뼈가 굵은 엘라 베이커였다. 올버니의 흑인들이 〈올버니 자유승차단〉성원들의 체포에 항의하기 위해 수백 명씩 거리로 몰려나와 그들 역시 체포되었을 때, 엘라 베이커도 그곳에 있었다. 몇 달 후 SNCC가 자신들의 집행위원회에 베이커 양(운동에 참여한 사람들은 그녀를 그렇게 불렀다)과 함께 두 명의 '성인 자문 위원' 중 한 명으로 결합해 줄 수 있겠냐고 내게 요청했을 때, 나는 영광으로 받아들였다.

1961년 12월 올버니에 처음 도착했을 당시 수백 명의 사람들이 감옥에서 나오고 있었다. 그들 대부분은 백인 고용주들로부터 해고를 당한 상태였고 샤일로 침례교회에 도움을 청하러 모여들었다. 엘라 베이커는 손에 종이와 펜을 든 채로 교회 한쪽 구석에 앉았다. 엘라는 연극배우 같은 낭랑한 목소리를 지닌 중년의 당당한 여성이었으며, 남부의 저항 운동을 조용히 옮겨 다니면서 유명한 남성들이 시간이 없어 못 하는 일들을 하고 있었다. 시간은 계속 흐르고 있었지만 엘라는 거기에 앉아 그녀 앞에 줄지어 선 사람들의 이름과 주소, 직업, 즉시 필요한 돈의 액수 등을 느긋하게 적어 내려가고 있었다.

나는 베이커 양을 보기 위해 벤치에 앉아 기다리고 있는 사람들에게 말을 걸었다. 그들은 자신들이 겪은 감옥을 자세히 설명해 주었다. 한 여성은 이렇게 말했다. "88명이 한 방에 갇혔는데, 철제 침상 스무 개에 매트리스는 하나도 없었어요. 보안관이 우리를 캐밀라로 데려갔지요. 버스에서 보안관이 말했어요. '여기

선 노래도, 기도도, 박수도 쳐선 안 돼.'" 올버니 주립 대학 학생이었던 어느 젊은 기혼 여성은 말했다. "시청에서 무릎 꿇고 기도했다고 감옥에 가리라곤 전혀 예상하지 못했어요."

그 당시 올버니에서 만난 사람들은 나로 하여금, 결코 신문에 머리기사로 나지 않지만 수백만을 대표하는 그 많은 사람들에게서 발견할 수 있는 축적된 용기와 자기희생에 관해 생각하게 만들었다.

시내버스에서 앞자리에 앉아 꿈쩍도 하지 않았던 열여덟 살짜리 소녀 올라 메이 쿼터만이 생각난다. 올라는 올버니의 흑백 문화에서 분명히 새로운 언어를 구사했다. "전 빌어먹을 제 돈 20센트를 냈고, 앉고 싶은 자리에 앉을 수 있어요." 올라는 '외설 행위'로 체포되었다.

찰스 셔로드도 생각난다. 셔로드는 SNCC의 '지방 연락원'으로, 〈자유의 집Freedom Houses〉을 세우고 현지 주민들이 그들 자신의 삶을 바꾸기 위해 단결하는 것을 도우려고 남부 곳곳의 거친 도시들로 달려간 젊은이 중 한 명이었다. 셔로드는 〈자유 승차단〉의 일원이었고 미시시피에서 투옥되었다. 당시 셔로드와 SNCC의 또 다른 친구 코넬 리건은 자기들이 할 수 있는 일을 찾아 올버니에 와 있었다(그렇다. 그들은 '외부 선동가'였다—그런 사람들 없이 이루어진 거대한 사회운동이 과연 있을까?). 셔로드는 내게 말했다. "한 끼도 먹지 못하고 몇 주일 동안 먼지투성이 길을 걸었던 생각이 났습니다. 이틀 밤이고 사흘 밤이고 계속 지새면서 글을 쓰고 등사판 원지를 자르고 등사기를 돌리면서 얼마나 오래 기다려야 할까, 하고 궁금해하던 때를 기억했습니다." 셔로드는 내가 올버니에 도착했을 때 막 감옥에서 나온 이들 가운데 한 명이었다. 셔로드가 보안관에게 "우리가 지금은 감옥에 있을지 모르지만, 그래도 우리는 인간입니다"라고 말하자, 보안관이 그의 얼굴을 후려쳤다(25년 후 보안관은 떠났지만 셔로드는 여전히 올버니를 지키면서 농민협동조합을 조직하고 있었다).

올버니로 자유 승차 여행을 와서 체포됨으로써 그 모든 시위를 촉발시킨 여덟 명의 성원 중 한 명인 리노어 테이트도 생각난다. 리노어는 스펠먼의 내 제자였으며—쾌활한 성격의 젊은 여성으로 신화 속의 냉정한 선동가와는 거리가 멀었고—억누를 수 없는 영혼을 지닌 행복한 〈자유승차단〉이었다. 나는 시내를 지나 철조망으로 둘러싸인 작은 석조 건물인 군郡 교도소로 가서 리노어와의 면회를 신청했다. "면회는 안 됩니다"라고 근무 중인 보안관보는 말했다. "다른 사람들처럼 울타리 바깥에서 큰소리로 얘기할 수는 있습니다." 나는 안쪽을 볼 수 없게 만든, 두꺼운 철망이 쳐진 창문 앞에서 리노어의 이름을 외쳤고, 그녀의 폭삭 쉰 목소리를 들을 수 있었다. 리노어는 자기 감방에 아픈 여자가 있어 도움을 청하느라 밤새 소리를 질러 대 목이 쉬었다고 했다.

앨라배마의 걸프해안 출신으로 SNCC의 몇 안 되는 백인 지방 연락원이자 리노어 테이트를 비롯한 〈자유승차단〉과 함께 체포된 밥 젤너도 생각난다. 그들 모두가 교도소에서 나올 때 나도 환영 인파에 있었는데, 밥이 그들과 함께 나타나자 보안관이 그를 잡아챘다. "너는 또 다른 건으로 기소가 되었다." 밥은 힐끗 불굴의 미소를 지어 보였고 끌려가면서도 동료들에게 손을 흔들어 주었다.

나중에 밥은 자신이 감옥에서 두 권의 책을 갖고 있었다고 말해 주었다. 하나는 헨리 밀러의 『북회귀선』이었는데, 보안관이 잠깐 훑어보더니 그냥 갖고 있게 했단다. 다른 하나는 릴리언 스미스의 소설로 흑인 남자와 백인 여자에 관한 것이었는데, 보안관은 책을 압수하면서 말했단다. "이건 외설적이야."

또 스토클리 카마이클도 있었는데, 올버니에서 내가 그를 처음 만난 어느 무더운 여름날, 회의가 진행되던 교회 앞 계단에 앉아 있던 카마이클의 주위에 동네 꼬마 아이들이 몰려들었다. 카마이클은 지옥에 가더라도 침착하게 웃음 짓고 당당하게 걸으면서 줄곧 철학적으로 사색할 것 같은 인상을 풍겼다.

카마이클은 하버드 대학을 뛰쳐나와 자유 승차 운동에 참여했고 미시시피 주 잭슨에 도착해서 체포됐으며, 불붙은 담배를 던져 대며 악쓰고 욕지거리를 퍼붓는 군중들 사이를 침착하게 걸어갔다. 파치먼 주립 교도소에서는 공공연한 반항으로 자기를 가두고 있던 이들을 미치게 만들었고, 49일 뒤에 카마이클이 출감하자 교도관들은 안도의 한숨을 쉬었다고 한다. 당시 그는 SNCC 일로 올버니에 있었다.

〈올버니 자유노래패Albany Freedom Singers〉를 조직한 인물로 단호하게 운동에 참여한 탓에 올버니 주립 대학에서 쫓겨난 버니스 존슨도 있었다. 나는 버니스가 스펠먼 대학에 들어오도록 도와주었지만, 대학은 물론 이 대학의 유명한 합창단 모두 그녀의 영혼과 목소리를 담아내기에는 그릇이 너무 작았다. 버니스는 어느 날 우리 집 거실에 앉아 이 얘기를 해 주고는 그 유려하고 깊은 목소리로 노래를 불렀다(나중에 버니스는 역사학 박사 학위를 받았지만 그것이 그녀의 힘을 보여 주는 시작은 아니었다. 버니스는 〈스미소니언박물관〉에서 지칠 줄 모르는 구술사 담당 관리자가 되어 수없이 많은 관람객에게 영감을 주었으며, 자신의 그룹 〈스위트 허니 인 더 락Sweet Honey in the Rock〉과 함께 카네기홀을 비롯한 전국을 돌며 노래를 했다).

항의 행진이 끝나고 시청에서 경찰에 이름이 적힌 흑인들의 행렬에는 올버니의 소년도 있었다.

"너 몇 살이니?" 프리체트 서장이 물었다.

"아홉 살이요."

"이름은 뭐지?" 서장이 물었다.

소년은 대답했다. "자유Freedom, 자유요."

"집에 가라, 자유야." 서장의 말이었다.

언론인과 학자들은 조지아 주 올버니가 운동 진영에게는 패배였다고 흔히 말해 왔다. 인종 분리에 대해 직접적인 승리는 하나도 거두지 못했다는 것이다. 내가 보기에 이것은 피상적인 판단으로 저항 운동을 평가하는 데 있어 종종 범하는 실수이다. 사회운동은 많은 '패배'―단기적으로 목적을 이루지 못하는 것―를 당할지도 모르지만, 투쟁의 과정에서 낡은 질서의 힘은 부식되기 시작하고 사람들의 생각은 변화하게 된다. 저항자들은 일시적으로 패배하지만 분쇄되지는 않으며, 반격할 수 있는 능력에 의해 다시 일어서고 기운을 얻어 왔다. 소년은 프리체트 서장에 의해 집으로 돌려보내졌지만, 소년은 이제 한 달 전의 그 아이가 아니었다. 1961년과 1962년의 소란스러운 사건들로 인해 올버니는 영원히 변했고, 아무리 상황이 진정된 것처럼 보였을 때조차도 이제는 전과 같지 않았다.

백인 주민들도 이런 사건들에 영향을 받을 수밖에 없었다—일부 백인들은 인종 분리를 더욱더 완고하게 옹호했지만, 나머지 사람들은 이제 다르게 생각하기 시작했다. 그리고 흑인 주민들은 처음으로 대중행동 속에서 일어서고 자신들의 힘을 자각했으며, 또 낡은 질서를 흔들 수 있다면 언젠가 무너뜨릴 수도 있음을 알게 되면서 확실히 변모해 갔다.

실제로, 찰스 셔로드가 올버니를 찾아와 체포된 지 15년이 흐른 1976년에 셔로드는 올버니 시 위원회에 선출되었다. 셔로드는 비관론자들에게 대답했다. "어떤 이들은 실패에 관해 말합니다. 실패가 어디 있습니까? 모든 면에서 인종차별이 폐지되지 않았습니까? 언제 우리가 멈춰 섰습니까? 어떤 명령이 우리를 멈추게 했나요? 어떤 백인이 우리를 멈추게 했나요? 어떤 흑인이 우리를 멈추게 했나요? 조지아 주 올버니에서는 어느 것도 우리를 막지 못했습니다. 우리는 세계에 보여 줬습니다."

그 당시 올버니의 흑인 남자, 여자, 어린이들이 보여 준 행동은 영웅적이었다. 그들은 한 세기에 걸쳐 수동성을 극복했으며 연방 정부의 도움 없이도 이를 해냈다. 그들은 헌법이 있지만, 여러 약속을 받았지만, 그리고 정부의 정치적 수사에도 불구하고, 이제부터 그들이 이루는 모든 일은 그들 자신이 해야만 한다는 사실을 알게 되었다.

어느 날 나는 올버니를 빠져나와 비포장도로를 연이어 달려 교사이자 농부인 제임스 메이즈를 만나러 리 군(郡) 깊숙이 들어갔다. 그 전날 밤, 메이즈의 집에 서른 발의 총알이 날아들어 벽을 뚫고 안에서 잠자던 아이들을 가까스로 비켜 갔다.

메이즈는 법무부에 전화를 한들 소용이 없음을 알고 있었다. 이미 수도 없이 많은 전화를 했으므로. 새벽이 오자 메이즈는 항의의 뜻을 담은 피켓을 써서 군청 소재지의 중앙로에서 그걸 들고 혼자 서 있었다. 그 힘이 전 세계를 넘어 우주 공간까지 뻗치는 이 나라의 시민이었지만, 메이즈에게는 그 힘이 없음이 분명했다. 메이즈와 그의 가족은 스스로의 힘에 의지해야 했다.

고통 받고 있는 어떤 집단이 스스로에게 의지해야만 함을 알게 된다는 것은, 그러한 교훈이 단기적인 의미에서는 쓰라린 패배를 동반한다손 치더라도, 미래의 투쟁을 위해서는 자신을 강하게 하는 것이다. 그 혼란의 시기에 올버니에 나타났던 도전 정신은 언론과 전문가들이 그토록 근시안적으로 애도했던 일시적인 '패배'보다 오래 지속되었다.

그 정신은 열여덟 살의 올라 메이 쿼터만의 말로 요약된다.

"전 빌어먹을 제 돈 20센트를 냈고, 앉고 싶은 자리에 앉을 수 있어요."

"자유가 오고 있네.
오래지 않아 우리 곁에 올 것이라오."

5장

우리 승리하리라

1963년 10월, 나는 수많은 위협과 폭력에 직면해 있던 SNCC의 유권자 등록 캠페인을 관찰하기 위해 SNCC 자문 위원으로 앨라배마 주 셀마로 갔다. 셀마는 댈러스 군의 군청 소재지로 주민의 57퍼센트가 흑인이었으나, 그 가운데 1퍼센트만 유권자로 등록했다(백인 등록률은 64퍼센트였다).

등록 절차를 보면 1퍼센트라는 수치가 이해가 되었다. 사람들은 등록도 하지 않았고 등록 신청도 하지 않았다. 장문의 질문지를 작성해야 했고 그 다음에는 구두 심사가 있었는데, 흑인과 백인에게는 서로 다른 질문이 던져졌다. 흑인들에게 주어지는 전형적인 질문은 "미국 헌법을 요약하시오"였다(군 등록관은 의심할 여지없이 헌법 전문가였다). 그러고는 심사 통과 여부를 알리는 엽서가 발송되었다.

셀마는 남북전쟁이 발발하기 전에는 노예시장이었고 20세기로 넘어오는 전환기에는 린치가 횡행하는 도시였으며, 셀마 출신으로 테네시에 거주하던 한 흑인 변호사가 내게 말했듯이, 1960년대까지도 여전히 그곳에서 자란 젊은 흑인 남녀가 스스로에게 "이 도시를 벗어나야만 해"라고 다짐하던 곳이었다.

내가 도착하기 얼마 전에도 유권자 등록을 하려던 서른두 명의 교사가 해고되었고, 군청 청사에서 시위 대열을 이끈 죄로 존 루이스가 체포되었다(이것은 존이 당한 수많은 체포와 야만적인 구타 중 하나에 불과했다. 1980년대에 존은 조지아 주를 대표하여 미국 하원 의원에 당선되었다). 다른 SNCC 활동가인 워스 롱도 체포되어 군郡 교도소에서 보안관보補에게 뭇매를 맞았다. 열아홉 살의 한 여성은 상점 의자에 앉아 있다가 맞아 쓰러졌고, 의식을 잃고 바닥에 누워 있는 동안에도 전기봉으로 구타를 당했다. 흑인 유권자들의 등록을 도와주던 SNCC 지방 연락원 버나드 라피에트는 길거리에서 백인 남자가 차를 밀어 달라고 해서 걸음을 멈췄다가 곤봉 세례를 맞았다.

올버니에서의 경험으로 나는 인종차별주의적 제도를 계속 유지시키는 데 연방 정부가 어떤 역할을 하는지를 잘 알고 있었다. 1877년 이래 민주당이든 공화당이든, 자유주의자든 보수주의자든, 모든 연방 정부는 민권법의 집행을 조직적으로 회피했다. 인종차별주의는 남부의 정책이 아니라 전국적인 정책이었다. 셀마는 미국 도시였다.

그럼에도 셀마에는 무언가 비현실적인 것이 있었다. 마치 할리우드 제작자가 남북전쟁 이전의 남부 도시를 재현해 놓은 것 같았다 — 무너져 내리는 건물들, 진흙투성이 도로, 작은 카페들, 길을 따라 면화가 가득한 수레를 끌고 가는 노새. 그 한가운데 놀랍게도 중세 베네치아 궁전을 본떠 만든 으리으리한 붉은 벽돌의 앨버트 호텔이 있었다.

내가 가 본 모든 남부 도시들에는 마치 자유를 위한 운동의 바위처럼 단단한 중심부로서의 흑인 가정이 하나씩은 있는 듯했다. 셀마의 경우에는 어밀리어 보인튼 부인의 가족이 그랬다. 어밀리어의 집에서 나는 그곳 동료들 세 명에게 말했다. "당신들의 대의에 공감하는 백인이 셀마에 한 명이라도, 단 한 명이라도 있나요?" 그들은 유태인 상점 주인 한 명 정도는 비밀스럽게 공감하고 있을지도 모른다고 생각했지만, 드러내놓고 운동을 도와주는 백인은 한 명밖에 알지 못했다. 셀마의 성聖 에드몬즈 선교구를 책임지고 있는 서른일곱 살의 가톨릭 사제 모리스 윌레트 신부가 바로 그 사람으로, 신부는 욕설을 퍼부어 대는 협박 전화와 살해 위협에 시달리고 있었다.

SNCC는 10월 7일을 '자유의 날'로 선포해 놓고 있었다. 이는 수백 명의 사람들을 유권자 등록을 위해 집결시킴으로써 그 인파로 두려움을 줄여 보자는 차원에서 기획된 것이었다. 두려워할 것은 많았다. 존 루이스와 다른 일곱 명은 여전히 감옥에 있었다. 우람한 몸집에 위협적인 보안관 짐 클라크는 일군의 사람들을 보안관보로 임명하여 무장한 채 배회하도록 했다. 사람들은 용기를 단련시키기 위해 '자유의 날'까지 매일 밤마다 교회에 모여들었다. 연설에 귀 기울이고 기도하고 노래하는 사람들로 교회들은 성시를 이뤘다.

'자유의 날' 이틀 전날 밤, 나는 셀마에 막 도착한 딕 그레고리의 연설을 들으려고 많은 사람들이 들어찬 교회 모임에 찾아갔다. 그레고리의 부인 릴리언은 그곳에서 시위하다가 체포됐다. 무장한 보안관보들이 교회 바깥을 에워쌌다. 백인 경찰 셋이 청중들 사이에 앉아 메모를 하고 있었는데, 그레고리는 셀마에서 한 번도 들어 보지 못한 어조로 그들에 관해, 그들에게 말하기로 결심했다 — 백인들에게 반항적으로 말하는 게 가능함을 보여 주기 위해.

나는 그 시절 값싼 녹음기를 들고 다녔다(나는 당시 구술사 프로젝트를 진행하던 나의 모교 컬럼비아 대학에 편지를 보내, 전직 장성이나 전직 국무장관 인터뷰에서 잠시 시간을 할애해 몇 사람을 남부로 파견해 무명의 사람들이 날마다 만들어 내는 역사를 기록해 보라고 제안했다. 이 나라에서 제일 부유한 대학 중 하나가 보낸 답장은 이런 식이었다. "훌륭한 생각입니다만 우리에게는 재원이 별로 없습니다"). 나는 그레고리의 연설을 내 초라한 녹음기로 녹음했다.

그레고리는 두 시간 동안 연설하면서 특유의 열정과 비범한 재치로 남부 백인 사회를 맹렬히 공격했다. 이 지역 역사상 어떤 흑인도 공개 연설에서 이처럼 우뚝 서서 백인 관리들의 면전에 대고 조롱하고 비난한 적이 없었다. 청중들은 기뻐해 마지않았고 거듭 격렬한 박수를 보냈다. 그레고리는 흑인들의 노동에 의존해서 살아가는 백인들이 흑인들을 학대하는 아이러니를 지적했다. 그레고리는 모든 흑인종이 하루아침에 사라져 버렸으면 좋겠다고 말했다 —"그러면 아마 우리를 미친 듯이 찾아 댈 겁니다!" 청중들이 와자하게 웃으며 박수를 쳤다.

그레고리는 갑자기 진지해지며 목소리를 낮췄다. "하지만 고생스럽게 해야만 할 것 같습니다. 여기에 머무르면서 그들을 가르쳐야 합니다."

짐 포먼이 그레고리의 뒤를 이어 발언했다. 포먼은 SNCC의 집행위원장으로 애틀랜타에서 일하고 있었는데, 무서울 정도로 조용하면서도 용감한 태도로 이곳저곳의 제일선을 살피곤 했다. 포먼은 시카고 태생으로 미시시피에서 자랐으며 공군에서 4년을 보냈고 대학을 졸업했다. 이제 포먼은 '자유의 날'을 위해 교회에서 사람들을 조직하는 일에 매달리고 있었다. "좋아요, 전화번호부를 뒤져 봅시다. (…) 벌로니 샌드위치하고 찬물 한 컵 갖고 그쪽에 가서 하루 종일 있어요." 포먼은 연단에 있는 큰 종이판을 가리켰다. 자유를 원합니까? DO YOU WANT TO BE FREE? 잠시 호흡을 고르더니 포먼은 말했다. "누가 앞장을 서겠습니까?"

저녁 행사는 어린이들과 십 대들, 피아노를 치는 소년을 필두로 한 〈셀마 자유 합창단〉의 노래 — 올버니의 대중 집회 이래 내가 들어 본 가장 아름다운 노래였다 — 로 끝났다(교회에서, 실무자 회의에서, 아니 그 모든 곳에서, 감정을 고양시키고 사람들에게 용기를 주고, 서로를 알든 모르든 간에 거의 언제나 모든 사람이 손을 맞잡고 끝나는 여기에는 말로 옮기기에는 불가능한 무언가 — 노래, 끊임없이 울려 퍼지는 노래 — 가 있다).

그러고는 모두 거리를 향해 열린 문들을 통해 집으로 돌아갔다. 백인 남자들이 탄 두 대의 차가 교회 밖 어둠 속에서 저녁 내내 서 있었다.

우리 가운데 몇은 그 밤 보인튼 부인의 집에서 제임스 볼드윈이 도착하기를 기다리고 있었다. 볼드윈은 버밍엄에 비행기로 도착해서 SNCC 사람들의 차를 타고 셀마로 와 '자유의 날'

을 보기로 되어 있었다. 기다리는 동안 우리는 부엌에 둘러앉아 이야기를 나눴다. 짐 포먼은 한 손으로는 손짓을 섞어 가며 말하고, 다른 손으로는 능숙하게 프라이팬의 계란을 휘저었다.

볼드윈은 자정이 지나 동생 데이비드와 함께 도착했다. 우리 모두는 거실에 앉아 그가 무언가 말하길 기다렸다. 볼드윈은 크게 웃었다. "우리 친구들이 말하세요. 저는 여기 처음입니다. 무슨 일이 벌어지고 있는지 알고 싶군요."

'자유의 날'에 나는 흑인 대열이 수백 명으로 불어난 아침 9시 30분부터 댈러스 군청 청사 근처 거리에 서서 거의 매분마다 메모를 했다. 현지 신문 편집장은 내게 신청 과정이 느리다고 말했다. 계산해 보았더니 이 속도대로라면 흑인들이 등록 유권자 비율에서 백인들을 따라잡는 데 10년이 걸릴 판이었다.

오전 11시경 250명이 줄을 서서 한 구역을 가득 채우고 모퉁이를 돌아 거리의 절반까지 나가 있었다. 이 사람들—나이가 지긋한 남자와 여자, 아이들을 안고 있는 젊은 어머니들도 있었다—주변에는 짐 클라크 보안관의 무장 보안 대원들, 곤봉과 총을 휴대하고 헬멧을 쓴 남자들이 감시의 눈초리를 보내고 있었다. 키가 6피트(약 183센티미터)에 배가 불룩한 보안관도 거기에 있었는데, 녹색 헬멧에는 남부 연방 깃발과 원형의 독수리 문양이 새겨져 있고, 셔츠에는 금색 별이 붙어 있고, 양 어깨에는 견장을 달고, 엉덩이에는 권총을 차고 있었다.

셀마의 군청 청사 바로 맞은편에는 연방 정부 건물이 있었다. 건물 1층에는 FBI 사무실이 있었는데, 창문을 통해 군청 청사를 바로 내다볼 수 있었다. 네 명의 FBI 요원과 법무부에서 파견된 백인과 흑인, 두 명의 변호사가 거리에 서서 그날 벌어진 모든 일을 직접 목격했다.

오전 11시 40분경, 등록 절차를 밟기 위해 군청 안으로 들어간 흑인들이 나오는 모습은 하나도 보이지 않았다. 짐 포먼과 다른 SNCC 사람과 서 있는데 클라크 보안관이 다가왔다. "자자, 여기서 비키세요. 당신들은 인도를 막고 있습니다."

음향 장치를 가진 한 남자가 노여움으로 눈이 활활 타오르는 제임스 볼드윈에게 말을 걸었다. 볼드윈은 헬멧을 쓴 주州 방위군 대열을 향해 손을 흔들었다. "연방 정부는 해야 할 일을 하지 않고 있습니다."

거의 정오가 다 되어 햇볕이 내리쬐고 있었고, 포먼은 근 세 시간 동안 내내 선 채로 줄지어 있던 사람들에게 물을 갖다 주는 문제에 관해 곰곰이 생각하고 있었다. 나는 길 건너 연방 정부 건물을 바라보았다. 계단 위에 두 명의 SNCC 친구들이 등록 대열 쪽을 향해 피켓을 들고 있었다. 덧바지에 중절모를 쓴 한 명은 '유권자 등록을 합시다'라고 적힌 피켓을 들고 있었다.

자세히 보려고 길을 건너갔다. 그와 동시에 클라크 보안관과 헬멧을 쓴 보안관보 세 명이 재빨리 길을 건넜다. 그들은 법무부 변호사 둘과 FBI 직원 둘을 지나쳐 건물 계단을 오르더니 SNCC 사람 둘을 낚아챘다. 클라크는 소리쳤다. "너희들을 불법 집회 혐의로 체포한다." 보안관보들이 두 명을 계단 아래로 끌어내 경찰차로 밀어 넣었다. 건물 옆문에서 역시 유권자 등록 피켓을 들고 있던 세 번째 남자도 체포되었다.

투표권 행사 방해를 금하는 1957년 민권법—헌법 수정 조항 제1조의 '언론의 자유'는 말할 것도 없다—을 이보다 더 명백히 위반할 수는 없었다. 게다가 이것은 미국 연방 정부의 건물 계단에서 정부 인사들이 두 눈을 뜨고 있는 가운데 벌어진 일이었다. 나는 가까이에 있던 법무부 사람에게 고개를 돌렸다. "저건 연방 청부 건물이지요?" 분노를 담은 질문이었다. 그는 "그렇죠"라고 말하고는 고개를 돌렸다. SNCC 활동가 세 명을 태운 경찰차는 빠른 속도로 사라졌다.

짐 포먼은 전날 밤 법무부의 연방 보안관들에게 반드시 문제가 발생할 것이라는 내용의 전보를 쳤다고 내게 말했다. 법무부는 답장을 보내지 않았다.

점심시간이라 등록관들이 등록 업무를 중단했다는 말이 들려왔다. 사람들은 그대로 줄지어 서 있었고, 포먼은 그들에게 어떻게 음식을 조달할지 계획을 짜기 시작했다. 주 방위군 대오가 군청 청사에 와 있었다. 그들의 차량은 지붕 위에 탐조등을 장착한 채로 거리 한쪽 끝에서 다른 쪽 끝까지 늘어서 있었다. 파란 헬멧에 곤봉과 총으로 무장한 40명의 방위군이 등록 대열을 따라 배치되어 있었다. 방위군 지휘관은 버밍엄의 역전 歷戰의 정예 깡패 앨 링고 대령이었다. 링고의 방위군 가운데 일부는 가축몰이용 전기봉을 지니고 있었다.

오후 1시 55분(이제 사람들은 다섯 시간째 줄을 서 있다), 짐 포먼과 보인튼 부인이 클라크 보안관과 얘기하러 걸어갔다.

포먼이 말했다.

"보안관, 이 사람들한테 음식을 좀 주고 싶은데요."

클라크는 대답했다.

"어떤 식으로든 그들을 괴롭힐 수 없습니다."

포먼은 말했다.

"그들을 괴롭히려는 게 아닙니다. 음식을 주고 등록에 관해 말하고 싶습니다."

이제 클라크는 소리를 지르기 시작했다.

"만약 그러면 체포할 거요! 그들을 괴롭혀선 안 되고, 거기에는 그들에게 말을 거는 것도 포함돼요."

포먼과 보인튼 부인은 다시 길을 건너 샌드위치를 담은 손수

달리는 기차 위에 중립은 없다

레와 나무로 된 물통이 세워져 있는 연방 정부 건물 옆 샛길로 왔다. 취재기자들을 불러 모았다. 포먼은 그들에게 법무부에 전보를 친 일과 그들의 침묵에 관해 말해 주었다. 보인튼 부인은 말했다.

"줄 서 있는 사람들에게 음식을 전달하기로 결정했습니다."

오후 2시, 군청 청사 창문을 올려다보니 유리창을 가득 메운 군청 직원들의 얼굴이 보였다.

나는 법무부 변호사 중 나이 든 이에게 말을 걸었다.

"법무부 대표가 주 방위군에게 가서 이 사람들이 음식과 물을 먹을 자격이 있다고 말하지 못하는 이유라도 있습니까?"

그는 내 질문에 마음이 흔들리는 듯 보였다. 긴 침묵이 흘렀다. 그러고는 답이 돌아왔다. "나는 그렇게 하지 않을 겁니다." 그는 또 숨을 돌렸다. "그들이 음식과 물을 받을 권리가 있다고 봅니다. 하지만 나는 그렇게 하지 않을 겁니다. 그래 봤자 소용없어요. 워싱턴이 내 편을 들지는 않을 겁니다."

두 명의 SNCC 지방 연락원이 두 팔에 음식을 든 채 손수레 옆에 서 있었다. 한 명은 앨라배마 태생의 에이버리 윌리엄스였고 다른 한 명은 일리노이 주 카본데일 출신의 치코 네블레트였다. 둘 다 SNCC에서 일하기 위해 대학을 그만둔 이들이었다.

치코는 자기 지갑을 포먼에게 주었다 — 감옥에 가겠다는 최후의 작은 표시였다. 치코가 에이버리에게 말했다. "이봐, 가자고."

그들은 모퉁이로 걸어가 거리의 모든 사람의 시선이 집중되는 가운데 길을 건넜다(SNCC 사람들은 남부에서 무단횡단을 하지 않으려고 조심했다). 그와 동시에 우리 무리―사진기자, 취재기자, 그 밖의 사람들―도 길을 건넜다. 그때가 2시 20분이었다.

치코와 에이버리가 대열에 다가가자 파란 헬멧을 쓴 채 시가를 물고 있던 덩치 큰 주 방위군(그는 우리에게 스멜리 소령이라고 밝혔다)이 그들에게 짖어 댔다(내가 너무 편파적인가? 짖어 댔다는 말 외에 다른 완곡한 표현이 있을까?). "저리 가!" 그들은 등록 대열을 향해 계속 걸어갔다.

소령이 소리쳤다. "잡아!" 다음 순간 내가 본 것은 땅에 쓰러진 치코 네블레트를 방위군이 에워싸고 있는 광경이었다. 치코가 절규하는 게 들렸고 그의 몸이 발작이라도 일으키듯 거듭해서 튀어 오르는 게 보였다. 그들은 치코와 에이버리를 가축몰이용 전기봉으로 찔러 대고 있었다. 그러고는 사지를 붙잡아 들어 올리고는 길가에 서 있던 녹색의 호송 트럭에 내동댕이쳤다.

이제 방위군과 보안관보들은 이 모든 상황을 죄다 목격한 우리에게 향하더니 사진을 찍지 못하게 밀쳐 댔다. 『먼고메리 애드버타이저Montgomery Advertiser』의 젊은 기자가 카메라를 갖고 있었다. 그들은 경찰봉으로 카메라를 부수더니 주차되어 있던 트럭에 그를 밀어붙이고는 셔츠를 찢었고 보안관보 한 명이 입 언저리에 주먹을 휘둘렀다. 이건 군사작전이었고, 국가 안보를 위해 비밀 엄수가 요구되었던 것이다.

호송 트럭이 움직이기 시작했다. 치코와 에이버리는 손을 흔들었다. 법무부 변호사는 구타당한 사진기자의 이름을 적었다. 제임스 볼드윈과 나는 FBI 책임자와 이야기를 하기 위해 사무실로 들어갔다. 볼드윈은 화가 나서 흥분한 상태였다. 나는 물었다. "클라크 보안관과 다른 이들을 왜 연방법 위반으로 체포하지 않는 겁니까?"(올버니에서 겪은 경험으로 나는 미합중국 법전 제18편 242조*를 인용할 수 있었다. "어느 누구든 간에, 어떤 법률을 구실로 하든… 어느 주민이든 그에게서… 헌법에 의해 보장되거나 보호받는… 어떤 권리라도… 자의적으로 박탈할 경우… 벌금형이나… 수감형에 처해진다").

FBI 책임자는 나를 쳐다보았다. "우리는 이런 상황에서 체포할 권리가 없습니다." 말도 안 되는 거짓말이었다. 미국 행정법전 제18편 3052조는 "FBI 요원들이 있는 현장에서 미국에 반하는 범죄가 발생할 경우" 영장 없이 체포할 수 있는 권한을

---

* Section 242, Title 18 of the U. S. Code. 미합중국 법전U. S. Code은 연방의 모든 성문법을 기재하고 있는 통합 법전. Title은 각각의 독립적인 법률을, Section은 개별 조항을 가리킨다.

요원들에게 부여하고 있다. FBI는 납치, 은행 강도, 마약 사건, 간첩 사건 등에서 체포를 하고 있다. 그런데 민권 사건에선 아니라고? 그렇다면 흑인들이 이등 시민일 뿐더러 민권법도 이등 법률이 되는 것이다.

우리 넷─제임스 볼드윈, 나, 법무부의 나이 든 변호사, 그리고 '자유의 날'을 참관하기 위해 디트로이트에서 온 젊은 흑인 변호사─은 연방 정부 건물 계단에 앉아 이야기를 나눴다. 디트로이트의 변호사가 말했다. "경찰들이 줄 서 있는 흑인 3백 명 모두를 학살할 수도 있었는데, 아직은 아무 일도 하지 않았군요." 법무부 사람은 수세적이었다. 그는 볼드윈*에게 요즘 무슨 글을 쓰고 있냐고 물었다. 대답, 연극이요. 제목이 뭡니까? "백인 주인님을 위한 블루스Blues for Mister Charlie요." 볼드윈의 대답이었다.

오후 4시 30분, 군청 청사가 문을 닫았다. 대열은 흩어지고 있었다. 디트로이트의 변호사는 남자와 여자들이 천천히 걸어가는 것을 보았다. 변호사의 목소리가 떨렸다. "저 사람들은 훈장을 받아야 합니다." 우리는 SNCC 본부로 걸음을 재촉했다.

(세월이 흐른 어느 날 나는 워싱턴의 하원 건물에 있었다. 엘리베이

• 볼드윈은 소설가이자 극작가였다.

터 근처에서 그 디트로이트 출신 변호사와 마주쳤다. "여기서 뭐하십니까?" 그가 물었다. "베트남전쟁이요." 나는 대답했다. "당신은요?" 그는 웃었다. "이제 막 하원 의원에 당선됐어요." 그가 바로 존 커니어스로, 그는 그 후 수년 동안 하원 〈흑인 간부 회의Black Caucus〉의 일원으로서 전쟁에 반대하고 정의를 옹호한 소신파 중 한 명이었다.)

저녁 8시에 한 교회에서 대중 집회가 소집되었다. 8시 5분 전에 교회는 모든 좌석이 가득 메워져 사람들이 벽에까지 죽 서 있었다. 윌레트 신부와 또 다른 가톨릭 사제가 청중석에 앉아 있었다. 둥근 천장에는 샹들리에가 매달려 있었고 고리 모양으로 연결된 스물다섯 개의 알전구가 빛나고 있었다. 제1차 세계대전 참전 군인인 73살의 한 남자가 내게 말을 걸었다. "셀마에선 이런 일이 한 번도 없었다오, 한 번도. SNCC가 여기 오기 전까지는 말이오."

짐 포먼이 청중들에게 말했다. "우리는 오늘 기뻐해야 합니다. 무언가 위대한 일을 해냈으니까요." 댈러스 군의 비무장 흑인들이 미국 정부로부터 아무런 도움도 받지 못한 채 짐 클라크와 그의 무장 보안대에 맞서 자신들 스스로 헌법을 지켜 내야 했다는 쓰라림이 있었다. 그러나 그들 350명이 아침부터 저녁까지 물도 음식도 먹지 못한 채 줄을 유지했고, 댈러스 군을 다스리는 무장한 사람들을 바로 눈앞에 두고도 한 치도 움츠

러들지 않았다는 환희가 있었다.

합창단 젊은이들이 앞에 나와 노래를 불렀다.

"오, 자~유~의 빛이여, 너를 빛나게 하리라!"

연단에 선 제임스 볼드윈의 눈은 청중들을 향해 불타고 있었다.

"보안관과 그의 조수들은 (…) 언덕 위의—그리고 워싱턴의—선한 백인들에 의해 창조되었습니다. 그들은 자신들조차 통제할 수 없는 괴물을 만들어 냈습니다. (…) 이건 하나님께서 하시는 일이 아닙니다. 아메리카 공화국이 의도적으로 행한, 의도적으로 창조한 행위입니다."

집회는 언제나 그러하듯이, 젊은이와 늙은이, 아기를 안은 젊은 여자들, SNCC 사람들, 가톨릭 사제 등 모든 사람이 손을 맞잡고 「우리 승리하리라We Shall Overcome」를 열창하는 것으로 끝났다. 교회 반대편에서 법무부의 젊은 흑인 변호사가 다른 사람들처럼 손을 맞잡고 노래하는 모습이 보였다.

나는 『뉴리퍼블릭New Republic』에 '자유의 날'에 관한 짧은 글을 기고했고, 「앨라배마의 등록: 흑인들, FBI가 보는 앞에서 연방 소유 건물에서 끌려 나오다」라는 제목으로 실렸다. 법무부는 내 글에 심기가 불편해졌다. 법무부 민권국장 버크 마셜은 『뉴리퍼블릭』에 장문의 서한을 보내, 셀마에서 벌어진 일에 관해서는 '소송'이 적절한 구제 절차가 될 것이고, 법무부는 셀마에서 계류 중인 두 건의 투표권 소송을 진행하고 있다고 지적했다. 마셜은 "즉결 처분은 있을 수 없다"고 말했다(셀마의 FBI 책임자가 그러했던 것처럼, 마셜도 FBI 요원들의 면전에서 벌어지는 "어떠한 범죄에 대해서도" 발동할 수 있는 요원들의 체포 권한을 무시하는 쪽을 선택했다).

한 해쯤 지나 마셜은 소책자를 하나 쓰게 되었고, 셀마와 같은 사건에서 연방 정부가 아무 일도 하지 않은 일에 대해 옹호하는 논지를 정교하게 펼쳤다. 마셜은 연방과 주 사이의 권력 분립이라는 '연방 체제'에 관해 이야기했다. 지방 관료가 헌법에 명시된 권리를 보호하지 못할 경우에 연방 정부가 나서서 행동할 수 있는 막대한 권한을 부여한 헌법 수정 조항 제14조도 이러한 분립을 영구적으로 바꾸지 못했다고 역설하는 마셜의 주장은 놀라울 따름이었다. 미 합중국 법전 제10편 333조는 이러한 권한을 분명하게 못 박고 있다.

어느 날 『시카고 대학 법학 평론*University of Chicago Law Review*』이 집에 배달되었는데 거기에는 마셜의 책에 대한 서평이 실려 있었다. 리차드 와서스트롬이란 이름의 법학 교수가 마셜의 논리를 통렬하게 비판하고 있었다. 나는 놀라웠고, 한편으론 기뻤다. 리차드 와서스트롬은 내가 그날 셀마에서 만난 법무부 변호사였다. 그는 셀마의 사건 이후 법무부를 그만두었고 앨라배마의 터스키지 대학의 학장이 되었으며 이제는 캘리포니아 대학의 법학 및 철학 교수였다. 거의 같은 시기에, 셀마에서 만난 또 한 명의 변호사로 「우리 승리하리라」를 함께 불렀던 흑인 변호사도 법무부를 그만두었다는 소식을 들었다.

그게 셀마에서 내가 겪은 마지막 경험은 아니었다. 1965년 초, 셀마는 전국적 차원으로 분노를 자아냈고 존슨 행정부에게는 국제적인 골칫거리가 되었다. 인종 분리에 항의하는 시위대가 대규모로 체포되는 와중에, 제임스 리브라는 백인 유니테리언파Unitarian Universalist 목사가 곤봉에 맞아 사망했고, 지미 리 잭슨이라는 흑인 남자는 총격을 당했으며, 셀마에서 다리를 건너 주도州都 먼고메리를 향해 행진하던 흑인들은 구타당해 피투성이가 되었다.

마침내 존슨은 강력한 투표권법을 통과시킬 것을 의회에 요청하는 한편, 연방 소속의 앨라배마 주 방위군에 셀마에서 먼고메리까지 계획된 민권법 도보 행진을 보호하라고 명령했다. 50마일(약 80킬로미터)에 이르는 이 지루하고 고된 발걸음은 그 모든 구타와 그 모든 유혈이 끝난 후의 개선 행진이 될 것이었다.

나는 '남북전쟁 종전 1세기가 지난 후 다시 찾는 남부'라는 주제로 『네이션』 백 주년 기념호에 글을 쓰느라 버지니아 주 린치버그, 사우스캐롤라이나 주 존스아일랜드, 미시시피 주 빅스버그 등을 여행하고 있었다. 그러고는 셀마-먼고메리 행진에서 앨라배마 주도에 이르는 마지막 18마일〔약 29킬로미터〕 행진에 결합했다.

전날 밤 도착한 나는 행진 대열이 간선도로 바로 옆에 자리를 잡고 있는 걸 보았다. 그날은 비가 억수로 퍼부었고 밤을 보내기 위한 야영지로 선택한 벌판은 진흙탕이라 발목까지 푹푹 빠져 버렸다.

비닐 깔판과 침낭을 나눠 가졌다. 어둠 속에 누워 있자니 휴대용 발전기의 윙윙거리는 소리가 들리고, 차이나칼라 복장의 젊은 감독 교회* 사제들인 두 명의 건장한 '안전' 요원들이 무전기를 든 채 간선도로 쪽에서 오는 사람들을 확인하는 모습이 보였다.

밑에 깐 비닐 깔판은 진흙과 흙탕물로 흥건히 젖어들었지만 침낭 안은 뽀송뽀송했다. 2백 피트〔약 61미터〕 거리에는 호위 군인들이 지핀 불이 벌판을 부채꼴로 에워싼 채 밤을 밝히고 있

• 기독교 감리회 감독 교회Christian Methodist Episcopal Church. 1870년에 유색인 감리회 감독 교회로 조직된 미국 흑인 감리교. 1956년에 이 명칭을 공식으로 채택했다. 1866년 미국 남부 감리회 감독 교회 내부에서 흑인 교인들로 구성된 독자적인 교회를 조직하기 위한 운동에서 비롯되었다.

었다. 믿어지지가 않았다. 그토록 요구해 온 연방 정부의 보호를 이렇게 받고 있다니.

막 동이 트기 전에 깨어나니 반달이 구름 사이로 길을 재촉하고 있다. 군인들이 주변에 피웠던 불은 이제 그 기세가 꺾이긴 했지만 여전히 타오르고 있다. 가까이서 자던 사람들이 하나둘 일어나고 있다.

뜨거운 오트밀과 계란 완숙, 커피를 타려는 줄이 늘어섰다. 사람들은 행진을 다시 시작하려고 모여들었다. 도로 옆을 흐르는 개울에서 한 흑인 소녀가 발을 닦더니 운동화를 씻는다. 여자애 옆의 사제가 입은 코트에는 진흙이 줄무늬를 이루고 있다. 신발이 없는 한 흑인 여자는 맨발을 비닐로 칭칭 감고 있다. 앤디 영이 교환수를 통해 먼고메리 쪽과 통화를 하고 있다.

"신발을 좀 갖다 주세요. 여자와 아이들용으로 다양한 사이즈의 신발 40켤레가 필요합니다. 이 사람들은 지난 24시간 동안 맨발로 걸었어요."

정확히 아침 7시에 육군 헬기가 머리 위를 빙빙 돌면서 행진이 시작되었고, 마틴 루터 킹과 앤디 영을 비롯한 SNCC 사람들이 앞장서서 간선도로를 따라 먼고메리를 향했다. 행진 대열 양쪽 끝, 앞뒤로 눈에 보이는 곳까지 군인들이 있었다.

전설적인 평화주의자로, 남부 여러 감옥들에서 구타와 가축몰이식 찌르기, 고문으로 잔뼈가 굵었고 한때 감옥에서 31일 동안이나 단식 투쟁을 한 바 있는 에릭 와인버거와 어깨를 나란히 하고 행진했다. 길을 따라 걷다가 와인버거는 행진을 호위하던 군인들을 가리켰다. "저 광경에 동의하십니까?" 그는 물었다.

"네, 군인들이 있으니 좋습니다." 나는 대답했다. 와인버거가 말하고자 하는 바를 알 수 있었다. 그는 평화주의·무정부주의의 원칙─당신 스스로를 위해서일지언정 국가 기구를 사용하지 말라. 폭력적인 인종차별주의에 대해서도 강압을 행사하지 말라─을 굳건히 견지하고 있었다. 그러나 나는 국가의 활용 문제에 관해서 절대주의자가 아니었고, 대중적 압력 아래에서라면 국가가 좋은 일을 위한 힘이 될 수도 있다고 생각했다. 우리는 의견을 달리한다는 데 동의했다.

머리 위로는 태양이 아름답게 빛나는 가운데 행진 대열은 노래를 불렀다. "차유! 차유! 자유가 오고 있네. 오래지 않아 우리 곁에 올 것이라오." 물론 자유가 오는 데는 오랜 시간이 걸리겠지만, 사람들이 계속 전진하고 있다면, 얼마나 멀든 간에 그 거리를 좁혀 가고 있음을 알고 있다면, 오랜 시간이라는 게 과연 중요한 것일까?

먼고메리 경계선까지 17마일[약 27킬로미터]을 앞두고 전국 각지에서 모여든 백인과 흑인들 수천 명이 결합하면서, 원래 3백 명이었던 뿔뿔이 흩어진 대열이 시시각각으로 불어나고 있었다. 대체로 햇빛이 쨍쨍했지만 서너 차례 비가 억수로 쏟아지기도 했다. 도로변의 한 오두막집 현관에서 여덟 명의 조그만 흑인 아이들이 한 줄로 서서 손을 흔들고 있었고, 앞뜰에는 낡은 흔들 목마가 서 있었다.

붉은 안색에 덩치가 큼직하고 트렌치코트를 차려입은, 더블린에서 새로 이주한 한 아일랜드인은 옆에서 맨발로 걷고 있던 흑인 꼬마의 손을 붙잡았다. 학교에 가는 흑인 아이들을 태운 그레이하운드 버스가 우리 옆을 지나갔다. 아이들은 차창에 매달려 "자유 만세!"라고 외쳤다. 빨간 머리에 챙 없는 검은 모자를 쓴 외다리 백인 남자가 목발에 의지한 채 다른 사람들과 함께 빠른 걸음으로 행진했다.

도로변에서 일하던 백인 노동자들은 조용히 행진을 지켜봤다. 먼고메리 교외에 다다르자, 흑인 고등학교에서 학생들이 쏟아져 나와 행진 대열이 지나가는 거리에 줄지어 서서는 손을 흔들고 노래를 불렀다. 제트기 한 대가 머리 위를 가까이 지나가자 모두가 하늘을 향해 팔을 뻗치고는 외쳤다. "자유 만세! 자유 만세!"

도시에 도착해서 나는 행진 대열을 빠져나왔다. 주 의사당

앞에서 어마어마한 인파가 모여 킹 목사를 비롯한 연사들과 함께 굉장한 집회를 가질 거라는 걸 알고 있었지만, 집으로 돌아가고 싶었다. 공항에 도착해서 우연히 휘트니 영과 마주쳤다. 휘트니 영은 애틀랜타 대학의 옛 동료로 이제는 〈전국도시민연맹〉*의 의장을 맡고 있었다. 축하 행렬에 함께 하기 위해 막 비행기에서 내린 참이었다.

휘트니와 나는 공항 간이식당에 들어가 커피 한 잔을 하려고 테이블에 앉았다. 커피를 마실 수 있는지 확신하진 못했다. 서로 다른 인종이라는 것 말고도, 휘트니는 여느 때처럼 큰 키에 핸섬했고 거무스름한 정장과 흰 셔츠에 넥타이를 매고 있던 데 반해, 나는 지저분한 데다가 덥수룩한 수염에 행진에서 묻혀 온 진흙으로 옷도 엉망이었으니, 분명 이상해 보였을 것이다.

주문을 받으러 온 여자가 우리를 아래위로 훑어봤다. 심기가 불편해 보였다. 그녀는 앞치마에 큼지막한 배지를 달고 있었는데, 거기엔 인종차별주의자들의 오만한 구호가 된 한 단어—안 돼!NAVER!—가 적혀 있었다. 하지만 우리에게 커피를

---

* National Urban League. 인종차별을 피해 남부 흑인들이 대거 북부로 이주한 1910년에 설립된 민권 조직으로 북부에 와서도 경제적 기회와 평등을 얻지 못한 채 도시 빈민으로 전락한 흑인들의 권익을 향상시키기 위한 활동에 집중했다. 현재는 흑인 교육과 경제적 자립 원조 등 경제·사회적으로 주류에 진입할 수 있도록 여러 프로그램을 진행하고 있다.

5장 우리 승리하리라 131

갖다 주었으니 앨라배마에서도 뭔가가 바뀐 게 틀림없다. 확실히, 행진 대열의 노래("자유가 오고 있네. 오래지 않아 우리 곁에 올 것이라오")가 썩 진실인 것은 아니었으나, 배지에 적힌 주장은 이제 분명 잘못된 것이었다.

달리는 기차 위에 중립은 없다

6장

여기 있을 겁니다

　로즈와 내가 미시시피 주 그린우드를 방문하던 1963년 여름, SNCC는 그곳에서 2년째 활동하고 있었다. 사실 '활동'이란 단어는 전혀 현실을 보여 주지 못한다. 미시시피는 흑인들에게는 '사람 죽이는 주killing state'로 알려져 있었다.

　밥 모지즈가 대략적인 설명을 해 주었다. 나는 작은 녹음기를 갖고 있었다. 보스턴의 〈비컨프레스〉에서 SNCC에 관한 책을 한 권 내기로 했기 때문이었다(출판사에서는 원래 〈전국유색인지위향상협회〉에 관해 책을 써 보라고 했다. 나는 말했다. "아뇨, 지금 남부에서 벌어지고 있는 실제 이야기를 보여 주는 건 SNCC예요"). 올버니와 셀마의 경험을 통해 나는 이른바 역사라고 불리는 것들의 상당 부분이 어떻게 보통 사람들의 현실—그들의 투쟁, 그들의 감춰진 힘 — 을 등한시하는지를 이해하기 시작했다.

밥은 할렘 출신의 스물아홉 살의 대학 졸업생으로 SNCC와 함께 하고자 남부로 갔고, 미시시피로 집을 옮겼으며, 현지 흑인들과 함께 주로 유권자 등록을 돕는 일을 하고 있었다. 나는 SNCC에 관한 책에서 밥이 "중키에 건장한 몸집이고 밝은 갈색 피부에 코 주위에 주근깨가 있으며, 커다랗고 평온한 눈으로 사람을 똑바로 쳐다보고 조용한 목소리로 천천히 말을 하며, 미시시피의 거리를 내려다보며 서 있을 때면 그 침착함이 대양을 굽어보는 산맥과 같다"고 묘사했다.

흑인들이 투표할지도 모른다는 예상 때문에 미시시피 주의 백인 권력 구조는 신경을 곤두세웠다. 흑인들은 인구의 43퍼센트였지만 5퍼센트만 유권자 등록을 했기 때문에 정치적 힘은 전무한 상태였고, 기존 권력 체제는 그런 상태를 유지하고 싶어 했다. 소수의 백인들이 주의 부富를 쥐락펴락하면서, 이 부의 작은 부분을 할애해서 체제를 그대로 유지시켜 주는 수천 명의 하급 지방 관리에게 봉급을 지불했고, 필요할 경우 무력을 동원하기도 했다.

따라서 밥 모지즈가 주 남쪽 지역의 맥컴이라는 작은 도시를 시발점으로 하여 미시시피의 사람들에게 이야기를 시작하자, 투옥과 구타, 칼부림, 살해 위협 등이 시도 때도 없이 닥쳐

달리는 기차 위에 중립은 없다

왔다. 맥컴의 울워스 간이식당에서 열여덟 살인 또래 두 명이 백인 좌석에 앉았는데(이 지역 역사상 최초의 도전 행동이었다), 그들은 체포되어 30일 징역형을 선고받았다. 열다섯 살의 브렌다 트래비스를 중심으로 여섯 명의 고등학생이 같은 행동을 했을 때도 8개월 징역형에 처해졌으며 브렌다는 학교에서 제적당했다.

미시시피에 온 지 얼마 안 된 어느 날, 밥은 아홉 아이의 아버지로 백인의 총에 맞아 죽은 허버트 리라는 농부의 시신을 조사해 달라는 요청을 받았다. 백인과 농부는 말다툼을 벌이고 있었다. 백인이 농부에게 걸어오더니 그의 머리에 권총을 쏘았다. 검시檢屍 배심원단은 흑인 증인 한 명이 자기 목숨이 달아날까 두려워 정당방위였다는 증언을 하자 살인자를 무죄방면했다. 몇 주 후에 증인은 진실을 말하기로 결심했으나, 자기 집 앞마당에서 세 발의 총격을 받고 죽었다.

이 사건들에 대한 항의의 뜻으로 백여 명의 고등학생이 동맹파업을 벌였다. 투옥과 구타가 계속되었지만 맥컴의 흑인들은 자신들의 삶을 변화시키기 위해 행동하기 시작했다.

맥컴 사건 이후 밥 모지즈와 밥 모지즈의 곁으로 달려온 다른 SNCC 사람들은 북쪽의 미시시피 델타로 가서 여러 도시들로 범위를 넓히기로 결정했다. 리플로어 군郡의 그린우드 시에는 특별한 관심이 집중되었다. 델타는 교전 지역이 되었다.

샘 블록은 델타의 비무장 병사 가운데 하나였다. 샘은 스물
세 살로 큰 키에 여윈 체구였고, 미시시피의 소도시 출신으로
건설 노동자의 아들이었다. 샘은 노래하기를 즐겼지만 말이 많
은 편이 아니었다. 그럼에도 샘은 그린우드의 흑인 지구를 돌
아다니면서 가가호호 문을 두드리고 그들의 어려운 처지에 관
해 말을 건넸다. 경찰차 한 대가 줄곧 샘의 뒤를 따라다녔으므
로 사람들은 두려운 나머지 문 열기를 주저했다. 어느 날 백인
셋이 갑자기 샘을 덮치고는 뭇매를 가했다. 또 어느 날엔가는
자기를 향해 돌진하는 트럭을 피하려고 전신주 뒤로 몸을 날려
야 했다.

샘은 경찰에 강도로 지목받아 기소된 열네 살짜리 소년의
사건을 떠맡았다. 소년은 자신은 무고하며 강도 사건이 있던
날 목화밭에서 하루 종일 일했다고 말했지만, 경찰은 소년을
경찰서로 데리고 가서 발가벗기고 콘크리트 바닥에 내동댕이
쳤으며 가죽 채찍으로 맨몸을 때리고 주먹과 경찰봉, 곤봉으
로 구타했다. 샘은 소년의 진술서를 받고 몸에 난 상처를 사진
으로 찍어 워싱턴의 법무부로 보냈다. 그 일은 바닥도 보이지
않고 두레박도 없는 우물로 그들을 빠뜨리는 것 같았다. 밥 모
지즈는 내게 말했다. "그때부터 줄곧 샘과 경찰이 대결하는 사

건이 되었습니다."

샘 블록의 용기는 전염병처럼 퍼져 나갔다. 그린우드의 SNCC 사무실에는 점점 더 많은 사람들의 얼굴이 보이기 시작했고, 유권자 등록을 위해 군청 청사로 가는 사람들도 많아졌다. 어느 날 밤, 사무실에서 늦게까지 일하던 샘과 두 명의 SNCC 활동가는 총과 쇠사슬로 무장한 일단의 침입자들을 가까스로 피해 창문을 통해 벽을 기어올라 옆 건물 지붕으로 도망쳤다. 다음 날 돌아와 보니 사무실은 아수라장이 되어 있었다.

그러나 샘은 멈추지 않았다. 그 겨울 샘은 굶주린 사람들을 위해 식료품을 모으느라 분주히 움직였다. 정부의 잉여 식량에 의존해 살아가는 사람이 2만 2천 명이었는데 군郡 당국은 식량 배급을 중단한 상태였다.

그린우드의 흑인 몇을 데리고 유권자 등록을 하러 간 어느 날, 샘 블록은 보안관의 저지를 받았고 다음과 같은 대화가 이어졌다(또 다른 SNCC 활동가가 우연히 듣게 되었다).

보안관: 어이 검둥이, 어디서 왔나?

블록: 미시시피 토박이요.

보안관: 여기 검둥이라면 내 다 알지.

블록: 유색인을 다 안다고요?(보안관은 그에게 침을 뱉었다).

보안관: 내일까지 여길 떠나.

블록: 나를 보고 싶지 않으면 당신이 짐을 꾸려 떠나쇼. 난 여기 있을
테니까.

전쟁은 계속되어 흑인들의 집과 주차된 차량들에 엽총이 발
사되었으며, 밥 모지즈가 몰던 차에 45구경 총알 열세 발이 날
아들어 차에 같이 타고 있던 SNCC 활동가 짐 트래비스가 어
깨와 목에 총상을 입고 사경을 헤매게 되었다. 한 총격 사건 이
후 백여 명의 흑인 남자, 여자, 어린이들이 노래하고 기도하며
리플로어 군청 청사를 향해 행진하자, 노란 헬멧에 폭동 진압
용 곤봉으로 무장하고 경찰견을 앞세운 경찰이 앞을 가로막았
다. 경찰견 한 마리가 밥 모지즈에게 달려들었는데, 현장에 있
던 매리언 라이트는 나중에, 밥이 개를 보고 겁을 먹었지만 달
아나지 않고 개를 향해 똑바로 걸어갔다고 상황을 설명했다.

1963년 여름 로즈와 내가 그린우드에 도착했을 때, 경찰의
만행에 항의하는 시위 행진 이후 58명의 사람들이 막 감옥에
서 나오고 있었다. 〈전국교회협의회〉가 마련해 준 보석금을 내
고 풀려난 것이었다. 그날 밤, SNCC 본부는 전투 직후의 야
전병원 같은 으스스한 분위기였다. 감옥에서 풀려난 젊은이
들―열여섯이나 열일곱 살―이 여기저기에 널브러져 있었다.

그중 두 명은 좁다란 간이침대에 누워 있었는데 SNCC 여학생 몇이 눈에 붕산 용액을 발라 주고 있었다. 감옥에서 제대로 먹질 못해서 눈에 이상이 생긴 것이다. 한 남자애는 감염된 손을 치료받고 있었다. 또 다른 남자아이는 발이 부어 오른 상태였다. 그는 파치먼 교도소에서 '열 감방hot box'에 있었다. 감옥에서는 그들을 치료해 주지 않았다.

프레드 해리스라는 소년은 자신이 겪었던 일에 관해 말했다. "전 160시간을 흙 감옥에서, 열 감방에서 보냈습니다. 그게 말이죠. (…) 전 열일곱입니다. 1960년에 운동에 참여하게 됐지요. 그땐 열네 살이었습니다. 샘 블록이 제게 운동에 관해 말해 주었어요. 저는 '그래요, 저도 돕고 싶네요'라고 말했죠. (…) 어머니는 처음엔 거기 끼지 말라고 했죠. 그런데 그게 당신을 위해서나 저를 위해서나 최선이라는 걸 알게 됐죠. (…) 망설이지 말고 하라고 말씀하셨어요."

그린우드의 SNCC 본부 옆에는 한 여성이 살고 있었는데 사람들 말로는 굉장히 많은 도움을 주었다—루비 필처 부인이었다. 로즈와 나는 부인을 만나 보기로 했다. 우리는 부인의 집 부엌에 앉아 그녀가 옷을 다리면서 자신의 삶과 일, 가족, 운동에 대한 느낌에 관해 말하는 동안 내 작은 녹음기로 녹음을 했다.

필처 부인은 그린우드의 컨트리클럽에서 일했다.

"음, 전 요리도 하고 사람들 시중도 들고 뭐 그런 일을 해요. 테이블 정돈에 접시 나르기, 뭐 아무 일이나 하는 거죠. (…) (유권자 등록) 얘기는 줄곧 들었습니다. (…) 어느 날 아침엔가 그들이 말하더군요. 외부 선동가들이 마련한 사무실을 불태워 버렸다고요. (…) 무슨 생각을 해야 할지 모르겠더군요."

"전에는 한 번도 보지 못했던 일들이 여기서 벌어지고 있었기 때문에 뭐라고 말해야 할지 몰랐습니다. 그리고 저, 제 자신은 그저 백인들을 위해 일하러 가고 그들이 주는 푼돈이나마 받으면서 해야 할 일을 닥치는 대로 했죠. 자유에 관해서는 한 번도 생각해 본 적이 없었어요. 그런데 이제 자유가 무슨 뜻인지 궁금해진 거예요……."

"그 사람들이 교회에서 음식을 나눠 주러 여기에 왔어요. 경찰이 가더니 체포했죠. (…) 두려웠습니다. (…) 딕 그레고리라는 남자도—이름이 맞나요?—그도 여기에 왔죠. 그는 자기가 행진을 이끌겠다고 말했습니다. (…) 그래요, 저는 대중 집회에 갔어요. 그리고 그는 그날 밤 한 부인에게, 여기 거리 바로 옆에 사는 나이 든 부인에게 말했죠. 자기와 함께 대열 앞에 서자고요. 그러고는 말했습니다. '그럼 아침 일곱 시까지 오세요.' 그녀는 대답했습니다. '여섯 시까지 갈 수

달리는 기차 위에 중립은 없다

있어요.'"

필처 부인은 두 아들과 두 딸의 사진을 우리에게 보여 줬다.

"제 딸은 열일곱이에요. 아이는 운동이라면 겁부터 집어먹었죠. (…) 이제는 좋아해요. 아이는 말했죠. '엄마, 난 지금 벌어지고 있는 일이 정말 맘에 들고요, 언젠가 그렇게 되길 바래요.'"

"저는 운동이 (…) 우리가 운동을 위해 할 수 있는 어떤 일이든 좋아요. 그게 옳은 거라고 생각하고요. (…) 앞으로도 그렇게 할 테고, 우리 자신을 위한 것들은 잠시 잊을 거고 그 사람들한테 줘야죠. (…) 그 사람들은 난로도 없고 커피 끓이는 도구도 없었어요. 매서운 추위가 몰아치던 어느 날 아침 전 말했죠. '커피 다 끓이고 나서 과자 만들어 줄게요. (…) 다 만들어 줄게요.'"

사람들이 어떻게 운동에 참여하게 되는지를 지켜보는 건 항상 흥미로운 일이었다. 일생 동안 쌓여 온 감정에 생기를 불어넣는 건 언제나 작은 마주침, 아주 조그마한 경험이 아니었던가.

그린우드를 방문해서 몇 달이 지나고 나는 그린빌의 SNCC 간부 회의 자리에서, 두 아이의 어머니로 미시시피 주 룰빌에서 평생 동안 소작농으로 일한 마흔일곱 살의 여성과 대화를 나누게 되었다. 그녀는 자그맣고 땅딸막한 체구에 비바람에 단련된 구릿빛 피부였고 온화한 큰 눈망울을 갖고 있었다. 또 어릴 적 소아마비를 앓아 절룩거렸다. 패니루 헤이머 부인이었다.

헤이머 부인은 노래 실력이 빼어났는데, 어떻게 운동에 참여하게 됐는지 내게 얘기해 주는 대화 간간이 노래를 불렀다. 헤이머 부인은 집회가 있다는 얘기를 룰빌의 한 교회에서 들었다. "제임스 베벨이 그날 밤 연설을 했는데 틀린 말이 하나도 없었어요. 또 짐 포먼도 있었지요. 연설이 끝나자 그 사람들은, 그러니까 이번 금요일에 누가 등록하러 갈 거냐고 물었고, 저는 손을 들었답니다."

"1962년 8월 31일—제가 군청에 등록하러 간 날—글쎄 집에 돌아오니까, 제가 18년 동안 한 번도 기일을 어기지 않고 소작농으로 일해 준 바로 그 사람이 저보고 그만두라고 말하더군요. (…) 그래 저는, 나는 당신을 위해 등록하려는 게 아니다, 나 자신을 위해서 등록하려는 거다, 라고 말했죠. (…) 일단 저를 둘러싼 상황을 바꾸려고 하자 다른 선택의 여지가 없더군요."

헤이머 부인은 농장에서 쫓겨나 친구와 함께 이사했다. 열흘 후, 차 한 대가 집 옆을 내달리면서 부인의 침실 안으로 열여섯 발의 총알을 쏟아 부었다. 그 밤 부인은 우연히 다른 곳에 있었고 아무도 다치지는 않았다.

달리는 기차 위에 중립은 없다

헤이머 부인은 몇 달 전 그녀를 포함해 활동가 다섯 명이 사우스캐롤라이나에서 집회를 마치고 그린우드로 돌아오던 때의 얘기를 해 주었다. 미시시피 주 위노나에서 버스가 잠깐 멈췄고 일행 중 몇이 '백인 전용' 대기실로 들어갔다. 그들은 모두 체포되었고 각각 다른 감옥에 보내졌다. 애틀랜타의 클라크 대학 졸업생인 아넬 폰더(그녀의 여동생은 스펠먼 재직 당시 내 제자였다)는 뭇매를 맞고 얼굴이 부어올라 말도 하지 못할 지경이었다. 헤이머 부인은 온몸을 곤봉으로 두들겨 맞았다.

부인은 곰곰이 생각했다. "외부 사람들이 들어와서 멀쩡하게 만족하고 살던 사람들을 선동하기 시작했다고 그들이 말한다는 거 알죠? 기억을 아무리 더듬어 봐도 전 한 번도 만족한 적이 없었어요." 계속 운동을 할 거냐고 물었더니 부인은 노래로 답했다. "운동에서 내가 눈에 띄지 않고 어디에서도 나를 찾지 못하면, 묘지로 와 보라고, 거기 묻혀 있을 거라고 그들에게 말했다네!"

두 번째로 헤이머 부인을 만난 건 1964년 1월 21일이었다. 미시시피 남부 해티스버그의 '자유의 날'이었다. SNCC는 단 한 명의 흑인도 유권자 등록을 하지 않은 군에서 수백 명의 흑인 미시시피 주민들을 등록시키려고 애쓰고 있었다.

나는 '자유의 날'을 준비하는 전략 회의에 앉아 있었다. 밤에는 대중 집회가 열리고 다음 날에는 군청 청사를 빙 둘러 시위를 벌일 예정이었다. 물론 많은 사람이 체포될 것이었다. 법무장관 로버트 케네디에게 전보를 쳤다. "내일 아침에 수백 명의 해티스버그 시민들이 유권자 등록을 시도할 것입니다. 그들을 보호하기 위해 연방 보안관을 파견해 줄 것을 요청합니다. 우리는 또한 헌법에 보장된 권리를 방해하는 지방 경찰을 체포하고 기소할 것을 요청합니다. 밥 모지즈 서명." 아무 답변도 듣지 못할 것임은 우리 모두 알고 있었다.

엘라 베이커와 존 루이스가 교회 집회에서 발언하려고 애틀랜타에서 기차로 왔고, 교회에는 천여 명의 사람이 모여 노래하고 있었다. "흔들리지, 흔들리지 않게……." 다른 민권운동 단체들도 모습을 보였다. 마틴 루터 킹의 〈남부기독교지도자회의〉에서는 아넬 폰더가 대표로 왔고, 〈인종평등회의〉의 데이브 데니스도 눈에 띄었다. 시위 대열에 함께할 50명의 성직자를 대표해서 한 랍비가 발언을 했다.

엘라 베이커는 언제나 그랬듯이, 당면한 상황을 넘어 근본적인 문제들까지 언급했다. "인종 분리가 사라지더라도, 우리는 여전히 자유를 원할 것이고 여전히 모든 사람이 일자리를 가져야 할 것입니다. 우리 모두가 투표를 할 수 있더라도, 사람들이 여전히 굶주린다면 우리는 자유롭지 못할 것입니다. (…)

달리는 기차 위에 중립은 없다

노래하는 것만으로는 충분하지 않습니다. 우리에게는 학교와 배움이 필요합니다. (…) 기억하십시오. 우리는 흑인들의 자유만이 아니라 모든 인간 정신의 자유를 위해, 모든 인류를 감싸 안는 더 큰 자유를 위해 싸우고 있는 것입니다."

집회가 끝나고 우리 모두는 교회 밖 어둠 속으로 쏟아져 나왔다. 사람들은 여전히 노래하고 있었다. 자정이 가까운 시각이었다. 우리가 잘 〈자유의 집〉에는 간이침대가 마련돼 있었다. 긴 카운터에서는 대여섯 명이 아침에 들고 갈 피켓에 구호를 쓰고 있었다.

새벽 한 시였지만 몇몇은 잠을 이룰 수 없었다. 나는 멘디 샘스틴이라는 SNCC의 백인 활동가와 간이침대 하나를 같이 쓰게 되었다. 우리는 애틀랜타 시절부터 친구였는데, 그는 시카고 대학의 젊은 대학원생으로 모어하우스에서 잠시 강의를 했고 그 후 대학을 그만두고 SNCC에서 일했다. 우리는 나중에 웃으며 회고하게 된 기묘한 '앉아 있기 운동'을 함께 했다. 우리 둘과 흑인 친구 둘이 유월절*에 애틀랜타 시내의 유태계 패스트푸드 식당인 〈렙스〉에서 '앉아 있기 운동'을 벌인 것이다.

그런데 이미 누군가 우리 간이침대에서 코를 골고 있었다.

---

* Passover. 유대력 1월 14일에 행하는 유태인의 축제.

두 친구들이 우리 자리에 낀 것이었다. 예일 법대를 졸업하고 SNCC에서 일하던 오스카 체이스(후에 그는 뉴욕 대학 법학 교수가 되었다)와 셀마에서 가축몰이용 막대에 맞은 상처가 다리에 아직도 남아 있던 에이버리 윌리엄스가 그들이었다. 누군가 주소가 적힌 종이 한 장을 우리에게 건넸다. 머뭇거리면서 그 집 문을 두드린 건 칠흑 같은 어둠이 내려앉은 새벽 세 시였다. 문을 열고 나온 이는 잠옷 차림이었다. 그는 함박웃음을 지어 보였다. "들어오세요!" 그는 침실 쪽으로 고개를 돌려 소리쳤다. "여보, 누가 왔는지 나와서 봐봐." 불이 켜지고 그의 아내가 나왔다. "우리 친구들, 뭐 좀 차려 줄까요?" 우리는 사양하며 깨워서 미안하다고 사과했다. 남자가 손을 내저었다. "아녜요. 일찍 일어나려고 하던 참이었어요."

남자가 우리를 위해 매트리스를 끌고 왔다. "자, 둘은 매트리스에서 자고 한 명은 소파에서 자요. 작은 간이침대도 있어요." 동틀 녘에 깨어나 보니 희뿌연 어둠 속에서 친구들이 아직 자고 있는 모습이 보였다. 무슨 소리에 잠을 깼는지 알게 되었다. 처음에는 꿈이라고 생각했는데 여전히 소리가 들렸고, 부드럽게 되풀이되는 여자 목소리, 맑은 소리가 가슴을 울렸다.

처음에는 바깥에서 나는 소리인 줄 알았는데 알고 보니 침실에서 들려왔다. 남자는 벌써 일하러 나갔고 그의 부인이 음조를 넣어 기도하고 있었다. "오 주여. 오, 오늘도 모든 일이 잘 되게 하옵시고, 주여…… 오, 오랜 시간이었나이다. 오 주여…… 오 주여. 오 주여……."

에이버리가 일어났다. 라디오가 댄스 음악을 시끄럽게 울리고 있었다. 부엌에 불이 켜졌다. 옷을 입으면서 복도 맞은편의 열린 문틈으로 부부의 침실을 보니 침대에 매트리스가 없었다. 자기들 것을 우리에게 내준 것이었다.

부인이 차려 준 아침은 잔칫상이었다 ─ 계란에다가 시리얼, 베이컨, 뜨거운 비스킷과 커피. 부인은 남편이 매일 아침 걸프 해안까지 차를 몰고 가서 부두에서 일한다고 말해 주었다. 그녀도 곧 트럭을 얻어 타고 가정부 일을 하러 간다고 말했다. 나갈 준비를 하던 중에 에이버리 윌리엄스가 밖을 바라보았다. "비가 오고 있네요!"

군청 청사에 도착하니 벌써 시위 대열이 자리를 잡고 있다. 경찰이 두 줄을 지어 거리를 내려오고 있다. 지붕에 확성기를 매단 경찰차 한 대가 모퉁이를 도는 모습이 보였다. "해티스버그 경찰서에서 알립니다. 즉시 해산하세요. 인도를 막지 마세요." 존 루이스와 나는 길 건너편의 시어스로벅* 지점支店 바로 앞 인도에

• Sears Roebuck. 미국의 거대 통신 판매 회사.

서 있었다. 어느 누구도 움직일 태세가 아니었다. 50명 정도의 흑인 젊은이들도 막 도착해서 시위 대열에 동참했다.

등록할 준비를 마친 사람들은 보안관이 지키고 있던 유리문 앞 계단에 줄지어 섰다. 법무부는 등록관에 의한 차별에 대해 법원의 금지 명령을 확보한 바 있었다. 거기까지가 그들이 한 일이었다. 등록관은 이에 따르고 있었다—최소한도로. 한 시간에 네 명씩 입장이 허용되었고 나머지는 빗줄기를 하염없이 맞으며 계단에 줄지어 서 있어야 했다. 정오가 되자 열두 명이 신청서 작성을 마쳤다.

열 시쯤 되자 가랑비가 억수 같은 빗줄기로 바뀌었다. 레인코트 안에 입은 셔츠 칼라를 열어제친 짐 포먼은 청사 유리문 바로 앞에 서 있었는데, 오른손에 파이프를 든 채로 왼손으로 손짓을 해 보이는 그의 주위에 흑인 남녀들이 모여 있었다. 포먼은 이 사람들이 비를 피해 청사 안으로 들어갈 수 있게 해 달라고 요청하기 위해 보안관을 부르고 있었다.

밥 모지즈가 청사 맞은편 인도에 서 있다가 이동 명령을 따르지 않았다는 이유로 체포되어 감옥으로 끌려갔다고 누군가 말했다.

시위 대열은 오후 내내 계속되었다. 헤이머 부인의 낯익은 모습도 보였는데, 부인은 특유의 절뚝거리는 걸음으로 피켓을 들고 움직이면서 비에 젖은 얼굴을 처들고는 하늘을 향해 노래를 부르짖었다. "당신은 누구의 편입니까?" 잠시 후 나는 부인의 피켓을 뺏어 들고 계단에서 쉬게 하고는 대열에 끼어 걸음을 옮겼다.

그 후 1964년 여름, 헤이머 부인은 다른 미시시피 흑인들과 함께 애틀랜틱시티의 민주당 전당 대회에 가서, 백인뿐인 미시시피 주 대의원단에 흑인도 참여해야 한다고 민주당 거물 인사들에게 요구했다. 헤이머 부인은 텔레비전에 등장하여 자신의 분노로—민주당은 아닐지언정—온 국민을 감동시켰다. "저는 넌더리나게 하는 일들에 넌더리가 납니다."(헤이머 부인은 그 후 언젠가 쿠싱 추기경에게 '전하Your Eminence'라고 경칭을 써서 불러야 한다는 말을 들었는데, 웃으며 내게 말하길, 깜빡 실수해서 '사탄님 Your Enemy'이라고 부를까 봐 전전긍긍했다고 했다.)

오후 5시에 해티스버그 청사의 시위가 끝났다. 그건 일종의 승리였다—대규모 체포도, 구타도 없었다.

소식이 하나 더 있었다. 오스카 체이스가 체포되었다는 것이다. 오스카가 몰던 차가 주차된 트럭을 뒤에서 받았는데, 아무 피해도 없었지만 그건 중요치 않았다. 오스카는 '뺑소니'로 감옥에 들어갔다.

그날 밤 나는 〈자유의 집〉에서 잤다. 아침에 누군가가 와서 오스카 체이스가 감옥에서 본부로 전화했다고 전해 주었다. 오스카는 전날 밤 구타를 당했고 보석으로 풀려나길 바란다고 했다. 나와 두 명의 순회 목사가 그를 빼내려고 갔다.

오전 8시 몇 분 전에 감옥에 들어가자 경찰견이 개집에서 으르렁 거리며 짖어 댔다. 우리 셋은 보석금을 접수시켰다.

잠시 후 오스카가 혼자서 복도를 내려왔다. 잠시 전까지만 해도 복도에 경찰관이 그득했는데 한 명도 보이지 않았다. 오스카는 여전히 닳아 해진 코듀로이 바지와 진흙 범벅이 된 낡은 부츠를 걸치고 있었다. 파란색 작업복 상의에는 피가 여기저기 튀어 있고 안에 받쳐 입은 티셔츠도 피투성이였다. 얼굴 오른쪽은 부어올라 있었다. 코는 깨진 것처럼 보였다. 눈두덩에도 피가 범벅이 되어 있었다.

오스카는 우리에게 자초지종을 설명했다. 교도관들이 군청 청사에서 벌어진 시위에 독이 잔뜩 올라 매우 흥분한 죄수 한 명을 오스카의 감방에 집어넣었다. 제2차 세계대전에 낙하산병으로 참전했던 그 죄수는 오스카에게 자기는 "나치나 일본 놈보다 차라리 검둥이 편nigger lover을 죽여 버리겠다"고 말했다. 그러고는 오스카의 얼굴에 담배를 들이대더니 눈알을 지져 버리겠다고 을러댔다. 오스카는 간수를 불러 감방을 옮겨 달라고 호소했다. 전직 낙하산병은 오스카가 "검둥이 편 중 하나

달리는 기차 위에 중립은 없다

인지” 물었다. 간수는 고개를 끄덕였다. 그 뒤에는 바닥에 누워 있는 것밖에 기억나지 않았다. 의식을 잃은 것이었다. 죄수가 발길질을 해 대고 있었다. 오스카는 피를 흘렸다. 경찰이 오더니 전직 낙하산병을 감방에서 데리고 나갔다. 오스카는 전화를 했다.

오스카를 시내에 있는 흑인 의사 둘 중 한 명에게 데려가기로 했지만, 우선 나오자마자 변호사 둘이 그를 FBI에게 보여야 했다. 우리 넷은 FBI 사무실에서 수사관이 와서 구타에 관한 사실을 접하기를 기다렸다. 두 변호사는 나무랄 데 없이 옷을 차려입고 있었다. 〈전국교회협의회〉의 변호사 존 프래트는 호리호리한 큰 키에 금발머리로 엷은 줄무늬의 거무스름한 정장을 입고 있었고, 〈변호사민권위원회〉의 로버트 러니는 검은 머리에 말쑥한 모습으로 월스트리트의 잘나가는 기업에서 일하는 변호사처럼 빼입고 있었다. 비록 그들의 수준을 따라가진 못했지만(내 바지는 전날 내린 비로 다림질 자국도 없어진 상태였다), 나 또한 깨끗이 면도한 데다가 그렇게 초라한 행색은 아니었다.

옆에 앉아 있는 오스카는 감옥에서 나올 때 그 모습과 마찬가지로 부어오른 얼굴에 피범벅이 된 옷차림이었다. FBI 수사관이 안쪽 사무실에서 나오면서 문을 닫았다. 수사관은 전문가다운 빠른 눈매로 우리 넷을 훑어보더니 물었다. "누가 구타를 당했습니까?"

오후 4시, 보도에 서서 통행을 방해하고 경찰의 이동 명령에 불복한 죄로 기소된 로버트 모지즈(밥 모지즈. 밥은 로버트의 애칭) 사건을 심리하기 위해 해티스버그 시市 법정이 소집되었다. 그에 앞서 우리는, 전례로 보아 체포될 게 뻔했지만, 법정에서 '인종차별을 철폐'하는 투쟁을 하기로 결정했다. 나는 다른 백인 열 명과 함께 '유색인용' 자리에 앉았고 같은 수의 흑인이 '백인 전용' 자리에 앉았다. 벽을 빙 둘러 아홉 명의 보안관이 서 있었다.

판사가 재판정에 들어섰고 모두 기립했다. 놀랍게도 여자였는데 밀드레드 W. 노리스 판사로 판사석에 다가가면서 사진기자들을 위해 미소를 지으며 포즈를 취해 줬고 모두 앉으라고 고갯짓을 하는 등 친절한 분이었다. 판사는 방청석을 향해 상냥한 미소를 짓고는 잠시 숨을 고르고 부드럽게 말했다. "보안관들은 법정을 인종에 따라 분리해 주시겠습니까?"

정적이 흘렀다. 보안관들이 우리에게 왔다. 판사는 말을 이었다. "자기 자리를 찾아 옮겨 주시든지 아니면 법정에서 나가 주세요. 그렇게 하지 않으면 법정모독죄로 체포됩니다." 어느 누구도 움직이지 않았다. 보안관들이 더 가까이 다가왔다.

보안관이 다가오자 나는 손을 들었다. 그는 멈추더니 확신이 없는 듯 물었다. "발언을 하려고 합니까?" "그렇습니다." 나는 대답했다. 판사가 말했다. "발언을 해도 좋습니다." 나는 일어서서 말했다. "재판장님, 미국 대법원은 법정에서의 인종 분리가 헌법에 위배된다고 판결한 바 있습니다. 이 결정을 지켜 주시겠습니까?" 법정 여기저기서 웅성거리는 소리가 들렸다. 판사는 잠시 망설였다. 운동 진영 변호사 존 프래트가 몇 분간의 휴정을 요청하자 판사는 받아들였다.

휴정 시간에도 아무도 자리를 옮기지 않았다. 판사는 다시 개정을 선언했고, 법정에는 정적만이 흘렀다. 판사는 상황을 살피더니 벽에 서 있는 보안관들을 흘끗 보면서 말했다. "이곳 미시시피에 사는 우리는 수백 년 동안 우리의 삶의 방식을 유지해 왔고, 나는 미시시피의 법을 준수합니다. 나는 인종별로 분리된 좌석대로 앉거나 법정에서 나가거나 아니면 체포될 것이라고 말했습니다. 여러분이 이에 따라 주셨으면 고마웠을 것입니다." 잠시 멈추더니 말을 이었다. "그런데 여러분이 이에 응하지 않으므로, 그대로 앉아 있는 것을 허락하겠습니다. 단 소동을 일으켜서는 안 됩니다."

우리는 놀란 채 거기 앉아 있었다. 존 퀸시 애덤스 대 로버트 모지즈 재판이 시작되었다(애덤스는 [모지즈를] 체포한 경찰관이었고, 이 재판은 '애덤스 대 모지즈 사건Adams v. Moses'으로 불리게 되었다). 경관 셋이 증인대에 나와 모지즈가 보도에 서 있음으로 해서 보행자 통행을 방해했다고 증언했다. 반대 심문에서 존 퀸시 애덤스는 어느 보행자도 모지즈가 보도를 가로막고 있다고 불평하지 않았으며, 통행을 방해받은 사람도 보지 못했다는 사실을 인정했다.

법정은 무척 더웠고 판사는 옆에 있던 판지로 부채질을 해댔다. 판지는 진열해 놓은 피켓 중 하나였는데 커다란 글씨가 적혀 있었다. '지금 당장 자유를!'

밥 모지즈가 증인대에 올라 검사의 협박에 가까운 심문을 받았다. 밥은 조용하고 평온한 목소리로 대답하면서 검사가 자신의 답변을 그릇되게 받아들일 때마다 거듭해서 끈기 있게 지적했으며, 이따금 법정의 눈부신 조명 아래 눈을 깜박거리긴 했으나 끊임없이 자신의 심문자를 진지한 눈초리로 바라보았다.

그날의 증언 말미에 판사는 모지즈에게 유죄를 판결하고 벌금 2백 달러와 60일 징역형을 선고했으며, 순찰 경관 존 퀸시 애덤스가 모지즈를 다시 감방으로 데려갔다.

(운동이 잠잠해진 후에 밥 모지즈는 미시시피 투쟁의 또 다른 베테랑 재닛 라모트와 함께 탄자니아로 가서 수년 동안 가르치는 일을 했고 아프리카에서 네 아이를 낳았다. 그 후 그는 하버드로 돌아와 동양

철학을 공부하고 전국 각지의 빈민 어린이들을 위한 새로운 수학 교수법을 고안해 냈다.)

며칠 후 밥은 보석으로 풀려났고, SNCC를 비롯한 민권 단체들과 함께 미시시피에서 '자유의 여름Freedom Summer' 행사 기획에 착수했으며, 천여 명의 학생들이 유권자 등록 등 여러 문제를 돕기 위해 몰려왔다. 그리고 남부 재통합기* 이래 처음으로 미시시피의 일군의 흑인들이 국회의원 후보로 등록했다. 룰빌의 패니 루 헤이머 부인도 그중 한 명이었다.

로즈와 나는 '자유의 여름' 행사를 위해 미시시피를 다시 방문했다. 로즈는 잭슨 사무실에서 일을 도왔다. 나는 '자유 학교 Freedom Schools'의 수많은 교사 중 하나였는데, 이를 통해 2천 명의 흑인 젊은이들이 미시시피 곳곳의 교회 지하실에 모여 민주적 교육이라는 특별한 실험을 맛봤다. 그들은 시와 소설을 읽고 썼고, 연극과 뮤지컬의 극본을 짓고 연기했으며, 인종차별주의와의 대결을 주제로 역할 연기role-play를 했고, 권리장전**에 관해 논쟁했으며, 오전 내내 '회의적인skeptical'이란 단어를 놓고 씨름하는 등의 기회를 가졌다. '자유 학교'는 미시시피만이 아니라 이 나라 전체에게도 새로운 교육 방식의 모습을 순간적으로

---

* Reconstruction. 남북전쟁 이후 남부 주들의 연방 재통합.
** Bill of Rights. 미국 헌법에 부가된 최초의 10개 수정 조항.

나마 어렴풋이 보여 주었다.

폭력의 여름이었다. 민권운동가 셋(백인 둘에 흑인 하나)이 네쇼바 군郡의 필라델피아 시에서 체포되었다. 그들은 밤에 방면되었으나 미행한 이들의 총격을 맞아 숨졌다. 우리 몇몇이 미칠 듯한 충격으로 네쇼바 군 연례 농산물 품평회에 달려갔으나, 그들의 시체는 아직 발견조차 되지 않은 상태였다. 아무튼 등골이 오싹한 경험이었다. 어느 순간, 세 사람의 실종에 관여한 게 틀림없는 보안관과 보안관보가 우리 몇 발짝 앞에 서 있었다.

가난과 인종차별에 대한 최후의 승리가 여전히 멀리 있고, 아니 아마 불가능할 정도로 멀리 있었겠지만, 미시시피가 이제 결코 전과 같지 않게 될 여름이었다. 셀 수 없이 많은 사람들의 인생이 바뀌었다.

그 후 25년이 지나 공식적인 인종 분리는 마침내 사라졌다. 비공식적인 인종 분리 또한 모든 방향에서 도전받고 있다. 그러나 인종차별과 빈곤, 경찰의 불법 폭력은 여전히 미국 흑인들의 삶과 뒤엉켜 존재하는 현실이다.

민권법이 통과되던 바로 그 순간에 나라 곳곳의 흑인 게토들에서 연이어 폭동이 터져 나온 1960년대에조차 이는 명백했다. 1990년대에는 로스앤젤레스에서 경찰이 비무장한 흑인 실업자 로드니 킹을 구타하는 모습이 비디오카메라에 찍혀 전국에 방송되면서 분명하게 드러났다. LA의 흑인들이 분노를 폭발시키자, 경찰의 불법 폭력을 넘어서 빈곤의 만연과 국가의 직무 유기가 보다 깊은 원인으로 자리 잡고 있음이 분명해졌다.

민권운동은 역사적 성과를 이루었지만, 얼마 지나지 않아 인종 분리 표지판이나 배지보다 훨씬 더 만만찮은 장벽과 맞닥뜨렸다. 우선, 경제체제는 일부 사람들에게 아낌없는 보상을 주고 또 다른 이들에게는 체제에 충성을 바칠 만큼 충분한 보수를 주면서도 상당수 국민들에게는 세대를 이어 비참함만을 물려주고 있다. 이와 더불어, 비非백인들은 숙명적으로 영속적인 빈민층의 대다수를 형성한다는, 역사적으로 인종차별주의에 젖어 있는 국민적인 이데올로기가 존재한다.

민권운동은, 비록 용감하기 그지없었고 몇몇 지도자들은 선견지명을 갖고 있긴 했지만(마티 루터 킹 2세와 맬컴 X는 인종 분리를 넘어서 문제의 심원함을 알고 있었다), 이러한 장벽을 뛰어넘을 준비가 되어 있지 않았다.

그러나 민권운동은, 최남부 지방의 흑인들이 그러했던 것처럼 사람들이 통례적인 힘의 속성—돈, 정치권력, 물리력—을 갖고 있지 않더라도, 억압된 분노와 용기, 국민적 요구에 대한 열망으로부터 힘을 탄생시킬 수 있음을, 그리고 충분한 수의 사람들이 그러한 목적에 자신들의 몸과 마음을 바친다면 승리할 수 있음을 입증시켜 주었다. 이는 불의에 맞선 세계 곳곳의 민중운동의 역사를 통해 거듭해서 기록된 현상이다.

1990년대 초반에는 이러한 운동의 조짐이 보이지 않는다. 그러나 운동이 필요함은 분명하며, 그 구성 요소들은 곳곳에 자리 잡은 채 하나로 결합되기만을 기다리고 있다. 지금은 그 엄청난 에너지를 간혹 오용하거나 낭비하고 있지만, 적절한 시간과 조건이 마련되면 조직적으로 분출하게 될 새로운 세대의 전투적 흑인 젊은이들이 존재한다. 아무리 열심히 일하려고 해도 체제가 안정된 일자리와 주택, 보건 의료, 교육을 마련해 주지 못하는 데 대해 점점 불만을 참지 못하는 수백만의 백인과 비백인이 존재한다.

민권운동은 최소한 사태를 흔들기 시작했다. 특히 국민들의 삶의 한 측면—문화—이 흔들리고 있다. 음악, 영화, 스포츠에 종사하는 사람들은 인종적 적개심에 둘러싸여 있는 와중에도 선구적으로 여러 인종을 한데 묶어 세웠다. 이러한 문화적 변화는, 도심 빈민가를 뒤덮은 분노와 불편한 관계에 있긴 하지만, 정치·경제체제에 도전할 수 있는 '무지개동맹rainbow coalition'을 향한 길을 닦기에 충분할 것이다.

그러한 일이 언제 벌어질지는 알 수 없다. 그것이 벌어질지

달리는 기차 위에 중립은 없다

또한 알 수 없다. 그러나 극적인 변화의 가능성을 믿지 않는다면 사태가 바뀌었음을, 물론 충분히는 아니지만 무엇이 가능한지를 보여 줄 만큼은 충분히 바뀌었음을 잊는 셈이다. 과거의 역사에서 우리는 스스로 놀란 적이 많다. 다시 놀랄 수 있는 것이다. 실로, 우리가 놀라운 일을 할 수 있다.

사회정의를 위한 운동에 참여하는 이들이 받는 보상은 미래의 승리에 대한 전망이 아니다. 그것은 다른 사람들과 함께 서 있다는, 함께 위험을 무릅쓰며 작은 승리를 기뻐하고 가슴 아픈 패배를 참아 내는 과정에서 얻는 고양된 느낌이다—함께 말이다.

최근 몇 년 동안, 내가 SNCC 사람들의 재회 모임에 참석해서 함께 노래하고 얘기할 때마다, 모두가, 서로 다른 식이긴 하지만 같은 얘기를 했다. 남부의 운동에서 보낸 그 시절이 얼마나 끔찍했던가, 그리고 우리들의 삶에서 얼마나 최고의 나날이었던가.

2부
전쟁과 평화

세계에는 자유와 인권을 가로막는
사악한 적들이 분명 있긴 하지만,
전쟁 자체가 가장 사악한 적이라고
나는 결론 내리고 있었다.

7장

그의 따뜻한 가슴은
전쟁을 보고 뒷걸음쳤다

1943년 초, 당시 스무 살이었던 나는 나치에 맞선 전투에 참여하겠다는 열망에서 육군 항공대에 입대한다. 3년째 일하고 있던 〈브루클린 해군 조선소〉에 남아서 전함과 상륙함을 건조하면서 병역을 면제받을 수도 있었다. 그러나 나는 파시즘에 대항하는 전쟁에서 멀리 떨어져 가만히 있을 수 없었다. 내가 보기에 전쟁은 인종 우월주의와 군국주의, 광신적 민족주의, 팽창주의에 맞서는 숭고한 성전聖戰이었다.

부모님에게 알리지 않은 채(부모님은 전쟁에 찬성했지만, 이미 내 동생 하나가 육군에 입대해 해외로 파병되어 있었으므로 두 분은 내가 집에 있기를 바랐다) 나는 항공대 입대 원서에 서명했다. 조종사 후보생 테스트는 모두 통과했다 — 나는 농구 선수였으며 튼튼한 몸에 약간 마른 체형(내가 보기에는 피골이 상접한 것 같았지만 군대는 개의치 않는 듯했다)이었고, 실력도 완벽하고 필기시험도 아무 문제없이 통과했다. 그 다음에는 지역 징병 위원회에서 '자원 징병'이란 프로그램을 통해 내게 군대 징병장을 보낼 준비를 했다. 나는 만에 하나라도 잘못되는 일이 없도록 하기 위해, 징병 위원회 사무관에게 징병 통보장을 내가 직접 보내도 되냐고 물었고 사무실 바로 앞에 있는 우체통에 내 손으로 집어넣었다.

정식 조종사 후보생이 되기에 앞서, 나는 미주리 주 제퍼슨 부대에서 4개월짜리 보병 기초 훈련을 이수해야 했다—완전 군장 차림의 강행군, 셀 수도 없는 체조, 권총, 소총, 카빈총, 경기관총 사격 훈련, 독가스 냄새 식별 훈련 등등. 그러고는 버몬트 주 벌링턴 교외의 비행장으로 가서 파이퍼 컵기(우스꽝스러운 비행기 모양의 장난감이었다. 나는 교관들이 내가 그걸 타기를 기대한다고 진지하게 생각해 본 적이 없다) 조종 훈련을 받았다. 그 후 내시빌로 가서 전투기 조종사와 항법사, 폭격수 가운데 어느 것이 가장 적성에 맞는지를 가리기 위해 일련의 분류 시험을 거쳤다.

나는 파이퍼 컵기 조종을 잘 해내지 못했음을 알고 있었다—내 교관은 추잡하고 협박을 일삼는 비행 교관의 모습을

희극적으로 보여 주는 인물이었는데, 빼먹지 않고 하는 교육
이라고는 땍땍거리면서 "엉덩이에서 대가리 빼!" 하고 호통 치
는 것이었다(지금에 와서 인정하는 것이지만, 나선 강하에서 빠져
나오는 교육을 받으면서 나는 몇 번이나 교관을 죽일 뻔했다). 항법
사를 위한 수학 테스트와 폭격수를 위한 반사각 조정 테스트
는 아주 잘 보았으므로 폭격수로 배정받은 사실에 놀라지 않
았지만, 항법 훈련도 받기로 예정되어 있었다. 우리 모두는 군
용열차를 타고 캘리포니아 주 센터애너로 비행 대비 훈련을
받으러 떠났다.

  센터애너의 훈련을 마친 후 나는 라스베이거스 교외에 있는
총포 학교에서 6주 동안 50구경 기관총을 눈 감고 분해, 결합
하는 것을 배웠고, '선두' 적기敵機의 진폭에 익숙해지려고 스
키트 사격을 했으며, 마지막으로 다양한 목표물에 기관총을
발사하면서 사막 위를 비행했다. 그 모든 게 끝난 저녁 시간에
는 라스베이거스로 달려가 얼마 안 되는 봉급으로 노름을 하
면서 주사위와 룰렛이 만들어 내는 부드러운 소리를 즐겼다(영
화에서는 총소리가 얼마나 큰지, 그 냄새가 얼마나 역한지, 또 총의
반동으로 어깨에 어떤 상처가 나는지 등이 포착되지 않았다).

  그러고는 뉴멕시코 주 데밍의 사막 지방에서 넉 달을 지내
면서 그 유명한 비밀 병기인 노던 폭격 조준기*에 관한 모든

것―이론과 실제―을 배웠다. 우리는 각기 다른 고도로 날면서 사막 위 지어진 작은 오두막들에 폭탄을 떨어뜨렸다(지도상의 앨러머고도와 로스앨러모스 근처에는―그 이유를 알지는 못했지만―피해서 비행해야 하는 두 곳의 사각형이 그려져 있었다).** 나는 낮은 CE(환상오차circular error. 목표물에서 벗어난 피트 거리)를 기록하는 등 잘 해냈고, 졸업식에서는 어깨에 금색의 소위 견장을 달고 가슴에는 폭격수 기장을 꽂은 채 폭격 학교를 졸업했다. 징병 이후 첫 휴가를 갖고 폭격기 승무원에 배정돼 해외로 파병되기 전까지 집에서 열하루를 보낼 수 있었다. 엘패소에서 뉴욕까지 긴 기차 여행을 했다.

부모님을 만나고 나서 처음 한 일은, 편지만 주고받았지 1년 반 동안 얼굴도 보지 못한 여자애를 찾아간 것이었다. 우리는 누추하지만 활기찬 브루클린 거리에서 이웃에 살았으면서도, 1942년의 어느 날(당시 군대에 있던 농구팀 동료 선수 하나가 내게 편지를 보내, 좋아하긴 하는데 부끄러워 말을 못 걸겠다는 한 여자애에게 자기 훈장을 전해 달라고 부탁한) 이전에는 만난 적

• Norden bombsighr. 1931년 칼 노던이 개발한 폭격 조준기로 이후 많은 개선을 거치고 자동 비행 장치와 결합해 사용함으로써 미군의 고도 폭격의 정확성을 크게 높였다.
•• 원자폭탄 개발을 목표로 한 맨해튼 프로젝트는 1945년 7월 16일 뉴멕시코 주 앨러머고도Alamagordo에서 최초로 원폭 실험을 했다. 〈로스앨러모스 연구소Los Alarnos National Laboratory〉는 이 프로젝트의 중심이었으며, 당시 수많은 원자폭탄이 조립되지 않은 채 보관되어 있었다.

달리는 기차 위에 중립은 없다

이 없었다. 그녀의 이름은 로즐린 섹터다. 나는 거리와 아파트, 그녀를 찾아 내 친구의 부탁을 들어주었다. 여자애는 부엌 바닥을 닦고 있었다. 부모님이 함께 있었고 그녀는 밖으로 나가자고 했다.

아파트 주위를 걸었다. 그녀는 기다란 밤색 금발머리에 파란 눈을 지닌 러시아 미인의 얼굴이었고, 우리는 함께 나눌 이야기가 많았다. 우리는 금세 둘 다 책을 좋아한다는 사실을 알게 되었다. 나는 마르크스와 엥겔스, 업튼 싱클레어를 읽고 있었고, 그녀는 도스토예프스키와 톨스토이를 읽고 있었다. 우리는 세계, 전쟁, 파시즘, 사회주의 등에 관해 같은 생각을 하고 있었다. 아파트 주변 구역을 몇 번이고 돌았다. 나는 군 복무 중이던 친구를 배신하는 게 아니라고 생각했다. 그녀의 마음속에는 그의 자리가 없었다.

몇 주 후 나는 〈브루클린 해군 조선소〉의 젊은 노동자들이 개최한 달빛 항해에 로즈를 초대했다. 로즈는 어머니가 손수 만든 무명 드레스를 우아하게 차려입고 있었다. 나는 어머니가 재봉질로 만들어 준 파란색 스포츠 셔츠에 우리 둘이 아직도 약간 우스꽝스러웠다고 기억하고 있는 겨자색 운동용 재킷을 입은 어색한 차림이었다. 그러나 밤하늘에 별이 가득한 낭만적인 밤이었고, 자정이 넘어 항해가 끝나고서도 우리는 집에 가기 싫어서 볼링을 치러 갔다.

새벽 네 시쯤에 그녀를 집에 바래다주었다. 로즈의 아버지는 자지 않고 기다리고 있었고, 분을 못 이기는 표정이었다. 포악하기 그지없는 급진적 정치관을 가진 스무 살의 조선 노동자는 자기의 공주 같은 딸아이에게 어울리는 남자 친구가 아니었다.

로즈와 나는 몇 번 더 데이트를 했지만, 나는 그녀 인생에서 많은 친구들 가운데 하나에 불과한 듯 보였다. 1943년 초 육군 항공대에 입대할 당시 우리는 사실 '남자 친구와 여자 친구'가 아니었다. 그러나 기초 훈련을 받으면서 나는 외로웠고 어느 순간 내가 로즈에 관해 생각하고 있음을 알게 되었다. 로즈에게 장문의 편지를 보내 군대 생활에 관해 이야기했다. 답장을 기다리면서 나는 매일같이 우편물 수령처로 달려갔고 'Z'로 시작하는 이름을 부를 때까지 오래도록 기다렸다. 편지는 오지 않았다. 몇 달이 흘러 나는 풀죽은 마음에 그녀가 내 기대를 부담스러워한다고 생각했다. 브루클린에는 다른 녀석들도 많고, 나는 내가 없는 동안 무슨 일이 벌어지고 있는지 끔찍한 상상을 했다. 하지만 두 번째 편지를 썼다. 곧바로 답장이 왔다. 내 첫 번째 편지를 받지 못한 것이었다(로즈의 부모님이 가로챘을까? 하지만 결국 알아내지는 못했다).

우리는 점점 자주 편지를 주고받기 시작했다. 편지는 점점 속 깊은 이야기까지 담게 되었다. 로즈는 사랑스럽기 그지없는 모습의 사진 한 장을 보내 주었고, 나는 침상 가까이에 그것을 넣어 두었다. 이제는 굳이 말하지 않더라도 여자 친구가 있다고 자임할 수 있었다.

열여섯 달 동안 편지 왕래를 하면서 결혼 애기는 한 번도 없었다. 그러나 기장을 받고 11일짜리 휴가를 받아 집에 돌아왔을 때, 둘만의 첫 저녁을 보내던 어느 날인가 격정으로 어지러운 기운을 느끼면서 우리는 결혼하기로 결심했다. 나흘 후, 군복을 입은 나와 스커트와 스웨터를 입은 로즈는, 서둘러 모여든(약간 어리둥절해 하기도 했다) 부모님들과 형제자매들을 하객으로 삼아, 붉은 머리 랍비의 집에서 그의 아홉 아이들이 계단에서 지켜보는 가운데 결혼식을 올렸다. 맨해튼의 값싼 호텔에서 일주일의 '허니문'을 보내고 나는 폭격기 승무원 동료들을 만나러 사우스다코타 주 래피드시티를 향해 떠났다.

연합군의 유럽 침공—디데이—은 이미 진행되고 있었다. 나는 전투에 뛰어들고 싶은 마음이 간절한 나머지 몇 달 동안 두 번씩이나 해외 배치를 앞당기기 위해 다른 폭격수와 순번을 맞바꿨다. 로즈도 찬성했다—그녀도 나처럼 파시즘 반대론자였다(그러나 시간이 흐른 후 로즈는 물었다. 우리가 미쳤었지?).

래피드시티에서 폭격기 승무원들은 몇 주에 걸쳐 협동 작업을 배우면서 우리가 실전에서 탈 폭격기 'B-17 하늘의 요새'*를 몰았다—4발 엔진에 하부에는 회전식 반구형 포탑을, 상부에는 또 다른 포탑을 탑재하고, 꼬리 부분을 담당하는 사수射手와 무전병, 기관사 각 한 명씩, 그리고 전면에는 조종사와 부조종사가 타고 그 아래 돌출 부분에 겁이 날 정도로 노출된 플렉시글라스 기수機首에는 나와 항법사가 폭격 조준기와 50구경 기관총을 가지고 탑승했다.

로즈가 기차를 타고 래피드시티에 달려 왔고, 우리는 러시모어산이 바라다보이고 데드우드와 블랙힐즈를 옆에 끼고 있는 곳에서 사우스다코타의 차고 깨끗한 겨울 공기를 즐기면서 진짜 허니문을 보냈다. 다른 승무원 셋의 부인들도 함께 지낼 마지막 기회일지도 모르는 만남을 위해 찾아왔고, 우리 모두는 아주 가까운 사이가 됐다. 우리가 야간 비행을 할 때면 여자들은 오두막집에 모여 스파게티를 만들어 먹곤 했다. '폭격'을 마친 우리들은 기지로 돌아가는 도중에 오두막집 위를 선회하며 곧 야식을 먹으러 갈 거라고 알리곤 했다.

여자들은 집으로 돌아갔고, 우리 승무원들은 퀸메어리 호

• B-17 Flying Forttress. '하늘의 요새'는 B-17의 속칭이다. B-24 해방자Liberator와 더불어 제2차 세계대전 당시 미 육군과 해군의 주력 폭격기였다.

를 타고 영국으로 향했다. 1만 6천 명의 대부대로 호화 유람선은 터질 듯했다. 이 배가 독일 잠수함보다 빠르다는 말을 들었지만 곧이곧대로 믿는 이는 없었다.

승선한 장교들은 모두 감독 업무를 할당받았는데, 내가 할 일은 4교대로 하루 두 차례씩 병사들이 식사하는 넓은 식당에서 '질서를 유지'시키는 것이었다. 엔진실 옆 배의 밑바닥에서 잠을 자는 4천 명의 흑인 병사들이 맨 나중에 식사를 했다.

(어느 날 기지를 가로질러 무심코 다른 곳을 걸어가다가 흑인들만 우글거리는 곳에 서 있는 나 자신을 발견하고 나서야 제퍼슨 부대 기초 훈련장엔 흑인 병사들이 한 명도 없었다는 사실을 비로소 눈치 챘다면, 이것은 우스꽝스런 일임에 틀림없다—그러나 이 나라 백인들에게는 너무나도 전형적인 일이다. 제일 생생하게 기억나는 광경은 한 분대의 흑인 병사들이 바로 옆 잔디밭에서 휴식을 취하면서 「더 이상 전쟁을 배우지 않으리」라는 노래를 부르던 모습이다. 나는 놀랐다. 백인 병사들이 그런 노래를 부르는 건 들어 본 적이 없었다.)

바다에서 5일째 되던 날 작은 소동이 있었다. 앞선 조가 식사를 끝내기 전에 마지막 조가 식당에 들어섰다—4천 명의 흑인이 식당에 쏟아져 들어와 다른 병사들이 식사를 끝내고 비운 자리마다 들어찼다. 우발적인 상황이었지만 인종이 통합된 식당이 되어 버렸다.

"소위님!" 흑인 옆에 앉아 있던 한 백인 병장이 나를 불렀다. "제가 밥을 다 먹을 때까지 저 친구를 밖에 있게 해 주십시오." 이 말에 화가 난 나는 군대 경력에서 처음으로 계급을 들이밀었다. 나는 고개를 가로저었다. "자네 식사를 다 끝내기 싫으면 나가도 좋다. 이 전쟁이 도대체 무엇을 위한 전쟁이라고 생각하나, 병장?" 다음 식사 시간까지는 오래 남아 있었고 병장은 그대로 앉아 마저 먹었다. 이 작은 사건에서 나는 무언가를 배울 수 있었고, 그 후 남부에서 보낸 시기 동안 그 교훈은 더욱 힘을 얻었다. 대부분의 인종차별주의자들은 인종 분리보다 더 관심을 가지는 무언가가 있고, 문제는 그게 무엇인지를 알아내는 것이다.

대양을 건너던 그때, 군대의 계급 체계는 특히 뚜렷했다. 이미 친한 친구 사이였던—우리 사이에는 경례도 없었고 '예, 그렇습니다yessir'도 '아닙니다nosir'도 없었다—우리 아홉 명의 폭격기 승무조는 선상에서는 뿔뿔이 흩어졌다. 승무조의 사병 다섯은 넓은 식당에서 흔히 그렇듯 맛대가리 없는 군대 음식을 먹었다. 우리 장교들은 퀸메어리 호의 1등 식당임이 틀림없는 곳에서 식사를 했다—린넨 테이블보에 흰 재킷의 웨이터들, 으리으리한 샹들리에, 스테이크와 로스트비프, 잠수함이 우글거리는 바다를 가로질러 전쟁을 하러 가는 우리로서는 이상야릇한 분위기였다.

영국에 상륙한 우리는 네덜란드와 독일을 향해 동쪽으로 불룩 튀어나온 동부에 있는 우리 항공기지로 이동했다. 그러고는 퀸셋*에서의 생활 ─ 침낭, 찬물, 전투식량 ─ 과 결과적으로 제2차 세계대전의 마지막 비행 작전이 된 출격이 이어졌다.

대부분은 '우유 배달 출격***'이었다(적 전투기는 없었고 지상으로부터의 가벼운 대공 포화만 있었다) ─ 독일, 헝가리, 체코슬로바키아의 베를린, 플제니 등지를 폭격했다. 그러나 레겐스부르크로 출격하던 날에는 '맹렬한 대공 포화'라는 첩보 보고서가 나왔는데, 그것이 뜻하는 바는 목표물에 접근하면 하늘이 시커먼 포화로 뒤덮여 그 사이를 통과해 비행해서 살아 돌아오기가 쉽지 않다는 것이었다. 그날 아침 나는 자신이 그 임무에 적합하다고 주장하는 다른 폭격수와 격렬한 논쟁을 벌였고, 결국 고집을 굽히지 않은 내가 이겼다. 우리 둘은 모두 전쟁의 광기에 사로잡혀 있었고, 더 많은 임무를 해치우고 싶어 안달이 나 있었으며, 출격 회수가 많아질수록 목숨을 잃을 확률이 높

---

* quonset hur. 미 해군 기지에서 이름을 딴 것으로, 벽과 지붕이 반원형으로 연이어진 군대 숙사.
** milk-run. 제2차 세계대전 말미 연합군 조종사들의 속어로, 우유 배달처럼 새벽에 정기적으로 폭격, 정찰 등의 비행 임무를 나가는 것. 또한 독일군의 대공 화력이 약화되어 우유 배달처럼 쉽다는 뜻도 함축하고 있다.

아진다는 사실은 알지 못하는 듯했다.

독일군 제트기들이 처음 등장한 비행 임무도 있었다 ─ 놀랍
도록 빠른 속도로 세 차례 지나치면서 우리 비행단의 열두 기
의 비행기 중 셋을 격추시키고는 사라졌다(이 초기 제트기들은
높은 고도에 오래 머무르지 못했다).

며칠, 길어야 몇 주 안에 전쟁이 끝날 것임이 분명했지만, 어
느 날 새벽 한 시 다급한 기상 소리에 깨어난 우리는 폭격 임무
를 수행하라는 명령을 받았다.

로버트 테일러가 영화에서 그러는 것처럼 침대를 박차고 뛰
어나와 조종석으로 몸을 날리고 하늘 멀리 사라지는 게 아니었
다. 기상과 새벽의 이륙 사이에는 다섯 시간이 있었다. 브리핑
시간들 ─ 승무조 브리핑, 장교 브리핑, 폭격수 브리핑 등등. 그
러고는 '동그란 계란'(임무를 나가는 날 아침에 제한된 수량으로 먹
은 진짜 계란을 말한다. 다른 날에는 '네모난 계란'을 먹었는데 이건 분
말 계란을 팬케이크 모양으로 만든 것이었다)으로 아침을 먹었다.
그 후에는 장비 챙기기 ─ 전기 방열복, 전기 고장 시에 대비해
위에 덧입는 양가죽 옷, 산소마스크와 목 부착 마이크, 방탄조
끼(납으로 만든 육중한 괴물로 우리 중에서 성가시게 이걸 입는 이는
없었다 ─ 생명을 구한다는 이유만으로는 너무 고생스러웠으니까), 그
리고 무겁고 꼴사나운 방탄 헬멧(가끔은 머리에 썼다). 폭격 조준

기 점검, 총포 점검, 산소 공급 장치 점검, 낙하산 점검, 모두 다 점검.

브리핑 장교가 우리에게 임무를 말해 주었다. 보르도 인근 대서양 연안에 있는 르와양이라는 작은 프랑스 도시를 폭격한다는 것이었다(전쟁이 끝난 후에 나는 그곳이 프랑스 피서객들을 위한 휴양 도시라는 것을 알게 되었다. 피카소도 거기서 수영을 했다). 우리는 서로를 쳐다보았다. 프랑스라고? 우리 군대가 이미 프랑스 전역을 장악하고 독일 영내로 깊숙이 진격해 있는 상태였다.

작전 설명이 이어졌다. 독일군 수천 명이 르와양 인근에 고립된 채 종전을 기다리고 있는데, 가서 그들을 몰아내라는 것이었다. 그리고 보통 때와는 달리, 폭탄 투하실에 5백 파운드〔약 227킬로그램〕짜리 대형 파괴 폭발 열두 개를 싣지 않는다고 했다(적 영공에 들어서자마자 폭탄 투하실로 기어가 폭탄을 '무장' 시키는 것, 즉 안전핀을 제거하여 활성화시키는 것은 폭격수의 일이었다). 그 대신 각 폭탄 투하실마다 뭔가 새로운 것, 1백 파운드〔약 45킬로그램〕짜리 '젤리형 가솔린' 통 — 점착성 소이탄 — 30개를 탑재한다는 것이다. 그들은 정확히 이름을 거론하지 않았고, 전쟁이 끝나고 오랜 시간이 지나서야 나는 이것이 네이팜을 사용한 초기 사례라는 것을 알게 되었다.

결국 우리는 독일 병력을 괴멸시켰다(1천2백 기의 하늘의 요새가 고작 몇천 명의 독일 병사들을 폭격한 것이다!) ― 더불어 르와양의 프랑스 주민들도. 전쟁이 끝난 후 나는 『뉴욕타임스』의 이 지역 통신원이 작성한 급보를 읽었다. "약 350명의 민간인이 정신이 멍해지거나 상처를 입은 채로 (…) 폐허에서 기어나와, 공습이 '믿을 수 없을 정도로 무시무시한 지옥이었다'고 말했다."

우리가 폭격한 고도 ― 2만 5천[약 7.6킬로미터] 내지 3만 피트[약 9.1킬로미터] ― 에서는 사람의 모습도 볼 수 없었고 비명도 들을 수 없었으며, 피도 보지 못했고 사지가 찢겨 나간 광경도 보이지 않았다. 기억나는 거라곤 지상에 떨어지는 소이탄이 하나하나씩 마치 성냥처럼 불타오르던 장면뿐이다. 나는 그저 높은 하늘 위에서 '내 일을 하고 있었다' ― 잔학 행위를 저지르는 용사들의 역사를 시종일관 장식하는 설명이다.

전쟁은 3주 후에 끝났다. 어느 누구도 르와양 공습에 대해, 그게 왜 필요했는지 묻지 않았다. 나도 묻지 않았다. 그날 아침 브리핑실에서 일어서서, 전쟁이 거의 끝나 가고 있는데 왜 사람들을 더 죽이려고 합니까, 하고 물어야 한다는 생각은 떠오르지 않았다.

전쟁 마지막 주에 나는 세 번의 비행 임무를 더 수행했다 ― 그러나 폭탄을 떨어뜨리지는 않았다. 우리의 화물은 식료품 꾸

러미였고, 독일군이 제방을 폭파하여 토지가 물에 잠기고 사람들이 굶주리고 있던 암스테르담과 로테르담에 떨어뜨렸다. 우리는 비행기 날개 길이의 세 배밖에 안 되는 3백 피트(약 91미터) 고도로 약간 긴장하면서 비행했는데, 독일인들이 식료품을 전달하는 비행기에도 발포하겠다고 위협한 바 있었고, 또 그 고도라면 아주 손쉬운 목표물이 될 수 있었기 때문이다.

그러나 비행은 아주 무사히 이루어졌고, 도시 위를 날면서 우리는 거리와 지붕 곳곳마다 사람들이 몰려나와 손을 흔드는 광경을 볼 수 있었다. 암스테르담에서 기수를 돌려 마지막 목적지로 가려고 할 때, 승무원 한 녀석이 인터폰으로 소리쳤다. "아래를 봐요." 시 바로 외곽의 들판에 수천, 수만 송이의 튤립이 거대한 글자를 이루고 있었다. "고맙습니다THANK YOU."

전쟁을 통틀어, 우리가 하고 있는 일이 절대적으로 옳다는 점에 관해 약간의 의문이 가슴속으로 슬며시 기어든 것은 단 한순간뿐이었다. 나는 다른 승무조의 사수와 친해졌다. 우리는 항공기지라는 문학의 불모지에서 무언가 공통점이 있었다. 우리 둘은 다 책을 좋아했고 또 둘 다 정치에 관심이 있었다. 언젠가는 그가 이런 말을 해서 나를 놀라게 했다. "너도 알겠지만, 이건 파시즘에 대항하는 전쟁이 아냐. 제국을 위한 전쟁이지. 영국, 미국, 소련 — 다 썩어 빠진 나라들이고 히틀러주의를 도덕적으로 우려하는 게 아니라 그저 자기들 맘대로 세계를 운영하기만을 바라잖아. 이건 제국주의 전쟁이야."

"그럼 넌 여기 왜 있는 거지?" 나는 물었다.

"너 같은 녀석들에게 말해 주려고."

그가 목숨을 걸고 이 비행 임무를 수행하면서, 오직 군대 내부에서 자신만의 정치적 전쟁을 벌이고 다른 이들을 자기 견해로 설득하고 있다는 생각에 나는 놀라고 깊이 감명 받았다. 그 대화가 있고 나서 2주 후, 그가 탄 비행기는 임무에서 귀환하지 못했다. 비행기가 격추 당해 승무조 전원이 사망한 것이었다.

당시에는 그의 말을 곧이곧대로 믿지는 않았지만 끊임없이 나를 괴롭혔고 결코 잊혀지지 않았다. 전쟁 동안 어느 정도까지 내 생각이 바뀌고 있는지 깨닫지는 못했지만, 전쟁이 끝나 몇 장의 사진과 낡은 항공일지, 기념품 몇 개 등 내가 수집했던 물건들과 수훈장,* 그리고 은성장** 두 개가 달린 리본 등을 서류철에 끼우면서 아무 생각 없이 이렇게 끼적거렸다. "다시는 안 돼Never again."

---

* Air Medal. 항공대에서 주는 훈장으로 제2차 세계대전 당시 폭격 대원은 통상 20회의 전투 출격을 마치면 수훈장을 받고 전투 비행 임무에서 해제되어 다른 임무로, 대개는 비전투 임무로 배치되었다.
** bartle star. 미국 전 군에서 주는 종군 기념 청동 성장.

유럽에서의 승리, 유럽 전승기념일* 이후 우리 승무조는 낡아 빠진 B-17('미녀 싸움꾼***')을 몰고 대서양을 가로질러 돌아왔다. 이제 우리는 일본을 상대로 폭격 임무를 수행하기 위해 태평양으로 날아갈 예정이었고, 그전에 30일짜리 휴가를 받았다. 로즈와 나는 휴가가 끝나기 전에 둘만의 시간을 갖고자 시골에 가려고 버스를 타러 가고 있었다. 신문 가판대를 지나치는데 사람들이 흥분된 표정이 역력한 모습으로 모여 있었다. 갓 나온 신문 뭉치가 막 배달되어 있었는데 큼지막한 헤드라인이 보였다. 일본 히로시마 시에 원자폭탄 투하. 전쟁 종결 예상.

나는 우리가 어떤 반응을 보였는지 정확히 기억하고 있다. 우리는 마냥 행복할 따름이었다. 원자폭탄이 뭔지는 정확히 몰랐지만, 그저 줄곧 사용했던 폭탄보다 좀 더 큰 폭탄처럼 보였을 뿐이었다. 이제 나는 태평양으로 가지 않아도 되고 전쟁은 끝날 것이었으며―파시즘에 대한 전면적 승리―영원히 집으로 돌아가게 될 것이었다.

• V-E Day. 'Victory in Europe Day'의 약자로 1945년 5월 8일이다.
•• Belle of th Brawl. 폭격기를 몰던 병사들이 붙인 애칭. 제2차 세계대전 당시 병사들 사이에 퍼진 일종의 유행으로, 이 밖에도 '하늘의 여왕Sky Queen,' '널 사랑해 양Miss You Lovin' '바람난 그녀-오늘밤 목표물Miss Conduct-Tonight's Targer' 등 애칭을 붙이고, 기체에 반라의 여자나 폭탄 그림과 함께 애칭을 써 넣곤 했다.

나로 하여금 우리가 히로시마에 가져다준 참사를 처음으로 알게 하고, 민간인들이 사는 한 도시에, 노인들과 어린 학생들에게 우리가 저지른 일을 두 눈으로 보게 하고, 일본인들이 그저 흉포하고 잔인한 무사 집단이 아니라 인간임을 깨닫게 해준 것은 바로 존 허시의 전후 보고서인 『히로시마*Hiroshima*』*였다. 이 책을 읽으면서 나는, 악명 높은 바탄의 '죽음의 행진,'** 그 일본의 잔학 행위와, 히로시마의 또 다른 죽음의 행진, 이번에는 우리의 잔학 행위, 정신이 나가 버린 민간인들이 불에 타고 살점이 흐물흐물 늘어지고 눈알이 눈구멍에서 튀어나오고 사지가 몸통에서 떨어져 나간 상태로, 방사능 비로 뒤덮인 납작하게 내려앉은 도시의 무시무시한 잔해 사이를 인사불성이 되어 걸어 다니는 행렬을 연결시켜 생각하게 되었다.

1960년 가을에(스펠먼에서 임시 휴직을 얻어) 〈하버드 동아시아연구소〉의 연구원이던 나는 원자폭탄 투하에 관해 연구하고 「엉망진창의 죽음과 문서들A Mess of Death and Documents」이라는 논문을 발표했다. 히로시마와 나가사키에 원폭을 투하한 이

• 『1945 히로시마』, 김영희 옮김, 책과함께, 2015.
•• death march. 1942년 4월 미국과 일본은 필리핀의 코레히도르와 바탄에서 치열한 전투를 치렀다. 이 전투에서 승리한 일본군은 포로로 잡은 미군 병사들을 바탄반도의 남단 마리벨레스부터 타르타크까지 물과 음식을 거의 주지 않고 '죽음의 행진'을 하게 하여 무수한 사망자를 낳았다.

유에 관한 가장 강력한 논거는, 만약 그렇게 하지 않았다면 미국이 일본 본토를 침공해서 결국 죽게 되었을 사람들의 생명을 구했다는 것이었다. 그러나 〈전략 폭격 조사단〉의 공식 보고서는, 전쟁 직후 7백 명의 일본 관리를 심문한 후 당시 일본인들은 항복하기 직전이었고, 히로시마와 나가사키에 원자폭탄이 투하되지 않았더라도, 그리고 일본을 침공하지 않았더라도 1945년 12월 이전에는 '확실히' 전쟁이 종결되었을 것이라고 결론지었다. 아울러 미국은 이미 일본의 암호를 해독하고 있던 상태로 일본이 막 항복하려고 하는 상황임을 알고 있었다.

그렇다면 도대체 원폭은 왜 떨어뜨린 것일까? 미국 학자 가어 앨퍼로위츠의 연구는 정치적 동기를 지적했다. 러시아가 태평양전쟁 참전을 앞두고 있던 상황에서 일본을 패배시키는 데 있어 그들의 기선을 제압하고 우리의 힘을 보여 주고자 했다는 것이다.

르와양에서의 내 경험은 또 다른 이유들을 암시해 주었다. 꾸준히 증강되어 에너지로 충만한 군사 기구의 강력한 추진력, 엄청난 양의 시간과 돈과 인재가 소비된 프로젝트를 '허비'하게 되지나 않을까 하는 우려, 새로운 무기를 보여 주려는 욕망, 전쟁 과정에서 확대된 인명 경시, 고결한 대의에 대한 총체적인 신념을 갖고 전쟁에 착수한 이상 아무리 끔찍한 수단이라도 받아들일 태세가 되어 있던 태도 등등.

1966년 8월, 로즈와 나는 세계 각지에서 모여든 사람들과 함께 원폭 투하를 상기하고 핵무기 제거를 위해 헌신하자는 뜻에서 일본의 한 평화 단체의 초청을 받아 일본을 여행한 일이 있다. 사람들로 하여금 원폭을 기억하도록 하기 위해 일부러 남겨 놓은 일부 잔해를 제외하고는 완전히 재건된 히로시마에 우리 모두가 모였다.

어느 날 우리는 원폭 생존자들의 공동체 센터의 일종인 〈우정의 집House of Friendship〉에 초대받았다. 그곳 사람들에게 간단한 인사말을 하기로 되어 있었는데, 내 차례가 되어 뭔가 말을 하려는 순간, 마룻바닥에 앉아 있는 남자와 여자들, 내게 고개를 돌리고 있는 그들의 얼굴, 다리가 없는 사람들, 팔이 없는 사람들, 눈알이 없는 사람들, 얼굴이나 온몸에 끔찍한 화상을 입은 사람들의 모습이 보였다. 폭격수로 복무할 당시 내가 했던 일들이 주마등처럼 스쳐 지나가며 나는 목이 메어 왔고, 결국 아무 말도 하지 못했다.

이듬해 로즈와 나는 파리에서 대서양 해안을 달려 재건된 르와양 시를 찾아갔고, 전시 폭격의 생존자들에게 말을 건네며 자료들을 샅샅이 뒤졌다. 우리는 그 무의미한 살육의 또 다른 동기를 찾아냈다 ─ 전쟁이 끝나기 전에 프랑스와 미국 군대 모두 또 한 번의 승리가 필요했던 것이다.

히로시마와 르와양은 한때 내가 아무 생각 없이 받아들였던 것—파시즘에 맞선 전쟁의 절대적 도덕성—을 점차 다시 생각해 보게 되는 결정적인 계기였다. 1960년대 언제쯤인가 조지프 헬러의 『캐치22』*를 읽으면서, 히틀러에 맞서 싸우는 '좋은 편good guys'의 독선적인 교만에 숭숭 구멍을 내는 그의 날카로운 블랙유머에 푹 빠진 적이 있다. 헬러가 만들어 낸 광인이지만 현명한 반反영웅, 폭격수 요새리언은 '적'에 관해 이야기하는 동료 비행사에게 "어느 편이든 너를 죽이려고 하는 게 바로 적"이라고 경고한다. 이때쯤이면 나는 우리가 '우리 편' 사람들—르와양의 프랑스인들만이 아니라 플제니의 체코인, 한커우漢口와 타이완의 중국인까지도—을 거듭해서 폭격했다는 사실을 알고 있었다. 1970년대 초반 『전후의 미국*Postwar America*』이란 책을 쓰면서 나는 제2차 세계대전에 관한 장의 제목을 '최고의 전쟁'이라고 한껏 비꼬아 붙였다.

현대의 어떤 전쟁도 이처럼 만장일치로 정당한 것으로 받아들여지진 않았다. 파시스트라는 적은 완전한 악이어서 어떠한 의문도 가로막았다. 그들은 의심할 나위 없이 '나쁜 편bad guys'

• 안정효 옮김, 민음사, 2008.

이었고 우리는 '좋은 편'이었으며, 일단 그런 결정이 내려지면 우리가 무슨 일을 하고 있는지에 관해 생각할 필요가 없는 것처럼 보였다. 그러나 한편으로는 내 전쟁 경험을 다시 생각하고 다른 한편으로는 역사를 읽어 가면서, 나는 어떻게 전쟁이라는 환경이 한쪽을 다른 쪽과 구분할 수 없게 만드는지에 관해 알게 되었다.

그리스인들의 시대까지, 기원전 5세기에 투키디데스가 서술한 펠로폰네소스 전쟁까지 거슬러 올라가도 마찬가지였다. '민주주의의 요람'이자 장려한 예술과 문학의 안식처인 아테네는 '좋은 편'이었다. 냉혹한 전체주의 스파르타는 '나쁜 편'이었다. 그러나 전쟁이 진척되면서 아테네인들은 점점 더 많은 잔학 행위─무차별적인 대량 학살, 여성과 어린이의 노예화─를 저질렀다.

제2차 세계대전에서 우리─미국, 프랑스, 영국, 즉 '문명 세계'─는 현대 공중전이라는 새로운 현상, 도시 민간인들에 대한 무차별 폭격을 혐오한다고 선언했다. 일본의 상하이 폭격, 에티오피아의 비무장 아프리카인들에 대한 이탈리아의 폭격, 스페인 내전 중에 마드리드에 투하된 폭탄들, 코번트리와 로테르담에 대한 독일의 폭격 등등에 대해. 물론 파시스트들에게서 기대한 그대로였다!

그리고 우리는 전쟁에 들어섰고 똑같은 일을, 단지 그 규모가 훨씬 크다는 것만 빼고는 전혀 다를 바가 없는 일을 저질렀다. 르와양은 작은 사건에 불과했다. 영국과 미국 비행기들의 드레스덴 폭격(커트 보니것은 그의 잊을 수 없는 소설 『제5도살장』*에서 자신만의 기묘한 방식으로 이를 다루고 있다)은 적어도 3만 5천, 실제로는 10만 명에 가까운 사람들을 죽음으로 몰아갔다. 소이탄이 도시에서 산소를 빨아들여 허리케인 같은 폭풍을 가져왔으며, 거리 곳곳을 가로질러 화염이 뻗쳐 나가는 현상에는 '열폭풍'이란 이름이 붙었다.

독일 여러 도시의 노동계급 밀집 지구들에 대한 폭격—사망자 수는 50만 명에 이르렀다—은 독일 민족의 사기를 꺾기 위해 윈스턴 처칠과 그의 조언자들이 미국 수뇌부와의 합의 아래 결정한 의도적인 정책이었다.

역사를 읽으면 읽을수록, 제2차 세계대전에 관해 생각하면 할수록, 나는 전쟁의 분위기가 거기에 말려든 모든 사람을 야수로 만들고, 양편 모두가 자행하는 잔학 행위 더미의 맨 밑바닥에 애초의 도덕적 요인(제2차 세계대전에서 분명히 존재하기는 했다—무자비한 폭정과 야만적인 침략에 대한 저항 말이다)이 파묻

• 박웅희 옮김, 아이필드, 2005.

혀 버리는 광신을 낳게 된다고 확신하게 되었다.

1960년대에 이르러 '정당한 전쟁'에 대한 과거의 나의 믿음은 산산이 흩어졌다. 세계에는 자유와 인권을 가로막는 사악한 적들이 분명 있긴 하지만, 전쟁 자체가 가장 사악한 적이라고 나는 결론 내리고 있었다. 또 어떤 사회가 다른 사회보다 더 자유롭고 민주적이며 인도적이라고 마땅히 주장할 순 있지만, 그 차이가 현대적인 대규모적이고 무차별적인 살육을 정당화할 만큼 충분히 크지는 않다는 것도 내가 내린 결론이었다.

전쟁을 일으키는 모든 정부의 진정한 동기를 자세하게 따져 들어가선 안 될까? 그들은 언제나 민주주의를 위해, 자유를 위해, 침략에 맞서, 모든 전쟁을 종식시키려고 싸우고 있다고 주장한다—그러나 이건 국민들이 전쟁을 지지하도록 동원하기 위한 손쉬운 방편은 아닐까? 사실 사람들이 본능적으로 싸움을 원치 않기 때문에 절대적으로 그런 명분이 필요한 것은 아닐까? 나는 e. e. 커밍스의 시구를 가슴 깊이 새겼다.

나는 쾌활하고 덩치 큰 올라프를 노래한다
그의 따뜻한 가슴은 전쟁을 보고 뒷걸음쳤다

양심적인 반대-자*

증거는 넘쳐났다. 연합국―미국, 영국, 소련―은 파시즘의 희생자들에 대한 동정심에서 전쟁에 뛰어든 게 아니었다. 미국과 그 동맹국들은 일본이 난징에서 중국인들을 도살할 때 일본에 전쟁을 선포하지 않았고, 프랑코가 스페인의 민주주의를 파괴할 때 그에게 선전포고를 하지 않았으며, 히틀러가 유태인과 정치적 반대파들을 수용소로 보낼 때 그를 상대로 전쟁을 벌이지 않았고, 전쟁 동안에도 눈앞에 닥친 죽음으로부터 유태인들을 구하기 위한 조치를 취하지 않았다. 그들은 자신들의 국가권력이 위협받았을 때에야 비로소 전쟁에 뛰어들었다.

히틀러의 두 손은 추악함으로 물들었지만 미국의 손도 깨끗하지는 않았다. 우리 정부는 이른바 민주주의 사회를 자임하는 곳에서 흑인들의 예속을 용인했으며 당시도 여전히 그러했다. 우리 정부는 일본인이라면―이 나라에서 태어난 이들일지라도― 누구든지 자유롭게 놔둬서는 안 된다는 인종주의적 가정 아래 그들을 집단 수용소로 떠밀었다.

그렇다. 올바른 사람이라면 파시즘을 용인해서는 안 되었

- e. e. cummings, 1894~1962. 커밍스의 1931년 작, 「나는 쾌활하고 덩치 큰 올라프를 노래한다I sing of Olaf glad and big」의 첫 연.

다. 거기에 인종주의나 식민주의, 노예 노동 수용소 또한 용인해서는 안 되는 것이었다. 그러나 연합국 모두는 이 중 하나나 둘, 아니면 셋 모두를 갖고 있었다. 그렇다. 파시즘은 변화의 여지를 허용하지 않는 더 나쁜 것이었다. 그러나 전쟁이 답이었을까? 4천만 명의 죽음을 가져온 유혈 참극에 뛰어드는 게 파시즘에 대처하는 유일한 길이었을까?

전쟁은 폭력에 맞서, 잔인함에 맞서 선한 대의처럼 보이는 것을 위해 수행될 수 있지만, 전쟁 자체는 폭력과 잔인함을 증폭시킬 뿐이다.

나는 전쟁에서 열성적인 폭격수였고 광신에 사로잡혀 아무 의심도 없이 잔학한 행동에 몸을 던졌다. 전쟁이 끝난 후 나는, 그 '대의'가 아무리 고결하다손 치더라도, 전쟁에 항상 뒤따르게 마련인 도덕 감각과 합리적 사고의 왜곡을 감안한다면, 전쟁이 과연 하나의 문제라도 해결하는가 하는 질문을 서서히 던지게 되었다.

전쟁이 종지부를 찍던 당시의 세계에 관해 심사숙고해 본다. 히틀러와 무솔리니는 사라졌고 일본은 패배했지만, 군국주의나 인종주의, 독재, 병적인 민족주의는 없어졌던가? 이제 주요 전승국들—미국과 소련—은 히틀러의 홀로코스트를 무색하게 만들게 될 전쟁을 획책하는 핵무기를 구축하고 있지 않았던가?

　비폭력과 평화주의는 동화 같은 분위기—달콤하고 순진하고 낭만적이고 비현실적인—를 풍겼다. 그렇지만 1970년대와 1980년대 내내 학생들이 내게 던진 가장 곤혹스러운 질문은, 좋습니다, 전쟁은 나쁩니다, 하지만 파시즘을 눈앞에 두고 무엇을 할 겁니까, 하는 물음이었다. 나는 명쾌한 해답을 갖고 있는 척 시침을 뗄 수는 없었지만, 전쟁의 살육이 답이 될 수는 없다고 확신했다.

　남부의 민권운동을 경험한 후 나는 킹과 SNCC가 말한 구절—비폭력 직접 행동—에 매혹되었다. 단순히 수동적인 비폭력이 아니고, 또 분명 굴복이나 용인, 유화가 아닌, 폭력을 최소한으로 축소시키려는 결단 아래 이루어지는 행동, 저항, 참여. 폭력이 전혀 없는 해결책을 묻는 것은 비현실적이었다. 남부의 비폭력 행진과 시위조차, 노동운동의 파업 보호선과 연좌 파업조차 폭력으로 귀결되었다.

　이 글을 쓰고 있는 1993년의 세계는 소말리아의 굶주린 어린이들과 보스니아의 야만적인 종족 전쟁과 마주하고 있다. 수동적인 방관은 참을 수 없는 것이지만, 군사행동은 사태를 더욱 악화시킬 뿐이다. 지금의 상황은 제2차 세계대전과 다르지 않았다. 폭력의 희생자들을 지켜 주기 위해, 고난을 줄이고 위협받는 사람들에게 안전한 피난처를 만들어 주기 위해 무언가 행동이 필요하다. 행동은 집중적이고 조절되어야 하며 희생자들과 그들이 직면한 재난 사이에 개입해야 하지만, 더 많은 희생을 낳아서는 안 된다. 또 그 과정에서 우리는 국가적 긍지를 희생해서라도 협상을 통한 해결책을 찾아야 하고, 국경선보다 인간의 생명을 중시해야 하며, 전쟁 없이 정의를 달성하기 위해 아낌없이 시간을 할애해야만 한다.

나는 이것이 우리 시대의 가장 중요한 문제라고 본다. 어떻게 인간의 독창성, 상상력, 용기, 희생, 인내심에서 전쟁의 대체물을 찾을 것인가?

그렇다. 인내심이다. 베르톨트 브레히트의 우화가 떠오른다. 홀로 사는 한 남자가 문 두드리는 소리에 나가 본다. 강력하고 무장한 폭군이 문 앞에 버티고 선 채 묻는다. "복종할 테냐?" 남자는 대답하지 않는다. 그는 옆으로 비켜선다. 폭군이 들어와 집을 차지한다. 남자는 몇 년이고 그의 시중을 든다. 폭군은 독극물이 든 음식 때문에 수수께끼처럼 병에 걸린다. 그는 죽는다. 남자는 문을 열더니 시체를 치우고 집으로 돌아와 문을 닫고는 단호하게 말한다. "안 하겠다."•

• 「코이너 씨의 이야기」, 『좋지 않은 시대의 사랑 노래-베르톨트 브레히트 대표 시집』, 서경하 옮김, 서교출판사, 1998.

달리는 기차 위에 중립은 없다

나는 전능한 것처럼 보였던 소련과 동유럽의 체제들이 대규모 시위와 항의 앞에 무너졌던 1989년에 이 이야기를 생각했다. 미국이 이 노정 어디에선가 인내심을 잃었다면(1962년 쿠바 미사일 위기 때 그럴 뻔했다), 핵전쟁이 벌어질 수도 있었다. 나는 폭정의 힘이 어떻게 과대평가되고 있는지(단기적이 아니라 장기적으로 볼 때), 그리고 남부에서 내가 직접 목격한 것처럼, 어떻게 외견상 무력한 사람들의 단결과 결단으로 폭정을 정복할 수 있는지에 관해 생각했다.

제2차 세계대전은 끝났다. 이제 재연할 수는 없다. 역사의 모든 일은, 일단 벌어지고 나면, 마치 정확히 그런 식으로 일어나야만 했던 것처럼 보인다. 다른 모습을 상상하긴 쉽지 않다. 그러나 나는 역사의 불확실성을, 뜻밖의 일이 벌어질 가능성을, 바꿀 수 없는 것처럼 보이는 것들을 바꾸는 데 있어 인간 행동의 중요성을 확신한다.

전쟁은 그것이 아무리 영속적이더라도, 인류의 삶에서 그것이 얼마나 장구한 역사를 갖고 있더라도, 불가피한 것은 아니다. 전쟁은 어떤 본능적인 인간 욕구에서 나오는 것이 아니다. 그것은 정치 지도자들이 만들어 낸 것이며, 그러기 위해 그들은 보통은 전쟁을 꺼리는 국민들을 전쟁터로 내몰려고 엄청난 노력—속임수, 선전, 강압—을 해야만 한다. 1917년에 미국 정부는 참전이 옳은 일이라고 국민들을 설득하기 위해 7만 5천 명의 연사를 전국 곳곳에 보내 수백만 명을 대상으로 75만 회의 연설을 해야 했다. 설득당하지 않은 이들에게는 징병 기피자로 감옥행이 기다리고 있었고, 감히 전쟁에 반대하는 발언을 한 이들 역시 감옥으로 걸어가야 했다.

어느 누구도 설명할 수 없었던 이유로 1천만 명이 전쟁터에서 목숨을 잃은 제1차 세계대전 이후, 전쟁 자체에 대한 두려움이 모든 국민에게 뿌리내렸다. 제2차 세계대전은 다시 전쟁을 받아들일 만한 것으로 만들었다. 제2차 세계대전은 그 후 벌어진 모든 전쟁을 정당화하는 근거가 되었다.

전쟁에 대한 혐오감이 커져만 가고, '최고의 전쟁'의 정당함에 대해서조차 다시 생각하게 되면서, 나는 그 출발점에서부터 미국의 베트남전쟁을 반대했다.

8장

베트남,
때로 침묵은 거짓말이다

1964년 여름, 나는 남부의 흑인 운동과 베트남전쟁이 극적으로 조우하는 것을 직접 목격했다. 8월 초 남부 민권운동에 관여하던 우리들 다수는 제임스 체이니와 미키 슈워너, 앤드루 굿맨의 추도회에 참석하기 위해 미시시피 주 잭슨에서 네쇼바 군으로 차를 몰았다. 그들은 필라델피아 시 근처에서 실종된 지 5주 정도가 지난 후에 쇠사슬로 구타당하고 여기저기 총탄 구멍이 난 시체로 발견되었다.

추도회가 열린 자리에는 그 세 명의 젊은이들이 조사했던 시온산 침례교회 방화 사건의 잔해인 벽돌 조각 더미가 쌓여 있었다. 그곳은 조용하고 양지바른 산골짜기였고, 우리들의 생각은 상복을 입은 체이니 부인이 십 대 아들의 죽음을 슬퍼하는 소리에 젖어들었다.

밥 모지즈가 추도회에서 발언을 했는데 평상시와 같은 그의 침착함은 찾아볼 수 없었다. 밥은 잭슨에서 나온 그 날짜 아침 신문을 치켜들고는 헤드라인을 읽었다. "존슨 대통령, 통킹만에서 '발포 살해' 명령."

밥은 그에게서 좀처럼 볼 수 없었던 신랄한 태도로 말했다. 미국 정부는 도통 이해할 수 없는 목적을 위해 저 지구 반대편까지 군대를 파견하려 하면서도, 불가항력적인 폭력으로부터 민권 활동가들을 보호해 달라는 거듭된 요청에도 불구하고, 미시시피로 연방 보안관을 파견하지는 않는다고 밥은 말했다. 그리고 이제 세 명의 활동가가 목숨을 잃었다.

통킹만 사건 — 베트남 해안 근처에서 북베트남의 어뢰정이 미국 구축함을 공격했다는 주장 — 은 프랑스가 1954년에 패배한 후 미국이 이어받은 식민 전쟁을 신속하게 확대시키는 구실이 되었다.

대통령, 국무장관, 국방장관은 미국 국민들에게 거짓말을 하고 있었다 — 공격을 받았다는 증거는 하나도 없었고, 미국 구축함들은 '일상적인 정찰'이 아니라 첩보 작전을 수행 중이었다. 그러나 의회와 모든 주요 신문, 방송사들은 아무 의심도 없이 정부의 설명을 받아들였다. 의회는 즉각적으로 통킹만 결의안을 통과시킴으로써 존슨 대통령에게 베트남에 대한 대규모 개입을 허용하는 백지 위임장을 주었다.

보스턴 대학에서 강의할 준비를 하던 그해 가을, 나는 인도차이나에 대한 군사개입이—그곳 사람들에게나 미국의 우리들에게나—막대한 재앙을 불러올 것이라고 생각했다.

어린 시절 학교에서 나는 우리나라가 대륙을 가로질러 행진한 것을 자랑스러워해야 한다고 배웠다—그것은 언제나 '서부 확장'이라 불렀다. 확장—그것은 거의 생물학적인 것처럼 보였다. 우리는 그저 자라나는 것일 뿐이었다. 이를 보여 주는 지도는 밝고 다채로운 색이었다. 플로리다 취득은 초록색, 루이지애나 취득은 파란색, 멕시코 양도는 빨간색. 모두 취득과 양도였다! 친절하기도 하여라.

역사를 조금만 들여다봐도 도움이 된다. 미국혁명 전후로 이 나라를 우리 것으로 만들기 위해, 우리는 수천 년 동안 이곳에 살아온 원주민들을 쫓아내거나 절멸시켜야 했다. 우리는 기만과 무력을 사용해서 확장했고, 플로리다를 군사적으로 침략함으로써 그 땅을 우리에게 '팔도록' 스페인을 설득했으며 (돈은 하나도 오가지 않았다), 멕시코를 침략해서 그 절반에 가까운 땅을 접수했다.

나중에 미국은 해외 제국을 건설하는 데 착수하면서 유럽의 제국주의 강국들보다 뒤늦게 세계 무대에 등장했으나 늦은 시간을 신속하게 만회했다. 우리는 쿠바와 푸에르토리코, 아이티와 도미니카공화국, 중앙아메리카, 하와이와 필리핀에서 미국의 권력을 수립하기 위해 군사력을 사용했다.

이러한 역사적 배경을 안다면 베트남을 둘러싼 우리 정부의 동기를 어느 정도 의심하지 않을 수 없었다.

그리하여 1964년 여름에 우리 지도자들이 통킹만에서 우리가 공격당했다고 발표했을 때, 나는 실제 어떤 일이 일어났는지 알지 못했지만 몇 가지 사실은 분명히 알 수 있었다. 우리의 구축함들이 자국에서 멀리 떨어져 베트남 근해를 떠다니고 있었다. 우리는 오랫동안 인도차이나의 프랑스 군대를 도왔고, 그 후에는 사이공의 미국 예속 정부에게 군사원조를 해 왔으므로 결코 결백할 수는 없었다. 우리는 세계 최고의 해군력을 보유하고 있었고 북베트남은 가소로울 정도로 작은 해군을 갖고 있었으므로, 우리가 아시아의 깡패들에게 속수무책으로 당한 희생자라고 주장할 수는 없었다. 러스크 국무장관은, "그들의 논리적 사고방식이 우리와 매우 다르다"는 점을 빼고는 이 작은 나라가 강력한 미국 해군에게 도전하는 이유를 설명할 방도는 없다고 기자들에게 말했다.

역사는 여러 모로 편리하다. 만약 당신이 어제 태어나서 과거에 대한 지식이 전혀 없다면, 정부가 하는 말을 무엇이든 쉽게 믿을지도 모른다. 그러나 역사를 조금이라도 안다면—그것이 정부가 주어진 사례에서 거짓말을 하고 있음을 절대적으로 입증하지는 않더라도—의심을 품을 수 있고 질문을 던질 수 있으며 진실을 알게 될 가능성은 더욱 커지게 된다.

나는 우리 정부가 (다른 정부들과 마찬가지로) 전쟁을 벌이기 위해 얼마나 자주 평계를 꾸며 냈는지를 알았고, 그런 '사건들'을 쉽게 찾아냈다. 우리의 역사는 통킹만과 같은 사례들로 가득 차 있다.

멕시코 전쟁 당시, 텍사스-멕시코 국경에서 멕시코와 미국 군대의 사소한 충돌이 있자 폴크 대통령은 "미국 땅에 미국인의 피가 흘러내렸다"고 말하며 의회에 전쟁을 요청했다. 실제로 교전이 벌어진 곳은 국경 분쟁이 있던 곳이었으며, 폴크의 일기를 보면 그는 미국이 턱없이 탐내던 땅인 캘리포니아와 남서부 전역을 멕시코에서 빼앗기 위해 전쟁 구실을 찾고 있었다.

미국이 쿠바에서 스페인을 축출한 것(해 볼 만한 모험)은 쿠바를 지배하기 위한 시도(해서는 안 될 모험)였는데, 스페인 사람들이 아바나에서 미국 전함 메인 호를 폭파시켰다는, 결코 입증되지 않은 수상쩍은 이야기가 근거로 제시되었다.

(필리핀인들로부터의) 필리핀 강탈은 필리핀인과 미국 군대

사이의 조작된 '사건'에 뒤이어 일어났다.

제1차 세계대전 당시 독일이 여객선 루시테이니아 호를 침몰시켰다는 주장은 전쟁에 개입하는 이유로 제시된 '무자비한' 잠수함 전투의 사례 가운데 하나였다. 몇 년이 지난 후 루시테이니아 호가 무고한 배가 아니라 서류가 조작된 군수품 수송선이었다는 사실이 밝혀졌다.

그리고 이제 통킹만을 보자. 구축함 매독스 호의 임무는 '일상적인 정찰'이 아니라 북베트남을 상대로 한 비밀 정보 공작이었으며 미국은 전면전에 착수할 구실을 찾고 있었다는 사실이 나중에 밝혀졌다.

통킹만 사건 이후에 신속한 군사력 확대—전면적인 폭격과 미국 군대 수십만 명의 파병—가 뒤따랐다. 그 근거는 이러했다. 미국은 남베트남인들의 자결권을 보호하고 소비에트 공산주의의 확산을 저지하며 자유와 민주주의를 장려하기 위해 이 모든 일을 하고 있다는 것이다.

제2차 세계대전 이래 20년간의 미국 대외 정책의 역사를 살펴보면 이러한 주장은 믿을 수 없는 것임이 금방 드러났다. 자결이라고? 1953년에 CIA가 샤(이란의 왕)를 권좌에 복귀시키는 쿠데타를 꾸며 석유와 관련된 미국 기업들의 이익을 보호했을 때, 미국은 이란의 자결권을 존중하지 않았다. 1954년에 〈유나

이티드프루트 사United Fruit Company〉의 이익을 위협하고 있다는 이유로 민주적으로 선출된 과테말라 정부를 전복시키기 위해 과테말라 침공을 계획했을 때도, 미국은 이 나라의 자결권을 존중하지 않았다.

자유와 민주주의를 장려하기 위함이라는 주장의 경우도, 미국이 세계 곳곳에서 독재정부를 지원하고 있다는 사실을 생각하면 어이없는 소리일 뿐이었다. 야만적인 압제자들도 공산주의자가 아니기만 하면 허용할 수 있었다. 쿠바의 바티스타, 니카라과의 소모사, 도미니카공화국의 트루히요, 아이티의 뒤발리에, 필리핀의 마르코스―미국에 의해 권력을 유지하던 유혈적 군사정권들의 목록은 끝이 없었다.

소련이 동유럽에 위성 제국을 만들어 냈고, 미국은 세계 다른 곳에 공산주의 정부가 세워지는 것을 원치 않음이 분명했다. 그러나 공산주의가 아니더라도 (가령 이란이나 과테말라처럼) 미국 기업들의 이익이나 미국의 정치적 힘에 도전하는 모든 정부가 전복 대상이 되었다는 점도 분명했다.

베트남의 경우, 미국은 갖은 수단을 다해 프랑스가 자신의 이전 식민지에 대한 지배를 확립하도록 도와주는 등, 베트남인들이 스스로 자기 나라를 운영하기를 바란다고 주장할 수 없었다. 사이공의 남베트남 정부가 (미국의 지령에 따라) 선거를 거부하고 공산주의자든 자유주의자든 불교 신자든 모든 야당을 폭력적으로 탄압하고 있을 때, 미국이 민주주의에 대한 관심을 주장할 수는 없었다(불교 승려들은 자기 나라의 압제에 대해 세계가 관심을 갖도록 하기 위해 사이공의 광장에서 분신을 하고 있었다).

그리고 이제 미국은 어떠한 도덕적 주장도 없이 베트남의 마을에 폭탄을 퍼붓고 침략하면서 수많은 민간인을 죽이고 푸르고 비옥한 땅을 파괴하고 있었다.

나는 북베트남의 공산주의 정부나 베트남 전역의 미래의 공산주의 사회에 관해 아무런 환상도 갖고 있지 않았다. 그들이 가난한 사람들에게 토지와 의료보호, 교육을 더 공평하게 제공할 수는 있겠지만, 나는 자유나 민주주의가 도래할 것이라고 기대하지 않았다. 그러나 공산주의자들이 베트남에 어떤 형태의 정부를 세우든 간에, 나는 베트남 국민 전체를 대상으로 하는 우리의 침공과 폭격이 그릇된 일이라는 것을 알았다. 따라서 나는 전쟁에 반대하는 소규모 운동에 일찌감치 뛰어드는데 결코 주저하지 않았다.

사실 미국인들은 정부가 부추기거나 (투옥 등의 위협으로) 강요하는 전쟁에 반대하여 저항한 오랜 역사를 갖고 있다. 초기 이주자들은 영국이 프랑스와 벌인 전쟁들에 징병되기를 거부했으며, 독립전쟁 반대자들은 영국인들을 불신했던 것만큼이나 미국혁명의 부유하고 강력한 지도자들에게 분노했다. 멕시코 전쟁 와중에 수많은 병사들이 탈영했고 윈필드 스코트 장군이 멕시코시티 입성을 준비하자 7개 연대가 그의 곁을 떠났다. 제1차 세계대전 동안에 정부는 수천 명의 저항을 억누르기 위해 그들을 재판에 회부하여 투옥해야만 했다.

베트남전쟁에 반대하는 운동은 1965년의 고립된 행동들과 함께 시작되었다. 남부의 흑인 민권 활동가들은 최초의 징병에 저항한 이들이었다. SNCC의 밥 모지즈는 역사가 스토튼 린드와 베테랑 평화주의자 데이브〔데이비드의 애칭〕 델린저와 함께 워싱턴에서 전쟁에 반대하는 행진에 참여했고, 『라이프 매거진』은 성난 극렬 애국주의자들이 뿌려 댄 붉은 페인트를 뒤집어쓴 채 세 명이 나란히 걸어가는 극적인 사진을 실었다.

1965년 봄, 나는 보스턴 공원에서 열리게 될 수많은 반전 집회의 효시가 된 집회에서 연설했다. 실망스러울 만치 사람이 적었다―아마 백 명 정도 되었을 것이다. 나는 독일 철학자이자 급진주의자로 후에 유럽과 미국의 신좌파들에게 1960년대의 지적 영웅 중 한 명이 된 헤르베르트 마르쿠제와 함께 연단에 올랐다.

1년 후인 1966년 여름, 전쟁이 여전히 계속 확대되고 어느 때보다도 더 폭격이 격렬해지던 와중에 미국의 베트남 개입에 반대하는 한 일본 단체가 초청장을 보내 왔다. 미시시피에서 알게 된 흑인 SNCC 활동가 랠프 페더스톤과 나는 2주 동안 일본을 돌면서 강연을 해 달라는 요청을 받았다.

우리를 초청한 〈베헤이렌〔베트남 평화를 위한 연합〕〉이란 단체는 일본 신좌파의 젊은 지식인들―소설가, 언론인, 영화감독, 시인, 철학자, 가정주부―이 주요 구성원이었다. 유명한 작가로 큰 키에 헝클어진 머리, 다림질도 안 한 코트와 바지를 입고 있던 오다 마코토 의장은 그리스어와 라틴어를 공부했고 영어를 썩 잘했는데 세계 정치에 관해 백과사전적인 지식을 갖고 있는 것처럼 보였고 어떤 경우에도 넥타이를 매지 않았다(잘 차려입고 형식적인 일본인들의 스테레오타입을 깨려고 결심한 듯 보였다).

오다를 비롯한 활동가들은 굉장한 조직가였다. 14일 동안 우리는 아홉 개 도시 열네 곳의 대학에서 강연을 한 것을 비롯해 다과회와 맥주 모임, 기자회견 등에 참석했다. 우리는 사실상 모든 일본인들이 미국이 베트남에 관여해서는 안 된다고 믿고 있음을 알게 되었다(일본의 주요 신문들이 행한 여론조사가 이를 확인시켜 주었다).

기차역에서 만나 함께 도쿄에서 교토로 고속열차를 타고 가면서 안내를 해 준 이는 상냥한 얼굴에 온화한 매너를 지닌 쓰루미 슌스케라는 철학자였다. 쓰루미는 하버드에서 수학했는데, 진주만이 폭격당했을 때 마지막 학기를 다니고 있었다. 경찰은 그를 거류 적국인으로 체포하여 보스턴의 찰스스트리트 교도소에 수감했다.

쓰루미는 조사를 받았다. "일본 정부에 충성합니까?" 그는 대답했다. "아니오." "미국 정부에 충성합니까?" 쓰루미는 다시 대답했다. "아니오." 그러자 그들은 말했다. "무정부주의자로군. 당신은 계속 감옥에 있어야 할 거요"(얼마 후 적십자가 죄수 교환을 조정하고 나서야 쓰루미는 풀려났다).

교토 역에서 그가 우리와 만난 건 늦은 밤이었다. 쓰루미는 말했다. "두 분이 다른 불교 사찰에서 밤을 보내시는 게 좋을 거라고 생각했습니다." 우리는 그에게 감사했다. 쓰루미는 아름다운 절에 나를 데려갔다. 쓰루미의 말로는 스님이 견실한 반전 인사라고 했다. 불전 앞에는 사이공 거리에 가부좌를 하고 앉아 분신하는 베트남 승려의 확대 사진이 있었다.

교토에서는 천여 명의 사람들이 베트남에 관해 말하러 왔다. 한 소아과 의사가 청중석에서 발언을 했는데, 우리 통역자는 저 사람이 바로 그 유명한 마츠다 박사라고, 육아에 관한 저서가 수백만 권이 팔린 '일본의 스포크 박사'라고 우리에게 귓속말을 했다. 마츠다는 말했다. "미국이 이해하지 못하는 것은 공산주의가 저발전 국가들이 조직될 수 있는 방식 가운데 하나라는 점입니다. 이러한 현상에 대한 미국의 반응은 신경증적입니다. 미국에게는 — 통역자가 주저했다 — 설사약이 필요합니다!" 잠깐 침묵이 흐른 후 통역자는 자신의 잘못을 사과하고 바로잡아 주었다. "…진정제가 필요합니다."

우리는 밤기차를 타고 내해內海를 따라서 산으로 둘러싸여 있는 동트기 전의 아름다운 히로시마로 향했다. 우리는 히로시마 대학 학생들과 이야기를 나눴고, 도시가 사라져 버린 그날의 생존자들을 상대로 강연을 했다. 왼쪽 눈을 잃은 교수도 있었고, 연약해 보이는 젊은 여성은 더듬거리는 영어로 너무나 부드럽게 "원자탄이 떨어졌을 때 저는 어머니 뱃속에 있었어요"라고 말을 해서 긴장하지 않을 수 없었다.

북부 혼슈 섬의 센다이 시에서는 천여 명의 학생이 우리 강연을 들으러 모여들었다. 강연이 끝나고 50명의 젊은 남녀와 함께 근처 공원에 간 우리는 잔디밭에 책상다리를 하고 앉아 새

• Benjamin Spock, 1903~1998. 소아과 의사이며 『유아와 육아Baby and Child Care』의 저자. 이 책은 1946년 처음 출간된 뒤 전 세계적으로 30개 이상의 언어로 번역되었고 5천여만 부가 팔려 제2차 세계대전 이후 태어난 베이비붐 세대의 부모들에게 큰 영향을 끼쳤다. 이 책에서 스포크는 유아가 먹고 싶어 할 때 젖을 주고, 부모의 침대에서 재우지 않아야 하며, 아이를 안아 주지 말라는 등 독립적 육아를 주창했다. 핵 기술과 베트남전쟁에 반대하는 시위에도 참가하여 1968년 6월 보스턴에서 징병 거부를 선동하고 조언한 혐의로 2년 징역형을 선고받았으나 항소심에서 무죄 판결을 받았다. 1972년 대통령 선거에서는 양심적인 징병 거부자를 위한 국민당 후보로 나와 7만 5천 표를 얻었다.

벽녘까지 이야기를 나눴다. 그들은 일본의 침략의 역사를 잘 알고 있었고 부끄러워했다. 그들은 거듭해서 부드럽지만 단호한 목소리로 말했다. "당신들은 우리가 한 일을 아시아에서 하고 있는 겁니다."

(일본에서 2주 동안 밤낮을 함께 보낸 후에 나는 랠프 페더스톤을 다시 만나지 못했다. 그는 내게 청첩장을 보냈고 워싱턴에서 흑인 서적을 전문으로 다루는 서점을 운영하고 있다고 들었다. 그러고는 일본 여행 2년 후에 나는 신비 체험이라고밖에 말할 수 없는 경험을 했다. 보스턴에서 버스를 타고 가는데 내 몇 자리 앞에 흑인 남자가 있었다. 뒤통수와 목밖에 보이지 않았지만 나는 그가 랠프 페더스톤이라고 맹세코 확신할 수 있었다. 랠프가 보스턴에 있다는 게 가능했을까? 나는 걸어가서 옆자리에 앉아 고개를 돌려 바라봤다. 그는 페더스톤이 아니라 내가 알지 못하는 남자였다. 그는 신문을 보고 있었다. 헤드라인이 보였다. '민권 활동가, 폭발 사건으로 사망.' 랠프 페더스톤의 사진이 보였다. 아직까지도 그 원인이 밝혀지지 않은 폭발 사건이 일어났을 때 그는 메릴랜드의 한 SNCC 활동가의 재판에 참석하러 친구와 자동차를 타고 가던 길이었다.)

일본 여행 이후 나는 전국 각지에서 전쟁에 반대하는 발언을 계속했다―토론회, 집회, 좌담회 등에서. 어떤 주요 인사도, 저명한 간행물도, 출간된 저서도, 그들이 아무리 전쟁에 비판적이라 하더라도, 내게는 너무나도 자명한 내용—미국인들의 생명을 구하고 베트남인들의 생명을 구하기 위해 미국은 그저 가능한 한 빨리 베트남에서 발을 빼야 한다—을 감히 발설하지 않는다는 사실에 나는 점점 좌절하고 있었다. 이들 신중한 전쟁 비판론자들은 '전쟁은 잘못이다, 그러나 물론 우리가 간단히 철수할 수는 없다'라고 거듭해서 말했다.

나는 가능한 한 신속하게 125쪽 분량의 작은 책을 저술했으며 『베트남: 철수의 논리*Vietnam; The Logic of Withdrawal*』라는 제목으로 1967년 초에 〈비컨프레스〉에서 출간했다. 이 책에서 나는 말했다. "이 뒤얽힌 협상 메커니즘—민족해방전선(NLF), 하노이의 NLF 지지자들과 조언자들, 존슨 행정부의 분열된 인사들, 사이공의 미국 예속 정부—에서 민감하고 다루기 힘든 모든 요소들이 들어맞을 때까지 기다리는 것은 매달 천여 명을 부상이나 죽음으로 몰고 가는 것이다. (…) 일방적 철수가 갖는 건전함은 그로 인해 전쟁의 종식이 다른 누구의 동의도 필요 없이 우리 자신의 결단만으로 가능하기 때문이다. 그것은 명쾌하고 신속하며 옳은 일이다."

책을 내기 전에 여러 사람이 내게 말했다. 그래요, 나도 동의합니다. 하지만 정치적으로 실행 가능하지 않습니다—대통령이 어떻게 급작스러운 정책 변경을 미국인들에게 설명할 수 있을까요?

그래서 나는 린든 존슨을 위해 작성한 연설문으로 내 책을 끝맺으면서, 그가 즐겨 사용하는 모든 수사적 표현과 조야한 일화들을 그대로 사용하고, 그가 옛 초등학교 선생님에게서 받은 '편지'와 한 해병대원에게 받은 또 다른 '편지'를 인용하게 함으로써, 미국인들에게 왜 현실주의와 인간 생명에 대한 관심 모두를 위해 정책의 변화가 필요한지를 대신 설명해 주었다. 그리하여 "나는 공격 작전을 중단하고 그 나라에서 우리의 군대를 질서정연하게 철수하기 시작하라고 (…) 웨스트모어랜드 장군〔베트남전 총사령관〕에게 명령을 내렸습니다."

연설문은 이렇게 끝맺었다. "텍사스의 소년이던 시절부터 항상 지녀 온 꿈을 나는 아직도 갖고 있습니다―그리고 미국을 위해 이 꿈을 실현하고 싶습니다. 우리는 훨씬 더 영광스럽고, 훨씬 더 대담하며, 훨씬 더 큰 용기를 필요로 하는 모험에 착수하려 합니다 ― 전쟁보다 말입니다. 우리의 목적은 다른 모든 인류를 위한 하나의 선례를 만들어 낼 사회를 건설하는 것입니다. (…) 동료 미국인 여러분, 안녕히 주무십시오. 우리는 이제 더 이상 베트남에서 전쟁을 하지 않을 것입니다."

책은 빠른 속도로 8쇄를 거듭했다. 〈비컨프레스〉 직원 두 명이 차량 가득 책 더미를 싣고 반전 집회에서 팔려고 돌아다

넀다. 한 사업가는 6백여 부를 구입해서 하원과 상원 의원들 모두에게 책을 보내 주었다. 알래스카 주 상원 의원 어니스트 그루닝(그와 오리건 주 상원 의원 웨인 모스만이 통킹만 결의안에 반대표를 던졌다)은 연방 의회 의사록에 내 책의 일부를 삽입시켰다.

캘리포니아 주 샌터바바라에서는 일단의 시민들이 내 책에서 발췌한 말들로 지역 신문에 전면 광고를 내면서 평화 협상을 벌일 것을 호소하였다.

『클리블랜드 플레인 딜러*Cleveland Plain Dealer*』는 전쟁 확대를 촉구하는 사우스캐롤라이나 주 하원 의원 멘델 리버스의 글과 단계적 축소와 협상을 호소하는 아칸소 주 상원 의원 윌리엄 풀브라이트의 글, 그리고 즉각 철수를 주장하는 내 글을 나란히 실었다. 신문은 세 입장 가운데 어느 쪽을 지지하는지 독자를 대상으로 여론조사를 벌였다. 9,162명이 응답했는데 그중 63퍼센트가 즉각 철수를 지지했으며 나머지는 풀브라이트와 리버스의 입장으로 비슷하게 갈렸다.

웨스트버지니아 주 찰스턴의 『가제트메일*Gazette-Mail*』에도 세 글이 실렸는데 독자의 80퍼센트가 즉각 철수를 선호했다.

『클리블랜드 플레인 딜러』의 한 칼럼니스트는 이렇게 말했다. "제2차 세계대전에서 폭격수로 복무한 보스턴 대학의 정치학 교수 하워드 진은 린든 존슨을 위해 연설문을 쓴 바 있는데, 내 생각으로는 만약 대통령이 그 연설문을 낭독했다면 역사상 가장 위대한 인물이 되었을 것이다."

이 모든 상황으로 나는 크나큰 용기를 얻었다. 정부는 반전 시위를 얕잡아 보고 탄압하려고 노력했지만, 미국 국민의 많은 수가 베트남 철수라는 생각에 개방적임은 분명해 보였다. 이것은 우리의 발언과 글쓰기, 항의 시위가 점수를 따고 있다는 것을 의미했고 우리는 계속해야 했다.

존슨 대통령은 결코 그 연설문을, 아니 그와 비슷한 어떤 것도 읽지 않았다. 존슨은 1968년 대통령 선거에 출마하지 않았고 파리에서 북베트남 측과 협상을 시작했다. 그러나 협상은 4년 동안 이어졌고 그 와중에도 폭격과 기총소사, 수색 섬멸 작전은 계속되었으며 미군 병사 2만여 명의 시체 자루가 그들의 집으로 보내졌다.

군대에서는 탈영이 증가했다. 일본 여행에서 돌아온 1년쯤 후의 어느 날 밤에 나는 전화 소리에 잠을 깼다. 한 일본인이 영어로 말하고 있었다. 일본인은 내게 자기 이름을 말해 주었다. 〈베헤이렌〉의 친구였다. "하워드, 도쿄로 와 줄 수 있나요? 당신이 만나고 싶어 할 만한 미국인들이 여기 있어요."

그가 무슨 말을 하는지 알 수 있었다. 〈베헤이렌〉은 일본에 주둔하고 있는 미군 병사들 중 탈영을 원하는 이들을 숨겨 주고 일본 바깥으로 나갈 수 있게 도와주는 일을 하고 있었다. 그들은 병사들이 사라지기 전에 누군가 그들 몇을 인터뷰하기를 바랐다.

"언제 가야 하나요?" 나는 물었다.

"내일요." 나는 다음날 도쿄로 떠날 수 없었지만 그 일을 할 다른 사람을 찾아보겠다고 약속했다. 다트머스 대학의 아시아 역사 교수 어니스트 영을 염두에 두고 있었다. 어니(어니스트의 애칭)와 그의 부인 마릴린이 하버드의 아시아 연구 과정 대학원생이고 내가 그곳 연구원일 때, 로즈와 난 그들과 가까운 친구로 지냈다. 어니는 전쟁에 철저하게 반대하고 있었다. 어니는 한때 라이샤워 대사 보좌관으로 도쿄 주재 미국 대사관에서 일하기도 했다. 어니는 일본어에도 능통했다.

도쿄에서 전화를 받은 지 몇 시간도 안 된 그날 이른 아침에 나는 뉴햄프셔 주 하노버에 있는 어니와 통화했다. 그날 오후에 어니는 여행 가방을 들고서 보스턴의 우리 집에 왔고, 나는 그를 공항에 태워다 주었다. 어니가 도쿄에 도착하자 〈베헤이렌〉 사람들은 항공모함 인트레피드 호에서 탈영한 수병들(그들은 '인트레피드 호의 4인'으로 알려지게 되었다)과의 비밀 모임을 주선해 주었다. 어니가 그들과 이야기를 나눈 후 〈베헤이렌〉은 폴란드 화물선을 이용해서 유럽으로 밀항시켜 주었다(몇 년 후 나에 관한 FBI 파일을 입수 — 적어도 그 일부분은 기꺼이 내주었다 — 해서 살펴보니 그들은 도쿄에서 걸려 온 통화 내용을 알고 있었는데 결국 내 전화를 도청한 것이었다).

1968년 초에 전쟁은 절정에 달했다. 이제 남베트남에는 52만 5천 명의 미군이 주둔해 있었다. 반전운동은 성장했고 징병 거부는 널리 퍼졌다. 전국 각지에서 젊은 남자들이 징병 카드를 반환했고 다른 많은 이들이 징병을 거부하고 있었다.

미국의 화력이 가져온 공포가 뉴스 속보와 병사들의 편지, 텔레비전 화면 등을 통해 국내로 들어오고 있었다. 우리나라 역사상 최초로 미국인들은 전쟁의 효과를 가까이서 볼 수 있었다. 미국 해병대에 의해 농촌 마을이 불타고 베트남 어린이들이 네이팜탄 때문에 겁에 질리고 부상을 당하고 온몸에 화상을 입었다. 한 친구는 보스턴 시내를 운전하면서 최근 전쟁 뉴스를 듣던 중에 베트남인이든 미국인이든 생명이 허비되는 현실에 관해 생각하고는 비탄과 낭패감에 압도되어 울음을 터뜨리는 바람에 거의 사고를 낼 뻔했다고 내게 말했다.

필립 서피나라는 이름의 보스턴 대학의 제자 한 명은 입대 전 신체검사 통보를 받고는 애리조나의 징병 위원회에 편지를 보냈다. "나는 신체검사든 징병이든 응할 생각이 전혀 없으며 베트남 민중들에 대한 미국의 전쟁 시도에 어떤 식으로든 조력할 의사가 없습니다." 4년형을 선고받은 서파니는 스페인 철학자 미겔 우나무노가 스페인 내전 중에 한 말을 인용했다. "때로 침묵은 거짓말이다."

9장

인류가 승리했다

반전운동의 놀랄 만한 성장은 1965년 봄의 초라한 첫 번째 집회 이후 해를 거듭할수록 참여 인원이 늘어난 보스턴 공원의 집회 규모를 보면 알 수 있다. 2년 후의 공원 집회에는 수천 명의 사람이 모였다. FBI는 이 집회를 감시했고 나에 관한 파일에 한 항목으로 기재했다.

나는 정보공개법을 통해 그 파일을 입수할 수 있었다 — 수백 쪽으로 대부분 지루했고 많은 단락이 삭제되어 있었지만 잊어버린 많은 집회와 연설을 상기시켜 주었다. FBI는 범죄 활동 수사를 목적으로 하는 기관이지만, 구소련의 비밀경찰처럼 정부를 비판하는 집회와 공개 발언에도 주목하는 것으로 보인다.

FBI 파일은 다음과 같이 기록하고 있었다. "1967년 10월 16일, 보스턴 공원에서 공개 징병 반대 항의 시위가 벌어짐. (⋯) 남녀 4~5천 명이 참가한 것으로 추산. (⋯) 이 항의 시위는 (⋯) FBI 특수 요원들이 관찰. 이 시위에 등장한 연사 가운데 하워드 진 교수가 있었음. (⋯)『보스턴 글로브』조간판에는 (⋯) '보스턴에서 67장의 징병 카드 불에 탐-214명 카드 반납, 집회에는 5천 명 집결'이라는 제목의 기사 실림."

FBI 보고서는 또『보스턴글로브』에 보도된 내 연설의 일부를 기록해 놓고 있었다. "베트남에서 죽은 1만 3천 명의 미국인은 자신들의 야심을 위해 그들을 희생시킨 정치인들과 장성들의 명령을 받아 그곳에 파견되었기 때문에 죽은 것입니다. (⋯) 베트남전쟁이 끝날 때까지, 베트남에 평화가 도래할 때까지, 우리는 우리의 양심에 따라, 이 나라 민중들의 뜻에 따라, 미국 민주주의의 원칙에 따라, 우리가 이 전쟁으로부터 독립함을 선언하고 우리가 할 수 있는 모든 방식으로 전쟁에 저항해야 합니다."

그날 아침 보스턴 공원에 모인 사람들은 역사적인 알링턴 스트리트 교회로 행진하여 오래된 교회 의자에 모여 앉아 예일 대학의 목사 윌리엄 슬로언 커핀과 하버드 대학원생 마이클 퍼버의 연설을 들었다(나중에 둘 다 징병법에 반대하는 음모를 꾸몄다는 죄로 벤자민 스포크 박사와 작가 미첼 굿맨, 마커스 래스킨과 함께 기소되었다). 그전에 뉴헤이븐(예일 대학 소재지)에서 만난 적이 있던 커핀은 반전운동에서 가장 유창한 연사 중 하나였다. 퍼버는 반전운동에선 신참이었지만 비범하고 열정적이며 속내를 터놓는 발언을 했다.

연설이 끝나자 젊은이들이 한 세기 전 노예제 반대론 목사 윌리엄 엘러리 채닝이 그 자리에 놓아둔 역사적인 교회 촛대에 다가가서 자신들의 징병 카드를 치켜들더니 촛불에 갖다 댔다.

이 장면은 전국 곳곳에서 되풀이되어 징병 카드를 불태우거나 모두 모아 워싱턴의 법무부에 반환했다. 그리고 다음날에는 〈링컨기념관〉에서 거대한 반전 집회가 열려 수천 명의 시위대가 국방부 앞에서 주 방위군 및 육군 정규군과 맞섰으며, 한밤중이 되자 무시무시한 대치 상황이 정점에 다다랐다. 어느 순간 전직 그린베레(미국의 특전 부대) 대원이자 지금은 시위대의 일원인 한 사람이 확성기에 대고 자신이 왜 전쟁 반대로 돌아섰는지 군인들에게 말했다.

1968년 무렵에는 반전 정서가 크게 확산된 나머지 존슨 대통령은 군 기지를 제외하고는 공개 석상에 나서는 모든 일정을 취소시켜야 했다. 존슨의 특별 자문단은 국민들이 더 이상 참지 못할 것이기 때문에 베트남 파병을 확대해선 안 된다고 조언했다. 존슨이 재선에 도전하지 않겠다고 발표한 것은 바로 이 시점이었다. 리차드 닉슨과 휴버트 험프리 모두 그 해 선거 운동에서 전쟁을 끝내겠다고 약속해야만 했다.

대통령으로 선출된 닉슨은 전쟁을 계속했고 반전운동 진영은 1969년 10월 15일을 '전쟁 중지일Moratorium Day'로 선언했다―모든 국민에게 일상 업무를 중단하고 전국적인 시위에 참여할 것을 호소했다. 수천 명의 사람들이 보스턴 대학에서 카먼웰스 대로까지 행진했는데, 몇 구역 지날 때마다 수천 명씩 불어나는 것처럼 보였다. 보스턴 공원에 다가갈 때쯤에는 사방에서 행진해 온 사람들이 모여드는 모습을 볼 수 있었다. 연단에 있던 우리들은 공원이 눈으로 보이는 곳까지 사람들―남자, 여자, 어린이들―로 가득 찬 광경을 보았는데 십만 명은 넘는 듯했다. 공원에서의 첫 집회 때 모인 백 명의 작은 집단을 회상하지 않을 수 없었다.

그날 전국 곳곳에서, 반전 집회라곤 구경도 못 해 본 도시와 소도시들에서 수백만 명의 사람들이 전쟁에 항의했다. 그것은 이 나라 역사상 가장 대규모의 대중 집회였다.

'전쟁 중지일'에 나는 다른 많은 사람이 그랬던 것처럼 이 반전 집회에서 저 반전 집회로 정신없이 뛰어다녔고 저녁 무렵에는 목소리가 쉬어 버렸다. 언젠가 차를 몰고 젊은 여성들을 위한 독실하고 보수적인 가톨릭 학교인 뉴턴 성심 대학을 지나갔는데, 전쟁 초기 나는 그곳의 반전 성향을 지닌 수녀의 초대를 받아 강연을 하러 가서 정중하지만 분명히 냉담한 반응을 받은 적이 있었다. 하지만 이젠, 교문 앞을 지나치는데 붉은 주먹 그림과 나란히 굵은 글씨가 선명한 커다란 플래카드가 눈에 들어왔다. '전쟁을 중단하라!'

보스턴 대학에서는 반전 활동이 맹렬하게 벌어졌고 집회와 건물 점거, 밤샘 토론회가 연일 열렸다. 애써 잠을 쫓으면서도 결연한 연대감을 보여 준 청중을 상대로 새벽 세 시에 대학의 제일 큰 강당에서 강연하던 생각이 난다. 불같은 성격의 레이 먼고가 편집장을 맡고 있던 대학 신문은 린든 존슨의 탄핵을 호소함으로써 전국적인 뉴스거리를 만들어 냈다. 우리는 한 탈영병에게 은신처를 제공했는데, 어느 일요일 아침 연방 요원들이 가득 들어찬 사람들 사이로 발길질을 해 대며 가로질러 와서는 문을 부수고 탈영병을 구인해 갈 때까지 5일 밤낮 동안 천여 명의 학생과 교수들이 대학 예배당을 채우고 있었다. 닉슨 대통령은 자신의 선거 공약을 지키려는 듯한 제스처를 취하며 군대 철수를 시작했지만, 다른 한편으로는 미국과 전쟁을 벌이고 있지도 않던 캄보디아에 비밀 폭격을 가하기도 했다. 1969년 초와 1970년에 닉슨은 베트남 인접국인 라오스와 캄보디아로 지상전을 확대시키면서 북베트남 군대가 남베트남으로 침투하는 것을 막으려는 헛된 노력을 기울였다.

캄보디아 침공은 전국적인 항의 시위를 불러일으켰으며, 오하이오의 켄트 주립 대학 캠퍼스에서는 호전적인 주 방위군이 비무장 학생 시위대에 총격을 가해 네 명을 살해하고 여러 명을 평생 불구로 만들었다. 전 세계로 전해진 사진 한 장은, 죽은 학생 중 한 명의 시신 위로 몸을 구부린 채 경악으로 얼굴이 일그러진 한 젊은 여성의 모습을 보여 주었다.

텔레비전을 통해 나는 희생자 중 한 명인 앨리슨 크라우즈의 아버지가 슬픔을 가누지 못하는 표정으로, 닉슨 대통령이 시위 학생들을 '건달들bums'이라고 지칭했다는 사실을 지적하는 장면을 보았다. 그는 외쳤다. "내 딸은 건달이 아니었소!"

몇 년이 지난 후, 몇몇 초빙 학부모들이 내 강좌 '미국의 법과 정의'의 첫 강의가 열리는 자리에 앉아 있을 때, 나는 켄트 주립 대학의 총격 사건을 강의 주제 중 하나로 삼은 강의 계획서를 나눠 주었다. 강의가 끝날 무렵 학생 한 명이 다가와서 자기와 부모님을 소개했다. 그녀는 로리 크라우즈로, 앨리슨의 동생이었다. 나는 텔레비전 화면에서 접했던 그녀 아버지의 얼굴을 알아볼 수 있었고, 말로 다할 수 없는 그네들의 슬픔이 강의 계획서에 무미건조한 사실로 나와 있다는 점에 가책을 느끼지 않을 수 없었다. 그러나 그들은 켄트 주립 대학 사건이 잊혀지지 않았다는 사실에 감사하는 듯 보였다.

1970년 봄에는 미국 역사상 최초로 학생 총파업이 벌어졌는데, 4백여 개 단과대와 종합대학의 학생들은 캄보디아 침공과 켄트 주립 대학 사건, 미시시피 잭슨 주립 대학에서의 두 흑인 학생 살해 사건, 그리고 계속되는 전쟁에 항의하기 위해 수업을 포기했다.

그해 6월 나는 뉴욕의 퀸즈 대학에서 졸업식 연사로 초대받았고, 수천 명의 졸업생과 학부모들이 졸업식을 위해 매디슨스퀘어가든에 운집했다. 내가 전쟁과 미국 정부에 대해 언급하자 몇몇 학부모는 벌떡 일어나 성난 고함을 질러 댔지만, 연설을 끝냈을 때는 졸업생들이 자리에서 일어나 오랫동안 박수를 쳐 주었다.

훨씬 놀라웠던 점은 전국 곳곳의 고등학생들이 민권운동과 반전운동에 자극받아 더 많은 민주주의를, 자신들에게 영향을 미치는 결정들에서 더 큰 목소리를 요구하고 있다는 사실이었다. 내가 살던 매사추세츠 주 뉴턴에서는 1970년 6월에 지역 고등학교 학생들이 졸업식 연사를 직접 선택할 수 있는 권리를 따냈다. 그들은 나를 초청했다.

이때쯤 나는 전국 각지의 수백 곳—토론회, 집회, 좌담회—

에서 전쟁 반대 발언을 해 오고 있었다. 그러나 뉴턴노스 고등학교처럼 연사 초청이 폭력적인 반응을 불러일으킨 곳은 어디도 없었다. 나는 이것에서 무언가를 배웠다. 젊은이들이 사회의식을 형성하는 데 있어 고등학교 시절만큼 중요한 때는 없다는 것이 그것이다. 학생들이 정부와 학교 당국, 부모의 권위에 이의를 제기하는 사고에 노출될까 봐 학부모와 학교 관리들이 그토록 신경질적인 반응을 보이는 것은 오직 고등학교뿐이었다.

뉴턴 지역의 참전군인 조직들은 즉시 졸업식 보이콧을 호소했다. 연설이 예정돼 있던 시장은 내가 연설을 하게 될 경우 자신은 연단에 오르지 않겠다고 발표했다. 일부 학부모들은 항의 퇴장을 조직하겠다고 말했다.

학생 대표단이 나를 찾아왔는데 당황한 기색이 역력했다. 그들에게 교장은 내게 연설 취소를 부탁하라고 요구했다. 나는 학생 대다수가 투표를 하고—처음에 나를 초청했던—학생들이 이제 내가 연설하지 않기를 바란다면 그렇게 하겠다고 말했다. 투표는 이뤄졌다. 학생의 압도적인 수가 내가 연설해야 한다는 쪽에 표를 던졌다.

졸업식 전날 아내가 전화 한 통을 받았다. 전화를 건 상대방(로즈의 말로는 '교양 있는 노부인' 목소리였다고 한다)은 말했다. "당신 남편한테 내 두 아이가 지금 차고에서 졸업식에 던질 폭탄을 만들고 있다고만 전해 줘요."

졸업식이 열리는 축구장은 경찰이 에워싸고 있었다. 연단 내옆자리에 앉은 교장은 안절부절못하는 기색이 역력했다. 내가 그날 무슨 말을 했는지 정확하게 기억나지는 않는다(FBI는 현장에 없었다. 내 파일에는 이 행사에 관해 아무 내용도 없었고, 나는 이제 내가 한 연설에 대한 정확한 기록에 관해서는 그들에게 의존하게 되어 버렸다). 그러나 전쟁에 관해, 켄트 주립 대학 사건에 관해, 부당한 전쟁에서 싸우기를 거부할 수 있는 젊은이들의 권리에 관해 가능한 한 강력하고 실감나게 발언한 걸로 알고 있다.

스탠드는 학부모와 학생, 교사들로 가득 차 있었다. 연설을 시작했을 때 소수의 학부모들이 눈에 띄게 일어나서 걸어 나갔지만, 연설을 끝마치자 기립 박수가 있었다. 다른 모임과 마찬가지로 여기서도, 사람들은 자신들이 생각하고 느끼고는 있지만 표현할 방법을 찾지 못하는 말을 누군가가 공공연하게 말로 나타내면 반가워하는 것 같았다.

(그 후 세월이 흘러서도 나는 거리나 버스에서 나를 멈춰 세우고는 "저는 1970년에 뉴턴노스를 졸업했습니다. 그날은 결코 잊지 못할 거예요"라고 말하는 젊은이들과 맞닥뜨리곤 했다. 이러한 경험은 교육이 세계의 도덕적 갈등의 현실과 마주할 때 비로소 가장 풍부하고 생생해진다는 스펠먼 시절의 교훈을 확인시켜 주었다.)

이 무렵에 나는 터프츠 대학으로부터 저명한 작가이자 칼럼니스트이며 보수주의자인 윌리엄 F. 버클리와의 좌담회에 초대를 받았다(나는 3백 달러를 제시받고는 깊은 인상을 받았다. 아무 사례도 받지 않는 데 익숙해져 있기 때문이었다. 나중에 버클리는 3천 달러를 받았다고 들었다 — 하지만 나는 노여움을 억눌렀다). 터프츠의 체육관은 그날 수천 명의 학생들로 가득 찼고, 그보다 많은 수천 명은 발길을 돌릴 수밖에 없었다. 분명 그들의 발길을 잡아끈 것은 내가 아니라 유명한 버클리가 등장한다는 이유 때문이었다.

터프츠의 철학 교수가 우리를 소개했을 때 버클리와 나 모두에게 박수 소리가 거의 공평하게 터져 나왔다. 그러나 토론이 진행됨에 따라 버클리에 대한 박수 소리는 잦아들고 나에 대한 박수 소리는 점점 커졌다. 그 이유는 내가 토론자로서 그보다 뛰어나기 때문이 아니라 단지 내 주장이 스스로 전쟁이 잘못됐다고 확신한 학생들에게 이치에 닿았기 때문이라는 것을 나는 알고 있었다.

한순간 나는 사근사근한 침착함으로 유명한 버클리를 힐끗 돌아봤는데, 연신 땀을 흘리는 모습이 보였다. 질문 시간이 끝나기도 전에 버클리는 일어서더니 가야 한다고 말했다. 좌담회 후에 기고한 어느 칼럼에서 그는, 그날 학생들이 들은 것처럼 자기 정부를 그토록 반대하는 발언에 미국 학생들이 박수갈채를 보내는 모습을 보고 자신이 얼마나 간담이 서늘해졌는지에 관해 말했다. 나는 정부에 대한 가차 없는 비판이야말로 민주사회에 없어서는 안 될 요소라는 사실을 버클리가 이해하지 못하는 것 같아 의아했다.

전국 곳곳에서 '대항 졸업식counter-commencement'이 조직되고 있었다. 나는 모교인 컬럼비아 대학에서 열린 대항 졸업식에서 연설을 했는데, 내 학위 논문 발표회를 주관했던 역사학자 리처드 호프스태터가 바로 옆에서 공식 졸업식사辭를 하고 있었다. 웨슬리언 대학에서 열린 또 다른 대항 졸업식에서는 나의 두 영웅, 컬럼비아에서 사사했던 역사학자 헨리 스틸 커매저와 오랫동안 친구로 지내 온 윌리엄 슬로언 커핀과 나란히 연단에 섰다.

그때는 베트남 민중들을 덮친 공포가 훨씬 더 알려지고, 수만 명의 젊은 미국인들의 시신이 본국으로 돌아오면서 믿을 수 없을 정도로 강렬한 열정이 퍼진 시대였다. 우리 자신이 어떤 식으로든 책임이 있다고 느꼈기 때문에 아마도 눈앞에서 벌어지고 있는 상황을 둘러싸고 특별한 절망이 존재했던 것 같다. 제2차 세계대전 이후에도 나치의 잔학 행위에 대한 독일인들의 책임을 둘러싼 논의는 계속되어 왔다. 그러나 이제 베트남에서 잔학 행위가 벌어지고 있었다 — 분명 양쪽 모두에서 자행되고 있었지만, 우리의 화력이 훨씬 더 대규모였고 그 나라에 주둔하고 있는 외국군은 바로 우리였다. 미라이 대학살은 우리 병사들이 저지른 끔찍한 사례 중 하나에 불과했고, 전쟁을 저지하지 못한 우리에게 책임이 있었으며 따라서 행동을 해야 했다.

어떤 이들에게 그것은 너무나도 무거운 짐이었다. 세 아이의 아버지로 평화주의자였던 노먼 모리슨은 분신을 통해 전쟁에 항의하기 위해 목숨을 바쳤으며, 앨리스 허츠라는 여성도 자신의 몸에 불을 질렀다(나중에 북베트남에서 베트남 농민들을 만났는데 그들이 할 줄 아는 유일한 영어는 '노먼 모리슨, 노먼 모리슨'이었다).

어느 날 저녁 보스턴에 있던 나는 워싱턴에서 전화를 한 통 받았는데, 전화한 이는 내 제자로 수업이 끝나고 말을 나눠 보면 전쟁에 대한 고뇌가 생생하게 드러나곤 하던 학생이었다. 그는 바로 그날 국회의사당 계단에서 자신의 몸에 가솔린을 끼얹었고, 뒤이어 무언가를 하기 바로 직전에 체포된 상태였다(지금까지도 그는 1년에 한 번 정도 연락을 하고 있다. 그는 아직까지도 번민으로 괴로워하고 있다. 그는 시인이고 경찰과 FBI를 두려워하며 자신을 둘러싼 세계의 폭력으로 여전히 고통 받는 온화한 사람이다).

그러나 우리 대부분에게 운동은 삶의 활기를 주는 힘이었다. 행진과 집회에서 십만 명의 다른 사람들과 함께하는 것, 정부의 힘 앞에 자신이 무력하다고 느낄 때에도 그러한 느낌조차 혼자만 느끼는 것은 아니라는 생각 — 전국 곳곳의 남녀노소, 흑인과 백인, 노동대중과 중간계급 모두가 나와 함께한다 — 은 말을 넘어서 전해졌다.

밥 딜런과 존 바에즈, 컨트리 조와 비틀즈를 듣고, 화가나 작가들과 같은 편에 서고, 백악관 야외 파티에서 어서 키트*가 전쟁에 반대하여 목소리를 높였다는 기사를 보고, 무하마드 알리가 챔피언 자격을 박탈당하면서까지 당국에 도전하는 모습을 보고, 전쟁에 반대하는 마틴 루터 킹의 연설을 듣고, 어린아이들이 피켓 — '베트남 어린이들을 구해 주세요' — 을 들고 부모와 함께 행진하는 모습을 보면서, 우리는 인류가 할 수 있는 최고의 일이 자신의 대의를 위해 싸우는 것이라고 생각했다.

우리가 적들에게 포위된 소수에 불과했을 때, 운동에서 조우한 그토록 많은 사람들의 아름다운 인간성이 미래를 표상한다고 상상하는 것은 피가 끓는 경험이었다(교조주의자, 관료주의자, 권력을 쫓는 사람들, 유머라곤 없는 사람들은 잊어버리자). 언젠가 그러한 사람들의 세상이, 함께 일할 수 있고 모든 것을 나눌 수 있으며 즐겁게 놀 수 있고 인생을 걸고 믿을 수 있는 사

• Eartha Kitt, 1927~2008. 미국의 가수, 영화배우, 뮤지컬 배우이자 텔레비전 연기자.

람들만이 존재하는 세상이 도래할 수 있는 것처럼 보였다.

흔히 언론—또는 몇몇 사람들—은 자기 목숨을 부지하려는 젊은이들만이 전쟁에 반대한다고들 했다. 그건 분명 사실이 아니었다. 수백만의 사람들이 전쟁에 항의한 이유는 자신의 목숨이 문제가 되기 때문이 아니라 다른 사람들의 생명, 베트남인들의, 동료 미국인들의 생명을 진정으로 걱정하기 때문이었다.

이기심의 발로라는 주장에 대한 가장 강력한 반증이자 전쟁 종식을 위한 싸움을 지속시킨 가장 커다란 영감의 원천은 병사들 스스로가 반전운동에 참여한 것이었다—정찰 명령을 거부한 병사들, 탈영한 병사들(아마 그 수가 수십만을 헤아렸을 것이다), 군법회의에 회부되어 투옥된 병사들, 전쟁터에서 돌아와 〈재향군인관리국〉의 담장에 쇠사슬로 자신의 몸을 묶은 병사들, 어리석은 살육에 항의하기 위해 목발이나 의수, 의족, 휠체어에 의지한 채 행진한 병사들.

미국의 육군과 해군, 항공대 기지들에서 베트남 파병 준비를 하던 병사들이 전쟁터에서 돌아온 이들과 함께 전쟁 중지를 호소했다. 그들은 반전 신문을 펴냈고 군 기지 주변에 세워진 반전운동 카페에 모여들어 음악을 듣고 이야기를 나누면서, 흔히 그들이 즐겨야 한다고 얘기되던 술집 문화나 사내다운 군인 정신에 대한 대안을 찾았다. 첫 번째 반전 카페(UFO라는 이름

달리는 기차 위에 중립은 없다

이었다)는 사우스캐롤라이나 주 컬럼비아에서 문을 열었는데, 이제 막 고등학교를 졸업한 아들 제프는 거기서 뮤지션으로 일 했다.

나는 아이다호 주 마운틴홈을 방문해서 『도움의 손길*Helping Hand*』이라는 반전 신문을 펴내던 항공병들을 만났다(FBI는 이 방문을 기록해 두었다). 우리는 음악을 들으면서 이야기를 나눴 고 밤이 깊어지자 높은 산으로 차를 몰고 가서 은백의 달빛 아 래 벌거벗은 채 온천에서 목욕을 즐겼다.

1971년 봄, 나는 디트로이트를 방문하여 '불행한 병사Winter Soldier' 청문회에 참가했다 —베트남 참전 군인들이 자신들이 목격하거나 직접 가담한 잔학 행위(전쟁 반대로 돌아서게 만든 행 동들)에 관해 증언하는 모임이었다. 제인 폰다와 마주치게 된 첫 번째 자리였다. 제인은 '애국자들'의 양심의 대상이 되었지 만, 나는 언제나 그녀가 기꺼이 대스타의 삶을 박차고 나와서 전쟁에 대한 입장을 취했다는 점을 존경했다.

그 자리에서 영화배우 도널드 서덜랜드도 만났는데, 그는 블랙리스트에 오른 할리우드 작가 중 한 명인 달턴 트럼보의 소설 『자니 총을 들다*Johnny Got His Gun*』를 각색한 영화에 출연 할 예정이었다. 이제까지 씌어진 것 가운데 가장 강력한 반전 소설임에 틀림없는 이 책은 내가 처음 접한 십 대 시절에 커다란 영향을 미쳤다—아마 이 책을 통해 나중에 모든 전쟁에 대한 반대로 선회하게 된 기초를 다졌을 것이다. 강의를 시작할 때면 종종 학생들에게 이 책을 과제물로 내주곤 했다. 론 코빅의 회고록 『7월 4일생Born on the Fourth of July』도 추천하곤 했는데, 작가는 열일곱에 해병대에 자원한 노동계급 출신 젊은이로, 열아홉에 베트남에서 폭격을 맞아 척추를 못 쓰게 됐다. 하반신이 마비되어 휠체어를 타고 고향에 돌아온 그는 반전 활동가가 되었다. 론 코빅은 자신의 책에서 베트남에서 돌아와 도널드 서덜랜드가 『자니 총을 들다』의 구절을 읊는 것을 듣고는 자신의 생각이 구체화됨을 느꼈다고 말했다.

이런 일련의 관계를 보면서 나는 사람들 사이의 연계가 어떻게 만들어지는지에 관해 생각했다—책을 읽고, 한 사람을 만나고, 한순간의 경험을 하면서, 어떤 식으로든 삶이 변화하게 되는 것이다. 결국 아무리 작은 행동이라도 간단히 무시하거나 제쳐두어서는 안 된다.

1980년대의 어느 날 보스턴에서 전화 한 통을 받았다. 내 책을 몇 권 읽은 론 코빅이 보스턴에 온 김에 나를 만나고 싶어 했다. 나는 그에게 내 강의 시간에 와 줄 수 있는지 물었다. 학생들에게 짜릿한 경험을 주고 싶었다. 그는 학교로 찾아왔지만 강당에 모인 4백 명의 학생에게 강연을 하지는 않았다. 대신에 그는 통로 사이를 위아래로 휠체어로 왔다 갔다 하면서 학생들에게 질문을 던지고 자신이 얼마나 가슴 깊이 전쟁 없는 세상, 폭력 없는 세상을 바라는지 학생 한 명 한 명에게 말을 걸었다.

파리에서 4년 동안 협상하고, 5만 5천 명의 미국인과 백만여 명의 베트남인이 죽고, 역사상 큰 강대국이 작은 나라에 가한 가장 맹렬한 폭격이 끝나고, 군사적 승리가 실패로 돌아간 후, 미국은 1973년 초에 북베트남과 철수에 합의하는 평화 협정에 서명했다. 미국이 사이공에 대한 군사원조를 계속하면서 사이공 정부와 하노이-민족해방전선 군대 사이에 전쟁이 계속되었지만, 사기가 땅에 떨어진 남베트남 군은 북베트남의 공세를 견디지 못하고 1975년 초에 괴멸되었다.

그해 4월, 사이공에 대한 미국의 군사원조 중단을 호소하기 위해 보스턴 지역의 브랜다이스 대학에서 토론회가 개최되었다. 전쟁 기간 중에 숱하게 그랬던 것처럼 나는 연단에 있었고, 미국 지식인 가운데 최초로, 그리고 의심의 여지없이 가장 영향력 있게 전쟁에 반대하여 용기 있게 발언한 노암 촘스키가 옆자리에 있었다. 1967년에 『뉴욕서평New York Review of Books』에 실린 그의 글 「지식인의 책무」는 견고한 합리성을 갖춘 어조로 미국의 베트남 정책에 대해 목소리를 높이라고 호소하는 역사적인 문서였다.

노암과 나는 1965년 여름에 민권 활동가들의 수감에 항의하기 위한 대표단의 일원으로 미시시피행 비행기에서 처음 만났다. 반전운동은 우리 사이를 더 가깝게 만들어 주었고, 노암과 그의 부인 캐롤, 로즈와 나는 친구가 되었다. 운동을 통해 알게 된 사람들 가운데 그만큼 비범한 지적 능력과 사회정의에 대한 헌신성을 결합시킨 이는 없었다.

1975년의 브랜다이스 토론회 와중에 (누가 마이크를 잡고 말하고 있었는지는 기억이 나지 않지만) 약간의 소동이 있었다. 학생 하나가 통로를 가로질러 달려오면서 종이 한 장을 흔들어 댔다. 그가 들고 있는 건 대학 신문이었는데 방금 나온 소식이 실려 있었다. 사이공이 항복했고 전쟁은 끝났다는 것이었다. 강당 안에 있던 사람들 모두가 일어서서 환호성을 질렀다. 서로의 손을 힘차게 흔들었다. 서로 껴안았다. 나는 커다란 기쁨을 느꼈지만, 그 무엇보다도 학살이 멈추게 되었다는 안도감이 가장 컸을 터였다. 아마 그것이 베트남전을 둘러싼 마지막 토론회였을 것이다.

위대한 무정부의자이자 언론인인 I. F. 스톤이 말했듯이, 그것은 기술의 힘과 인류의 대결이었고 결국 인류가 승리한 것이었으므로 고무적인 자신감, 아니 심지어 어떤 경외감까지 있었다. 겉으로 보기에 무기력할 뿐인 우리나라와 베트남의 사람들이 미국 정부라는 어마어마한 권력과 대결하여 끔찍한 전쟁을 종식시켰다는 생각에 누구든 흥분을 느끼지 않을 수 없었다. 그러나 반전운동에 관해서는 할 이야기가 아직 남아 있다— 성직자와 수녀들에 관해, 하노이 방문에 관해, 지하운동의 일원이 된 일에 관해, 체포된 일에 관해, 감옥과 법정에 관해, 법에 대한 복종과 정부에 대한 굴종의 문제에 관해.

왜 걸어갑니까?
아이들 때문이지요.
그리고 심장 때문이지요.
그리고 빵 때문이지요.

10장

그렇게 할 수밖에 없었으니,
주여 우리를 도우소서

　1968년 1월 30일, 보스턴 대학에서 정치 이론 세미나를 주관하고 있던 중에 누군가 강의실에 들어오더니 수업을 방해해서 미안하지만 나를 급히 찾는 전화가 와 있다고 말했다. "수업을 끝낼 때까지 기다릴 수 없답니까?" 나는 물었다. "지금 당장 선생님과 통화해야 한답니다." 학생들에게 기다리라고 말하고는 서둘러 사무실로 가서 전화를 받았다.

　전화를 한 이는 반전운동의 전국적 지도자 중 한 명인 데이비드 델린저로 1966년에 히로시마에서 만난 적이 있었다. 데이비드는 말하기를, 하노이의 북베트남 정부로부터 전보를 한 장 받았는데 그들 말로는 전통 명절인 설날을 기념하는 평화 제스처로 세 명의 미군 비행사 포로를 처음으로 풀어 주겠다는 것이었다. 또 비행사들을 인계받기 위해 평화운동 쪽에서 '책임 있는 대표자'를 보내 줄 수 있겠냐고 물었다는 것이었다.

데이브를 비롯한 평화운동 지도자들은 두 명이 함께 가는 게 좋겠다고 생각했고, 성직자이자 가볍게 볼 수 없는 시인(그는 유명한 라몬트 상을 받았다)이며 코넬 대학에서 강의하면서 전쟁에 반대하는 목소리를 높이고 있던 대니얼 베리건 신부(그에 관해서는 막연히 들어서 알고 있었다)에게 이미 요청한 상태였다. 베리건은 갈 준비가 되어 있었다.

(베트남인들은 '책임 있는 대표자'를 요청했다. 베리건과 내가 반씩 책임을 나눠 가진들 그들이 원하는 기준에 합당했을까?)

"음, 하워드." 데이브는 물었다. "갈 의향이 있나요?"

"언제죠? 얼마나 오래 걸리나요?"

"내일요. 1주일이고. 아마 2주일이 될 수도 있을 거예요."

나는 재빨리 생각했다. 내가 맡은 강의, 동료들한테 부탁할 수 있었다. 로즈, 그녀는 내가 가기를 바랄 것이다. 나는 다음 날 아침에 맨해튼의 한 아파트에서 만나기로 약속했다.

세미나 자리로 돌아와 학생들에게 통화 내용을 말해 주었다. 학생들은 흥분했다. 내가 '적국'의 수도로 가서 세 명의 전쟁 포로를 데려오는 것이었으니 말이다.

다음 날 맨해튼 중심가의 한 아파트에서 만난 대니얼 베리건은 마른 체형에 검은 머리, 부드러운 말투에 검은 바지와 터틀넥 스웨터, 운동화를 차려입고 목에는 은제 메달을 걸고 있었다. 대니얼은 개구쟁이 같은 재치가 있었다. 나는 안도의 한숨을 쉬었다. 농담은 부르주아식 방종에 불과하다고 믿는 사람과 가까이서 긴 시간을 보내고 싶지는 않았다. 데이브 델린저가 와 있었고 오래전부터 알고 지내던 톰 헤이든도 있었다. 둘다 전쟁 기간 중에 북베트남을 방문했던 몇 안 되는 미국인이었고, 나와 댄(대니얼의 애칭) 베리건에게 우리 여행에 관해 '브리핑'을 해 주었다.

얘기를 나누고 있는데 누군가 문을 두드렸다. 잘 차려입은 한 남자가 서 있었다. 국무부에서 온 사람이었다. 그들은 "정보 보고서들을 통해" 우리의 여행에 관해 알게 되었다고 말했다(그날 아침판 『뉴욕타임스』에 실린 우리에 관한 이야기를 봤다는 뜻이었다). 그는 출발하기 전에 우리와 이야기를 하고 싶어 했다. 또 우리 여행을 적법한 것으로 인정하기 위해 우리 여권에 도장을 찍어 주려고 했다. 북베트남은 여행이 불법화된 공산주의 국가 목록에 올라 있었다. "아니오, 우리는 베트남에서 자행하는 행위에 대해 우리 자신이 격렬하게 반대하는 정부로부터 우리 여행을 공식적으로 승인받고 싶지 않습니다"라고 우리는 말했다.

28시간 동안 비행기를 타고 가는데 비행기가 착륙할 때마다 ― 코펜하겐, 프랑크푸르트, 테헤란, 캘커타, 방콕 ― 잘 차려입은 남자가 비행기에 오르곤 했다. "미국 대사관에서 왔습니다. 당신들 여권에 도장을 찍어 드릴 준비가 되어 있습니다." "고맙습니다만 사양하겠습니다." 댄 베리건과 나는 한마음으로 말했다.

성직자들이란 검은 옷을 입은 가까이하기 어려운 남자들이라고 생각하던 어린 시절의 심리적 장애를 극복하면서, '베리건 신부님'으로 시작된 호칭은 곧 '댄'으로 바뀌었다. 뉴욕에서 베트남으로 비행하기 전에는 한 번도 만난 적이 없었지만, 우리는 특별한 환경에서 3주 가까이 되는 시간을 함께 보내기로 되어 있었다.

댄은 뉴욕 주의 북부 지방에서 노동계급 부모 밑에서 자라났고 〈예수회〉 교단에서 사제 서품을 받았다. 1960년대 초반에 민권운동에 투신하자 보수적인 신부들은 그를 라틴아메리카로 멀리 보내 버렸다. 잘못된 조치였지요, 댄은 웃으며 말했다. 라틴아메리카의 경찰국가 환경에서 가난을 목격하게 되면서 평화와 정의를 위한 행동에의 욕구는 오히려 더욱 커져만 갔다.

댄의 시를 처음 접했을 때 나는 시들이 담고 있는 단순함과 열정에 감명을 받았다. 오랜 세월이 흘러 홈리스들의 영웅 미

치 스나이더가 워싱턴에서 죽었을 때, 내 곁에는 그가 로즈와
내게 보내 준 시가 있었다. 그것은 "일어서고 일어서고 일어서
는" 이들과 "걷고 걷고 걷는" 이들에 관한 시였다.

왜 일어섭니까?
그들은 질문을 받았다. 그리고
왜 걸어갑니까?

아이들 때문이지요. 그들은 말했다. 그리고
심장 때문이지요, 그리고
빵 때문이지요.

왜냐하면
심장의 박동이
그 이유이고
아이들이 태어나고
빵이 부풀기 때문이지요.

우리가 라오스의 비엔티안에 도착하는 동시에 또 다른 비행
기—〈국제통제위원회〉* 소유의 삐걱거리는 제2차 세계대전 당

시 항공기(아마 프랑스의 인도차이나 전쟁을 종결시키는 데 실패한 1954년 제네바협정이 남긴 유일한 유산일 것이다)—가 오기로 예정되어 있었다. 이 비행기는—사이공에서 캄보디아의 프놈펜, 라오스의 비엔티안을 거쳐 하노이까지—한 달에 여섯 차례 운항했는데 우리는 그중 하나와 시간을 맞춰 놓았다.

그러나 1968년 2월 당시 베트남에서는 구정 공세Tet offensive 가 계속되고 있었다. 미국의 엄청난 화력에 압도당해 도주하느라 바쁘다던 베트콩이 사이공까지 포함한 남베트남 전역에서 갑자기 일련의 기습 공격을 벌였고, 잠시 동안이나마 미국 대사관까지 점거했다. 그들이 사이공의 탄산후트 공항을 마비시켰기 때문에 우리가 탈 비행기는 오지 않았다.

결국 댄과 나는 타이를 바로 건너편에 마주보고 있는 비엔티안 메콩 강변의 허름하고 낡은 호텔에서 예상 밖의 한 주를 보낼 수밖에 없었다. 비엔티안은 제2차 세계대전 당시의 카사블랑카 같은 분위기로 스파이와 마약, 국제적 음모의 도시였다. 비엔티안에는 전 세계 모든 주요 강대국의 대사관이 있었는데, 업무가 끝나면 외교관들은 도시의 음침한 카페에서 대마초를 피우며 어울렸다.

• International Control Commission. 1954년 인도차이나의 평화 유지를 위해 열린 제네바 회담의 협정 준수를 감시할 목적으로 구성된 국제기구.

우리가 도착한 날, 한 아시아계 남자(라오스인? 타이인? 중국인?)가 호텔 로비에서 우리에게 다가오더니 프랑스어로 자신은 〈프랑스통신사(AFP)〉에서 일하고 있으며 하노이로 가는 우리의 임무에 관해 인터뷰를 하고 싶다고 했다. 우리는 나중에, 좀 자리를 잡고 안정하게 되면 하자고 말했다. 두 시간 후에 또 다른 남자가 로비에서 우리에게 접근하더니 프랑스어로 말했다. "AFP 통신원인데요. 당신들의 여행에 관해 이야기를 좀 나누고 싶습니다." 우리는 그의 동료가 이미 우리에게 접촉해 왔다고 말해 주었다. 그는 말했다. "그거 재밌군요. 제가 비엔티안에 있는 단 한 명뿐인 AFP 통신원인데요."

우리는 비엔티안의 거리와 메콩 강 강둑을 따라 거닐면서 프놈펜에서 비행기가 도착하기만을 기다리며 그 주를 보냈다. 어느 날 아침, 로비에서 누군가 전화를 거는 바람에 잠에서 깼다. 미국인의 목소리였는데 우리를 만나 이야기를 나누고 싶다고 했다. 계단을 내려가 보니 큰 키에 라오스 농민의 차림새를 한, 검은 통바지를 입고 있는 젊은 남자가 있었다. 그는 탄자니아에서 평화봉사단 활동을 했고 그 나라의 비범한 지도자인 줄리어스 니에레레를 존경하는 프레드 브랜프먼이라는 사람이었다. 프레드는 미국으로 돌아간 후 베트남전에 반대했고 국제 자원봉사단에 뛰어들었다. 이것은 농촌 지역을 중심으로 해외에서 활동하는 대가로 병역을 면제받는 프로그램이었다.

　프레드는 비엔티안에서 멀지 않은 마을에서 가난한 가족과 함께 살고 있었다. 그는 이곳 생활이 행복하다고 말했는데 이 친구는 롱아일랜드의 안락한 중간계급 출신이었다. 프레드는 우리를 대나무 기둥 위에 얹힌 작은 오두막으로 데려가더니 자기 '아버지와 어머니'를 소개해 주었다. 그는 도중에 잠시 어딘가에 들러서 기다란 고깃덩어리를 사 왔고, 요리가 끝나자 우리 모두는 바닥에 둥그렇게 둘러앉아 고기와 밥이 담긴 접시에 머리를 처박고는 손가락으로 연신 집어먹으면서 프레드를 통역 삼아 중년의 부부와 이야기를 나눴다. 식사가 끝나자 남편은 작은 불전佛殿이 차려져 있는 구석으로 갔다. "두 분을 위해 기도 드리는 거예요." 프레드가 말해 주었다. "부디 안전한 여행이 되시라고요." 남자가 우리에게 다가오더니 댄 베리건의 왼쪽 손목에 끈 하나를 묶어 주었고 내게도 묶어 주었다. 프레드가 설명했다. "위험을 막아 주는 겁니다." 헤어질 때가 되어 머리를 굽혀 인사하자 남자와 부인이 우리에게 뭐라고 말했다. 프레드가 통역했다. "두 분을 사랑하고 있다는 걸 아셨으면 합니다"(베트남 여행에서 돌아온 후에도, 끈에 때가 타고 해어져서 결국 떨어져 버릴 때까지 나는 오랫동안 손목의 끈을 풀지 않았다).

　마침내 비행기가 도착했다는 소식이 들렸다. 우리는 오후 늦게 출발할 예정이었다. 공항에는 수많은 기자와 사진기자들이 우리를 배웅하려 모여들었다. 비행기에 탑승하려 할 때 한 남자가 군중들 사이로 뛰쳐나왔다. 양복에 넥타이 차림이었다. "미국 대사관에서 왔습니다. 두 분의 여권을 승인해 드릴 수 있습니다." 우리는 웃으며 손을 내저었다. 그는 잠시 멈칫거렸다. "구두로 해도 안 될까요?" 고맙습니다만 사양하겠습니다.

우리는 〈국제통제위원회〉 항공기를 미군 폭격기로 오인하지 않도록 북베트남과 맺은 협정에 따라 지정된 항로와 고도로 밤새도록 날아갔다. 비행기 한 대가 실수로 격추된 일이 있었다. 만일을 대비해서 방탄 헬멧도 지급 받았다. 그러나 순조로운 비행이었고, 비행기 가득 들어찬 승객들은 대부분 하노이의 근무처로 돌아가는 외교관들이었다.

홍강紅江 위를 낮게 날다 보니 계속해서 폭격을 당하고도 언제 그랬냐는 듯이 거듭 제 모습을 되찾은 부교浮橋가 보였다. 공항에 도착해서는 따뜻한 미소와 꽃으로 환대를 받았고, 자동차를 타고 한밤중에 하노이로 가는 길에서는 폭격으로 무너져 내린 건물들과 어둠 속에 모여 있는 대공포 병사들, 도로를 따라 끝없이 빽빽한 행렬을 이룬 자전거와 사람들을 지나쳤다. 오래된 프랑스 호텔로 안내된 우리는 으리으리한 식당에 둘만 앉아서 프랑스 식민지 시대의 유산처럼 보이는 턱시도 차림의 웨이터의 시중을 받으면서 오믈렛을 먹었다.

베트남 사람들이 옆방으로 안내했는데 깨끗하고 안락한 방으로 침대 옆에 사탕과 쿠키, 담배 등이 담긴 조그만 쟁반들이 있었다. 우리 둘 다 기진맥진한 상태였지만 댄 베리건은 방으로 성큼 들어가는 나를 가로막았다. 댄은 유일한 여행 짐으로 들고 온 조그만 배낭(하나님도 항공사처럼 수하물에 무게 제한을 두나, 하고 생각했다)을 열더니 코냑 한 병을 꺼냈고 우리 둘은 잠자리에 들기 전에 몇 모금씩 마셨다. 자기 전 코냑 한두 잔은 하노이에 있는 동안 밤마다 행하는 일종의 의식이 되었다.

한 시간쯤 되었을까, 호텔 전체에 울부짖듯 울려 퍼지는 사이렌 소리에 잠에서 깼다. 공습이었다. 어떻게 해야 하는지 곰곰이 생각하고 있을 때 문 두드리는 소리가 났다. 젊은 여자가 따라오라는 몸짓을 하기에 쫓아간 곳은 호텔 지하의 방공호로, 세계 각지에서 온 투숙객들이 가지각색의 잠옷 차림새로 잠이 덜 깬 채 앉아 있었고, 우리 모두는 한 시간 동안 하노이 폭격이 끝나기만을 기다렸다.

나로서는 새로운 경험이었다—비행대의 일원이었던 한 폭격수가 이제는 폭탄 세례를 받는 입장이 되어 버린 것이었다. 제2차 세계대전 당시에 수행한 작전이 기억나면서 뱃속이 팽팽해지는 느낌이 왔다—두려움이었다. 나는 속으로 이런 일을 당해 싸다고 생각했다. 아무도 입을 열지 않았다. 우리는 두 가지 종류의 소리에 귀를 기울였다. 폭탄이 쿵 하고 터지는 둔중한 소리(폭발음이 가까워지고 있나? 소리가 점점 커지는 건 아닐까?)와 탕 하고 울리는 대공포의 날카로운 소리. 정적이 흐르더니 공습경보가 해제되었고 우리는 각자의 방으로 들어가 다시 잠을 청했다.

아침에 눈을 뜨자 댄 베리건이 전날 밤 자기 전에 쓴 시를 보여 주었다. 하노이에 있는 동안 매일 아침 댄은 전날 밤늦도록 쓴 시를 한 편씩 보여 주었다. 그 시들은 너무 좋았다.

우리가 그곳에 있던 일주일 동안 매일 공습이 있었다. 하루에도 대여섯 차례씩 사이렌이 울렸다. 어느 장소에 있건, 누구와 함께 있건 간에 우리는 신속하고도 조용하게 가장 가까운 방공호로 인도되었다. 하노이 거리를 걷노라면 거리 곳곳에 보행자들이 즉시 뛰어들 수 있도록 원통 모양으로 파 놓은 일인용 방공호들이 눈에 띄었다. 『라이프』의 사진기자로 간신히 하노이로 들어갔던 리 락우드가 찍은 사진을 통해 이미 본 적이 있던 광경이었다(리와는 나중에 좋은 친구가 되었다).

우리는 우리 주변의 이 사람들이 3년 동안 매일 공습 사이렌 소리에 맞춰 몸을 피해 왔다는 사실을 이해하려 애썼다. 이 도시에는 아이들이 없다는 사실을 알아채는 데는 그리 오랜 시간이 필요치 않았다—거의 모든 어린이들이 폭격을 피해 시골로 피난 간 것이었다. 하루는 동물원을 가 봤는데 원숭이 우리가 텅 비어 있었다—원숭이들 또한 안전을 위해 시골로 보내진 후였다.

닷새 동안 우리는 네 명의 베트남 안내인—젊고 친절하고 편한 친구들이었다—과 함께 시내를 돌아다녔다. 그중 세 명은 영어를 했고, 한 명은 프랑스어를 했다. 매일 저녁이면 헤어지기 전에 호텔 바에 들러 그들과 함께 술을 마셨다. 그러나 우리가 데려가기로 되어 있던 포로들에 관한 언급은 전혀 없었고, 댄 베리건과 내가 걱정하기 시작하던(거래가 어긋난 건 아닐까? 우리가 왜 여기 와 있는지 잊어버린 건 아닐까?) 어느 날 저녁, 연주자이자 작곡가인 완이란 사람이 우리에게 말했다. "저녁 식사를 빨리 마치세요. 한 시간 후에 세 명의 포로를 만나러 갈 겁니다."

우리는 어두운 거리를 내달려 감옥으로 갔다—과거 프랑스인의 대저택이 새 용도에 맞게 개조된 듯했다. 으레 그렇듯 차를 마시면서 인사를 나누는 시간이 있었다. 그러고는 감옥 지휘관이 우리에게 세 명의 비행사에 관한 자료를 읽어 주었다. 노리스 오버리 소령, 39살, 디트로이트에 부인과 두 자녀가 있음. 존 블랙 대위, 30살, 테네시에 부인과 세 자녀가 있음. 데이비드 메세이니 중위, 24살, 독신. 이내 세 사람이 나타나 지휘관에게 목례를 하고는 자리에 앉았다.

우리 안내인 중 한 명이 속삭였다. "악수를 하든 안 하든 마음대로 하십시오." 댄과 나는 다가가서 악수를 청했다. 우리가 말했다. "여러분 안색이 좋아 보이네요"(정말 그랬다. 과시용으로 특별 대우를 받은 것일까?). "고향이 어딥니까? (…) 아 네, 데모인에 아는 사람이 있어요……." 그런 식으로 말이 이어졌다. 당시 상황을 생각하면 좀 이상한 대화였다. 분명 그랬을 것이다.

다음 날, 하노이에 있는 외국 언론인 대부대가 모두 모인 가운데 우리가 포로들을 '인계 받는' 공식 행사가 열렸다. 베트남 측 인사들의 연설이 있었고 우리 둘 가운데는 댄 베리건이 대표로 발언을 했으며 메세이니 중위도 비행사들을 대표해서 북베트남 정부에 감사하다는 의례적인 몇 마디를 했다.

호텔에 돌아와 보니 우리 둘과 비행사 셋만의 저녁 식사가 마련돼 있었다. 웨이터들이 시중을 드는 우아한 식사였다. 뜨거운 수프와 냉육 치즈 요리, 닭고기, 빵, 맥주 등이 끊임없이 이어졌다. 우리는 다정한 대화를 나눴지만 전쟁에 관한 얘기는 하지 않았다. 그들은 처음에는 우리를 경계했지만(우리는 악명 높은 '평화운동' 사람들이었다) 지금은 괜찮다고 말했다. 그들을 도우러 온 사람들이 성직자와 항공대 출신이어서 그렇지 않았을까 하고 나는 생각했다.

하노이에서 비엔티안까지의 비행은 순조로웠다. 스튜어디스는 사탕과 아페리티프 와인을 나눠 주었고 우리 모두는 긴장을 풀었다. 나는 오버리 소령과 블랙 대위 사이에 앉았다. 댄베리건은 메세이니 옆에 앉았다. 오버리가 포로 생활에서 겪은 일들을 얘기해 주었다. 격추되고 나서 군인들의 감시 속에 28일간의 길고 힘든 여정을 거쳐 하노이로 가는 동안에, 성난 시골 사람들의 위협과 구타를 겪었지만(숱한 사람들이 폭격으로 자식과 부모, 사랑하는 이를 잃었다) 호송병들이 구해 주곤 했다고 했다.

"온통 이상했습니다. 갑자기 누군가가 저를 죽이려 들었습니다. 그런데 바로 다음 순간에는 다른 베트남인이 동정심이 가득한 태도로 대해 주어 마음이 흔들렸습니다. 등에 염증이 크게 생겨서 상당히 고통스러웠죠. 그들이 술파제를 줬는데 한참 지나서야 다 나았습니다."

감옥에 가면서 최악의 상황이 끝났다고 오버리는 말했다 ─ 학대도 사상 주입도 없었고 그저 베트남 역사에 관한 책 몇 권을 읽으며 충분한 음식과 치료를 받았다고 했다.

라오스에 도착하자 미국 대사가 달려와 그들 셋을 군용기에 밀어 넣었다. 그 후에는 세 명을 만나거나 소식을 듣지 못했다.

나중에 미국에 돌아와서 듣기로는, 오버리는 전국을 돌면서 감옥에서 당한 학대와 고문에 관해 이야기하고 다닌다고 했다. 그때 비엔티안행 비행기에서 내게 자기가 겪은 일에 관해 거짓말을 할 이유가 없었기 때문에, 나는 놀라지 않을 수 없었다.

그렇지만 오버리가 어떤 대우를 받았는가를 둘러싼 진실이 무엇이든, 나는 전쟁이 끝나고 포로수용소에서 흘러나온 고문과 학대에 관한 이야기들을 의심할 수 없었다. 이데올로기 전쟁에서 야만성이 어느 한쪽에만 국한되는 것은 아니다 ―그것은 모든 감옥 환경의 일부분이고 개개의 경우 모두 비난받아야 한다.

댄 베리건과 나는 오랜 비행을 거쳐 미국에 돌아왔고 매우 지친 상태로 마이크와 카메라 세례를 받고는 헤어졌다. 그러나 우리의 하노이 여행은 평생의 우정으로 이어졌다.

그 우정은 계속 깊어져 댄이 무법자outlaw가 되었을 때 나는 그를 숨겨 주었다.

1967년 가을, 댄 베리건의 형으로 제2차 세계대전에서 병사로 복무하고 이제는 신부가 된 필〔필립의 애칭〕 베리건은 전쟁에 반대하여 극적인 저항을 벌이고 있었다. 그를 비롯한 네 명이 볼티모어의 징병 사무소에 들어가 파일 더미에서 징병 기록부를 빼내고는, 베트남에서의 인명 살상을 상징적으로 나타내기 위해 그 위에 피를 쏟아 부었다. 그들은 체포되어 징역형을 선고받았다. 그러나 그들의 행동은 또 다른 행동들을 낳았다.

하노이에서 돌아온 직후, 댄 베리건은 뉴욕 주 시라큐즈의 한 성당에 들어가 전쟁에 대한 항의 표시로 자신의 몸에 석유를 끼얹어 분신자살한 한 십 대 가톨릭교도의 죽음에 큰 충격을 받았다. 몇 달이 지나 댄과 그의 형 필(보석으로 풀려난 상태였다)은 두 명의 여성, 〈매리놀 수녀회〉의 수녀 마저리 멜빌과 간호사 매리 모일런을 포함한 다른 일곱 명과 함께 메릴랜드 주 캐튼스빌의 징병 위원회에 잠입, 파일을 훔쳤고 손수 만든 소이탄으로 징병 기록부를 불사른 후 체포되었다.

이 '캐튼스빌의 9인Catonsville Nine'은 이렇게 해서 '볼티모어의 4인'의 대열에 합류했고 그 후 징병 위원회를 대상으로 한 일련의 행동이 확대되었다('밀워키의 14인', '보스턴의 2인', '캠던의 28인', 그리고 대여섯 건의 다른 사건들). 그들은 재판에 회부되어 유죄를 선고받았지만, 배심원들을 앞에 두고 자신들이 왜 법을 위반하기로 결심했는지에 관해 충분히 속 깊은 이야기를 했다. 사실 그들은 전쟁 자체를 재판에 회부한 것이었다.

행동에 앞서 댄 베리건은 이렇게 썼다. "훌륭한 벗들이여, 순조로운 질서를 깨뜨린 데 대해, 아이들 대신에 종잇장을 불살라 버린 데 대해 사죄를 구합니다. (…) 그렇게 할 수밖에 없었으니, 주여 우리를 도우소서. 마음이 병이 들어서, 우리 가슴속에는 불타는 아이들의 땅을 생각할 자리가 없나이다. (…) 동료 교인들이여, 전쟁이 시작된 이래 밤낮으로 우리를 번민케 한 물음을 가슴속 깊이 생각해 보시길 바랍니다. 우리의 목소리가 들릴 때까지 얼마나 많은 이가 죽어야 하고, 얼마나 많은 이가 고문 받고 쫓겨나고 굶어 죽고 미쳐야 합니까? (…) 언제, 어느 순간에 여러분은 이 전쟁에 대해 아니오, 라고 말하시렵니까?"

그들은 2년에서 3년의 형을 선고받았지만 항소 계류 중에 보석으로 풀려났다. 항소심은 1년 반 동안 계속되었지만 전원 기각되었고 마침내 피고인들에 대한 구인 명령이 떨어졌다. 그들 가운데 세 명—매리 모일런, 필립 베리건, 대니얼 베리건—은 종적을 감췄고, FBI가 미친 듯이 찾아 헤매기 시작했다(나로서는 그저 대대적인 규모의 체포 작전을 보고서 그들의 분위기를 추측할 뿐이다).

1970년 초의 어느 날, 나는 뉴욕 주 이시카에 와서 전쟁에 관한 강연을 해 달라는 전화를 한 통 받았다. 세부적인 내용은 듣지 못했지만 그 시절에는 사실 질문이 별로 필요 없었다. 이시카에 도착해서 비범한 무정부주의 지식인 폴 굿맨을 만났는데, 그가 코넬 대학 체육관에서 지금 엄청난 규모의 반전 집회가 열리고 있다고 말해 주었다.

댄 베리건이 발언을 한다는 소문이 퍼진 상태였고, 수십 명의 FBI 요원들이 군중 속에 몸을 섞은 채 댄이 나타나기만 하면 덮칠 준비를 하고 있었다. 무대 위에서는 일종의 유월절 평화 의식이 진행되고 있었는데, 유월절의 관례에 따라 예언자 엘리야를 맞이하기 위해 문이 약간 열려 있었다. 그 문이 열리고 댄 베리건이 들어와 무대에 올랐다. 군중 속에 있던 FBI 요원들이 그를 향해 돌진하는 순간 조명이 전부 꺼졌다.

잠시 후 조명이 다시 켜졌을 때는 베리건은 사라지고 없었다. 댄은 무대 위에 있던 유명한 〈빵과 인형 극단〉*의 커다란 인형 속에 몸을 숨겼다가 다른 거대한 인형들과 함께 대기하고 있던 트럭으로 옮겨졌다.

이시카 대학에서 강연을 하고 나니 반전 학생 활동가들이 사례금 천 달러를 마련해 주었다. 이 돈은 댄 베리건이 지하 잠적 생활을 하는 동안 그를 지원하기 위한 모금의 출발점이 되었다.

며칠 후 나는 또 다른 전화를 받았다(경찰이 왜 그토록 전화

• Bread and Puppet Theatre. 1960년대부터 공연 전 빵을 나누어 주고 입장료를 받지 않는 등, 기성 연극들과는 구별되는 실험적이고도 급진적인 내용과 형식을 공연해 온 극단. 전쟁과 굶주림, 환경 파괴에 이르기까지 사회적 이슈를 회화, 음악, 마임 등의 실험적인 요소를 담은 인형극의 다양한 기법으로 예술화시키면서 세계적 명성을 얻었다.

도청을 중요시하는지 쉽게 이해가 간다). 맨해튼의 어퍼 웨스트사이드에 있는 한 성당에서 전쟁에 관해 강연을 해 줄 수 있느냐는 전화였다. 그곳의 신부는 견실한 베트남 개입 반대론자였고, 운동에 적극적으로 참여하고 있던 파키스탄 지식인인 내 친구 에크발 아마드도 강연을 하기로 되어 있었다.

한 젊은 수녀가 라과디아 공항에 마중 나와 있었다. 이 무렵에는 평범한 길거리 복장을 한 수녀나 결혼한 신부들에 익숙해져 있었다. 나는 미국 정부만 아니라 자신들이 속한 종교적 위계에도 도전하는 이 멋진 남성과 여성들에 대한 애정을 키워 가고 있었다. 수녀는 바로 그날 오후에 주임 사제의 성당 아파트에서 필립 베리건이 FBI에게 발각되었다고 말해 주었다. 그들은 문을 부수고 들어와 필을 체포했다.

FBI는 댄 베리건도 그 부근에 있을 것이고 성당 모임에 모습을 드러낼 것이라고 확신하고 있었다. 그날 저녁 5백 명가량의 사람들이 성당에 운집한 가운데 요원들 ─ 트렌치코트, 중절모, 특유의 연방수사국 양복 ─ 이 청중 사이와 연단 주위를 분주히 돌아다녔다.

연단에는 나와 에크발, 그리고 나중에 필립 베리건과 결혼하게 된 수녀인 리즈 매칼리스터가 앉았다(그들은 이후 세 아이를 낳았고 다 함께 볼티모어의 평화 공동체에서 살았는데, 이 공동체는 모든 사람이 반전·반군국주의 시위로 앞서거니 뒤서거니 하면서 감옥에 가는 곳 같았다). 리즈와 나는 좋은 친구 사이였는데, 자리에 앉아 있자니 리즈가 나와 에크발에게 성당 회합이 끝난 후 브로드웨이에서 위로 쭉 올라가 컬럼비아 대학 근처에 있는 스페인풍 중국 음식점에서 만나자는 쪽지를 건넸다.

에크발과 나는 (할리우드 영화의 추적 장면에서 본 대로 온갖 트릭을 써 가면서) 식당으로 향했다. 그곳에는 리즈 말고도 메어리마운트 대학의 총장을 지낸 저명한 가톨릭 교육자이자 역시 수녀인 조크 에건도 있었는데, 조크는 반전 활동가들을 조사하는 대배심에서 진술을 거부한 죄로 40일 동안 수감된 적이 있는 인물이었다.

두 여성은 댄 베리건이 뉴저지의 한 주택에 숨어 있는데, 안전한 곳이 아니라고 말했다. 둘이 우리에게 주소를 주었다. 우리가 거기로 가서 댄을 다른 곳으로 옮기기로 했다. 다음날 아침 에크발과 나는 차를 한 대 빌려서 뉴저지로 달려갔고 댄을 만나 상황에 대해 이야기를 나눴다. 댄은 거기서 빠져나가는 게 시급한 일이라고 말했다 — 길 건너편에 FBI 요원의 집이 있었던 것이다. 우리는 댄을 보스턴으로 옮기기로 결정했고, 내가 보스턴에 안전한 장소를 물색해 보기로 했다.

댄을 보스턴까지 태우고 갈 사람을 찾아냈고 다음날 저녁

댄이 우리 아파트를 찾아왔는데, 그것이 마지막 방문이었다. 내가 그의 수상쩍은 친구 명단에서 앞자리를 차지하고 있을 게 뻔했기 때문이다. 그날 밤 전략 회의에서 우리는 FBI의 댄의 친구 명단 어디에도 올라 있지 않은 사람들—댄이 지하 생활을 하는 동안 기꺼이 숨겨 줄 수 있는 사람들—의 이름을 취합했다. 우리 중 어느 누구도 그의 지하 생활이 얼마나 오래 갈지 알지 못했다.

우리는 도망자를 도와주면 감옥에 갈 수도 있는 위험이 있음을 알고 있었다. 그러나 댄을 숨겨 달라고 부탁받은 이들—젊은 편집자, 화가와 그녀의 가족, 두 대학 교수의 가족—중 어느 누구도 거절하지 않았다. 그는 이 집 저 집을 옮겨 다니면서 그때마다 그 가족의 일부가 되었다. 우리 대여섯이 댄을 위한 지원 위원회를 결성했다. 여기저기로 옮겨 다니는 일을 처리해 주고, 안전을 기준으로 그가 해도 되는 일과 하지 말아야 할 일을 결정했다(댄도 자기 나름의 생각이 있었고 가끔은 우리의 '명령'을 따르지 않았다).

그는 시를 읽거나 쓰면서 소일했지만, 영화를 보러 가거나 찰스 강을 따라 산책하고 싶어 했고, 그래서 우리는 댄을 변장시켜 보기로 했다. 누군가 가발을 가져왔는데 그걸 씌워 보니 우스꽝스러울 뿐 아니라 아무리 많은 사람 속에 섞여 있어도

금방 눈에 띄는 모습이었다. 그날 댄이 그걸 쓰고는 이런저런 포즈를 취하는 모습을 보면서 즐거운 저녁 시간을 보냈다.

언젠가는 댄의 이가 안 좋아져서 시골에서 나를 찾아온 '매카시 씨'라는 이름으로 내 치과 주치의와 예약을 해 주었다. 대기실에서 기다리고 있는데 테이블 위에 『타임』이 한 권 있었다. 펼쳐진 면에는 큼지막한 사진과 함께 기사가 펼쳐져 있었다. '도망자 대니얼 베리건 신부.' 치과의사는 알아채지 못했다(세월이 흐른 후 그에게 진실을 말해 주니 그는 말했다. "저한테 말해 줬어야죠. 알았더라면 영광으로 생각했을 텐데요").

댄 베리건이 지하로 잠적한 그 봄에 나는 보스턴 대학에서 정치 이론을 강의하고 있었다. 그에 앞서 2년 전 출간한 책(『불복종과 민주주의*Disobedience and Democracy*』)에서 나는 시민 불복종을 행하는 사람이 처벌을 받아야만 할 의무가 있는가 하는 쟁점을 논한 바 있었다. 내 입장은 그런 의무는 전혀 없다는 것이었다―감옥행을 피하는 것은 시민 불복종과 저항을 계속하는 것이었다.

내 수업에서 우리는 플라톤의 『크리톤』*을 읽었는데, 그 책에서 소크라테스는 감옥과 사형의 위험에서 도망치기를 거부

• 『소크라테스의 변론·크리톤·파이돈·향연』, 천병희 옮김, 숲, 2012.

하면서 국가가 시키는 일은 무엇이든지 따를 의무가 있다는 말로 자신의 결정을 옹호한다. 그에 반론을 펴면서 나는 지하로 잠적해서 부당한 전쟁에 반대하며 끊임없이 목소리를 높인 댄 베리건의 예를 들었다. 물론 학생들은 그가 바로 그곳 보스턴에 있다는 사실을 꿈에도 눈치채지 못했다.

댄은 넉 달 동안 지하 생활을 했다. 그러나 완전한 지하는 아니었다. 댄은 이따금씩 모습을 드러낸 뒤 재빨리 사라지면서 FBI를 잠시나마 미치게 했다. 우리는 한 주요 방송사의 뉴스 진행자와 코네티컷에서 비밀 인터뷰를 주선했다. 댄은 또 필라델피아의 한 성당에 나타나 일요 미사를 주관하기도 했다. 댄은 리 락우드의 다큐멘터리 『신성한 무법자』의 주인공이 되었다. 캄보디아 침공과 켄트 주립 대학 학살 사건이 벌어지던 순간에 그는 전국에 자신의 메시지를 방송으로 내보냈다.

우리는 그를 안전하게 숨겨 주고 있다는 사실에 자부심을 느꼈다. 그러나 오래가지는 못했다. 그는 우리가 말리는데도 아랑곳하지 않고, 로드아일랜드 남쪽 바다의 아름다운 여름 휴양지인 블록 섬에 살고 있는 오랜 친구이자 시인들인 윌리엄 스트링펠로우와 앤서니 타운을 만나러 가겠다고 고집을 부렸다. 감옥에 있던 형 필에게 보낸 편지에서 댄은 자신의 계획을 밝혔고, 결국 그 편지는 나중에 FBI 정보원으로 밝혀진 사람에게 전해졌다. 어느 날 아침 눈을 뜬 댄은 엄청난 수의 남자들이 집 주변의 수풀을 둘러싸고 있는 광경을 보았다.

빌〔윌리엄의 애칭〕 스트링펠로우가 나가서 물었다. "조류를 관찰하는 사람들입니다." 그들의 대답이었다. 대니얼 베리건 신부가 그들이 관찰하는 새였고, 체포된 댄은 모터보트에 실려 본섬으로 향했다. 거친 파도에 그와 함께 탔던 FBI 요원들은 멀미로 고생했다. FBI 요원 사이에 끼여 수갑을 찬 채 본섬에 도착하는 댄의 모습이 담긴 우스운 사진이 한 장 있다. 사로잡힌 도망자는 만면에 미소를 띠고 있는데 그를 잡은 포획자들은 아주 괴로워하는 표정이다.

달리는 기차 위에 중립은 없다

3부
풍경과 변화

가장 큰 위험은
시민의 복종, 즉 개인의 양심을
정부의 권위에 굴복시키는 것이다.

세계가 거꾸로 서 있다

경찰과의 한 번의 부딪힘, 감옥에서의 하룻밤조차도 강렬하고 독특한 교육적 경험이 된다. 1960년대와 1970년대 초에 정확히 얼마나 많은 사람들이 민권운동과 반전운동으로 체포되었는지는 모르겠지만, 아마 5만 명에서 10만 명 사이는 충분히 될 것이다(워싱턴 DC에서 하루에 1만 3천 명, 버밍엄에서만 수천 명, 조지아 주의 작은 도시 올버니에서 천 명 등등). 이것이 뜻하는 바는 많은 사람이 배움의 기회를 가졌다는 사실이다.

무엇을 배웠을까? 자유민주주의(요컨대 그다지 자유롭지도 민주적이지도 않은 체제)에서 법 체제의 성격에 관해, 평화와 정의라는 대의를 위해 자신의 자유를 기꺼이 포기한 사람들의 결단력에 관해, 그리고 감옥이라는 시련이 자기 자신의 난관에만

온통 집중하게 만들 때조차 다른 이들을 위해 희생할 수 있는 인간의 능력에 관해.

이 모두는 남부와 반전운동에서 내 눈으로 직접 목격한 결론이다. 몇 안 되는 체포와 감옥 경험에서도 물론 같은 결론이 나왔다(한 유명한 과학자가 질문을 받았다. "하나의 법칙을 만들기 위해서는 얼마나 많은 사례가 필요합니까?" 과학자는 대답했다. "둘이면 더할 나위 없겠지만 하나로도 충분하지요").

1970년 5월 말에 이르자 전쟁에 대한 반감이 거의 참을 수 없도록 강렬해졌다. 보스턴에서 우리 백여 명은 보스턴 육군 기지에 연좌해서 징집된 사람들을 각급 부대로 실어 나르는 버스들이 이동하는 도로를 가로막기로 했다. 우리가 베트남으로 가는 병사들의 물결을 저지하고 있다고 생각할 만큼 어리석지는 않았다. 그것은 상징적인 행위이자 일종의 선언이며 게릴라 연극이었다. 우리 모두는 체포되었고 '어슬렁거리고 빈둥거리면서' 교통을 방해했다는 낡은 법령의 기묘한 문구로 기소되었다.

법원의 심리 공판에서 시위자 대부분은 유죄를 인정했고 소액의 벌금을 부과받고는 집으로 돌아갔다. 나를 포함한 여덟 명은, 비록 배심원단이 '동료 시민'이라는 생각은 사법 체제의 신화 중 하나에 불과하긴 했지만, 배심원 재판을 고집했다. 배심원단이란 언제나 그들 앞에 불려 온 어떤 피고보다도 더 정

달리는 기차 위에 중립은 없다

통적인 집단이다. 흑인들에게는 더욱 백인다운 집단이고 가난한 사람들에게는 더 부유한 집단인 것이다.

약 6개월 후인 1970년 11월에 우리는 재판에 회부되었고 법정에서 우리의 생각을 당당하게 밝혔다. 우리는 배심원들 앞에서 전쟁에 관해, 그것이 베트남과 미국인들에게 가하고 있는 일에 관해 단도직입적으로 말했다. 우리는 왜 미국의 정치체제가 헌법만이 아니라 도덕에도 위배되는 전쟁을 멈출 능력이 없는지에 관해 이야기했다. 따라서 보스턴 차 사건*과 노예제 반대 운동이라는 위대한 전통을 이어받은 시민 불복종 행동이 왜 극적인 방식으로 여론과 정부에게 발언하는 데 필요한지에 관해 이야기했다.

우리의 주장은 중요치 않아 보였다. 판사가 지적한 것처럼, 유일한 쟁점은 우리가 교통을 방해했는가의 여부뿐이었다. 사법 체제에 관해 또 다른 교훈을 얻은 셈이었다. 판사가 배심원들에게 설명하는 방식은 어떻게든 그들을 어느 한쪽 방향으로 몰고 가거나 그들의 독립적 판단을 가로막는다는 것이 그것이다.

우리는 유죄 판결을 받았고 7일 구류형이나 21달러의 벌금

• 1773년 영국의 차茶 조례條例에 반대하여, 보스턴의 급진파가 항구에 정박 중이던 영국 배를 습격하여 차를 바다 속에 던진 사건으로, 미국 독립전쟁의 시발점이 되었다.

형을 선고받았다. 다섯 명의 피고가 벌금을 냈다. 나도 그렇게 할 작정이었다—더 이상 감옥에서 시간을 보내고 싶은 마음이 없었다. 그러나 우리 가운데 두 명—웰슬리에서 온 바네스키 제누브스라는 여성과 캠브리지에서 온 유진 오라일리라는 젊은 친구—이 감옥에 가겠다고 말하는 순간, 그들을 저버릴 수 없다는 생각이 들었고 그래서 나도 벌금을 거부했다. 우리를 감옥에 보내는 게 썩 내켜 보이지 않았던 판사는, 48시간의 여유를 줄 테니 다시 한 번 생각을 해 보고 법정에 출두해서 벌금을 내거나 수감되라고 말했다.

한편 나는 존스홉킨스 대학에서 철학자 찰스 프랭클과 시민 불복종을 주제로 논쟁을 벌이는 좌담회에 초청을 받은 상태였다. 예정된 대로 법정에 출두하면 좌담회에 참석하지 못할 상황이었다. 나는 시민 불족종 주창자 중 한 사람인 내가 만약 법원의 명령을 충실히 따르고 그로 인해 수백 명의 학생들에게 시민 불복종에 관해 발언할 기회를 놓친다면, 그것은 위선에 다름 아니라고 결단을 내렸다.

결국 보스턴의 법정에 출두하기로 되어 있던 날에 나는 볼티모어행 비행기에 올랐고 그날 저녁에 찰스 프랭클과 얼굴을 맞대고 논쟁을 벌였다. 나는 그의 저작들을 열성적으로 찬양한 바 있었지만, 이제 그는 시민 불복종을 철학적으로 뒷받침

달리는 기차 위에 중립은 없다

하길 꺼리면서 정부를 존중해야 한다고 분명하게 입장을 밝히고 있었다.

내가 그날 청중들에게 말한 바를 그대로 적어 보자면, 시민 불복종은 그것이 사회 안정을 위협하고 무정부 상태를 낳는다는 일각의 경고에도 불구하고 결코 문제가 아니었다. 가장 큰 위험은 시민의 복종, 즉 개인의 양심을 정부의 권위에 굴복시키는 것이라고 나는 역설했다. 그러한 복종은 전체주의 국가들에서 본 것처럼 공포를 낳고, 자유주의 국가에서는 이른바 민주적 정부의 자의적 결정 아래 국민 대중이 전쟁을 받아들이는 결과를 낳는 것이었다.

나는 다음과 같은 말로 발언을 시작했다.

"세계가 거꾸로 서 있다는 가정에서 출발해 보겠습니다. (…) 대니얼 베리건은 감옥에 있습니다 —그는 전쟁에 반대하는 가톨릭 사제이자 시인입니다. 그런데 J. 에드가 후버는 자유를 만끽하고 있습니다. 키가 다 자란 이래로 줄곧 전쟁에 반대해 온 데이비드 델린저는 (…) 투옥될 위기에 처해 있습니다. 그런데 미라이 대학살을 지휘한 사람들은 재판에도 회부되지 않습니다. 그들은 워싱턴에서 지위 고하를 막론하고 학살의 촉발과 관련이 있는 다양한 자리를 차지하고 앉은 채 막상 학살이 벌어지면 놀라는 표정을 짓고 있습니다."

이러한 세계에서 법의 지배는 현상을 있는 그대로 유지하는 기능을 한다고 나는 말했다. 따라서 변화의 과정을 시작하기 위해서는, 전쟁을 멈추고 정의를 세우기 위해서는, 남부의 흑인들이 했던 것처럼, 반전 시위대가 했던 것처럼, 법을 어기는 게, 시민 불복종 행동을 벌이는 게 필요할 것이다.

열한 시 수업에 맞춰 보스턴으로 돌아가기 위해 다음 날 아침 일찍 워싱턴 공항으로 갔다. 로즈에게 전화를 거니 그녀가 말했다. "라디오 뉴스에서 그러는데 당신의 소재가 파악되지 않아 체포 영장이 발부되었다네요." 이번에도 역시, 법정에 출두하기 위해 시민 불복종을 토론 주제 중 하나로 삼고 있는 '미국의 법과 정의' 수업을 거른다면, 그것은 어리석은 짓이 될 것이었다. 나는 언제나 선생은 말보다는 행동으로 더 많은 것을 가르친다고 믿어 왔다. 나는 영웅적인 행동을 하고 싶지도 않고 지하 활동을 원치도 않지만, 당국이 나를 원한다면 그들이 찾아와야 할 것이라고 생각했다.

보스턴 공항에 내리자마자 강의실로 달려갔다. 학생들은 눈이 휘둥그레졌다. "경찰에서 선생님을 지명 수배했어요! 자수하셔야 되는 거 아닌가요?" 나는 수업이 끝난 뒤 그러겠다고 말했다. 하지만 수고롭게 자수할 필요가 없었다. 수업이 끝나고 강의실을 나서니 두 명의 형사가 역시 안절부절못하는 기색이 역력한 대학 직원과 함께 나를 기다리고 있었다.

판사 앞으로 이끌려 가니 벌금을 낼 수 있는 기회를 주었다. 나는 거부했고 그 즉시 수갑이 채워져 찰스스트리트 교도소로 이송되었다. 이곳은 재판을 기다리거나 단기형을 복역하는 사람들을 가둬 두는 곳이었다―낡은 지하 감옥 같은 건물로, 오래 전부터 죄수들에게조차 부적절한 장소라고 비난받아 온 시설이었다. 내 감방 동료는 십 대로, 과묵한 친구였는데 마약범으로 들어와 있었다.

그 밤 감방에서 좀처럼 잠을 이루지 못했다. 여기저기서 말소리가 들리고 독방 동에서는 간간이 고함과 울부짖음이 들려오고 밤새도록 켜져 있는 조명에 침상 주변을 돌아다니는 바퀴벌레들, 거기다 철문은 끊임없이 철커덩 소리를 냈다. 나는 결심했다. 오늘 하룻밤으로 족하다고. 남은 벌금을 내고 여기를 빠져나가기로 했다. 게다가, 감방 동료는 내가 몇 달러 안 되는 벌금을 내면 나갈 수 있는데 감방으로 스스로 걸어 들어온 걸 알고는 내가 어딘가 이상하다고 생각하고 있었다. 또 오리건에서 전쟁에 관해 강연을 하기로 약속이 있었다. 그리고―아마 어느 무엇보다도―바퀴벌레들이라니!

다음 날 아침, 아침 식사 비스름한 것을 먹으러 감방에서 복도로 나왔다. 긴 탁자에 앉아 있자니 다른 죄수들이 누런 페인

트칠을 한 합판 비슷하게 생긴 조각을 나눠 주었다. 프렌치토스트였다. 커피 비슷한 것도 나왔다.

그걸 먹고 있는데 간수가 내 이름을 부르는 소리가 들렸다. 고개를 들었다. "진, 당신한테 전보가 왔소." 다른 죄수들도 일제히 고개를 들었다. 찰스스트리트 교도소에서는 전보를 받는 죄수라곤 없었다. 나는 다소 당황한 채 전보 쪽지를 건네받았다. 겉봉의 서명을 보니 아는 사람 둘이 보낸 것이었다. 둘은 새로 이사 온 이웃으로, 우리가 세 들어 살고 있는 꼭대기 층 아파트에서 두 집 건너에 새로 주택을 구입한 사람들이었다. 그들은 중서부, '미들 아메리카'* 출신으로 한 명은 변호사, 한 명은 화가였다. 그들에 관해 잘 아는 것도 아니었다. "행운을 빕니다. 우리는 당신 편입니다"라는 메시지였다. 프렌치토스트를 보상하고도 남았다.

미국의 베트남 개입이 처음으로 확대되던 1965년 8월에는 미국인의 61퍼센트가 미국의 개입에 찬성했다. 1971년 봄이 되자 여론은 극적으로 반전되었다. 이제 61퍼센트가 전쟁이 잘못된 것이라고 생각하고 있었다. 1971년 4월 말, 수천 명의 참전 군인들이 워싱턴에 집결하여 천막 농성을 하면서 압력을 가했

---

* Middle America. 미국 중서부를 가리키기도 하고, 미국의 중산계급을 의미하기도 한다.

다. 그중 한 명은 이렇게 말했다. "전쟁이 계속되는 와중에 그 전쟁에서 싸운 사람들이 워싱턴에 와서 전쟁 중단을 요구하는 것은 이 나라 역사상 처음 있는 일입니다."

워싱턴 천막 농성의 마지막 행사는, 천여 명의 참전 군인들이 그들이 난입하지 못하도록 국회의사당 계단을 빙 둘러 경찰이 설치해 놓은 담장 너머로—많은 수가 휠체어와 목발에 의지한 채—자신들의 훈장을 던지는 것이었다. 한 명 한 명씩 훈장을 던지면서 개인적인 발언도 했다. 그중 한 명은 다음과 같이 말했다. "나는 이 훈장이 자랑스럽지 않습니다. 이 훈장을 받기 위해 내가 한 일도 자랑스럽지 않습니다. 1년 동안 베트남에 있었는데 (…) 생포한 포로는 한 명도 없습니다." 어떤 공군 출신은 자기가 한 일이 조국에 해만 끼쳤다고 말했다. "이 순간의 나야말로 내 나라를 위해 일하고 있습니다."

훈장을 돌려준 다음 날에는 워싱턴에서 어마어마한 반전 집회가 열렸는데 아마 50만 명은 모였을 것이다. 파괴 행위가 전혀 없는 평화로운 집회였다.

며칠 후에 2만 명의 시위대가 교통을 방해할 태세를 갖추고 워싱턴에 모여들었을 때도 참전 군인들은 거의 대부분 그곳에 남아 있었다. 몇몇은 "도시를 마비시키자"는 기발한 이야기를 했다. 전쟁을 멈추기 위해서는 연설 이상의 것이 필요하다는 사실을 누구나 느끼고 있었다. 서로 알고 신뢰하는 사람들끼리 열 명 정도씩 묶어 소집단affinity group을 만들었다. 중앙 집중적이고 관료적인 조직을 피하기 위한 것이었다. 소집단의 성원들 스스로가 전반적인 전략에서 어떤 역할을 맡을지를 결정하기로 했다.

우리 소집단은 워싱턴의 거리에서 게릴라 행동을 하기에 적합하다고 생각할 만한 그런 구성이 아니었다. 노암 촘스키, 해병대 출신이자 정부 공무원이었던 댄〔대니얼의 애칭〕 엘스버그(국가 기밀 문서인 '국방부 문서' 유출에서 그가 맡은 역할은 아직 알려지지 않은 상태였다〔이 책 12장 참조〕), 역사학자 마릴린 영, 미시건 대학 여교수 지갬슨, 라오스에서 돌아와 반전 단체에서 상근하고 있던 프레드 브랜프먼, 하버드의 교수로 생물학자인 마크 태시니, 단체 활동가 신시아 프레데릭, '보스턴의 5인' 재판에서 벤〔벤자민의 애칭〕 스포크 박사와 공동 피고였던 작가 미치〔미첼의 애칭〕 굿맨 등이 우리 소집단의 구성원들이었다.

우리는 펜타곤으로 향하는 대규모 행진 대열에 합류하기에는 너무 늦게 모였고, 그래서 대열을 따라잡으려고 뛰어가는 대신 독자적으로 주요 도로 하나를 점거하기로 결정했다. 차도 한가운데 모이자 경찰이 우리 쪽으로 오는 모습이 보였다(우리는 그 당시에 정부가 얼마나 많은 수를 집결시켰는지 알지 못했다. 경

찰 5천 명, 주 방위군 1천5백 명, 낙하산 부대를 비롯한 연방군 1만 명
이 동원되었다). 그들은 최루탄을 쏘아 댔고 곧 우리는 최루가스
연기에 포위되었다. 우리는 재빨리 내달려 다시 모여서 또 다
른 거리를 점거하러 갔다. 이런 과정이 얼마 동안 계속되었다.
사실, 상징적 행동(거리를 점거해서 무언가 실질적으로 이룬 것이
없었다)은 언제나 이상야릇한 느낌이 든다.

이렇게 재집결을 반복하는 가운데 한 모퉁이에 모이게 되었
는데 거리를 지나던 사람이 도대체 무슨 일인지 우리에게 물었
다. 그와 얘기를 하고 있는데 경찰관 한 명이 빠른 걸음으로 다
가오더니 댄 엘스버그의 얼굴에 정통으로 최루가스를 발사했
고 내 얼굴에도 뿌리고는 사라졌다. 댄과 나는 10분 정도 앞을
볼 수 없었다. 곧 정신을 차리기는 했지만 우리의 행동은 그걸
로 끝났다.

그날 밤을 워싱턴의 한 친구 집에서 보내고 아침에 눈을 떠
보니 워싱턴 시 전체가 군대에 의해 점령되어 있었다. 듀폰서
클[워싱턴 DC의 상업 중심지]로 걸어가 보니 101공수여단 병사
들로 가득 차 있었다. 계속 걸었다. 경찰이 없는 곳이 없었다.

바로 앞에 젊은 친구들이 몇 명 모여 있는 게 보였다 — 장발
에 지저분한 차림새로 보아 반전 시위대들임이 분명했다. 그들
은 '아름다운 미국America the Beautiful'을 부르며 느릿느릿 유쾌

하게 걷고 있었다. 갑자기 경찰이 몰려오더니 그들을 체포한다
고 말하고는 경찰차에 팔다리를 벌리고 서라고 명령했다.

그들이 무슨 행동을 해서가 아니라 단지 생김새로 보아 시
위대라는 이유만으로 체포되고 있음이 분명했다. 나는 아무
생각 없이, 다만 즉각적인 분노로 인해 멈춰 섰고 그들 가운데
한 명 옆에 서 있던 경찰관에게 말했다. "왜 이 사람들을 체포
하는 겁니까?"(순진하고 무의미한 질문임은 알고 있었지만 이 상황
을 조용히 지켜볼 수만은 없었다.) 경관은 즉시 돌아섰다. "당신도
체포한다. 저쪽으로 가!"

내가 경찰차로 떠밀리고 있는데 한 젊은이가 카메라를 들고
오더니 이 모든 상황을 찍으려고 했다. 경관들은 그도 낚아채
고는 체포했다. 우리 모두는 호송차에 실려 경찰서로 향했다.
위스콘신, 캘리포니아, 조지아, 테네시 등지에서 온 열여덟, 열
아홉 살의 젊은이 열 명과 비좁은 유치장에서 하룻밤을 보냈
다. 그해 5월의 첫 며칠 동안 워싱턴에서 대략 1만 4천 명이 반
전 시위를 벌였다는 이유로 체포되었다.

나는 5만 명이 운집한 보스턴 공원의 대규모 집회에서 연
설하기 위해 시간에 맞춰 돌아왔다. 나는 정부의 정상적인 기
제—선거, 의회, 대법원—로는 전쟁을 중단하지 못하는 작금
의 상황에서 시민 불복종이 필요하다고 말했다. 시민 불복종

은 미국 대중의 대다수가 느끼고 있는 강렬한 반전 정서를 나타내는 극적인 방식이라고 나는 말했다. 따라서 기술적인 의미에서는 법을 위반한 것일지라도, 시민 불복종은 대단히 민주적인 행위이며 시민들이 "불만의 원인을 시정하도록 정부에 청원"할 수 있다는 권리장전의 조항과도 일치하는 것이었다.

다음 날 수천 명의 사람들이 JFK 연방 정부 건물을 에워싸고 연좌했다. 경찰이 대거 출동했다. 그들 중 한 명이 나를 불렀다―다정한 인사였다. 유쾌한 성격의 중년 남자인 그는 최근 노스이스턴 대학에서 경찰관들을 상대로 경찰의 불법 폭력이라는 주제로 행한 내 강연을 들은 이였다. 내가 오랜 경험을 통해 터득한 바로는, 경찰관들은 군인들과 마찬가지로 보통 선량한 사람들이지만, 상명하복 문화의 일부분이 된 나머지 '적'―이 경우에는 반전운동―이라고 지명된 모든 이들에게 야만적 행동을 할 수 있는 사람들이다.

구름 한 점 없는 봄날을 즐기며 우리는 거대한 원을 그리고 둘러앉아 노래를 부르고 반전 구호를 외쳐 댔다. 갑자기 경찰이 원 안으로 돌격하더니 시위대 일부를 낚아채서 건물 안으로 끌고 들어갔다. 나도 끌려간 쪽이었다. 그들은 나를 구타하고 옷을 찢고 다른 시위대 몇 명과 같이 엘리베이터로 던져 넣고는 위층으로 데리고 가서 구금했다. 나는 아직도 당시의 메모를 갖고 있다. "스티븐 버톨리노, 부인 옆에 앉아 있음, 곤봉으로 다리를 구타당함, 고환을 걷어차임. (…) 그 옆에 앉아 있는 남자, 오브라이언, 가만히 앉아 있음, 곤봉에 머리를 맞음. 마이크 앤새라, 내 옆 엘리베이터 바닥에 앉아 있음, 경찰에 맞아 입술에 피가 남."

체포된 사람들은 시 법원 뒤에 있는 유치장으로 옮겨져 거기서 법정 소환을 기다렸다. 존 화이트라는 남자가 주머니에서 작은 플루트를 꺼내 아일랜드풍 지그jig 춤곡을 연주하자 두 명이 장단에 맞춰 춤을 췄다.

그 후 몇 년 동안 나는 몇 차례 더 체포되었다. 한 번은, 백악관 잔디밭을 차지하고 모여 엘살바도르의 살인 정권에 대한 미국의 지원에 항의하면서 해산 명령을 거부하고 있었다. 우리는 체포되었고 두 손은 등 뒤로 꺾인 채 플라스틱 줄로 묶였다(우리는 비폭력을 약속한 종교적 평화주의자들이었지만 경찰의 체포 과정은 예외를 허용하지 않았다). 7월 초의 숨 막히는 열기 속에서 우리는 몇 시간이고 바람도 안 통하는 호송차에 짐짝처럼 실려 있었다. 우리는 곧 땀으로 흠뻑 젖었고 점점 숨 쉬기가 힘들어졌다. 한 남자가 의식을 잃자 우리는 소리를 지르기 시작했다. 그제야 경관 한 명이 차창을 열어 공기가 통하게 해 주었다.

호송차 안에는 길게 머리를 땋은 젊은 흑인 남자가 있었는데 프린스턴의 수학과 대학원생이자, 나중에 밝혀진 사실이지만, 일종의 후디니* 같은 사람이었다. 그는 등 뒤로 묶인 손을 단 두 번의 동작으로 마술처럼 앞으로 내민 다음 이빨로 플라스틱 끈을 풀었다. 다음 날 수갑을 찬 채 다른 호송차에 올라 법정으로 가는 동안, 그는 우리가 볼 수 있게 손을 치켜들었다—수갑이 사라지고 없었다. 그는 말수가 적었는데, 나는 그가 항상 다음 트릭을 생각하고 계획하고 있다고 상상했다.

워싱턴의 감옥에서 보낸 밤은 길었다. 내 감방 동료는 60대의 작고 수척한 흑인 남자였는데 그는 음식에 손도 대지 않았다. 그의 말로는, 빌린 돈을 놓고 친구와 다툼을 벌여 체포되었다고 했다. 그는 무릎 뼈가 커다란 혹처럼 튀어나와 있었다. 말을 들어 보니 노스캐롤라이나에서 평생 동안 무릎을 꿇고 목화를 따느라 생긴 혹이었다.

침상에 누워 내가 사랑하는 사람들에 관해, 백인으로 태어나 가난하지도 않고 숱한 사람들에겐 끝없는 지옥에 다름 아닌 체제를 순조롭게 통과해 온 게 얼마나 운이 좋았는지에 관해 생각했다. 펜타곤 앞에서 열린 여성 반전 집회에서 체포된

• Harry Houdini, 1874~1926. 현대 마술사의 시조와 같은 인물로, 최면술사이자 탈출 마술의 대가였다.

로즈는 자기도 감옥에서 밤을 보내면서 비슷한 생각을 했다고 말했다—대부분이 유색인이고 모두가 가난한 다른 죄수들과 비교해 볼 때 자신이 얼마나 많은 특권을 누리고 있는지에 관해.

몇 번 안 되는 짧은 투옥 생활은 내 남은 삶에 큰 영향을 미쳤다. 감옥에서의 시간을 통해 나는 거기서 알게 된 장기수들의 시련을 어렴풋이나마 목격할 수 있었다.

그중 한 명은 지미 배럿인데, 1970년대 초 그가 찰스스트리트 교도소에 있는 동안 나는 매주 면회를 갔다. 보스턴의 거리를 떠돌던 소년 시절, 지미는 자신을 성적으로 학대하던 폭력배를 살해했다. 지미는 종신형을 선고받았고 가장 열악한 교도소에 수감되었지만 결코 자신을 망가뜨리지는 않았다. 지미는 책에 파묻혔고 비범한 작가가 되었다. 지미는 베트남전에 반대하는 재소자 시위를 조직했고 아프리카의 굶주리는 사람들에게 음식을 기부하기 위한 단식을 계획하기도 했다. 내가 찾아갈 때마다 지미는 멋들어진 미소와 용솟음치는 기백으로 맞이해 주었다.

흑인 남자로 타고난 음악가였으며 수감 생활 동안 몇 개의 학위를 따고 자서전을 집필하고 있던 타이요 아탈라 살라-엘도 생각난다. 몇 년 동안 서신을 교환하던 어느 날, 펜실베이니아의 교도소로 그를 찾아갔는데 그는 자리를 박차고 일어나 나를 껴안더니, 자기가 지금 하고 있는 일에 관해, 그리고 남은 여생을 감옥에서 보내게 되겠지만 그에 굴복하지 않고 음악을 연주하고 글을 쓰고 수감 제도 철폐에 일생을 바치겠다고 말했다.

지미 배럿이 다시 재판을 받을 수 있는지를 결정하는 항소 재판을 참관한 적이 있었는데, 결론은 이미 나 있는 듯 보였다. 판사와 가석방 위원회는 소송 사건 적요서와 보호관찰 보고서들을 뒤적거리면서 그 서류들 이면에 있는 인간의 삶은 완전히 무시하고 있었다.

오랜 세월 동안 나는 많은 죄수들을 만났고 매사추세츠의 악명 높은 월폴 교도소에서도 최고의 보안 수준을 자랑하는 9동에서 며칠을 보내기도 했다. 몇몇 교도소에서는 강의를 진행하기도 했다. 나는 투옥이 범죄 문제의 해결을 가장하는 수단일 뿐이라고 확신하게 되었다. 그것은 범죄의 희생자들에게 아무 도움도 되지 않을 뿐더러 보복하겠다는 생각을 영속화시킴으로써 우리 문화에서 끝없는 폭력의 악순환을 유지시킨다. 투옥은 잔인한 행위일 뿐만 아니라, 처벌을 받는 대부분의 범죄의 근원에 있는 조건들―가난, 실업, 무주택, 절망, 인종차별, 탐욕―을 근절시키지 않은 채 그것을 대체하는 부질없는 짓이다. 부자와 권력자들이 저지르는 범죄는 대부분 아무 처벌도 받지 않는다.

비록 소수에 불과할지언정 투옥된 남성과 여성들이 지옥 같은 감옥 체계에서 살아남고 자신들의 인간성을 잃지 않는다는 사실은 인간 영혼의 불굴성에 바치는 찬사임에 틀림없다.

달리는 기차 위에 중립은 없다

12장

법과 정의의 차이가 무엇인가

　지금까지 나는 수십 차례 법정에 섰는데, 피고인석에 앉는 경우도 이따금 있었지만 대부분은 다른 누군가의 재판에 증인으로 출두한 것이었다. 이를 통해 나는 아주 많은 것을 배웠다. 법정은, 우리 사회가 어떤 대략적이고 모호한 의미에서는 자유롭거나 민주적일 수 있지만, 사회를 움직이는 부분들, 더 작은 무대들—교실, 작업장, 기업 중역실, 감옥, 군대 막사—은 악명 높도록 비민주적이며 한 명의 지휘관이나 한 줌의 권력 엘리트들에 의해 지배된다는 사실을 보여 주는 하나의 실례다.

　법정에서 판사들은 재판 절차에 대해 절대적인 권한을 갖는다. 판사들은 어떤 증거를 인정할 것이며, 어떤 증인의 증언을 허용할 것이며, 어떤 질문을 물을 수 있는지를 결정한다. 게

다가, 판사는 대부분 정치적으로 임명된 사람이거나 정치 정당을 통해 선출된 사람일 가능성이 농후하며, 거의 언제나 상당히 부유한 백인 남성들로서 출신 배경은 특권층에다가 그들의 사고는 온건 보수이거나 온건 자유주의다.

그러나 미국의 법정은 또한 사람들이, 커다란 역경을 무릅쓴 채, 자신들을 감옥에 가두겠다고 위협하는 당국에 도전할 수 있는 장소이자, 이따금 몇몇 변호사, 판사, 배심원들이 자기의 동료들과 달리 자신들의 양심에 따라 행동하는 장소다. 이러한 가능성 때문에 베트남전에 반대하는 운동은 거리나 강당, 교회 모임, 그리고 전쟁터 그 자체에서만이 아니라 전국 곳곳의 법정에서도 이루어졌다.

대니얼 베리건과 함께 베트남에 갔다 돌아온 직후인 1968년, 나는 '밀워키의 14인' 재판에 나와 증언해 달라는 요청을 받았다. 열네 명은 신부와 수녀, 평신도들로 전쟁에 대한 상징적 항의로 징병 위원회에 잠입해 수천 장의 서류를 빼내서 태워 버린 사람들이었다.

그들은 체포되었고 절도 및 방화죄로 기소되었다. 나는 피고 측에 의해 '전문가 증인'으로 출두를 요청받았다—그들의 행동을 큰 맥락 속에 자리 잡게 하고, 판사와 배심원들에게, 그들이 한 일이 미국 역사에서 시민 불복종이라는 오랜 전통의 일부이며, 평범한 '범죄'가 아니라 전통적인 표현 양식으로는 잘못된 일을 바로잡지 못하는 시기에 양심적 시민들이 참여한 일종의 항의라고 설명했다.

전문가 증인은 우선 법정에 의해 자격을 인정받아야 하며, 그래서 '밀워키의 14인'의 변호사는 내가 '자격이 있음'을 보이기 위해 내가 받은 교육과 내 저작들에 관한 질문으로 시작했다.

그리고 변호사는 내게 시민 불복종의 원칙을 설명해 달라고 요청함으로써 직접적인 증인 신문을 시작했다. 나는 「독립선언서」에 관해 언급하면서, 정부가 기본적인 인권(선언서는 미국인만이 아니라 '모든 인간'이 평등하게 창조되었다고 말하고 있으며, 따라서 베트남 농민들의 기본적인 인권도 우리의 관심사다)을 파괴할 때 "정부를 바꾸거나 폐지하는" 것은 국민의 권리라는 「독립선언서」의 주장을 설명했다. 또 국민들이 정부를 바꾸거나 폐지할 수 있다면, 이 피고인들이 한 것처럼 정부에 맞서 시민 불복종을 행하는 것도 당연히 가능하다. 나는 1846년 멕시코 침공에 항의하여 법을 어기기로 결심한 헨리 데이비드 소로에 관해 말했고, 이어서 미국의 시민 불복종의 역사를 간략히 설명하기 시작했다.

라슨 판사는 질려 버린 표정이었다. 판사는 의사봉을 마구 두드리더니 말했다. "그 점은 증인이 논할 수 있는 것이 아닙니다. 증인은 지금 문제의 본질로까지 소급해 가고 있습니다!"

판사가 옳았다. 법정은 문제의 본질에 접근하도록 허용되는 장소가 아니다.

'밀워키의 14인'의 변호사는 다른 질문을 이어 갔다. "진 박사님, 배심원들에게 법과 정의의 차이가 무엇인지 설명해 주시겠습니까?"(위험한 질문이었다. 이것만큼 '문제의 본질'에 다가서는 질문이 있을까?) 검사가 이의를 제기했다. 판사는 말했다. "인정합니다." 시민 불복종에 대한 질문이 계속 이어졌다. 이의 제기도 계속되었고 모두 인정되었다.

나는 좌절감을 느꼈다. 법정 증언은 거의 언제나 하찮고 지루한 일이었다. 쟁점이 근본적인 것일수록 법정에서 의견을 발표할 수 있는 가능성은 더욱 적었다. 나는 판사 쪽을 돌아보고 법정 전체에 들릴 만큼 큰소리로 물었다(물론 이것이 부적절한 행동임을 알고 있었지만, 내가 그곳에 앉아 있는 이유는 민주주의에서 부적절한 행동이 갖는 가치를 입증하기 위함이었다). "왜 제가 본질을 말해선 안 되는 거죠? 왜 배심원들이 본질을 들을 수 없는 겁니까?"

판사는 화가 났다. 그는 말했다. "증인은 그런 식으로 떠들면 안 됩니다. 한 번만 더 그러면 법정모독죄로 감옥에 넣겠습니다." 나는 대꾸했다. "만약 재판이 이런 식으로 진행된다면

IBM 컴퓨터 한 대만 있으면 판결이 가능하겠습니다." 판사는 의사봉을 더욱 세게 내리쳤다. 지금 생각해 보면, 그때 더 밀고 나아가서 피고인들의 시민 불복종 행위에 나의 행동을 극적으로 덧붙일 수도 있었겠지만 더 이상 용기가 나지 않았다. 나는 내 혁명적 열정이 집에 가서 아내와 아이들을 보고 싶은 욕망에 의해 종종 한계를 넘어서지 못했음을 고백해야겠다.

판사는 배심원들에게 말했다. "이것은 방화 및 절도 사건입니다." 판사는 이 사람들이 왜 징병 기록부를 불태웠는지에 관해 배심원들이 들어 보는 것을 원치 않았다. 판사는 베트남에서 벌어지고 있는 전쟁에 관해 듣고 싶어 하지 않았다. 그는 배심원들이 피고인들을 어떤 불가사의한 목적에서 정부 문서를 파괴하기로 결심한 평범한 범죄자로 간주하기를 원했다. 그리하여 이런 식으로 법정에 의해 판단이 제한된 배심원들은 유죄를 평결하였다. 그들은 몇 년씩의 감옥 형을 선고받았다.

판사는, 형사 재판에서 허용되는 바에 따라, 피고인들에게 범죄 행위를 할 당시의 '정신 상태'에 관해 말해 보라고 허락했다. 그리하여 일부 피고들은 자신들로 하여금 법을 위반하게 만든 도덕적 고뇌에 관해 배심원들에게 가까스로 말할 수 있었다. 보스턴 지역에서 풍문으로 약간 알고 있던 젊은 사제인 밥 커네인 신부님은 고든 잔의 책 『독일 가톨릭과 히틀러의 전쟁』

을 읽으면서 어떤 영향을 받았는지에 관해 말했다. "그 책이 없었더라면 저는 지금 이 자리에 서 있지 않을 것입니다. SS 친위대는 미사에 참석하고는 밖으로 나와 유태인을 끌어 모으곤 했습니다."

검사가 이의를 제기했다. 판사는 인정했다. "히틀러가 유태인을 어떻게 다뤘는지는 이 재판과 관계가 없습니다."

"하지만 그게 제가 이 자리에 서 있는 이유입니다."

커네인의 말이었다.

보스턴으로 오는 비행기에서 나는 옆자리의 땅딸막하고 강인한 인상을 풍기는 중년 남자와 이야기를 나눴다. 자신은 보스턴에서 부두 노동자로 일하고 있는데 법정에서 나를 보았다고 그가 말했다. 그는 거기서 무엇을 했을까? 나는 물었다. "제 아들이 재판을 받았거든요." 그의 아들 짐 하니는 신부로, '밀워키의 14인' 가운데 한 명이었다. 그는 말했다. "그 녀석이 자기 신념을 옹호하는 걸 보니 자랑스럽더군요"(20년이 지난 후, 오래전에 감옥에서 나온 짐 하니는 엘살바도르를 정기적으로 왕래하면서 암살대에 맞서 싸우는 농민들과 함께 활동하고 있었다).

베트남전이 계속되면서, 전쟁에 반대하는 여론이 높아져만 갔고 배심원들은 더욱 독립적이 되었으며 판사들도 전쟁을 둘러싼 훨씬 폭넓은 쟁점을 고려할 수 있는 여지를 허용하게 되었다. '캠던의 28인' 또한 징병 기록부를 파기했지만, 1973년에 뉴저지에서 열린 그들에 대한 재판은 매우 다르게 진행되었다.

그들 대부분은 젊은 가톨릭교도로, 필라델피아의 노동계급 밀집 지역 출신이었다. 그들은 필라델피아의 운동 진영 변호인들을 자문단으로 선임했지만 자기들이 직접 변론—'자기' 변호—을 하기로 결정했다.

그들은 〈뉴저지 징병 센터〉 책임자를 지낸 육군 소령을 증인으로 불러냈다. 소령은 징병 제도가 어떻게 빈민과 흑인, 못 배운 사람들을 체계적으로 차별하며, 부유층 자제들에게는 공식 신체검사를 통해 어떻게 면제시켜 주는지에 관해 자세히 설명했다. 민간인인 시민들이 건물에 난입하여 징병 서류를 파기할 권리가 있다고 생각하느냐고 검사가 질문하자 그는 대답했다. "지금이라면 그럴 겁니다. 만약 베트남에 대한 또 다른 공습을 계획한다면 저도 그들 편에 가담할 겁니다."

피고 중 한 명인 캐슬린 (쿠키) 리돌피는 스물한 살쯤 된 이였는데, 내게 전화를 걸어 캠던으로 와서 그들을 위해 증언을 해줄 수 있느냐고 물었다. 그녀는 내 책 『불복종과 민주주의』를 읽은 적이 있었고 판사와 배심원들에게 내 견해를 들려주길 바랐다.

판사는 내가 그녀의 질문을 받고 전쟁에 관해 배심원들에게 발언하는 것을 허락했다. 나는 한때 기밀이었던 '국방부 문서'를 길게 인용하면서 어떻게 정부가 이번 전쟁의 본질에 대해 국민들을 기만했는지를 보여 줄 수 있었다. 나는 '자유' '민주주의' '자결권'을 보호하기 위해 베트남에 미군 병력을 파견하기로 했다는 정부 관료들의 공식 성명들과, 동남아시아의 중요성을 논하면서 주석, 고무, 원유라는 세 단어로 거듭해서 되돌아가는 〈국가안전보장회의National Security Council〉의 비밀 메모들을 대비시켰다.

17년이 지난 (1990년의) 어느 날, 중서부의 한 도시에서 강연을 하고 있는데, 한 남자가 다가오더니 전에 만난 적이 있다고 말을 걸어왔다. 그는 밥 굿으로, '캠던의 28인' 중 한 명이었다. 밥은 내가 증언을 하던 와중에 어머니가 울며 주저앉아 법정에서 이끌려 나가야만 했다고 말했다. 내 증언이 있은 다음 날, 그녀는 '캠던의 28인'을 위해 증언대에 섰다. 밥 굿은 어머니가 그날 법정에서 한 발언의 필사본을 건네주었다.

엘리자베스 굿은 자신과 목수인 남편이 어떻게 농장에 의지해 살면서 열 명의 아이를 키웠는지, 자동차 사고로 어떻게 아들 하나를 잃었는지에 관해 말했다. 또 다른 아들 폴이 징집되었을 때, 독실한 가톨릭교도인 그녀는 하나님이 이 아이는 데려가지 않을 것이라고 굳게 믿었다. 그러나 엘리자베스는 어느 날 군 장교가 차를 몰고 오는 것을 보았고 아들이 죽었다는 소식을 들었다.

자기 아들 밥이 "베트남에서 벌어지고 있는 전쟁에 점점 더 관심을 갖게 된 것 ─ 우리 모두 그랬습니다 ─"은 그때부터였다고 엘리자베스는 말했다. "그리고 저는 지난 금요일까지만 해도 내 아들이 조국을 위해 죽었다는 생각을 부여잡고 있었습니다. 그런데 진 씨가 증언대에 서서 '주석, 고무, 원유'라고 한 자 한 자 또박또박 말하는 것을 듣고는 제 가슴이 무너져 내렸습니다……"

"내 유일한 가족들 ─ 이미 죽은 형제자매들 ─ 은 암으로 죽었습니다. 암 연구에는 10만 달러가 소요되는데, 국방에는 7백억 달러가 쓰이고 있습니다. 우리는 지금 어디에 우선순위를 두고 있는 겁니까?"

"우리 집에서 반경 5백 마일〔약 8백 킬로미터〕 안에는 저만큼 반공에 투철한 엄마가 없다고 생각합니다. (…) 아이들이 말을 하려 할 때마다 저는 공산주의 얘기를 꺼냈습니다. 우리 모두 이런 식이지요. (…) 저는 우리가 거기서 무슨 일을 하고 있는지 모르겠습니다. 이런 상황에서 빠져나와야만 합니다. 하지만 어느 누구도, 우리 가운데 단 한 명도, 어떤 일이든 하기 위해 손을 치켜들지 않았습니다. 우린 그걸 이 사람들한테 내맡겨 버린 거예요."

그녀는 피고인들을 가리켰다.

"그들한테 하라고요. 그러고는 이제 와서 그들의 행동을 처벌하려 하고 있습니다. 오, 맙소사!"

피고인들이 검찰 측이 기소한 내용 그대로의 행동을 했다는 점에는 의문의 여지가 없었다. 그들은 한밤중에 불법적으로 연방 정부 건물에 들어가서 징병 기록부를 파기했다. 그러나 배심원들은 무죄라는 평결을 가지고 법정으로 돌아왔고, 배심원 중 한 명은 피고인들을 위해 파티를 열어 주기도 했다.

같은 해, 나는 로스앤젤레스에서 열린 전쟁과 관련된 또 다른 재판에 증인으로 불려 갔다—대니얼 엘스버그와 앤서니 루소에 대한 '국방부 문서' 재판이었다.

나는 4년 전에 한 반전 집회의 연단에서 댄 엘스버그를 만난 적이 있었다. 노암 촘스키는 그가 '흥미로운 인물'이라고 내게 말해 주었다. 엘스버그는 하버드에서 경제학 박사 학위를 받고 해병대와 국무부, 국방부에서 근무한 적이 있었다. 댄은 베트남에 간 일이 있었는데 거기서 직접 눈으로 목격하고 전쟁 반대로 돌아서게 되었다. 댄은 이제 MIT의 특별 연구원이었다.

그 후 몇 달 안 되어 댄과 나, 그의 부인 팻과 로즈는 친구가 되었다. 캠브리지[하버드와 MIT 소재지]의 하버드 광장 근처에 있는 그들의 아파트에서 우리 넷이 커피를 마시던 어느 날, 그는 우리에게 극비 사항을 말해야겠다고 했다. 국방부를 위한 '두뇌 집단think tank'인 〈랜드연구소Rand Corporation〉에서 일할 당시 그는 베트남전 공식 전사戰史인 비밀 보고서를 취합하는 일을 했다고 했다.

내부 자료들을 되풀이해 읽으면서 댄은 미국 정부가 국민들에게 거듭해서 거짓말을 해 왔다는 사실을 확신하게 되었다. 댄은 그 문서들이 국민 대중이 알 권리가 있는 역사에 해당한다고 확신했다. 그 프로젝트에 참여한 고위급 학자들 가운데 하나였던 그는 문서를 집에 가지고 갈 수 있도록 허가를 받은 상태였다. 댄은 〈랜드연구소〉의 연구원을 역임했던 친구 앤서니 루소의 도움을 받아 한 장 한 장 모두 '극비'라는 인장이 찍혀 있는 7천 쪽에 달하는 문서를 복사해서 공개하겠다는 대담한 계획에 착수했다.

그들은 광고 대리점을 운영하면서 복사기를 갖고 있던 친구를 찾아갔다. 대리점이 다섯 시에 문을 닫으면 댄과 토니〔앤서니의 애칭〕는 일에 착수했고, 나중에 '국방부 문서'라는 이름으로 알려지게 된 문서를 몇 부씩 복사했다. 때로는 댄의 십 대 아이들인 로버트와 메어리가 찾아와서 '극비'라는 글자마다에 줄을 그어 지우는 일을 도왔다.

그들은 몇 주 동안 밤늦도록 일했다(이때가 1969년 가을이었다). 한 번은 자정이 지난 시각에 사무실에 불이 켜진 것을 보고는 경찰관 한 명이 찾아왔다. "복사 작업을 하고 있는 중입니다." 경찰관은 돌아갔다.

'국방부 문서' 복사본은 베트남전에 반대한다고 알려진 몇몇 상원 의원과 하원 의원에게 문서를 공개해 줄 것을 요청하는 메시지와 함께 전달되었다. 어느 누구도 문서를 공개하지 않았다. '기밀 정보'라는 사고, '극비'라는 단어는 거의 이성을 잃은 냉전의 분위기, 그리고 이제는 진짜 전쟁이 벌어지고 있는 와중에서 신성한 존재가 되어 버린 것이었다.

"문서를 한번 보시겠습니까?" 댄이 물었다. 그는 벽장을 열고는 한 묶음의 서류를 건네주었다. 그 후 몇 주 동안 나는 연구실에 그 문서를 숨겨 놓고는 혼자 있을 때마다 읽어 내려갔다. 이때쯤이면 나는 미국의 베트남 정책의 역사에 관해 상당히 알고 있다고 자부하고 있었지만, 정말 놀라운 폭로가 이루어지고 있었으며 평화운동에 관여하고 있던 우리들이 진실이라고 주장해 왔던 사실들이 이제는 이 문서들을 통해 정부 자체에 의해 확증되고 있었다.

댄은 베트남에서 만난 적이 있는 『뉴욕타임스』 기자 닐 시한에게도 복사본을 전달했다. 그러나 몇 달이 지나도 아무 일도 일어나지 않았다.

1971년의 어느 토요일 저녁, 댄과 팻, 로즈와 나 넷은 영화를 보러 가기로 했다. 그들이 뉴턴의 우리 집에 도착했을 때 댄은 흥분한 기색이 역력했다. 댄은 방금 막 『뉴욕타임스』의 어떤 사람(닐 시한은 아니었다)과 통화를 하면서, 좀 이상한 일이 벌어지고 있어서 지금은 이야기하기에 적당한 때가 아니라는 말을 들은 것이었다. 『뉴욕타임스』는 사옥 주변을 빙 둘러 경비원들을 배치해 놓은 상태였고 윤전기는 극비 정부 문서를 담은 일요판을 전속력으로 찍어 내고 있었다.

"기분 좋겠군요." 우리는 댄에게 말했다. "결국 그들이 하고 있으니까요."

"그렇긴 한데 화가 나요—저한테 먼저 말해 줬어야 했는데 말이죠."

다음 날 아침자 『뉴욕타임스』는 네 난을 할애하여 커다란 헤드라인을 내보냈다. "베트남 문서: 국방부의 연구를 통해 30년에 걸친 미국의 개입 확대를 추적한다." 기사는 여섯 면에 걸쳐 논평과 상세한 보도로 이루어져 있었다. 『뉴욕타임스』는 자료의 출처는 밝히지 않았지만 FBI는 며칠 걸리지 않아 대니얼 엘스버그를 지목해 냈다. 그러나 댄은 지하로 종적을 감췄고(사실은 캠브리지의 여러 친구들 집을 전전했다), 닉슨 행정부

가 '국가 안보'를 근거로 연방 법원에 출판 금지 신청을 하는 와
중에도 『워싱턴포스트』와 『보스턴글로브』 등에 '국방부 문서'
사본을 보냈다.

12일이 지난 후에 댄은 보스턴의 우체국 광장에 모습을 드
러냈다. 지지자와 기자들, 호기심에 가득 찬 행인들이 엄청나
게 운집해, 그의 소재를 파악하지 못해 당황해하고 있던 FBI가
그가 차에서 나오는 것을 보고 체포하는 광경을 지켜보았다.

『뉴욕타임스』에 기사가 나온 지 2주 후에 닉슨 행정부는 대
법원의 마지막 항소심에서 패소했다. 대법원의 다수 판사들은
헌법 수정 조항 제1조에 의해 '사전 제약prior restraint', 즉 어떤
출판물을 미리 가로막는 것이 금지된다고 판결했다. 그러나 일
부 대법원 판사들은 출판 이후에는 범죄 기소가 가능하다고 지
적했으며, 따라서 행정부는 사태를 무마하려는 시도를 멈추지
않았다.

댄 엘스버그는 로스앤젤레스의 대배심에 절도와 간첩법 위
반―공개될 경우 국가 방위를 위험에 빠뜨릴 수 있는 문서를
승인받지 않은 사람들에게 전달함―등 11가지의 죄목으로 기
소되었다. 모든 죄목의 최고형을 합하면 감옥에서 130년을 보
내게 될 상황이었다. 토니 루소 또한 최고 40년형을 받게 될지
도 모르는 세 가지 죄목으로 기소되었다.

그들에 대한 재판은 1973년 로스앤젤레스의 연방 법원에서 이루어졌다. 정부는 '국방부 문서' 18권을 증거로 제출했고 여러 고위급 군 인사와 정부 관료들을 증언대에 세워 이 문서들의 비밀 유지가 국가 안보에 필수적이라고 증언하게 했다.

댄과 루소는 색다른 변호인단의 변호를 받았다. 매카시 시대부터 정치범을 변호해 온 저명한 민권 변호사 레너드 부딘, 1968년 민주당 전당대회 사건 이후 열린 '시카고 음모 재판' 변호인단의 일원이었던 운동 진영 변호사인 레너드 웨인글래스, 하버드 법대의 젊은 교수 찰스 넬슨 등이 그들이었다.

그들은 두 가지 다른 종류의 증인들을 증언대에 세우기로 결정했다. 우선 그들은 '국방부 문서'가 국가 방위를 해치는 정보를 담고 있는지에 관해 전문적인 증언을 할 수 있으며, 결점이 없고 존경을 받을 만한 전직 정부 관료들과 학자들—아서 슐레진저, 시어도어 소렌슨, 맥조지 번디, 존 케네스 갤브레이스—을 물색했다.

두 번째로는, 반전운동에 직접 참여했고 배심원들에게 관련된 도덕적 쟁점을 전달할 수 있으며 '국방부 문서'를 가지고 전쟁의 본질에 관해 설명할 수 있는 '전문가 증인들'—노암 촘스키, 리처드 포크(프린스턴의 국제법 전문가), 톰 헤이든, 돈 루스(베트남에서 9년 동안 민간인 신분으로 체류하면서 현지 농민들과 함께 일했다), 그리고 나ー을 불렀다.

첫 번째 전문가 증인으로 내가 결정되어 로스앤젤레스행 비행기를 탔다. 그 주 내내 정부 측 증거 서류로 제출된 18권 중 처음 다섯 권을 읽으면서 증언을 준비했다. 로스앤젤레스에서는 렌〔레너드의 애칭〕웨인글래스의 바닷가 집에 머물면서, 해변을 따라 산책하고 댄과 토니의 중국 음식점에서 저녁을 먹고 클럽에 찾아가 내가 제일 좋아하는 재즈, 블루스 뮤지션인 소니 테리와 브라우니 맥기의 음악을 듣기도 했다.

법정에 불려 가기 며칠 전 변호인단은 러트거스 법대의 아서 키노이 교수를 전략 회의에 초대했다. 키노이는 1960년대 운동 진영 변호인들에게는 아버지 같은 인물로, 명철한 법률 전문가이자 수많은 시민 자유 운동에 관여한 베테랑이었으며, 〈하원 반미활동조사위원회House Committee on Un-American Activities〉 청문회에서 자신의 의뢰인을 도전적으로 변호하다가 끌려나온 적도 있었다.

나도 그 회의에 참석했는데 그것은 일종의 훈련이었다. 다양한 변호사들이 기소의 전문적 내용을 검토했다. '국방부 문서'를 입수한 것이 법적 의미에서 절도가 아님을 어떻게 입증할 수 있을까? 땅딸막하고 깐깐하며 결코 지치지 않는 정력가인 키노이는 손을 내저었다. "아녜요! 아녜요! 전문적 절차는 생각하지 맙시다!" 키노이는 주먹을 움켜쥐었다. "필요한 건 딱 하나예요. 댄 엘스버그와 토니 루소가 한 일이 옳았다고 열두 명의 배심원들을 설득해야 합니다."

금요일 오후에 법정에 출두하면서 나는 그동안 읽은 '국방 부 문서' 다섯 권을 들고 갔다. 렌 웨인글래스가 말했다. "배심 원들에게 그 다섯 권에 무슨 내용이 있는지를 말씀해 주시겠 습니까?"

배심원들은 몇 피트 앞에 앉아 있었다. 열두 명 가운데 열이 여성이었고, 또 그중 적어도 셋은 흑인이었으며, 한 명은 오스 트레일리아 출신 이민자였다. 남자 둘 가운데 한 명은 흑인으 로, 자동차 노조 지부의 노조 간부였다. 다른 한 명은 베트남 에서 부상당한 해병 출신이었다.

나는 그들 쪽을 돌아보고 렌 웨인글래스의 질문 하나에 대 한 대답으로만 몇 시간에 걸쳐 베트남전쟁의 역사에 관해 발 언했다. 마치 강의 시간 같은 분위기였지만 훨씬 중요한 문제가 걸려 있었다.

내가 한 일은 제2차 세계대전부터 1963년까지 미국 개입의 역사를 추적하는 것이었다. 그해에 미국 정부는 남베트남의 지 도자 응오딘지엠이 민중 봉기를 억압할 능력이 없다고 판단하 여 쿠데타를 지원했고, 결국 그를 전복, 처형시켰다. '국방부 문서'는 그 쿠데타에 미국이 개입한 사실을 보여 주었지만, 당시 사이공 주재 미국 대사로 쿠데타 공모 세력과 계속 접촉했던 헨리 캐보트 롯지는 나중에 기자들에게 다음과 같이 말했다. "우리는 이번 쿠데타와 전혀 관련이 없습니다."

"말씀 다 하셨습니까?" 렌 웨인글래스가 물었다.

"네."

"그러면 이제, 그 다섯 권을 읽어 보고 난 후 내린 판단에 근거해서, 그것들이 공개될 경우에 국가 방위에 해를 끼치는지 아닌지를 배심원들에게 말씀해 주시겠습니까?"

나는 이 문서들에는 미국의 방위를 위협하는 데 이용될 만큼 군사적 중요성을 갖는 내용은 없으며, 단지 정부 내에서 오간 메모들을 통해 정부가 미 국민들에게 어떻게 거짓말을 해 왔는지가 폭로됨으로써 우리 정부를 당혹스럽게 만들 뿐이라고 설명했다.

나는 '국가 방위'의 개념을 논하면서 이 용어의 적절한 정의는 특수 이익집단들의 방위가 아니라 국민의 방위라고 지적했다. '국방부 문서'를 통해 드러나게 된 기밀들은 정치인들을 당혹스럽게 만들고 아득히 먼 곳의 주석, 고무, 원유를 탐내는 기업들의 이윤을 해칠지도 모른다. 그러나 이것은 국가, 국민에게 해를 끼치는 것과는 다르다.

검사는 문서에 관해 내게 반대 심문을 하지 않는 쪽을 택했다. 검사는 단지 내가 대니얼 엘스버그의 친구임을 보여 주고자 했다. 그는 사진 한 장을 배심원들을 향해 보여 주더니 내게 확인을 요구했다. 1971년 보스턴의 연방 정부 건물 앞에서 벌어진 시위에서 찍은 사진이었는데, 나와 댄 엘스버그가 군중 속에 나란히 앉아 있었다.

"질문을 마칩니다."

그 주에 다른 증언이 계속되었다. 그러고는 최종 변론과 판사의 요약 설명이 있었다. 며칠이 지나 판사가 법정을 다시 소집했을 때도 배심원들은 여전히 숙고하고 있었다. 바야흐로 워터게이트 스캔들이 드러나고 있었다. 닉슨 행정부가 불법 도청에 관여한 것이었다. 행정부는 댄 엘스버그의 평판을 떨어뜨리기 위해 그의 정신과 담당 의사 사무실에 불법 침입해서 자료를 훔쳤다. 또 심지어 사람들을 보내 반전 집회에서 연설하는 댄을 구타하기도 했다. 판사는 이러한 수많은 불법 행위에 근거하여 무효 심리를 선고했다. '국방부 문서' 재판은 이로써 종결되었다.

그 후 배심원들에게 인터뷰가 쇄도했는데, 재판이 계속되었더라도 댄 엘스버그와 토니 루소는 유죄 평결을 받지 않았을 게 분명했다.

1980년대에 접어들어 베트남전쟁이 막을 고하고 언론들이 1960년대의 종언과 반전운동의 종말을 앞다퉈 선언하는 가운데, 일군의 단호한 활동가들은 여전히 엘살바도르를 비롯한 독재정권에 대한 군사원조와 과다한 국방 예산, 어마어마한 핵무기의 축적에 반대하며 시민 불복종 행동을 벌였다.

이 수많은 재판들에서 증언하는 동안 나는 힘을 얻었다. 판사가 배심원들로 하여금 시민 불복종 행동이 벌어지는 이유를 충분히 듣도록 허용하거나 증인들에게 '문제의 본질'을 다루도록 기꺼이 용인할 때면, 배심원들은 종종 놀라운 평결을 내왔다.

1984년에 나는 버몬트 주 벌링턴에서 열린 재판에 출석하여, 상원 의원 스태포드의 사무실 앞 복도를 점거하고 해산하기를 거부한 '위누스키의 44인' 사건에 대해 증언했다. 엘살바도르의 군사독재를 지지, 지원한 상원 의원에게 항의하기 위한 것이었다.

매허디 판사는 내가 시민 불복종이라는 사고에 관해 논하고 미국 역사에서 그것이 얼마나 중요한 변화를 가져왔는지에 관해 말하도록 허용해 주었다. 판사는 정부의 암살대에 의해 가족과 친구들을 잃은 두 명의 엘살바도르 여성의 증언도 허락했다. 판사는 또한 전직 CIA 요원 존 스톡웰로 하여금 CIA가 주도한 미국의 중앙아메리카 정책이 어떻게 민주주의의 가능성을 파괴하는 결과를 낳았는지에 관해 말하도록 허락했다.

배심원들은 피고인 전원에게 무죄를 평결했다. 나중에 배심원 한 명은 이렇게 말했다. "그 자리에 배심원으로 앉게 되어 영광이었습니다. 제가 역사의 일부가 된 것 같았습니다."

의심의 여지없이, 어떤 나라의 사법 체제든 정치적 반대파에게는 커다란 역경으로 다가온다. 그러나 인간은 기계가 아니며, 순응을 강요하는 압력이 아무리 강력하다손 치더라도, 사람들은 불의라고 간주하는 것에 대항하여 감히 자신들의 독립을 선포하게 된다. 그러한 역사적 가능성에 희망이 존재한다.

적절한 학위를 갖추고 나서
그 세계를 빠져나와 대학교수가 된 후에도,
나는 결코 그 세계를 잊지 않았다.
나는 한 번도 계급의식을 버리지 않았다.

매일 밤에서 나와
매일 아침을 노래하며

이 시를 쓴 때는 십 대 시절이었다.

필 삼촌을 찾아가

안부를 전하렴

누가 1마일을 걸어가

안부를 전할까

도시가 눈으로 얼어붙어 있는데

필 삼촌은 검은 고가 철도 아래

신문 가판대를 갖고 있지

나무 상자에 걸터앉아 있어

추울 때나 더울 때나
길 건너에는 작은 방 세 칸이 있고

오늘 보니 나무 상자가 없어졌네
가판대 위에는 필 삼촌이 피골이 상접한 모습으로
군복 속에 몸을 둘둘 말고서
빨갛게 곱은 뻣뻣해진 손가락으로
웃으면서 껌 한 쪽을 주었다네

오늘은 필 삼촌을 찾아가렴
어머니는 6월에 또 말하셨네
안부를 전하러 1마일을 걸어가네
도시는 달콤한 내음을 풍기고
내 발에는 새로 산 운동화

가판대는 판자로 꽁꽁 못질 돼 있고
햇볕 아래 조용하네
필 삼촌은 차갑게 잠들어 있네
검은 고가 철도 아래, 나무 상자에,
길 건너 작은 방 세 칸에

내가 이 구절들을 떠올리는 것은 분명 일종의 '시'로서가 아니라, 아버지와 어머니가 절망적인 순간에 구세주들에 의지했던, 1930년대 브루클린 빈민가에서 자라난 내 과거에 관해 무언가를 말해 주기 때문이다. 그날그날 산 물건 목록을 두루마리 종이에 적어 두면서 외상을 해 준 구멍가게 주인, 진료비도 받지 않고 몇 년 동안이나 내 구루병을 치료해 준 친절한 의사, 군 복무로 신문 가판대 운영권을 얻어 우리가 집세를 못 내 고생할 때면 돈을 빌려 주었던 필 삼촌 등등.

필 삼촌과 아버지는 제1차 세계대전 전에 이 나라로 이민 와서 뉴욕의 공장에서 함께 일한 오스트리아 출신 유태계 4형제 중 둘이었다. 삼촌의 동료 노동자들은 줄곧 묻곤 했다. "진, 진 — 무슨 이름이 그래? 자네 이름 바꿨나? 그건 유태인 이름이 아니잖아." 삼촌은, "아니, 이름을 바꾼 적은 없어, 내 성은 진이고 그게 전부야"* 라고 대꾸했다. 하지만 삼촌은 거듭되는 질문에 질려 버렸고, 어느 날 자신의 법적인 성을 웨인트롭으로 바꾸고 그때부터는 웨인트롭이 삼촌 집안의 성이 되었다.

공장을 빠져나올 기회만 노리던 아버지는 웨이터가 되어 주

---

* 미국으로 이주한 유태인들은 반유태주의 정서를 극복하고 미국 사회에 동화되기 위해 흔히 성을 바꿨다. 성을 바꿀 때는 원래의 유태식 성을 줄이거나 변형시켜 영어식으로 만드는 게 일반적이었다.

로 결혼식, 때로는 식당에서 일했고 〈웨이터 노동조합〉 2지부 조합원이 되었다. 노동조합이 조합원 자격을 엄격하게 통제하던 당시에, 섣달 그믐날처럼 웨이터 수요가 폭주할 때면 2세 junior라고 불리는 조합원 아들들이 아버지와 함께 일하곤 했고, 나 역시 마찬가지였다.

나는 그 모든 게 진저리나게 싫었다. 아버지한테 빌려서 전혀 맞지도 않아 야윈 내 몸에 걸치면 소매가 우스꽝스럽게 올라오는 턱시도 웨이터복(아버지 키는 1미터 67센티미터였고, 열여섯이던 나는 1미터 82센티미터였다), 손님들에게 로스트비프와 필레미뇽을 접대하러 나가기 직전에 닭 날개나 집어 먹는 웨이터들을 대하던 음식점 사장들의 태도, 가장무도회 복장에 바보 같은 모자를 차려입고 새해가 시작되는 순간에 맞춰 「올드랭사인」을 부르는 사람들 속에 웨이터 옷차림으로 서 있던 내 모습, 새해가 시작돼도 아무 기쁨도 없이 테이블을 치우던 아버지의 긴장된 얼굴 표정.

e. e. 커밍스의 시를 처음 마주했을 때, 그 시가 왜 그토록 깊은 감동을 주는지 완전히 이해할 순 없었지만 어떤 감춰진 느낌과 연결된다는 것은 알았다.

아버지는 사랑의 파멸을 통해 갔다

존재의 동일을 통해 증여의 소유를 통해,

매일 밤에서 나와 매일 아침을 노래하며

아버지는 고지의 심연을 통해 갔다······[•]

아버지의 이름은 에디였다. 아버지는 언제나 네 아들을 온몸으로 사랑했고 즐겨 웃었다. 아버지는 강한 인상에 근육질 몸매, 평발이었고(오랫동안 웨이터 일을 했기 때문이라고 말들을 했지만, 그 누가 확실히 말할 수 있겠는가?), 팔자걸음을 걷는다고 해서 친구 웨이터들은 아버지를 '찰리 채플린'이라고 불렀다 — 아버지는 그렇게 걸어야 쟁반의 균형을 맞출 수 있다고 주장했다.

대공황으로 접어들어 결혼식이 줄어들자 할 일이 거의 없었고, 아버지는 노조 회관에서 카드놀이로 시간이나 때우면서 일자리를 기다리는 일에 지쳐 갔다. 그래서 유리창 청소부, 리어카 노점상, 넥타이 행상, 〈취업진흥청〉[••]의 센트럴파크 건설 공공 근로자 등을 전전했다. 유리창 청소부를 하던 어느 날, 아

[•] 커밍스의 1940년 작 「아버지는 사랑의 파멸을 통해 갔다my father moved through dooms of love」의 첫 연.

[••] WPA, Work Progress Administration. 대공황으로 양산된 실업자들에게 일자리를 주기 위해 1935년에 설립된 기관. 이 계획에 따라 210만 명의 노동자를 고용하여 학교, 우체국, 관청과 같은 수많은 공공 건물과 비행장, 도로 다리와 같은 사회 간접시설이 건설되었다.

버지는 사다리에 몸을 붙잡아 주던 벨트가 끊어져 지하철 입구 콘크리트 계단으로 떨어졌다. 그때 나는 아마 열두 살이었을 텐데, 아버지가 우리가 살던 작은 아파트로 피를 흘리며 실려 온 기억이 난다. 아버지는 심하게 다쳤다. 어머니는 아버지가 다시는 유리창 청소 일을 하지 못하게 했다.

아버지는 평생 동안 쥐꼬리만 한 보수를 받으며 열심히 일했다. 나는 미국에서는 열심히 일하기만 하면 부자가 된다고 말하는 정치가들과 언론의 논평가들, 기업 중역들의 잘난 체하는 말을 들을 때면 언제나 분개했다. 그 말이 뜻하는 바는, 만약 가난하다면 열심히 일하지 않았기 때문이라는 것이었다. 어느 누구보다도, 은행가나 정치가보다도, 열악한 일자리에서 일하고 있다면 실제로 더욱 열심히 일할 수밖에 없다는 점을 인정한다면, 그 어느 누구보다도 더 열심히 일한 내 아버지와 셀수조차 없이 많은 다른 사람들, 남자와 여자들을 보면 이 말이 거짓임을 나는 알고 있었다.

어머니는 아무 보수도 받지 못한 채 끊임없이 일했다. 어머니는 계란형의 고운 러시아인 얼굴을 한 오동통한 여인이었다—정말 미인이었다. 어머니는 시베리아의 이르쿠츠크에서 자랐다. 아버지가 직장에서 자신의 시간을 보내는 동안, 어머니는 낮이고 밤이고 일을 하면서 가족을 돌보고 먹을거리를 마련하고 요리와 청소를 하고 홍역이나 볼거리, 백일해, 편도선염 등 아이들에게 닥치는 모든 병을 고치러 개인 병원이나 종합병원에 데리고 갔다. 그리고 가계 살림을 돌봤다. 아버지는 4학년까지 교육을 받아서 글이나 산수에 서툴렀다. 어머니는 7학년까지 다녔지만 어머니의 지능은 그 이상이었다. 어머니는 우리 집안의 지적 지도자였다. 또 우리 가족이 의지할 수 있는 사람이었다.

어머니의 이름은 제니였다. 로즈와 나는 어머니가 70대이던 어느 날 우리 집 부엌에 같이 둘러앉아 테이블에 녹음기를 틀어 놓고 어머니가 자신의 인생에 관해 말하는 것을 들었다. 어머니는 이르쿠츠크에서 당신 어머니가 중매결혼을 한 일, "그 사람들이 이르쿠츠크에 주둔하고 있던 유태계 병사 남자애 하나를 데리고 와서는, 이 사람이 네가 결혼할 사람이다, 라고 말한" 일에 관해 이야기해 주었다.

어머니 일가는 미국으로 이주했다. 어머니의 어머니, 즉 내 외할머니는 아들 셋과 딸 셋을 낳고는 30대에 죽었고, 외할아버지는 가족을 버렸다 — 어머니는 자신의 아버지에 대해 평생 동안 분을 삭이지 못했다. 제일 손위이기는 했어도 십 대에 불과했던 어머니는 집안의 가장이 되었고, 동생들이 커서 일자리를 찾을 때까지 공장에서 일하며 가족을 보살펴야 했다.

어머니는 공장에서 일하던 여동생을 통해 에디를 만났고 둘의 열정적인 결혼 생활은 줄곧 이어졌다. 아버지는 67살에 돌아가셨다. 은퇴할 만큼 많은 돈을 벌지 못했던 아버지는 죽는 날까지 결혼식과 식당에서 음식 쟁반을 날랐다. 급작스러운 심장마비였는데 로즈와 나는 그때 막 이사한 애틀랜타에서 부음을 들었다. 우리 작은 가족이 그렇게 먼 남부로 이사한다는 말을 듣고 불편한 심기를 숨기지 않으면서도 "행운을 빈다, 몸조심하고"라는 소리 말고는 아무 말씀도 하지 않던 아버지와의 마지막 만남이 생각났다.

어머니는 아버지보다 오래 사셨다. 어머니는 독립을 고집하며 혼자 살면서 모두를 위해 스웨터를 뜨고 쇼핑 쿠폰을 모으고 친구들과 빙고 게임을 했다. 그러나 말년이 가까워오자 중풍으로 고생하셨고 요양원에 들어갔다.

어린 시절 나는 부드러운 갈색 눈동자에 엉클어진 갈색 머리, 고운 얼굴의 어린 남자애 사진이 벽에 걸려 있는 모습에 눈길이 끌렸다. 어느 날엔가 어머니가 그 아이가 당신의 첫 애이자 내 형으로, 다섯 살에 수막염으로 죽었다고 말해 주셨다. 테이프에 녹음된 육성에서 어머니는 시골에서 값싼 짧은 휴가를 보내던 와중에 아이가 죽은 일에 관해, 어머니와 아버지가 아이의 주검을 안고서 뉴욕까지 긴 기차 여행을 하며 돌아오던 광경에 관해 이야기하고 있다.

우리 가족은 방 서너 칸짜리 빈민가 아파트를 전전하며 살았다. 어떤 겨울에는 중앙난방이 되는 아파트에서 살았다. 어떤 때는 이른바 찬물만 나오는 아파트에 살았다 ― 부엌에 있는 요리용 석탄화로 말고는 온기가 나오는 곳이 없었고 그 화로에 물을 끓일 때 빼고는 더운물도 없었다.

각종 공과금을 내는 일은 언제나 전쟁이었다. 겨울에 네 시쯤 해가 질 무렵 학교에서 돌아와 보면 집은 어두컴컴했다 ― 전기 회사에서 전기를 끊은 것이었는데, 어머니는 촛불을 켜 놓고 앉아 뜨개질을 하고 계셨다.

냉장고는 없고 아이스박스가 하나 있었는데, 우리는 '부둣가 얼음 창고'에 가서 5센트나 10센트짜리 얼음 덩어리를 사다가 넣어 놓곤 했다. 겨울철에는 바깥쪽 창문턱에 나무 상자를 놔두고 자연적으로 냉장이 되게 음식거리 등을 넣어 두었다. 샤워 시설은 없었지만 부엌에 있는 빨래 통이 우리의 욕조가 되어 주었다.

어느 날 아버지가 나를 데리고 시내를 멀리 돌아다닌 끝에 중고 라디오를 발견하고는 종종걸음으로 나란히 따라오는 나와 함께 의기양양하게 어깨에 둘러메고 집에 올 때까지, 오랫동안 라디오도 없었다. 한 구역 아래쪽에 있는 과자 가게에 우리를 찾는 전화가 오면 꼬마 애가 전화 받으라고 부르러 오곤 했는데, 계단을 올라온 아이에게 2센트나 5센트를 주었다. 때로는 우리가 직접 전화기 근처를 서성거리다가 5센트를 받기 위해 집까지 달리기를 하기도 했다.

그리고 물론 바퀴벌레도 있었다. 우리가 사는 곳 어디에나, 어김없이 있었다. 집에 돌아와서 불을 켜면 부엌 식탁 위에 가득 깔린 놈들이 뿔뿔이 도망치곤 했다. 나는 절대 바퀴벌레에 익숙해질 수 없었다.

굶주렸던 기억은 없다. 집세는 안 낼 수 없었고(우리는 종종 쫓겨나기 직전에 이사를 했다) 공과금도 내야만 했고 가게 외상값도 안 갚을 수 없었지만, 어머니는 항상 재주 좋게도 먹을거리가 떨어지지 않게 했다. 아침에는 언제나 따끈한 오트밀 같은 것을 먹었고 저녁에는 뜨거운 수프에다가 항상 빵, 버터, 계란, 우유, 국수, 치즈, 사워크림, 닭고기 프리카세 등이 있었다.

어머니는 자기 식대로 영어를 바꿔 쓰면서도 부끄러워하거나 하지 않았다. 우리는 어머니가 '핏줄이 붙어 버렸다very close veins'거나 '사타구니통이 있다pain in my crutch'는 등의 문제에 관해 당신 친구들에게 말하는 것을 듣곤 했다. 어머니는 유제품 가게에서 '괴물 치즈monster cheese'를 찾기도 했다. 또 아버지가 뭔가를 잊어버리면 "에디, 생각해 봐요, 머리를 결딴내 보라고

달리는 기차 위에 중립은 없다

요wreck your brains"라고 말하곤 했다.

동생들—버니, 제리, 셀리—과 나는 어머니의 영어 표현을 기억하면서 오랫동안 즐거워했다. 어머니는 우리에게 보내는 편지 말미에 '네 에미, 제니 진'이라고 서명을 하기도 했다. 어머니가 혼수상태에 빠지고 뇌가 이미 회복될 수 없이 손상된 상태에서 이리저리 뒤엉킨 튜브에 의지한 채 '살아서' 병실에 있는 동안에도, 우리는 그런 기억들을 떠올리며 웃었다. "인공호흡 등으로 소생시키지 마시오"라는 끔찍한 각서에 우리가 서명한 직후에 어머니는 산소 튜브 틈새로 심한 기침을 하고는 유명을 달리했다. 어머니 나이 90살이었다.

우리 네 명의 남자애들은 함께 성장했다—어두컴컴하고 들어가기도 싫은 방의 침대 하나에서 두세 명이 같이 잠자면서. 그래서 나는 길거리나 학교 운동장에서 많은 시간을 보냈고, 핸드볼이나 미식축구, 소프트볼, 스틱볼을 하거나, 골든글러브 아마추어 복싱 대회에서 우승하여 우리 동네에서는 유명 인사였던 한 남자에게 권투를 배우기도 했다.

집에서 시간을 보낼 때면 책을 읽었다. 여덟 살 때부터 나는 닥치는 대로 책을 읽었다. 난생 처음으로 읽은 책은 길거리에서 주운 것이었다. 앞에 몇 쪽이 찢어지고 없었지만 상관없었다. 그 책은 『타잔과 오파의 보석Tarzan and the Jewels of Opar』이었고 그때부터 줄곧 나는 타잔 시리즈뿐만 아니라 에드가 라이스 버로우즈의 다른 공상물들—보병과 기병 전사들이 체스판 위에서처럼 움직이는 화성인들의 전쟁 방식을 다룬 『화성의 체스말*The Chessmen of Mars*』, 지구 한가운데에 있는 이상한 문명에 관한 『지구의 중심핵*The Earth's Core*』—의 팬이 되었다.

우리 집에는 책이라곤 없었다. 아버지는 한 번도 책을 본 적이 없다. 어머니는 로맨스 잡지를 읽었다. 두 분 모두 신문은 보셨다. 두 분은 가난한 이들을 도운 프랭클린 루스벨트가 좋은 사람이라는 것 말고는 정치에 관해 거의 몰랐다.

어린 시절 나는 어린이 책은 하나도 보지 못했다. 부모님은 그런 책이 있는 줄도 몰랐는데, 열 살이 되던 해에 『뉴욕포스트』에서 찰스 디킨스(물론 부모님은 그의 이름도 들어 본 적이 없었다) 전집 세트를 주었다. 신문에서 쿠폰을 오려 모으면 단돈 몇 푼에 매주 한 권씩 살 수 있다는 것이었다. 부모님은 내가 책 읽기를 좋아한다는 걸 알고는 쿠폰 행사에 참여했다. 그래서 나는 책이 집으로 발송되는 순서대로 디킨스의 작품을 읽었는데, 『데이비드 코퍼필드』*에서 시작해서 『올리버 트위스트』,** 『피크윅의 보고서*Pickwick Papers*』, 『어려운 시절』,*** 『두 도시 이

- 원정치 옮김, 동천사, 2004
- 윤혜준 옮김, 창비, 2007.

야기』**** 등을 읽었고, 쿠폰이 다 떨어지고 나도 지쳐 떨어질 때까지 나머지 모두를 읽었다.

현대문학이라고는 아는 게 디킨스밖에 없었으므로 그가 문학사에서 어떤 위치를 차지하는지 알지 못했다. 디킨스가 19세기 중반 영어권 세계(아니 아마도 전 세계)에서 가장 인기 있는 소설가였다는 사실도, 자기 작품을 각색한 연극에 직접 출연해서 엄청난 군중을 끌어 모은 위대한 배우였다는 사실도, 1842년 (30살의 나이로) 미국을 방문해 보스턴에 첫 발을 내디딜 때 극서부 지방[Far West. 로키산맥 서쪽 태평양 연안 일대]의 독자들까지 2천 마일[약 3,219킬로미터]을 여행해서 그를 보러 왔다는 사실도 나는 알지 못했다.

내가 알고 있던 거라곤 디킨스가 내게 폭풍 같은 감정을 불러일으켰다는 점뿐이었다. 우선은 재산 때문에 부풀려지고 법으로 유지되는 전횡적인 권력에 대한 분노가 솟아났다. 그러나 무엇보다도 가난한 사람들에 대한 가슴에서 우러나오는 공감이 컸다. 나는 올리버 트위스트가 그러했던 것처럼 나 자신을 가난한 사람으로 보지 않았다. 그의 삶이 내 심금을 울렸기 때문에 그의 이야기에 그토록 감동받았다는 사실도 미처 깨닫지

••• 장남수 옮김, 창비, 2009.
•••• 성은애 옮김, 창비, 2014.

못했다.

유덕하고 안락한 계급들이 가난한 자들의 비참한 삶은 다른 누가 아닌 그들 자신의 책임이라고 비난할 수 있는 나이가 되기도 전에 죽어 간 어린이들의 운명을 통해 독자들로 하여금 가난과 잔인함에 대해 생각할 수 있게 만들다니, 디킨스는 얼마나 현명했던가.

요즈음 '연애 관계'에 관한 핏기 없고 배배 꼬인 소설들을 읽으면서, 나는 디킨스의 스스럼없는 감정의 자극과 시끌벅적하고 우스운 인물들, 서사시적인 배경—굶주림과 타락의 도시, 혁명에 휘말린 나라, 한 가족만이 아니라 무수한 이들의 생사가 위태로운 상황—을 떠올리게 된다.

문학계의 속물들은 이따금 감상주의와 통속극적 구성, 당파 근성, 과장법 등을 들이대면서 디킨스를 혹평한다. 그러나 분명한 것은 세계의 상황이 소설적 과장을 불필요하게 하고 당파성을 요구한다는 사실이다. 내가 디킨스가 이룩한 업적을 이해하게 된 것은 그의 소설을 읽고도 오랜 세월이 지난 후였다.

내가 노트에 뭔가를 열심히 쓰고 있다는 사실을 알고 있던 부모님은 열세 살 생일 선물로, 개조한 언더우드 타자기를 사 주셨다. 타자기는 자판을 보지 않고 타자하는 법을 익히는 실습 책과 함께 왔는데, 얼마 지나지 않아 나는 내가 읽은 모든 책에 관한 독후감을 타자기로 쳐서 서랍 속에 보관하게 되었다. 나는 어느 누구에게도 독후감을 보여 주지 않았다. 내가 그 책들을 다 읽고 그에 대해—타자기로— 무언가를 쓸 수 있다는 사실만으로도 기쁨과 자부심이 느껴졌다.

열네 살부터는 방과 후와 여름에 일을 했는데, 세탁소에서 옷가지를 배달하기도 하고 퀸즈(Queens. 뉴욕 동부 롱아일랜드의 한 구역)의 골프장에서 캐디 일도 했다. 아버지가 웨이터 일을 그만둘 수 있을 만큼 돈을 벌기 위해 부모님이 몇 차례 차린 과자 가게에서 일을 돕기도 했다. 과자 가게들은 모두 실패했지만, 장사를 하는 동안 세 동생과 나는 밀크셰이크며 아이스크림, 사탕을 실컷 먹을 수 있었다.

마지막 과자 가게를 하던 때가 기억나는데, 우리 집 과자 장사의 전형을 보여 준다. 우리 가족 여섯 명은 브루클린의 부시윅 대로에 있는 오래되고 지저분한 5층짜리 빈민가 아파트에 가게와 방 네 칸짜리 집을 얻어 살고 있었다. 특히 봄과 여름이면 거리는 언제나 삶의 활기로 가득 차 있었다—의자에 앉아 있는 노인들, 아기를 안고 있는 엄마들, 야구 경기를 하는 십대들, '허튼소리를 지껄이면서' 여자애들을 놀리는 젊은 남자애들.

내가 그때를 특히 기억하는 건 당시 열일곱 살이 되어 세계

정치에 흥미를 느끼기 시작했기 때문이다.

나는 유럽의 파시즘에 관한 책을 읽고 있었다. 무솔리니의 이탈리아 권력 장악을 다룬 조지 셀즈의 『톱밥 카이사르 *Sawdust Caesar*』는 나를 매혹시켰다. 무솔리니에게 공공연히 도전한 후 갈색 셔츠[파시즘의 상징적 복장]를 입은 폭력배들에 의해 집에서 끌려가 살해당한 사회당 서기장 마테오티의 용기는 내 가슴속에서 지워지지 않았다.

또 『나치 테러에 관한 갈서 *The Brown Book of the Nazi Terror*』*라는 책도 읽었는데, 이 책은 히틀러 치하의 독일에서 벌어진 일에 관해 자세히 묘사하고 있었다. 그것은 어떤 극작가나 소설가의 상상력도 넘어서는 한 편의 드라마였다. 그런데 이제 나치의 전쟁 기구는 라인란트와 오스트리아, 체코슬로바키아로 진주하고 있었다. 신문과 라디오는 흥분으로 가득 찼다. 뮌헨에서 체임벌린[영국 수상]이 히틀러와 만났고, 두 대적大敵 소련과 나치 독일은 갑자기 불가침조약을 맺어 세계를 놀라게 했다. 그리고 마침내 폴란드 침공이 이루어졌고 제2차 세계대전이 시작되었다.

파시스트 장군 프랑코의 승리로 막을 내린 스페인 내전은

• '갈서Brown Book'는 영국 에너지부에서 발행하는 연례 보고서.

우리 모두에게 아주 가깝게 다가왔다. 수천 명의 미국 급진주의자들 — 공산당원, 사회주의자, 무정부주의자 — 이 대서양을 건너가 스페인의 민주정부와 함께 싸웠기 때문이었다. 우리와 함께 거리에서 미식축구를 하며 놀던 한 젊은 친구 — 땅딸막하고 야윈 체구로 우리 동네에서 제일 빨리 달리는 친구였다 — 가 어느 날 사라졌다. 몇 달이 지난 후 소식이 들려왔다. 제리가 프랑코에 맞서 싸우기 위해 스페인으로 갔다는 것이었다.

부시윅 대로에서 농구를 하거나 거리에서 떠들며 놀던 이들 중에는 나보다 몇 살 더 먹은 젊은 공산당원들이 있었다. 그들은 직업이 있었지만 퇴근 후나 주말에는 동네에서 마르크스주의 책자를 나눠 주면서 관심을 보이는 사람들과 밤늦도록 정치에 관해 논했다.

나도 관심이 있었다. 당시 나는 세계에서 벌어지고 있는 일들에 관한 책을 읽고 있었다. 나는 공산당원 친구들과 논쟁을 벌였다. 소련의 핀란드 침공이 제일 큰 논쟁거리였다. 그들은 소련이 향후의 공격에 대비하여 자국을 보호할 필요가 있다고 주장했지만, 내가 보기에 그것은 작은 나라에 대한 야만적인 침략 행위였고 그들이 아무리 치밀하게 정당성을 주장해도 나를 설득할 수는 없었다.

하지만 나는 많은 부분에서 그들과 의견을 같이했다. 그들은 정력적인 반파시스트였고, 미국의 빈부 양극화에 대해 나와 마찬가지로 분개하고 있었다. 나는 그들을 존경했다—그들은 세계 모든 지역의 정치와 경제에 관해 통달하고 있는 것처럼 보였다. 또 그들은 용기가 있었다—나는 그들이 거리에서 책자를 나눠 주는 것을 가로막고 몇 명씩 모여 토론하는 것을 해산시키려 하는 경찰관에게 공공연히 반항하는 모습을 본 적이 있다. 게다가 그들은 성격도 좋았고 운동도 잘했다.

어느 여름날, 그들은 그날 저녁에 타임스 광장에서 '시위'가 있는데 같이 가지 않겠느냐고 물었다. 나는 그런 일에는 한 번도 끼어 본 적이 없었다. 나는 부모님께 둘러댔고, 우리 일행은 지하철을 타고 타임스 광장으로 갔다.

타임스 광장에 도착했을 때는 흔한 저녁 풍경이었다—거리는 사람들로 넘쳐나고 불빛이 반짝이고 있었다. "시위 장소가 어디야?" 나는 친구 리온에게 물었다. 리온은 큰 키에 금발머리를 휘날리는 전형적인 '아리아인'이었지만, 자연 숭배자이자 건강을 생각하는 독일계 사회주의자들이 오순도순 모여 사는 뉴저지 시골 지방의 공산당원 부모님 밑에서 자란 이였다.

"기다려." 그가 말했다. "열 시야." 우리는 계속 어슬렁거렸다.

타임스 광장의 시계탑이 열 시를 울리자 광경이 바뀌었다. 군중들 한가운데서 깃발이 펄럭였고, 천 명은 넘어 보이는 사람들이 깃발과 피켓을 들고 대열을 형성하면서 평화와 정의 등 그날 시위의 주요 구호를 연호했다. 흥분되는 일이었다. 폭력도 없었다. 모든 사람들은 인도를 따라 걸었고, 교통을 방해하지 않으면서 타임스 광장을 가로질러 질서 정연하고 비폭력적으로 행진했다. 친구와 나는 플래카드를 들고 있는 두 여자 뒤를 따라 걷고 있었는데, 리온이 말했다. "저 사람들 도와주자." 그래서 우리 둘은 각자 플래카드 양쪽 끝을 잡았다. 내가 『모던 타임스』에 나오는 찰리 채플린이 된 기분이었다. 영화에서 채플린이 아무 생각 없이 붉은 기를 집어 들자 갑자기 천 명이나 되는 사람들이 그의 뒤를 따라 행진하면서 주먹을 치켜세우지 않았던가.

사이렌 소리가 들려오자 나는 어딘가에 불이 났거나 무슨 사고가 났다고 생각했다. 그런데 비명 소리가 들렸고, 기마경찰과 경찰관 수백 명이 행진 대열을 향해 돌진하면서 곤봉으로 사람들을 때리는 모습이 보였다.

나는 놀라 어쩔 줄을 몰랐다. 여기는 미국이었고, 사람들이 아무 두려움 없이 정부의 모든 잘못에 대해 발언하고 글을 쓰고 집회를 열고 시위를 할 수 있는 나라였다. 헌법에, 권리장전에 그렇게 나와 있었다. 우리나라는 민주주의 국가였다.

내가 이런 생각에 열중해서 황급히 머리를 굴리고 있던 몇 초 안 되는 순간에 어떤 큼직한 체구의 남자가 나를 돌려세우더니 어깨를 움켜잡고 무지막지하게 타격을 가했다. 그의 모습은 흐릿하게만 볼 수 있었다. 몽둥이인지 주먹인지 곤봉인지 알지도 못한 채 나는 의식을 잃었다.

어느 건물 입구 앞에서 정신을 차리고 깨어난 것은 아마 반 시간쯤 지나서였을 것이다. 시간이 얼마나 흘렀는지 알 수 없었지만, 눈을 뜨고 본 광경에 간담이 서늘해졌다. 시위대는 사라졌고 경찰도 보이지 않았다. 친구 리온은 사라졌고 타임스 광장은 여느 토요일 밤 시간처럼 사람들로 붐비고 있었다 ─ 마치 아무 일도 없었던 것처럼, 마치 모든 게 꿈이었던 것처럼. 하지만 꿈은 아니었다. 머리 한 켠이 아파서 만져 보니 혹이 나 있었다.

그러나 머리 속에서는 혹보다 더욱 중요한 고통스러운 생각이 자라나고 있었다. 동네의 젊은 공산당원들이 옳았던 것이다! 국가와 경찰은 대립하는 이해관계가 다투는 사회에서 중립적인 심판이 아니었다. 그들은 부자와 권력자들 편이었다. 언론의 자유라고? 언론의 자유를 행사할라치면 경찰이 말과 곤봉, 총을 가지고 나타나 저지할 터였다.

그 순간 이래로 나는 이제 더 이상 미국 민주주의의 자기 교정적 성격을 신봉하는 자유주의자가 아니었다. 나는 급진주의자가 되었으며, 이 나라는 무언가 근본적으로 잘못되어 있다─어마어마한 부와 나란히 존재하는 빈곤, 흑인들에 대한 끔찍한 처우만이 아니라 그 뿌리에서부터 썩어 있다는 사실─고 믿게 되었다. 이러한 상황은 새로운 대통령이나 새로운 법률이 아니라, 낡은 질서의 근절과─협력적이며 평화롭고 평등한─새로운 사회의 도립을 필요로 했다.

내가 그 한순간의 경험의 중요성을 과장하고 있는지도 모르겠다. 그러나 그렇지 않다. 작지만 의미심장한 이 사건을 통해 나는 우리의 삶이 다른 방향으로 바뀔 수 있다고, 우리의 머리가 다른 사고방식을 채택할 수 있다고 믿기에 이르렀다. 그 사건에 관해 단지 심사숙고하기만 하는가, 아니면 무언가 행동을 하는가에 따라 이러한 믿음은 섬뜩한 것이 될 수도, 유쾌한 것이 될 수도 있다.

타임스 광장에서의 경험 이후 몇 년은 '나의 공산주의자 시절'이라 불릴 수도 있지만, '공산주의자'라는 단어가 이오시프 스탈린과 죽음과 고문의 강제수용소, 언론 자유의 실종, 소련이 만들어 낸 공포 분위기와 전율, 사회주의를 가장하며 70년 동안 계속된 추악한 관료주의 등을 떠올리게 하기 때문에 이런 표현은 오해받기 쉽다.

스스로를 공산당원이라 부르던, 내가 아는 노동계급 젊은이들의 생각이나 의도에는 이 중 어느 것도 존재하지 않았다. 영국의 신학자인 캔터베리의 주임 사제 휼릿 존슨 같은 사람들이 퍼뜨린 낭만적인 이미지를 빼고는 소련에 관해 알려진 것은 전무하다시피 했다. 존슨은 공산주의 운동에 의해 널리 배포된 자신의 저서 『소비에트 권력 *The Soviet Power*』을 통해, 자본주의에 환멸을 느끼는 이상주의자들에게 그들이 갈망하는 미래상을 제시해 주었다. 즉, 국가가 '인민'의 소유이고 모든 사람이 일자리를 가지고 무료 의료보호를 받으며 여성이 남성과 동등한 기회를 누리고 백여 가지 각기 다른 종족 집단이 모두 존중받는 사회의 상 말이다.

소련은 멀리 떨어진 곳에 있는 이와 같은 낭만적이면서도 가물가물한 사회였다. 전국 곳곳에서 앞장서 노동 대중을 조직화하는 공산당원들은 가까이에 있었고 눈에 보였다. 그들은 가장 대담했으며, 디트로이트의 자동차 노동자와 피츠버그의 철강 노동자, 노스캐롤라이나의 섬유 노동자, 뉴욕의 모피 및 가죽 노동자, 서부 해안의 부두 노동자들을 조직하면서 체포와 구타의 위협을 무릅썼다. 남부의 흑인들이 린치를 당할 때, '스코츠보로의 소년들'*이 누명을 쓴 채 앨라배마의 감옥으로 향할 때, 그들은 가장 먼저 목소리를 높였고 더 나아가 시위를 벌였다—공장 문과 백악관 담장에 자신들의 몸을 쇠사슬로

묶고서.

'공산당원'에 대한 내 이미지는 소련의 관료가 아니라, 어느 날 동료 운전사들을 노동조합으로 조직하려 했다는 이유로 사장이 고용한 폭력배들에게 구타당해 멍이 들고 피를 흘리며 집에 돌아온, 택시 운전사인 내 친구 리온의 아버지였다.

공산당원들이 으뜸가는 반파시스트이고 무솔리니의 에티오피아 침공과 히틀러의 유태인 박해에 항의하고 있음은 누구나 알고 있었다. 또 가장 인상적이었던 사실은, 독일과 이탈리아로부터 무기와 비행기를 지원받는 프란시스코 프랑코의 군대에 맞서 마드리드와 스페인 국민들을 지키기 위해 세계 곳곳에서 온 자원병들과 함께 싸우기 위해 〈에이브러햄 링컨 여단〉**에 자원한 수천 명의 이들이, 다름 아닌 공산당원들이었다는 점이다.

• Scottsboro Boys. 1931년 미국 앨라배마 주 스코츠보로의 한 열차에서 아홉 명의 십 대 흑인들이 백인 청년들과 패싸움을 벌였다는 이유로 끌려 내려왔다. 뒤따라 내린 두 명의 백인 여자들이 그들에게 성폭행을 당했다고 주장하면서 인종차별이 심한 앨라배마 주는 광기에 휩싸였다. 아홉 명의 소년은 백인 배심원들에 의해 전기 의자에 묶여 사형 선고를 받게 되지만, 미국 공산당이 이 문제를 걸고넘어지면서 재심이 시작되었다. 세 차례의 재심이 계속되면서 미국 전역에서 사건의 진실성을 놓고 격론이 벌어졌고 인종차별 반대 운동의 도화선이 되었으나, 결국 누명을 벗지는 못하고 감형되는 수준에서 마무리되었다. 아홉 명 중 한 명인 클래런스 노리스는 복역 뒤 출소 40년이 지나서야 홀로 앨라배마 주지사의 사과를 받았다.

•• Abraham Lincoln Brigade. 정식 명칭은 '제15국제여단15the International Brigade'으로, 주로 미국인인 2천8백 명으로 구성된 보병 부대였다.

더군다나, 우리나라 최고의 인물들, 우리가 존경할 수 있는 일부 남성 및 여성 영웅들은 어떤 식으로든 공산당 운동과 연결되어 있었다. 전설적인 가수이자 배우, 운동선수로 인종차별과 파시즘에 맞서 절규하는 장엄한 목소리로 매디슨스퀘어가든을 가득 메운 폴 로버슨이 있었다. 또 문학계 인물들(시어도어 드라이저와 W. E. B. 듀보이스가 공산당원 아니었던가?)과 재능과 사회의식을 두루 갖춘 할리우드의 배우와 작가, 감독들도 있었다(그렇다. 의회 위원회에 끌려간 '할리우드의 10인'*은 험프리 보가트를 비롯한 수많은 사람들을 지켜 냈다).

그렇다. 공산당 운동에는, 다른 어떤 운동들과 마찬가지로, 교조주의로 귀결되는 정의감, 의심을 허용하지 않는 닫힌 사고, 가장 박해받는 반대파였던 사람들에 의한 반대파 탄압이 있었다. 그러나 어떤 특정한 정책이나 행동이 아무리 불완전하고 심지어 그들의 대의와 모순되기까지 했을지언정, 칼 마르크

• Hollywood Ten. 1947년 〈하원 반미활동조사위원회〉가 '공산주의자를 색출하기 위해' 영화 산업을 조사하기 시작했다. 40여 명의 할리우드 인사들이 취조를 받았으며 동시에 '좌익 성향'의 19명의 이름을 거명했다. 이 19명은 가혹하게 조사를 받았다. 이 중 9명은 다른 사람의 이름을 제시함으로써 취조에 협조했다. 결과적으로 320명의 알려진 영화 종사자들이 경영층이나 노조에서 제시한 알려지지 않은 블랙리스트에 등재되어 매장됐다. 그러나 나머지 10명은 헌법 수정 조항 제5조에 제시된 묵비권을 행사하며 증언을 거부해 '의회 모독죄'로 감옥에 갇히게 됐으며, 후에 '할리우드의 10인'이라고 불리게 된 이들은 대부분 다시는 할리우드로 돌아오지 못했다.

스의 이론과 그보다는 뒤떨어지는 많은 다른 사상가와 저술가들의 숭고한 통찰력으로 대표되는 순수한 이상이 있었다.

마르크스와 엥겔스 역시 젊은 급진주의자였을 때(마르크스가 서른, 엥겔스가 스물아홉일 때) 쓴 『공산주의 선언』*을 처음 읽은 기억이 난다. "이제까지의 모든 사회의 역사는 계급투쟁의 역사다." 그것은 부인할 수 없는 진실이었고 역사를 어떻게 읽어도 증명할 수 있었다. 헌법에 있는 그 모든 약속("우리 합중국 인민은……" 그리고 "어떠한 주도 (…) 법률에 의한 평등한 보호를 거부하지 못한다")에도 불구하고 미국에서도 역시 분명한 진실이었다.

마르크스와 엥겔스의 자본주의 분석은 그대로 들어맞았다(이 나라의 자유 '민주주의'에서조차 빈부의 양극화를 낳는 자본주의의 착취의 역사). 또 그들의 사회주의적 미래상은 독재나 관료제가 아니라 자유로운 사회였다. 그들의 '프롤레타리아 독재'는 진정한 민주주의, 진정한 자유를 보장하는 계급 없는 사회라는 목표를 향해 가는 과도기적인 단계였다. 합리적이고 공정한 경제체제에서는 노동시간이 줄어들고 누구나 자기가 원하는 일―시를 쓰고 자연과 하나가 되고 운동 경기를 하고 진정

----

* 김태호 옮김, 박종철출판사, 1998.

한 인간이 되는 것—을 할 수 있는 자유와 시간을 누리게 된
다. 민족주의는 낡은 유물이 되어 버린다. 전 세계 사람들은 인
종, 대륙을 넘어서 평화와 협력 속에 살게 된다.

　십 대 시절 읽은 책 가운데는 미국 최고의 작가들에게도 그
러한 사고가 살아 있었다. 업튼 싱클레어의 『정글』에서는 시카
고의 가축 수용소에서 이루어지는 노동이 자본주의적 착취의
축도縮圖였고, 그 책 마지막 몇 쪽에서 그려진 새로운 사회는
가슴을 두근거리게 만들었다. 존 스타인벡의 『분노의 포도』는
가난한 사람들이 사회의 소모품이 되어 버리고 자신들의 삶을
바꾸려는 어떠한 노력도 경찰의 곤봉으로 다스려지는 삶의 조
건에 맞서는 감동적인 외침이었다.

　나 자신은 실업자인 데다가 우리 가족은 도움이 절실히 필
요했던 열여덟 살 무렵, 나는 〈브루클린 해군 조선소〉에 취직
하기 위해 널리 광고된 공무원 시험을 보았다. 3만 명의 젊은
남자(여성 응시자는 생각할 수도 없었다)가 몇백 개의 일자리를 놓
고 경쟁하면서 시험을 보았다. 그해는 1940년으로, 뉴딜 프로
그램이 많은 사람을 구제했지만 대공황이 완전히 끝나지는 않
은 때였다. 결과가 발표되었을 때, 4백 명의 응시자가 만점을
받아 일자리를 얻게 되었다. 나도 그중 하나였다.

　나와 우리 가족에게 그것은 찬란한 광명이었다. 내 급여는

주당 40시간을 일하고 14달러 40센트였다. 일주일에 10달러를 집에 주고 나머지로 점심값과 용돈을 할 수 있었다.

그것은 또한 중공업의 세계로 발을 들여놓는 순간이기도 했다. 그 후 3년 동안 나는 초보 선박 조립공이 되었다. 나는 항구 가장자리에 있는 엄청난 넓이의 경사진 바닥, '진수대進水臺'에서 일하면서 전함 'USS 아이오와 호'를 건조했다(오랜 세월이 흐른 1980년대에 나는 스태튼 섬〔뉴욕만 입구 서쪽의 섬〕에서 열린 평화주의자들에 대한 재판에 증인으로 불려 갔는데, 그들은 그곳에 정박하고 있던 전함에 핵무기를 탑재하는 것에 반대하는 시위를 벌인 혐의로 재판을 받고 있었다─그 전함이 'USS 아이오와 호'였다).

나는 전함이 얼마나 큰지 전혀 알지 못했다. 아마 수직으로 세우면 거의 엠파이어스테이트 빌딩만큼 높았을 것이다. 용골龍骨은 바로 전에 완성된 상태였고, 우리─수천 명이었다─가 할 일은 강철 본체와 배의 내부 골격을 결합시키는 것이었다. 고약한 냄새를 맡으며 하는 고되고 더러운 일이었다. 아연 도금된 강철판을 아세틸렌가스 발염 방사기로 자를 때 나는 냄새는 이루 형언할 수 없는 것이었다─오랜 세월이 지난 후에야 그런 연소에서 방출되는 아연이 암을 유발한다는 사실을 알게 되었다.

겨울에는 바다로부터 얼음장 같은 바람이 몰아쳤고, 우리는 두꺼운 장갑과 헬멧을 쓰고 일하는 틈틈이 리벳공들이 사용하는 조그만 모닥불 주위에서 몸을 녹였다. 리벳공들은 리벳이 시뻘겋게 달아올라 둥그런 모양이 될 때까지 불에 달군 뒤 빼내서는 압축 공기로 작동되는 커다란 망치로 선체의 강철판에 두드려 댔다. 그때마다 고막이 터질 것 같은 소리가 났다.

여름에는 콧등에 무쇠를 덧댄 장화와 작업복 속으로 땀이 흘러내렸고, 우리는 일사병에 걸리지 않도록 소금 정제를 삼켜 댔다. '선저船底 내부'의 비좁은 강철 칸막이들 사이를 기어 다니면서 하는 작업도 많았는데, 그 속에서는 냄새와 소리가 백 배는 더 심했다. 우리는 치수를 재고 두드려 모양을 만들고, '용접기'와 '절삭기'를 사용해서 용접하고 잘랐다.

여성 노동자는 하나도 없었다. 숙련직은 흑인들을 냉대한다고 알려진 〈미국노동총동맹〉*의 직종별 조합으로 조직된 백인 남성들의 전유물이었다. 조선소에서 일하는 몇 안 되는 흑인들은 리벳 작업처럼 가장 험하고 육체적인 힘이 필요한 일을 하고 있었다.

일을 견딜 수 있었던 건 꾸준히 급여와 그에 동반되는 한 사

---

* A. F. of I., American Federation of Labor의 약어로 흔히 AFl로 더 알려져 있다. 1886년에 새뮤얼 P. 곰퍼스가 창설한 노동조합 연합체. 1955년에 철강, 자동차 등 산업 노동자를 중심으로 하는 〈산별조직회의Congress of Industrial Organization〉와 통합해 오늘날의 〈미국노총산별회의(AFL-CIO)〉을 결성했다.

람의 노동자라는 자부심, 그리고 아버지처럼 집에 돈을 가져 올 수 있다는 사실 때문이었다. 그러나 내게 있어 가장 중요한 사실은, 세상을 바꾸기 위해 무언가를 하겠다고 결심한 젊은 급진주의자들인 몇몇 친구들, 동료 초보 노동자들—그중 일부 는 나처럼 선박 조립공이었고 나머지는 조선공, 기계공, 배관 공, 판금공 등이었다—을 만나게 된 것이었다. 그 이상도 이하 도 아니었다.

우리는 숙련 노동자들의 직종별 노조에 들어가지 못했으므 로 초보 노동자들을 노동조합, 즉 하나의 결사체로 조직하기로 했다. 우리는 노동조건 개선과 임금 인상을 위해 함께 행동하 고, 우리의 무미건조한 삶에 재미를 더하기 위해 작업 시간이 나 퇴근 후에 동료 의식을 키우려고 했다.

우리의 시도는 3백 명의 젊은 노동자들과 함께 성공을 거두 었고, 그것은 나로서는 노동운동에 실제로 발을 들여놓는 순 간이었다. 우리는 노동조합을 조직하고 있었고, 노동대중이 수 세기에 걸쳐 해 온 일, 즉 노동 그 자체의 지루함을 메우기 위해 문화와 우애를 나누는 작은 공간을 만드는 일을 하고 있었다.

〈초보 노동자 노동조합Apprentice Association〉의 간부가 된 우 리 넷은 곧 특별한 친구 사이가 되었다. 우리는 매주 하루 저녁 시간을 내어 정치, 경제, 사회주의에 관한 책을 읽고 세계정세에 관해 이야기를 나눴다. 우리 나이 또래의 몇몇 친구들은 대학을 다니는 시기였지만 우리는 우리 자신 또한 좋은 교육을 받고 있다고 생각했다.

그러나 나는 기꺼이 조선소를 그만두고 항공대에 입대했다. 그리고 제2차 세계대전이라는 분위기와 나치의 침공에 맞선 '적군Red Army'의 놀라운 성공이라는 특수한 상황에서 수많은 급진주의자들(또한 그 밖의 사람들)을 휘감고 있던 소련에 대한 낭만적 동경에서 선회하여 정치적 사고를 급격하게 전환하기 시작한 것은 유럽에서 전투 비행을 하면서였다.

이러한 전환을 하게 된 이유는, 앞서 언급했던 것처럼, 연합국—영국, 프랑스, 미국, 소련—의 목적이 진짜 반파시즘과 민주주의인지 내게 물었던 다른 승무조 사수와의 만남이었다. 그가 내게 준 한 권의 책은 내가 오랫동안 가져온 생각들을 줄곧 흔들어 댔다. 아서 커스틀러의 『요가 수행자와 인민 위원*The Yogi and the Commissar*』이 그것이었다. 커스틀러는 공산주의자였고 스페인에서 싸웠지만, 사회주의 국가를 자임하는 소련이 일종의 사기극에 불과하다고 확신하게 되었다(전쟁이 끝난 후에 『실패한 신*The God That Failed*』을 읽었는데, 그들의 고결한 정신과 정의에 대한 헌신을 감히 의심할 수 없었던 이 책의 저자들—리처드 라이트, 앙드레 지드, 이냐치오 실로네, 그리고 코스틀러—은 공산주의 운동과 소련에 대한 믿음을 잃었다고 술회했다).

그러나 미국에 대한 환멸이 민주주의에 대한 신념을 깎아내리지 못한 것처럼, 소련에 대한 환상에서 벗어났다고 해서 사회주의에 대한 신념이 줄어든 것은 아니었다. 소련에 대한 환멸은 내 계급의식에, 미국에서 부자와 가난한 사람들이 살아가는 방식의 차이에 대한 의식에, 수천만의 사람들에게 가장 기본적인 생물학적 필수품—음식, 주택, 의료—조차 제공하지 못하는 사회의 부조리에 대한 의식에 영향을 미치지는 못했다.

이상한 일이지만, 육군 항공대의 소위가 되면서 나는 특권계급의 삶이 어떤지를 맛보게 되었다—이제 더 좋은 옷과 음식, 더 많은 돈, 그리고 민간인 생활에서보다 높은 지위를 누리게 된 것이었다.

전쟁이 끝나고 제대금으로 받은 몇백 달러와 군복, 훈장 등을 꾸려서 나온 나는 로즈와 재회했다. 우리는 젊고 행복한 신혼부부였다. 그러나 베드포드-스터이버슨트〔브루클린의 빈민가〕의 쥐가 들끓는 지하 아파트 말고는 살 곳을 찾을 수 없었다('쥐가 들끓는'이란 말은 수사적 표현이 아니다. 어느 날인가 화장실에 들어갔더니 커다란 쥐 한 마리가 수도관을 타고 황급히 천장으로 도망쳤다).

나는 다시 노동계급이 되었지만 일자리가 없었다. 〈브루클린 해군 조선소〉로 돌아가려 해 보았지만, 초창기의 좋았던 특징 가운데 어느 것 하나 없는 지긋지긋한 일이 되어 있었다. 나는 웨이터, 수로水路 노동자, 양조장 노동자 등의 일을 했으며 일자리를 옮기는 동안에는 실업 보험금을 받았다(나는, 병사일 때는 중요한 인물로 대접을 받았지만 고향에 돌아와서는 일자리도, 미래에 대한 꿈도, 제2차 세계대전 참전 군인들에게 쏟아졌던 갈채도 받지 못했던 베트남전 참전 군인들의 정서를 아주 잘 이해할 수 있다 — 자기 자신이 점점 작아져만 가는 그 느낌을). 그 사이에 우리 딸 마일라가 태어났다.

아내 뱃속에는 두 번째 아이가 자라나고 있었고, 나는 스물일곱의 나이로 제대군인 원호법을 통해 뉴욕 대학 신입생으로 대학 생활을 시작했다. 제대군인 원호법으로 4년 동안 무상 대학 교육과 매월 120달러씩을 받을 수 있었고, 그래서 로즈는 파트타임 일을 하고, 마일라와 제프는 어린이집에 맡기고, 나도 방과 후에 야간 교대조로 일을 하면서 우리는 살아남을 수 있었다.

정부는 사람들을 돕는 일에 관여해서는 안 되며, 이런 일은 '민간 기업'이 맡아야 한다는 말을 들을 때마다, 나는 제대군인 원호법과 그것이 보여 준 믿기 어려운 비非관료주의적 효율

성에 관해 생각한다. 몇몇 필수 서비스—주택, 의료보호, 교육—에는 민간 기업이 조금도 관여하지 말아야 한다(가난한 사람들에게 이런 서비스를 제공하는 것은 수익성이 없으며, 민간 기업은 이윤 없이는 어떤 일도 하려 하지 않는다).

대학 입학과 동시에 우리 삶에도 변화가 생겼다. 구질구질한 지하 아파트에서 맨해튼 시내 이스트 강가에 있는 저소득층 주택 단지로 이사하게 된 것이다. 방이 네 칸이나 되었고 집세에 공과금이 포함되어 있으며 쥐나 바퀴벌레도 없고 계단을 내려가면 나무 몇 그루와 놀이터가 있고 강을 따라 공원이 있는 곳이었다. 우리는 행복했다.

뉴욕 대학과 컬럼비아 대학을 다니는 동안, 나는 오후 4시에서 자정까지 맨해튼의 한 지하 창고에서 옷이 가득 담긴 박스를 트레일러—이 트레일러들은 전국 곳곳의 도시로 옷을 실어 날랐다—에 싣는 일을 했다.

창고에서 짐을 부리는 우리 근무조의 구성은 아주 특이했다—흑인 남자 하나, 온두라스 출신 이민자 하나, 지능이 약간 떨어지는 남자 둘, 나 말고 또 한 명의 제대군인(결혼하고 아이도 있던 그는 보잘것없는 급료를 보충하기 위해 피를 팔곤 했다). 할리우드 작가이자 '할리우드의 10인' 중 한 명인 존 하워드 로슨의 아들 제프 로슨이라는 젊은이도 한동안 우리와 함께 일했다. 컬럼비아 단과 대학 학생으로, 사회주의자이자 노동운동 지도자였던 할아버지 대니얼 디리온의 이름을 물려받은 젊은 친구도 있었다(오랜 세월이 흐른 후에 그를 다시 만났다. 그는 정신질환을 앓고 있었는데, 얼마 후 나는 그가 차고에서 자신의 차 밑에 드러누운 채 치사량의 일산화탄소를 들이마셔 자살했다는 소식을 들었다).

우리는 모두 노동조합(65지부) 조합원이었는데, 그 지부는 '좌익'이라는 평을 듣고 있었다. 그러나 우리 트럭 짐꾼들은 우리 창고의 작업에는 간섭하길 꺼리는 듯 보이는 조합보다도 더 좌파적이었다.

우리는 눈이나 비에 대비한 장비도 지급받지 못한 채 나쁜 날씨에 인도에서 짐을 부려야 하는 노동조건에 분노했다. 회사에 계속 장비 지급을 요구했지만 아무 성과도 없었다. 어느 날 밤늦게 비가 세차게 내리치기 시작했다. 우리는 일을 멈췄고, 비옷과 방수모를 지급하겠다는 확실한 약속 없이는 일을 하지 않겠다고 말했다.

관리인은 제정신이 아니었다. 작업 일정에 맞추려면 트럭이 오늘 밤에 나가야만 한다고 그는 말했다. 관리인은 어떤 약속도 해 줄 수 있는 권한이 없었다. 우리는 말했다. "제기랄. 그놈의 작업 일정 때문에 홀딱 젖을 순 없다고요." 관리인은 수화기를 집어 들더니 집에서 디너파티를 즐기고 있던 회사 중역과 초조한 표정으로 통화를 했다. 통화를 마치고 관리인은 말했다. "자자, 장비를 주겠답니다." 다음 날 창고에 일하러 온 우리는 반짝거리는 새 비옷과 방수모가 나란히 놓여 있는 모습을 보았다.

내 인생의 첫 33년 동안 나를 둘러싼 세계는 이런 모습이었다 — 실업과 열악한 일자리의 세계, 대부분의 시간을 비좁고 지저분한 곳에서 살면서 두 살, 세 살짜리를 다른 사람들의 손에 맡기고 학교나 직장에 나가야 했고, 아이들이 아파도 돈이 넉넉하지 않아서 개인 의사에게 데려가지 못하고 시간을 끌다 결국은 종합병원 인턴들의 손에 맡겨야만 했던 나와 아내의 세계. 전 세계에서 가장 부유한 이 나라에서조차 절대다수의 국민들은 이런 식으로 살아가고 있다. 그리고 적절한 학위를 갖추고 나서 그 세계를 빠져나와 대학교수가 된 후에도, 나는 결코 그 세계를 잊지 않았다. 나는 한 번도 계급의식을 버리지 않았다.

"그는 계급 적대감에 호소하고 있습니다. (…) 그는 계급들 사이를 이간질하고 있습니다." 나는 어떻게 우리 정치 지도자들이 신중한 태도로 이와 같은 표현 주위를 맴도는지, 그것이 어떻게 한 정치인이 다른 정치인에 대해 할 수 있는 최악의 비난이 되는지를 항상 유념하고 있다. 글쎄, 계급은 아주 오랫동안 현실의 삶 속에서 대립되어 왔으며, 불평등한 현실이 사라질 때에야 계급이라는 단어도 없어질 것이다.

내가 만약 계급의식이 가난하게 태어나 가난한 아이로 자라고 곤궁한 젊은 남편이자 아버지의 삶을 살았던 결과에 불과하다고 주장한다면 어리석은 짓일 것이다. 나는 비슷한 환경에서 자랐지만 사회에 대한 아주 다른 시각을 가진 많은 사람들을 만났고, 또 나와는 아주 다른 어린 시절을 보냈지만 비슷한 세계관을 가진 사람들도 많이 만났다.

스펠먼에서 역사학과 학과장이 되어 한두 명을 채용할 수 있는 권한(아무리 작은 권한이라도 사람들을 흥분하게 만들 수 있다!)을 갖게 되었을 때, 나는 하버드 대학과 컬럼비아 대학을 졸업한 젊고 똑똑한 역사학자인 스토튼 린드에게 스펠먼의 교수가 되어 보라고 권했다(우리는 뉴욕의 한 역사학자 모임에서 처음 만났는데 그 자리에서 그는 흑인 대학에서 가르쳐 보고 싶다는 바람을 밝힌 바 있었다).

스토튼 린드가 남부에 오기 전 여름에 우리는 뉴잉글랜드에서 만났고 뉴햄프셔의 한 산(모내드낙 산)을 함께 오르면서 친해졌다. 마일라와 제프 두 아이도 함께 올랐다. 아이들은 열세 살, 열한 살이었다. 허기지고 지친 상태로 정상에 다다른 우리에게는 담배 한 갑이 남아 있었고, 우리 넷—모두 비흡연자였음을 밝히는 게 온당하겠다—은 마치 『시에라마드레의 황금』(존 휴스턴 감독의 1948년작)의 주인공이라도 되는 양 책상다리를 하고 앉아 조용히 담배를 피웠다.

그날 등산하며 나눈 대화는 많은 것을 느끼게 해 주었다. 스토튼은 나와는 완전히 다른 환경에서 자라난 이였다. 스토튼의 부모님은 컬럼비아 대학과 새라로렌스의 저명한 교수들로, 사회학의 고전 『미들타운』의 공저자인 로버트 린드와 헬런 린드였다. 스토튼은 안락한 환경에서 자라나 하버드와 컬럼비아에 들어갔다. 그렇지만 우리는 이 세상의 모든 정치 문제—인종, 계급, 전쟁, 폭력, 민족주의, 정의, 파시즘, 자본주의, 사회주의 등등—를 넘나들며 대화를 나누었고, 우리의 세계관과 가치관이 너무나도 비슷하다는 것은 틀림없었다.

그러한 경험들에 비추어 볼 때, 전통적인 교조적 '계급 분석'은 그대로 놔둘 수 없다. 그러나 교조가 붕괴되면 희망이 등장한다. 사람들은, 그들이 자라난 환경이 어떠하든, 우리가 생각하는 것보다 더 개방적이고, 그들의 과거로부터 현재의 행동을 정확히 유추할 수 없으며, 우리 모두는 새로운 사고, 새로운 태도에 취약한 인간들이기 때문이다.

그러한 취약성이 나쁜 것이든 좋은 것이든 모든 종류의 가능성을 낳긴 하지만, 취약성의 존재 자체는 흥분되는 일이다. 그것은 단 한 사람도 쉽게 포기해서는 안 되며, 어떠한 생각의 변화도 불가능한 것으로 치부될 수는 없음을 뜻하기 때문이다.

창문에 내걸린
노란 고무 병아리

처음부터 나는 강의에 나 자신의 역사를 부어 넣었다. 나는 다른 시각들을 공정하게 다루려 애썼지만, '객관성' 이상의 것을 원했다. 나는 학생들이 내 수업을 통해 더 많은 지식을 얻는 것만이 아니라, 안정된 침묵을 버리고 목소리를 높여 발언하고 불의를 볼 때마다 그에 맞서 행동하게 되기를 바랐다. 물론 이 것은 문제를 일으키는 방법이었다.

보스턴 대학의 정치학과에서 내가 스펠먼을 그만두게 된 것을 알고는(나는 보스턴에서 남부와 민권운동에 관한 두 권의 책을 쓰고 있었다) 자리를 제공하여 1964년 가을부터 강의를 하게 되었다. 그들은 내가 스펠먼을 떠나게 된 배경에는 관심이 없는 것처럼 보였다. 그들은 내가 몇 년 전에 보스턴 대학에서 강의를 한 번 한 적이 있다고 들었고, 내가 〈미국역사학협회〉에서 상을 받은 책(『라과디아의 의정 활동*LaGuardia in Congress*』*)을 썼고 『하퍼스*Harper's*』와 『네이션』, 『뉴리퍼블릭』 등에 남부에 관한 글을 기고한 일을 알고 있었다. 그들에게 나는 전도유망한 사람으로 보였다.

그러나 내가 보스턴 대학에서 강의를 시작하는 것과 거의 동시에, 불투명한 통킹만 사건 이후 미국의 베트남전이 가파르게 확대되고 있었다. 나는 즉시 전쟁에 반대하는 저항 ─ 집회, 토론회, 시위, 기고 ─ 에 관여하게 되었다. 기고문 중 하나인 『네이션』에 쓴 글에서 나는 베트남에서 철수해야 한다는 주장을 펼쳤다.

보스턴 대학에 고용되었을 때 대학 측에서는 1년 후에 종신 재직권을 주겠다고 약속했는데, 이는 종신 고용을 꽤 강력하게 보장해 주는 것이었다. 그러나 첫 해가 지난 후에도 종신 재직 계약을 하지 못했다. 그들 말로는 행정상의 착오라는 것이었다. 1년이 또 흘렀고(반전 활동에 더 적극적으로 참여했다) 또 다른 변명을 들었다.

마침내 1967년 초에 정치학과에서 내 종신 재직권에 대한

• 박종일 옮김, 『라과디아』, 인간사랑, 2011.

달리는 기차 위에 중립은 없다

표결을 위한 회의를 소집했다. 몇몇 교수들은 내 반전 활동이 대학을 당혹스럽게 하고 있다고 단호하게 말하며 반대 의사를 표명했다. 다른 한편, 내 강의에 대한 학생들의 평가는 열광적이었고 내 다섯 번째 책이 그해 봄에 출간될 예정이었다. 학과 표결에서 종신 재직권이 통과되었다.

학장과 총장의 승인은 곧 이루어졌다(당시는 존 실버가 대학 총장이 되기 4년 전이었다). 남은 것은 이사회의 표결뿐이었다.

1967년 봄에 몇몇 학생이 내 연구실로 찾아와, 이사회에서 설립자 기념일 만찬에 맞춰 연차 총회를 가질 예정이며, 셰라턴보스턴 호텔에서 열리는 이 화려한 행사에 국무장관 딘 러스크가 초청 연사로 올 것이라고 말해 주었다. 러스크는 베트남전의 기획자 중 한 명이었고, 학생들은 호텔 앞에서 시위를 조직하려 했다. 그들은 내가 연사 중 한 명으로 참여하기를 원했다.

나는 대학 이사들의 손아귀에 놓여 있는 종신 재직권 결정을 떠올리며 주저했다. 그러나 못 하겠다고 말할 수는 없었다—자유로운 인간이 되고자 한다면 일자리를 잃는 위험을 무릅쓰는 것은 마땅히 치러야 할 대가라고 나는 줄곧 주장해 오지 않았던가? 내 용기가 완전무결하지는 않았음을 고백해야겠다. 나는 내가 많은 연사 중 한 명이 되어 눈에 띄지 않기를 마음속으로 그렸다.

그 큰 행사가 열리는 저녁이 되어 나는 셰라턴보스턴으로 길을 재촉해 호텔 앞에 둥글게 모여 선 수백 명의 대열에 합류했다. 얼마 안 있어 주최 측의 한 명이 나를 호텔 입구 근처에 세워진 연단이 있는 곳으로 데려가려고 다가왔다. 주위를 둘러보았다. "다른 연사들은 어디 있지요?" 나는 물었다. 그는 당황한 표정이었다. "다른 연사는 없는데요."

나는 호텔 앞에 모인 군중들에게 전쟁에 관해, 그리고 왜 미국이 베트남에 있어선 안 되는지에 관해 장황하게 말했다. 내가 발언을 하는 동안, 리무진이 차례차례 도착했고 딘 러스크와 대학 이사 등을 비롯한 턱시도 차림의 손님들이 내려서서 잠시 상황을 살피고는 호텔로 들어갔다.

며칠 후에 총장실에서 편지가 한 통 왔다. 편지를 뜯으면서 나는 1963년에 어떤 총장[스펠먼 대학 총장]에게서 받은 편지를 떠올렸다. 그러나 이번 편지는 달랐다. "진 교수님 귀하, (…) 오후에 이사회에서 귀하에게 종신 재직권을 부여했다는 사실을 통보해 드리게 되어 기쁘게 생각합니다." 곰곰이 따져 보니, 이사회는 오후에 내 종신 재직권에 대해 표결을 하고 난 후 저녁에 설립자 기념일 만찬에 도착해서는 새로 종신 재직권을 부여해 준 교수가 그들이 영광으로 생각하는 손님을 비난하는 장면을 목격한 것이었다.

그렇게 운 좋게 종신 재직권을 따내지 못했다면, 존 실버가 보스턴 대학 신임 총장으로 왔을 때 나는 자리를 잃었을 것이다. 실버는 텍사스 대학 철학 교수이자 학장이었다. 실버는 명석한 두뇌와 달변의 소유자였고, 〈보스턴 대학 총장 인선 위원회〉는 (실버에 관해 말하듯이) 누군가 '똑똑하다'고, 심지어 '명민하다'고 하는 게 그가 훌륭하다고 말하는 것과 같다는, 내가 생각하기에 지식인들이 흔히 범하는 오류에 근거하여 그를 총장 후보로 추천해 놓은 상태였다.

실버와 나는 거의 즉각적으로 충돌했다. 내가 감히 공공연하고 가차 없이 그를 비판한 게 그의 노여움을 산 듯했다(그렇다. 스펠먼의 총장이 말했듯이, 나는 반항적이었다).

실버 총장이 취임하자마자 한 첫 번째 일은 해병대를 대학에 초청해서 학생들을 대상으로 신병을 모집하게 한 것이었다. 그때는 1972년 봄으로 베트남의 전쟁은 여전히 계속되고 있었다. 반전 학생들은 시위를 조직했고, 신병 모집 요원들이 앉아 있는 건물 계단 주위에 둘러앉았다. 그것은 비폭력 시위였지만, 학생들이 모집 요원에게 다가가는 게 완전히 불가능하지는 않더라도 어렵게 만듦으로써, 신병 모집을 명백히 방해하는 것이었다.

나는 심한 감기로 집에 누워 있던 터라 그 시위에 참여하진 않았다. 누군가 내게 전화로 소식을 알려 주었다. 실버가 경찰에 전화를 했고, 경찰이 진입하여 경찰견과 곤봉으로 시위대를 체포하고 있는 현장에 확성기를 들고 나타나 군사작전을 지휘하는 장군인 양 행동했다는 것이었다.

다음 날 대학 본부의 공식 신문에는 다음과 같은 헤드라인이 실렸다. "실버 박사, 혼란을 야기하는 학생들은 법에 대한 존중을 배워야 한다고 역설."

여전히 침대에 누워 있던 나는 보스턴의 한 신문에 그 사건에 대한 기고문을 보냈고 그 글은 캠퍼스의 다른 많은 언론이나 인쇄물에 다시 실렸다. 나는 미국 해병대의 역사와 시민 불복종의 철학, 그리고 실버가 해병대를 초청하여 신병 모집을 하게 하면서 자신이 지지한다고 주장한 원칙인 '열린 대학'이라는 구상에 대해 그와 논쟁을 벌이고 싶었다.

나는 비꼬았다. "학교의 핵심 기능 가운데 하나가 사회에서 제공하는 일자리를 구하도록 학생들을 훈련시키는 것임은 맞다. (…) 그러나 학교 교육의 훨씬 더 중요한 기능은, 그것 없이는 지도자들이 전쟁을 계속할 수도, 국가의 부를 유린할 수도, 반역자와 정치적 반대파들을 억누를 수도 없는 규칙—법의 권위에 대한 복종의 규칙—을 새로운 세대들에게 가르치는 것이다. 그리고 이러한 일을 가장 능숙하고 설득력 있게 할 수 있는 것은 바로 전문적 지식인이다. 대학 총장이 된 철학자는 그 가운데 최고의 인물이다. 만약 그의 주장이 학생들—때로는 칸트를 읽는 것보다 자식들을 둘러싼 세계를 바라보는 쪽을 선호한다—에게 효력을 발휘하지 못하면, 그는 경찰에 도움을 청하면 되고, 그 잠깐의 중단 사태(이성적 주장에 '느낌표'를 갖다 붙이는 역할로서의 경찰 곤봉)가 지나면 훨씬 차분해진 분위기에서 토론이 계속될 수 있다."

내 눈에는 참 독특한 해석으로 보였는데, 실버는 마틴 루터 킹 2세의 예를 지적하면서 학생들은 자신들이 한 일로 인해 마땅히 체포되어야 한다고 지적했다. 그래서 나는 이렇게 썼다. "그날 마치 자기가 버밍엄의 경찰 공안과장Bull Connor이라도 되는 듯이—경찰견, 식별용 카메라맨, 곤봉을 휘두르는 경찰 등을 대동하고—행동한 사람이, 그 자리에 있었다면 학생들과 나란히 계단에 앉아 있었을 마틴 루터 킹의 이름을 거론하다니 참으로 요상하다."

실버는 1976년에 『뉴욕타임스』의 특별 기고란에 자신의 교육 철학을 공표했다. 그는 다음과 같이 말했다. "일찍이 제퍼슨이 인정했듯이, 사람들 사이에는 자연적인 상류계급natural aristocracy이 존재한다. 이의 근거는 덕과 재능이다. (…) 결국에는 파괴적인 결과를 낳는 사이비 평등주의와 달리 자유로운 민주주의는 가장 현명하고 훌륭하며 헌신적인 사람들이 지도자의 지위를 맡게 되는 사회를 제공한다. (…) 아둔함보다 총명함이, 무지보다 지식이, 악덕보다 미덕이 좋은 것인 한, 어떤 대학도 엘리트주의적 원칙 없이 운영될 수는 없다." 다른 곳에서 실버는 이렇게 말하기도 했다. "대학은 더 민주적이 될수록 더 더럽고 시끄러워진다."

실버는 자신의 총명함과 지식, 덕에 대한 극도의 확신으로 인해 교수들에게는 오만하게 대하고 학생들은 경멸했으며 대학 운영에 있어서 점점 더 작은 독재자처럼 행동하게 되었다.

실버의 5년 계약이 만료되는 1976년이 되자 학생, 교수, 학장들이 참여하는 캠퍼스 전체 차원의 운동이 벌어져 그의 재계약에 반대했다. 교수단은 압도적인 표차로 실버의 재계약에 반대했으며 열여섯 명의 학장 중 열다섯이 이에 동의했다.

그러나 최종 결정권은 이사회에 있었다. 이사회의 한 위원회에서 그와의 계약을 갱신해서는 안 된다고 권고하자, 투사가 된 실버는 이사회에 참석하겠다고 고집해서 이사들을 설득해 냈다. 그 구사일생의 위기를 겪고 난 후, 실버 총장은 이제 자신의 자리를 확고히 하기 시작했다. 실버의 재계약에 반대한 학장들은 오래 버티지 못했다. 학장들은 하나둘씩 사라져 갔다. 이사장 자리도 새로운 인물이 차지했다 ─ 대기업가이자 군사 전문가(군사 전략에 관해 한 우익 저널에 칼럼을 썼던)로 실버의 친한 친구였던 아서 멧카프(그 직후 실버는 멧카프의 회사 주식을 취득했고 나중에 주식을 팔아 백만 달러가 넘는 돈을 벌었다).

20년 동안 총장을 하고 나서, 실버는 자신이 대학 기부금에 얼마나 많은 돈을 보탰는지 역설했는데, 그의 말이 틀린 것은 아니었지만, 실버가 그에 맞먹는 액수를 대학의 부채에 보탠 것 역시 사실이었다. 실버는 자신이 몇몇 유명한 사람들을 교수진으로 데려왔다는 사실을 자랑스러워했다. 그것도 사실이긴 했지만, 많은 훌륭한 교수들이 그의 대학 행정이 만들어낸 분위기를 견디지 못하고 보스턴 대학을 떠났다는 것 역시 사실이었다.

실버는 자신이 보잘것없는 평범한 대학을 '세계 일류'로 바꿔 냈다고 주장했다. 우리 대부분은 그의 이러한 주장을 보며, 시민의 자유를 짓밟은 무솔리니가 자신이 이탈리아를 주요 강국으로 만들었고 질서를 가져다주었으며 기차가 제 시각에 운행하게끔 만들었다고 자랑하는 광경을 떠올렸다.

1976년에 이사회가 실버와 계약을 갱신한 직후, 실버는 학생 출판물에 대한 검열제를 도입하면서 학내 매체마다 자문 교수를 두어 출판물에 대한 승인을 하도록 했다. 나는 『익스포저

The Exposure』라는 학생 신문의 자문 교수였는데, 그 신문의 대담한 대학 당국 비판이 검열 정책을 낳은 게 틀림없었다. 내가 검열관 역할을 거부하자 신문은 발간에 필요한 지원금을 받지 못했고, 학생회가 표결을 통해 지원금 할당을 결정했으나 대학 당국은 재정 집행을 가로막았다.

1978년에 급진적 변호사 윌리엄 컨스틀러가 보스턴 대학 법대에 연사로 초청받았다. 윌리엄은 연설 도중에 실버 총장에 관해 노골적으로 조롱하는 말을 한마디 했다. 윌리엄의 연설을 방송하기로 되어 있던 보스턴 대학 라디오 방송국 국장은 테이프에서 그 부분을 삭제하라는 주문을 받았다. 국장이 이에 따르지 않자, 나중에 그가 내게 이야기해 준 것처럼, 대학 본부의 한 직원이 건물 밖으로 데리고 나가더니 그에게 사직하던가 해고되던가 선택을 하라고 했다. 그는 사표를 던졌다.

매사추세츠 주 〈시민자유연맹〉은 1979년 보고서를 통해, 보스턴 대학만큼 "단일 (…) 조직에 관해 그토록 방대하고 한결같은 불만 신고가 접수된 예는 기억을 더듬어 보아도 단 하나도 없다"고 지적하면서, 자체 조사 결과 "보스턴 대학이 시민 자유와 학문의 자유의 근본 원칙들을 침해했다"고 확신하기에 이르렀다고 밝혔다.

종신 재직권이 없는 교수들은 총장에 대한 비판의 목소리를 내기를 두려워했다. 목소리를 높인 이들은, 네 단계에 걸친 교수 위원회 표결에서 모두 종신 재직권에 대한 찬성 결정이 이루어졌다 하더라도, 자리를 잃게 될 위험에 직면했다. 실버는 모든 교수의 종신 재직권 결정을 뒤엎을 수 있는 절대적 권한을 갖고 있었으며 그 권한을 실제로 행사했다.

실버 총장 시절의 보스턴 대학은 학계 전반에 악명을 떨치게 되었다. 구내 경찰이 공공연하게, 때로는 은밀하게, 시위에 참가한 학생과 교수들의 사진을 찍었다. 교수와 학생들이 남아프리카공화국의 아파르트헤이트에 항의하는 피켓을 들고서 이사회 회의가 열리고 있던 건물 바깥에서 평화적으로 행진한 날이 기억난다. 대학 경비원 한 명이 학장이 바로 옆에 서 있는 가운데, 우리 얼굴을 향해 카메라를 정조준하고서 한 명 한 명씩 사진에 담았다.

또 다른 이사회 회의장 밖 홀에서 유인물을 나눠 준 한 학생은 한 학기 정학을 당했다. 졸업식이 열리는 체육관 앞에서 유인물을 나눠 준 학생은 자퇴를 하거나 체포되거나 둘 중 하나를 선택하라고 강요당했다.

로스쿨 진학을 앞두고 있던 수석 졸업생인 모린 저지는 대학 홍보 책자에 실릴 인터뷰에서 "가장 인상적이고 재미있는 교수 두 명"을 대 보라는 요청을 받았다. 모린은 둘 중 한 명으

로 나를 거론했고, 얼마 후에 내 이름을 취소하지 않으면 인터
뷰가 실리지 않을 것이라는 말을 들었다. 그녀는 거절했다.

어느 날, 시온주의 활동에 적극적이면서, 보스턴 대학이 보
유한 남아프리카공화국 관련 기업들의 주식을 처분할 것을 요
구하는 캠페인에도 참여하고 있던 요세프 애브라모위츠라는
학생이 내 연구실에 찾아와 놀라운 얘기를 해 주었다. 애브라
모위츠는 자신의 기숙사 창문으로 '처분하라'라는 한 단어가
적힌 플래카드를 늘어뜨렸다. 곧 대학의 직원들이 플래카드를
철거해 버렸다. 애브라모위츠는 두 번 더 플래카드를 내걸었고
두 번 모두 철거되었다. 그러고 나서 대학 본부로부터 편지를
한 통 받았다. 계속해서 창문에 플래카드를 내걸 경우 기숙사
에서 쫓겨날 것이라는 내용이었다.

내 연구실에서 우리는 〈시민자유연맹〉에 전화를 했다. 우리
지역에 있는 젊은 변호사와 접촉해서 이 사건을 맡아 줄 수 있
는지 물었다―그것은 매사추세츠 주에서 새롭게 통과된 시민
권법을 시험해 볼 수 있는 기회였다. 변호사는 대답했다. "기꺼
이 사건을 맡겠습니다. 저는 이제 막 보스턴 대학 법대를 졸업
했거든요."

나는 법정에 가서 방청했다. 대학 측 변호사는 '처분하라'라
는 단어는 문제가 아니라고 주장했다. 쟁점은 미적 감각에 관한

것이었다. 변호사는 이 플래카드가 이웃 지역의 미관을 해친다고 말했다. 그 이웃 지역이나 보스턴 대학의 건축물에 관해 아는 사람이라면 그의 말에 폭소를 터뜨리지 않을 수 없었다.

애브라모위츠의 변호사는 학생들을 차례차례 증언대에 세워 그들이 대학 당국으로부터 아무런 제지도 받지 않고 창문에 내건 물건들(그중 하나는 노란 고무 병아리였다)에 관해 증언하게 했다.

판사는 판결을 내렸다. 보스턴 대학은 애브라모위츠의 언론의 자유에 간섭하지 말아야 한다고.

보스턴 대학에서 벌어지는 이상한 사건들에 관한 소식이 퍼지면서, 현재 진행되는 사태를 파헤치려 애쓰는 기자들은 교수들이 대학 당국을 비판하는 사람으로 공개 지상에 오르기를 두려워하고 있다고 거듭해서 보도했다. 『뉴욕타임스 매거진』의 한 기자는 다음과 같이 지적했다. "이 기사를 위해 인터뷰한 대부분의 사람들—보스턴 대학 학생, 교수, 전前 교수, 전 이사—은, 심지어 비판적인 발언은 하나도 하지 않은 사람들까지, 보복을 두려워한 나머지 익명으로 다뤄 줄 것을 요청했다."

한편 실버는 자기 급여를 천문학적으로 인상시키고 있었는데, 얼마 지나지 않아 연봉이 27만 5천 달러나 되어 하버드나 예일, 프린스턴, MIT의 총장들보다 많은 액수를 벌어들였다. 게

다가 그는 이사회로부터 특별 대우를 받고 있었다. 시장 가격보다 낮게 부동산을 팔아서 그걸로 임대업을 하게 만들기도 하고, 낮은 이자나 아예 무이자로 대출을 해 주고, 연봉에 후한 보너스를 얹어 주기도 했다. 실버는 대학 총장으로 백만장자가 되었는데, 이는 대학 세계에서는 결코 흔한 일이 아니었다.

임대료도 없는 집을 사치스럽게 꾸미는 데 소요된 돈에 관해 질문을 받을 때면 그는 이렇게 대꾸하곤 했다. "당신은 당신 대학 총장이 찰스 강변에 1인용 텐트를 쳐 놓고 살기를 바랍니까?"

다른 한편, 그의 밑에서 일하는 사람들은 임금이나 수당을 인상시키는 데 어려움을 겪었다. 교수, 비서 및 사무직원, 사서 등은 자위 수단으로 각각 노동조합을 조직했다. 그리하여 다양한 불만 사항이 처리되지 않은 1979년에 이 모든 집단들은 각기 다른 시기에 파업을 벌였다. 교수들을 자극한 것은 대학 당국이 애초에 협상 위원회를 통해 합의한 협정을 지키지 않은 일이었다.

나는 〈교수 노조 파업 위원회〉—공식 명칭은 대학 교수들의 신중한 언어에 맞게 '연기 위원회Postponement Committee'였다—의 공동 의장이었다. 내가 맡은 일은 모든 대학 건물 입구에 파업 보호선을 조직하고 수백 명의 파업 감시원들을 조직적

달리는 기차 위에 중립은 없다

으로 교대시키는 것이었다. 교수들은 경탄할 만한 끈기를 보여 주면서 매일 아침부터 저녁까지 파업 보호선을 순시했다.

일부 학생들은 휴강에 불만을 표했지만, 많은 이들이 우리를 지지해 주었다. 대학의 정상적 기능이 마비되었다. 교양학부를 비롯해 다른 많은 학부가 사실상 문을 닫았다.

파업과 끝없는 집회, 전략 회의가 이어진 지 9일째 되던 날 대학 당국은 굴복했다. 그러나 실버는 패배를 인정하려 들지 않았다. 협상 타결 직전에 이사회에 보낸 전문을 통해, 그는 어떤 일이 있어도 대학 당국이 노조와의 협정을 수용하게 된 이유가 파업 때문임을 인정해서는 안 된다고 촉구했다.

그러나 그 사이에 비서들도 파업에 들어간 상태였고, 우리 모두는 나란히 파업 보호선을 순시했는데 이는 대학 세계에서는 보기 힘든 광경이었다. 나를 비롯한 교수 노조의 몇몇 조합원들은 대학 당국이 비서들과 타결에 합의할 때까지 조업 복귀를 거부하자고 동료들을 설득했지만 성공을 거두지는 못했다. 우리의 협정은 조인되었고, 교수들은 수업으로 복귀했지만, 비서들은 여전히 파업 보호선을 순시하고 있었다.

많은 교수들은 파업 보호선을 넘어서기를 거부하면서 건물 밖에서 수업을 진행했다. 나는 보스턴 대학의 중심 도로 중 하나로 우리가 보통 강의를 갖는 건물 바로 앞에 있는 카먼웰스 대로에서 2백 명의 학생과 수업을 진행했다. 나는 앰프와 마이크를 빌려 와 학생들에게 우리가 왜 안으로 들어가지 않는지를 설명했다. 우리는 파업의 이유와 그것이 우리 강좌의 주제인 '미국의 법과 정의'와 어떻게 연결되는지에 관해 활발한 토론을 벌였다.

우리가 인도에서 한창 수업을 하고 있는데, 교양학부 학장이 나타나더니 내게 대학 본부의 회람장을 건넸다. 교수들은 정해진 장소에서 수업을 진행해야 하며, 그렇게 하지 않을 경우 협정 위반으로 간주하겠다는 내용이었다.

며칠 후, 파업 보호선을 넘어서기를 거부한 다섯 명의 교수가 '동조 파업'을 금하는 노동조합 협정 위반으로 고발되었다. 우리가 위반했다고 고발된 조항은, 비록 우리 모두가 종신 재직권을 갖고 있긴 했지만, 우리를 해고시킬 수도 있는 내용을 담고 있었다. 나를 비롯해 정치학과의 친구이자 동료인 동시에 보스턴 대학에서 가장 인기 있는 교수 중 한 명인 머레이 레빈, 저명한 역사학자 프리츠 링어, 심리학과에서 가장 존경받는 앤드루 디브너, 언론학 교수로 전국적으로 유명한 칼럼니스트이자 소설가인 캐릴 리버스 등이 그 다섯 명이었다.

우리는 곧 '보스턴 대학의 5인 사건'으로 알려지게 되었다. 우리는 교수 노조 고문 변호사와 몇몇 외부 변호사의 도움을 받았다. MIT의 노벨상 수상자인 샐버도어 루리아 박사가 변호 위원회를 조직하고 전국 각지의 교수들에게 지지 청원서를 배포했다. 프랑스의 한 교수 단체는 실버 총장과 대학 당국에 항의 서한을 보내 왔다. 『보스턴 글로브』를 비롯한 신문들은 학문의 자유를 침해하는 대학을 비난하는 사설을 실었다.

일군의 저명한 여성 작가들—그레이스 페일리, 마릴린 프렌치, 마지 피어시, 데니스 레버토브—은 알링턴스트리트 교회를 가득 메운 청중들을 상대로 낭독회를 열어 우리 변호사 비용에 쓸 돈을 모아 주었다.

사건을 둘러싼 잡음이 존 실버가 감당하기에는 너무 커졌음이 틀림없었다. 총장은 한 걸음 물러섰다. 우리에 대한 고발이 취하되었다.

종신 재직권을 갖고 있는 교수는 쉽게 해고할 수 없지만, 다른 방법으로 저항을 처벌할 수는 있다. 우리 과에서 머레이 레빈과 나에 대해 승진을 추천할 때마다 실버는 매년 이를 뒤집었다. 교수 노조 지도자 중 한 명인 프레다 레벨스키 역시 수상 경력이 있는 데다가 전국적으로 유명한 심리학자였지만 같은 식으로 응징을 당했다. 발군의 교수법으로 상을 받은 역사학자 아놀드 오프너도 승진을 거부당했는데, 실버의 친구인 한 우파 교수가 그가 수업 시간에 미국의 대외 정책에 관해 언급한 내용에 대해 반대했기 때문이었다.

실버는 나의 승진에 대해 거듭해서 거부권을 행사했다. 그러나 우리의 교수 협정에는 중재 위원회 구성을 위한 항소 절차가 있었다. 실버가 다시 한 번 학과의 추천을 뒤엎은 1980년대 초반, 중재단이 증거(그해에 내 책 『미국 민중사』가 미국 출판 대상 후보에 올랐다)를 검토하고는 나를 승진시켜 주었다.

실버를 가장 열 받게 한 사실은 매 학기마다 4백 명이 넘는 학생이 내 강좌—가을 학기에는 '미국의 법과 정의,' 봄 학기에는 '정치 이론 입문'—를 신청하고 있다는 사실이었다. 백 명의 학생이 듣는 수업에 보통 한두 명의 조교가 있었음에도, 실버는 내 강좌에는 조교 지원금 지급을 거부했다. 총장은 내가 수강 인원을 60명으로 제한하면 조교를 배정받을 수 있다는 말을 흘렸다.

실버는 내 수업에서 가장 논쟁적인 사회적 쟁점—표현의 자유, 인종 문제, 해외 군사개입, 경제 정의, 사회주의, 자본주의, 무정부주의—이 토론되고 있음을 알고 있었다. 이들 쟁점에 관해 실버와 나는 아주 다른 견해를 갖고 있었다. 총장은 군대 찬양자였고, 인권에 관한 태도가 어떠하든 반공주의기만 하면 어떤 정부든 굳게 신뢰하고 있음이 분명했다(가령 암살대와 테러리즘에 의존하는 엘살바도르 정부조차도). 실버는 동성애는 극도로 혐오했고 이성애에도 그다지 열광적이지는 않았다(실버는 기숙사에서 이성 손님이 밤을 보내는 것을 금하는 규칙을 제정했다).

실버는 서부 해안 지역 대학 총장들의 모임에서 발언하면서 "학자들의 우물에 독을 탄" 교수들에 관해 험악하게 지적했다. 노암 촘스키와 하워드 진을 주요한 예로 거론했다.

모든 파업이 끝난 1979년 가을, 교수들은 이사회에 실버를 해임할 것을 요청하는 청원서를 돌렸다. 이 문제에 관해 표결을 하기 위해 대학 교수들의 특별 총회가 소집되었다. 총회 전날 한 학생과 연구실에 앉아 있는데 교육학부에서 강의하고 있는 동료 한 명이 들어왔다. 그는 방금 자기 학부 교수 모임에 참석하고 오는 길인데, 실버가 와서는 자신의 해임을 요구하는 청원서를 부결시켜 달라고 교수들에게 호소했다고 말했다. 실버의 말로는 이 청원서의 배후에 있는 인물들이 오래전부터 문제를 일으켜 온 사람들이라는 것이었다. 심지어 자신이 총장이 되기 전에 하워드 진이 총장실에 불을 지르려 했다고까지 말했다고 했다.

"농담을 하시는군요." 나는 말했다.

"아녜요. 그가 당신이 방화범이라고 비난했답니다. 그 자리에 있던 우리 다 놀라서 어쩔 줄을 몰랐어요. 그가 무슨 얘기를 하는 건지 아시겠어요?"

"아니오."

연구실에 앉아 있던 학생도 관심을 보였다. 그녀는 언론학을 전공하는 대학원생이었다. 그녀가 자신이 이 사건을 조사해 보겠다고 말했다.

다음 날 아침자 『보스턴 글로브』는 "실버, 진을 방화범이라고 비난"이라는 헤드라인과 함께 실버와 내 사진이 큼지막하게 박힌 기사를 내보냈다. 그 기명 기사는 연구실에 있던 학생이 쓴 것이었다. 그녀는 실버가 교육학부에서 그러한 발언을 했음을 확인하는 동시에 소방서에도 확인을 해 보았다고 지적했다. 실제로 실버 재임 전에 총장실에 화재가 났다는 신고가 있었지만, 고의적인 방화인지 사고인지 알 수 없었고 어느 누구도 고발된 적이 없었다.

변호사 친구들한테서 전화가 걸려 오기 시작했다. 그들은 이번 사건이 명예훼손과 비방을 보여 주는 교과서적 소송이 될 것이라고 말했다. 실버의 모든 것(이제는 재산뿐이었다)에 대해 소송을 벌일 수 있는 멋진 기회라고. 나는 찬성하지 않았다. 나는—그 대가가 무엇이든—몇 년 동안이나 내 삶을 지배하게 될 소송에 끼어들고 싶지 않았다.

그날 오후에 교수들이 특별 회의를 위해 모였다. 실버가 회의를 주재했다. 회의의 주요 안건이 실버의 해임을 요구하는 청원이었으므로 몇몇 사람들은 그가 다른 사람에게 사회를 넘길 것이라고 생각했다. 그러나 실버는 그렇게 할 위인이 아니었다. 시어도어 루스벨트가 자만심이 너무 강해 자기 장례식까지 사회를 보려 했다는 말이 있었다 — 이번에는 실버가 회의의 사회를 맡으려 하고 있었다.

홀에는 교수들이 차고 또 차서 넘쳤다 — 누구의 기억을 더듬어 보아도 사상 최대의 인원이 모인 것이었다. 실버가 마이크를 잡았다. "정식으로 회의를 시작하기 전에 하워드 진 교수에게 사과를 하고 싶습니다." 놀라서 웅성거리는 소리가 들려왔다 — 아무도 실버가 어떤 일에 관해서든, 어느 누구에게든 사과를 하는 모습을 상상해 본 적이 없었다. 내 짐작에 아마 그의 변호사 친구들이 비용도 많이 들고 결국 패소하게 될 명예훼손 소송을 피하려면 사과하라고 조언했을 것이다.

실버가 해명하기 시작하자 홀은 쥐죽은 듯 조용해졌다. 총장에 취임하고 나서 그는 보스턴 대학의 운동의 역사를 담은 슬라이드를 보았다고 했다. 그런데 그중 한 장면에 캠퍼스에서 벌어진 경찰의 불법 폭력에 항의하며 총장실을 점거하는 광경이 있었는데 연좌 농성을 벌이고 있는 이들 가운데 내 모습이 있었더란다. 또 다른 장면에는 총장실에서 불이 난 광경이 있었다. 그 둘은 각기 다른 사건이었지만, 실버의 설명에 따르면,

그는 "그만 그 둘을 같은 사건이라고 착각하게 되었다"는 것이
었다.

회의가 시작되었다. 대부분 행정 관료거나 학과장인 실버
지지자들이 결의안에 반대하는 발언을 했다. 실버를 옹호하는
한 학과장은 자리에서 일어나 한 미국 대통령이 카리브의 독재
자에 관해 언급한 말을 인용했다. "그는 개자식일지도 모릅니
다. 그러나 그는 우리의 개자식입니다."

실버에 반대하는 교수들은 자리에서 일어나, 그의 그릇된
재정 관리에 관해, 그리고 그가 어떻게 모든 중요한 결정을 자
기 멋대로 행사하고, 교수들의 의견을 무시하고, 표현의 자유
를 가로막고, 피고용인의 권리를 억압하고, 강의와 학습 의지
를 꺾는 환경을 조성했는지에 관해 일일이 증거를 대며 따졌다.

표결이 진행되었다. 457표 대 215표로 이사회에 실버를 내
쫓을 것을 촉구하는 결의안이 통과되었다. 이때까지만 해도 실
버와 멧카프는 이사회를 굳게 장악하고 있었다. 이사들은 교수
단 결의안을 거부했다.

이 일이 있고 얼마 지나지 않아 영문과의 줄리아 프레위트
브라운이라는 여성이 종신 재직권 후보에 올랐다. 그녀는 기대
에 부풀어 있었다. 소설가 제인 오스틴에 관한 저서로 극찬을
받고 있었기 때문이었다. 그러나 그녀 역시 파업 기간 중에 실

버의 사무실 앞에서 파업 감시에 참여한 바 있었다. 영문과에서는 만장일치로 통과되었다. 실버 밑에 있던 부총장이 그녀의 종신 재직권을 기각시켰을 때, 세 명의 외부 학자로 구성된 위원회도 참여했다. 그들은 그녀에게 표를 던졌다. 그로써 42명의 동료들이 그녀의 종신 재직권을 촉구하게 된 셈이었다. 그러나 존 실버는 계속 거부했다.

줄리아 브라운은 투사였다. 내게 말해 준 것처럼, 한때 그녀의 아버지는 세인트루이스의 아마추어 복서였고, 그녀는 소녀 시절부터 줄곧 권투 팬이었다. 그녀는 어떤 역경에도 불구하고 끝까지 싸운 권투 선수들(슈거 레이 레너드도 그중 하나였다)을 존경했다. 그녀는 협박에 굴하지 않았다. 그녀는 어린아이 셋을 둔 어머니였지만, 가진 돈을 모두 끌어 모으고 보스턴의 아파트를 팔아 변호사를 고용해서 실버와 보스턴 대학을 고소했다.

그녀의 변호사 댈리아 루댑스키 또한 젊은 어머니로, 파업 기간부터 교수 노조의 변호사를 맡았던 이였다. 루댑스키는 정치적 차별과 성차별, 둘 모두로 고소했다.

실버는 그전에도 많은 여성 교수들을 차별한 전례가 있었다. 여성들은 남자 교수에 비해 종신 재직권을 받는 확률이 낮았고, 실버의 마음에 들지 않는 정치적 견해를 가진 여성들은 특히 그랬다. 각자 나름대로 뛰어난 학자였던 철학과의 두 여성 교수는 학과 표결에서 종신 재직권이 통과됐지만 실버에 의해 기각되었고, 파업을 강력하게 지지했던 사회학과의 여성 교수 한 명도 똑같은 과정을 겪었다. 남아프리카공화국 문제를 놓고 실버와 대립되는 자신의 의견을 공공연히 밝힌 바 있는 남아프리카공화국 출신 백인 경제학과 여교수에 대한 종신 재직권도 학과에서는 통과됐지만, 총장실에서 거부권을 행사했다.

재판에서 이루어진 증언의 상당 부분은 제인 오스틴에 관한 줄리아 브라운의 저서가 갖는 중요성에 집중되었다. 실버는 제인 오스틴이 "시시한" 소설가에 불과하다고 경멸감을 표명했지만, 재판정에서 줄리아 브라운의 책을 읽어 보지 않았다는 사실을 시인했다. 실버는 자신이 영문과를 "빌어먹을 모권 사회"라고 지칭한 사실을 부인하지 않았다.

배심원단은 신속하게 결론을 내렸다. 보스턴 대학과 존 실버는 성차별에 대해 유죄였다. 줄리아 브라운에게는 배상금 20만 달러가 인정되었다. 판사는, 보기 드문 판결문을 통해(법정은 보통 종신 재직권 분쟁에 직접 개입하지 않는다) 그녀에게 종신 재직권을 부여하라고 보스턴 대학에 명령했다. 그녀 입장에서는 6년 동안의 인내가 필요한 일이었지만, 그녀의 영웅 슈거 레이 레너드가 마빈 해글러보다 오랫동안 미들급 챔피언을 지

달리는 기차 위에 중립은 없다

킨 것처럼 그녀는 결국 승리했다.

보스턴 대학에서 일한 우리 대다수에게, 어떻게 독재자 총장이 그토록 오랫동안 권력을 유지할 수 있는지를 직접 목격하는 것은 때로는 기운 빠지는 일이었다. 그러나 대학 당국은, 비록 자신들을 존경하는 사람들이 일부 있긴 했지만, 한 번도 캠퍼스 사회 전체의 애정을 얻지 못했다. 그리고 대학 당국은, 자기 생각을 표현하기로 결심한, 대학이 인간적인 교육을 위해 자유롭고 인간적인 분위기를 제공해야 한다는 생각을 존중하기로 결심한 학생과 교수들을 결코 쓰러뜨리지 못했다.

변화의 과정에 참여하기 위해
거대한 영웅적 행동에 착수할 필요는 없다.
작은 행동이라도 수백만의 사람들이
반복한다면 세계를 변화시킬 수 있다.

15장

희망의 가능성

나는 세계에 관한 내 친구들의 비관주의적 태도에 공감해 보려고 애써 왔지만(어디 내 친구들뿐이겠는가?), 어디에서나 벌어지는 그 모든 끔찍한 일들에도 불구하고 내게 희망을 주는 사람들과 계속 조우하고 있다. 특히 미래를 두 어깨에 짊어지고 있는 젊은이들이 그렇다.

내 제자들에 관해 생각해 본다.

수백 년을 이어 온 국가적 불명예를 뛰어넘어 민권운동에 참여한 스펠먼의 여성들만은 아니다.

앨리스 워커의 시 「한때Once」에 등장하는, 새로운 세대의 정신을 실천한 친구만도 아니다.

그렇다–

모든 장벽을

부수려

애쓰면서

당장

(앨라매바의) 백인

해변에서

벌거벗고

수영하기를

       바랐던

흑인 젊은

남자처럼

대담한

       이들을

나는 언제나 사랑했다

또 베트남에서 벌어지는 전쟁에 분노하여 경찰의 곤봉과 체포에 맞서 어떤 식으로든 저항했던 보스턴 대학의 제자들과 전국 곳곳의 젊은이들에 관해 생각해 본다. 전쟁에 대한 항의 표시로 검은 완장을 차고 다니다가 학교에서 정학을 당하자 사건을 대법원까지 끌고 가서 결국 승리한 아이오와 주 데모인의 메어리 베스 팅커와 그녀의 급우들같이 용감한 고등학생들에 관해.

물론 어떤 이들은 당시는 1960년대였다고 말할 것이다.

그러나 학생 세대의 '탈정치화'를 둘러싸고 많은 이들이 고개를 절레절레 흔든 1970년대와 1980년대에도 인상적일 만큼 많은 수의 학생들이 행동을 계속했다.

남아프리카공화국의 아파르트헤이트를 상징하기 위해 캠퍼스에 '판자촌'을 세운 보스턴 대학의 한 결연한 소그룹에 관해 생각해 본다(그들 대부분은 전에 이런 일을 해 본 적이 없었지만, 전국 백여 개 학교에 있는 유사한 그룹들을 흉내 낸 것이었다). 경찰이 판자촌을 해체했지만, 학생들은 그 자리를 꿋꿋이 지키다가 체포되었다.

1982년 여름 남아프리카공화국 케이프타운 교외의 진짜 판자촌인 크로스로즈를 방문했던 당시에, 나는 수천 명의 흑인이 닭장처럼 생긴 집이나 커다란 천막을 가득 메운 채, 교대로 잠을 자고 6백 명에 하나 꼴로 수도꼭지를 같이 쓰는 광경을 목격한 적이 있었다. 나는 그런 광경을 직접 보지도 못하고 그저 글이나 사진으로만 접한 미국의 젊은이들이 그토록 전율하며 자신들의 안락한 삶을 떨쳐 버리고 행동에 나서는 것을 보고 깊은 인상을 받았다.

행동은 정치적 쟁점도 넘어서는 것이었다. 젊은 여성들은 점점 더 성적 평등과 낙태의 자유, 자기 육체에 대한 자결권을 요구하기 시작했다. 남성 및 여성 동성애자들은 목소리를 높이면서 대중들의 오랜 편견을 조금씩 조금씩 무너뜨리고 있었다.

그러나 그런 활동가들 뒤에는, 어떤 운동과도 연결되어 있지는 않지만 불의에 관해 깊은 감수성을 지닌 훨씬 많은 수의 학생들이 존재했다.

내 수업을 듣는 학생들은 일기를 쓰면서, 수업 시간에 토론된 쟁점들과 자신이 읽은 책에 관해 촌평을 했다. 나는 그들에게 자신에 대해 발언하라고, 자신이 읽은 책과 자신의 삶, 자신의 생각을 연결시키라고 요구했다. 이때는 1980년대 중반으로 학생들의 사회의식으로 보자면 좋지 않은 시기였다.

한 여학생은 이렇게 썼다. "리처드 라이트의 『흑인 소년』*을 읽고는 그가 감내해야 했던 지독한 현실을 생각하며 라이트 씨를 위해 울었습니다. (…) 단지 피부가 검다는 이유로 끊임없이 받아야 했던 부당한 대우를 생각하며 모든 흑인을 위해 울었습니다. 그리고 나 자신을 위해 울었습니다. 이 사회가 뿌리칠

• 『블랙 보이: 아메리카의 굶주림』, 이석장 옮김, 금성출판사, 1990.

래야 뿌리칠 수 없는 편견을 내게 심어 주었음을 깨달았기 때문입니다."

한 남학생의 말을 들어 보자. "2년 전 여름에 프래밍엄에 있는 〈제너럴모터스〉 공장에서 일한 적이 있습니다. (…) 여름 한 철 동안 많은 사람들에게 삶이 어떤 의미인지에 관해 많은 것을 배웠습니다. 통상적인 시나리오는 이런 식입니다. 고등학교를 졸업한 한 젊은이가 '운 좋게도' GM에 일자리를 얻습니다. (…) 얼마 지나지 않아 그는 GM에서 일하는 게 죽을 맛이라는 걸 깨닫게 됩니다. 일도 죽을 맛이고 관리자들도 죽을 맛이고 노동조합은 코빼기도 보이지 않습니다. (…) 그래서 젊은이는 자신의 미래에 관해 생각합니다. '여기가 싫고 그만두고 싶지만 벌써 5년이나 일했잖아. 25년만 채우면 연금을 다 받고 퇴직할 수 있는데.' 그래서 그는 그대로 있기로 결심합니다. 휘리릭!!! 그의 인생은 그렇게 가 버립니다."

커뮤니케이션 학부에서 공부하는 한 여학생의 말이다. "저는 직장에서 로고를 사진에 합성하는 일을 하고 있습니다. 텔레비전을 선전하는 로고요. '소니. 하나뿐이고 유일합니다'—'도시바. 미래를 느껴 보세요'—'파나소닉. 우리 시대보다 딱 한 발자국 앞선 기술.' (…) 왜 내가 아무것도 아니면서 뭔가 있는 체하는 그런 것들에 둘러싸여 있을까요? 제 전공은 광고학

입니다. 어떻게 아무것도 아닌 것을 만들어 내면서 한 주 한 주를 보낼 수 있을까요? (…) 오늘 도서관에서 베트남에 관한 책들을 찾아보며 세 시간을 보냈습니다. 더 알아야 할 것 같아요. (…) 시간이 흐를수록 선생님이 될 수 있을까 하고 생각하게 됩니다. 어떻게 해서든지 제가 배운 걸 사람들에게 말해 줄 거예요. 그들에게 어디를 찾아보라고 보여 줄 거고요. 이게 저의 전쟁이 될 거예요."

수업료에 보태려고 도서관에서 일하던 도체스터(보스턴의 노동계급 밀집 지역으로 베트남전 사망자 비율에서 전국 최고였다) 출신 남학생의 말이다. "제게 미국은 하나의 사회, 하나의 문화입니다. 미국은 제 고향이지요. 만약 누군가 그 문화를 제게서 빼앗아 가려 한다면, 저항할 이유가 생기는 거지요. 하지만 정부의 명예를 지키려고 목숨을 바치지는 않을 겁니다."

ROTC 프로그램을 이수하던 한 여학생은 다큐멘터리 영화 『마음과 생각Hearts and Minds』을 보고 난 후 이렇게 말했다. "미군 병사가 베트남인들에게 총을 쏘는 장면을 보기 전까지는 제 자신이 썩 '냉정함을 유지하고 있다'고 생각했지요. 그런데 한순간에 냉정함을 잃었습니다. 그러고는 한 병사가 사지가 절단된 시체를 질질 끌고 가고 다른 병사는 살아 있는 사람을 발로 차는 장면이 펼쳐졌습니다. 옆에 앉은 학생이 눈을 문질러 대는 것을 보고는 다른 사람도 나처럼 어쩔 줄을 몰라 하는 것 같아 기뻤습니다. (…) 웨스트모어랜드 장군은 '아시아인들은 생명을 소중히 하지 않는다'고 말했습니다. 도무지 믿을 수가 없었습니다. 이번에는 아버지의 사진을 부여잡고 울음을 멈추지 못하는 어린아이의 모습이 나왔습니다. (…) 그 장면에서부터 울기 시작했다고 밝혀야겠군요. 설상가상으로 저는 그날 제 육군 군복을 입고 있었습니다. (…) 영화를 보고 나서 저는 어떤 전쟁이 최악의 전쟁인지 곰곰이 생각해 보았습니다. (…) '더 나쁜' 전쟁이 있다고 생각하지 않습니다. 모든 전쟁은 미친 짓입니다."

해군 조종사인 아버지와 해군 중령인 형을 둔 ROTC 남학생의 말이다. "이번 학기는 완전히 역설로 가득 찬 시간이었습니다. 선생님 수업에서 조 밴거트라는 베트남 참전 군인을 만나 그의 전쟁 경험을 들었습니다. 그의 이야기는 저를 완전히 사로잡았습니다. (…) 그 한 시간 반이 끝나 갈 무렵 저는 그 사람만큼이나 베트남전을 증오하게 되었습니다. 유일한 문제는 제가 그 수업 세 시간 후에는 제복을 입고 행진을 한다는 것입니다. (…) 또 그걸 대단하게 생각한다는 거죠. (…) 저한테 무슨 문제가 있는 걸까요? 제가 위선적인 겁니까? 어떨 때는 도무지 모르겠습니다……."

한 여학생은 이렇게 말했다. "백인 중간계급의 일원으로서 저는 한 번도 차별받는다고 생각해 본 적이 없습니다. 하지만 저는 말해야겠습니다. 만약 누군가 저를 다른 교실에 앉히거나 다른 화장실을 사용하게 하거나 하여간 그런 식으로 나온다면, 그의 엉덩이를 정통으로 걷어차 버리겠다고요. (…) 강의 시간에 흑인 학생이 말하는 것을 듣기 전까지는 저는 흑인들이 실제로 얼마나 심하게 차별을 느끼는지 전혀 몰랐습니다."

이번에는 교양학부 3학년 여학생의 말이다. "제 할머니, 할아버지께서 열심히 일하셨고 어쩌고저쩌고 하는 말을 강의 시간에 많이 했습니다. (…) 사람들은 다른 사람들의 조부모들만큼 열심히 일해 왔지만 보여 줄 거라곤 아무것도 없습니다, 정말이에요. (…) 언제나 복지에 의지해서 살아가는 사람의 70퍼센트가 열여섯 살 이하 연령이라는 말을 들은 적이 있습니다. (…) 복지 수혜자의 70퍼센트가 어린이라면, 어떻게 이렇게 위대한 나라를 자임하는 곳에서 예산 삭감을 정당화시킬 수 있습니까?"

다른 여학생의 말이다. "하지만 사람들은 자신들의 권리를 문서에 적어 둘 필요가 없습니다. 정부나 당국이 그들의 권리를 침해하거나 부당하게 대우할 경우, 불의에 대해 직접적으로 행동할 수 있기 때문입니다—이것이 바로 직접 행동입니다.

(…) 사람들의 물질성과 직접성으로부터 거리를 두기 위해 법과 권리를 필요로 하는 것은 바로 정부와 당국, 제도와 기업들입니다."

이른바 평온한 1980년대에, 나는 내 제자들이 1960년대의 운동에 매혹되는 것을 보았다. 그들은 미국이라는 상업적 세계에서 예정된 자리를 찾아가기보다는 더 설레는 무언가의 일부가 되기를 갈망하고 있음이 분명했다.

내가 과제로 내준 읽을거리들에 열광하는 모습을 보면서 나는 이 젊은이들에 관해 무언가를 알 수 있었다. 그들은 맬컴 X의 삶에, 『자니 총을 들다』의 열정적인 반전 사자후에, 에마 골드만의 자서전 『나의 생애』에 담긴 그녀의 무정부주의—여성주의 정신에 감동을 받았다. 그들에게 있어 골드만은 가장 뛰어난 혁명적 사고를 보여 주는 이였다—세계를 바꾸는 것만이 아니라 바로 지금 살아가는 방식을 변화시키는 데 있어서도.

어느 학기엔가는 고전음악을 전공하는 학생들 몇이 내 강좌를 신청한 사실을 알게 되었다. 그 학기 마지막 수업 시간에 나는 한 켠에 물러나 앉았고 그들이 앞에 나와 자리를 잡고 모차르트의 4중주곡을 연주했다. 정치 이론 과목에는 어울리지 않는 피날레였지만, 나는 학생들이 정치학은 그것이 우리 삶의 아름다움을 향상시키지 못한다면 아무 의미도 없다는 사실을 이해하기를 바랐다. 정치 토론은 사람을 메마르게 만들 수 있다. 우리에게는 조금이나마 음악이 필요했다.

애틀랜타와 보스턴, 그리고 파리에서의 세 차례의 객원 교수 생활까지 30여 년을 보내고 난 1988년 봄에 이르러, 나는 갑자기 가르치는 일을 그만두겠다고 결심했다. 가르치는 일을 너무나도 좋아했던 나는 이 결정에 스스로도 놀랐지만, 글을 쓰고 전국 곳곳의 사람들과 이야기를 나누고, 가족과 친구들과 많은 시간을 보낼 수 있는 더 많은 자유를 원했다.

사회복지사 일을 그만두고 음악과 그림에 전념하고 있던 로즈와 함께 할 수 있는 기회가 많아질 것이었다. 우리 딸 마일라와 그 아이의 남편 존 카뱃-진은 보스턴 지역에 살고 있었고, 우리는 둘의 아이들, 우리 손자들 — 윌, 노션, 서리나 — 과 더 많은 시간을 보낼 수 있을 것이었다. 우리 아들 제프와 그 아이의 아내 크리스틸 루이스는 케이프코드의 웰플리트에 살고 있었는데, 제프는 그곳에서 〈웰플리트하버 극단Wellfleet Harbor Actors Theater〉의 연출자 겸 배우를 맡고 있었다. 우리는 그 아이가 하는 일에 좀 더 많은 관심을 기울이는 동시에, 스펠먼 시절의 친구인 팻 웨스트와 헨리 웨스트와 같이 쓰고 있는 바닷가 별장에서 케이프코드의 멋진 해변과 바닷바람을 즐길 수 있을 것이었다.

달리는 기차 위에 중립은 없다

나는 또 희곡 창작에 대한 관심을 계속 밀고 나갈 계획이었다. 우리 가족 모두는 연극계에 발을 들여놓은 전력이 있었다. 마일라와 로즈는 애틀랜타와 보스턴에서 배우로 활동했다. 제프는 연극을 평생의 직업으로 삼았다. 베트남전이 끝나고 어느 정도 숨 돌릴 여유가 생겼을 때, 나는 세기 전환기의 무정부주의자-여성주의자로서 대담한 사고로 미국 전역에 센세이션을 일으킨 에마 골드만에 관한 희곡을 썼다.

『에마Emma』는 뉴욕의 〈뉴욕시립극장〉에서 처음으로 상연되었고 제프가 연출을 맡았다. 나는 내 아들과 대등한 위치에서 함께 일한다는 생각에 즐거웠지만, 맙소사, 연출자인 그가 총 책임자였다! 그것은 열정적이고 멋진 협동 작업이었다. 뒤이어 그 희곡은 맥신 클라인의 눈부신 연출로 보스턴의 무대에 올랐고, 비평가와 관객 모두 열광적인 반응을 보였다. 연극은 8개월 동안 상연되어 1977년에 보스턴에서 최장 기간 상연 기록을 세웠다. 뉴욕, 런던, 에딘버러에서도 상연되었고 (일본어로 번역되어) 일본에서도 순회공연이 있었다. 나는 연극계에 대한 열병에 걸려 버렸고 결코 그 병에서 치유될 수 없었다.

내가 보스턴 대학을 떠난다는 소식이 퍼진 것 같았다. 마지막 강의에는 수강생이 아닌 사람들까지 밀려와 벽이고 통로고 곳곳을 메웠다. 나는 내 결심에 관한 질문들에 대답했고, 우리의 정의, 대학의 역할, 세계의 미래 등에 관해 마지막 토론을 가졌다.

그러고는 30분 일찍 수업을 끝낸다며 그 이유를 설명해 주었다. 돈벌이가 제대로 안 된다는 이유로 대학 문을 닫기로 결정함으로써 사실상 교수들을 해고시킨 보스턴 간호 대학에서 교수진과 대학 당국 사이에 싸움이 벌어지고 있었다. 바로 그날 간호사들이 항의의 표시로 파업을 벌일 계획이었다. 나는 그들과 함께 할 생각이었고 학생들에게도 같이 가자고 말했다 (로즈가 전날 저녁에 제안한 것이었다). 강의실을 나서는데 백 명 가량의 학생들이 나와 함께 걸었다. 도움을 절실하게 필요로 하고 있던 간호사들은 우리를 반갑게 맞아 주었고 우리는 파업 보호선을 왔다 갔다 행진했다.

내 교수 경력에 종지부를 찍기에 적당한 방식이었다. 훌륭한 교육은 책을 통한 가르침과 사회적 행동 참여를 결합시키는 것이며, 그 둘은 서로 서로를 풍부하게 만든다고 나는 줄곧 주장했다. 나는, 지식의 축적은 그 자체만으로도 매혹적인 것이지만, 세계의 숱하게 많은 사람들이 그러한 매혹을 경험할 기회가 없는 한 그것만으로는 충분하지 않다는 사실을 학생들이 알기를 바랐다.

달리는 기차 위에 중립은 없다

그 후 몇 년 동안은 전국 이곳저곳에서 연사로 초대하는 초청장에 응하느라 바빴다. 내가 발견한 것은 고무적이었다. 합중국의 어느 주를 가든, 규모를 막론하고 어느 도시를 가든, 병든 사람들, 굶주린 사람들, 인종주의의 희생자들, 전쟁 사상자들에 관심을 갖고, 세상이 바뀌리라는 희망 속에서 아무리 작은 일이라도 무언가를 행동에 옮기는 한 무리의 남성과 여성들이 있었다.

가는 곳마다 — 텍사스 주 댈러스, 오클라호마 주 에이더, 루이지애나 주 슈리브포트, 또는 뉴올리언스나 샌디에이고, 필라델피아, 또 메인 주 프레스크아일, 인디애나 주 블루밍턴, 워싱턴 주 올림피아 — 나는 그런 사람들을 발견했다. 또 소수의 활동가들 뒤에는 이단적인 사고에 개방적인 수백, 수천, 아니 그 이상의 사람들이 있는 것처럼 보였다.

그러나 그들은 서로의 존재를 알지 못했고, 그래서 계속 견뎌 내는 동안에는, 산꼭대기로 끝없이 바위를 밀어 올리는 시시포스 같은 절망적인 인내심을 갖고 움직였다. 나는 각각의 사람들에게 그들이 혼자가 아니라고, 전국적 운동이 없음으로 인해 낙담하는 바로 그 사람들 자신이 그런 운동을 만들어 낼 수 있는 잠재력을 보여 주는 증거라고 말해 주려 애썼다. 아마 그들만이 아니라 나 자신도 설득하려 애쓰고 있었을 것이다.

1991년 초의 이라크에 대한 페르시아만 전쟁은, 베트남과 더불어 미국의 대규모 군사행동의 시대가 끝났을 것이라고 희망하던 사람들을 특히 낙담케 한 사건이었다. 신문들은 여론 조사에 참여한 사람들의 90퍼센트가 부시 대통령의 전쟁 개시 결정을 지지한다고 앞다퉈 보도하고 있었다. 나라 전체가 페르시아만에 있는 군대를 지지하는 노란 리본으로 장식된 것처럼 보였다. 군대가 고국으로 돌아오기를 희망하는 우리 나름의 방식으로, 우리가 그들을 진정으로 지지한다는 점을 분명히 하는 동시에 전쟁을 반대하는 것은 쉬운 일이 아니었다. 뜨겁게 달아오른 분위기 속에서 그것은 불가능해 보였다.

하지만 나는 가는 곳마다 계속해서 놀라지 않을 수 없었다. 나는 끼리끼리 모인 소규모의 청중들만을 대상으로 해서가 아니라 대학, 시민대학community colleges, 고등학교 학생들의 대규모 집회에서도 연설을 했다—그리고 이 전쟁을 비롯해 전쟁 일반에 대한 나의 비판은 열정적인 동의를 얻었다.

나는 결론을 맺으면서 90퍼센트가 전쟁을 지지한다고 보여준 여론조사가 틀린 것이라고 말하는 대신, 그 지지가 피상적이고 풍선처럼 터지기 쉬우며 정부의 선전 공세와 미디어의 공모에 의해 인위적으로 팽창된 것이라고, 그리고 단 몇 시간만 비판적으로 검토해 보면 구멍이 숭숭 뚫릴 수 있는 것이라고 지적했다.

전쟁이 한창이던 어느 날, 텍사스 주 텍사스시티(걸프해안*
근처에 있는 석유 및 화학 도시)의 한 시민 대학에 도착했다. 대부
분 대학 다닐 나이를 훌쩍 넘긴 근 5백 명의 사람들—베트남
전 참전 군인, 퇴직한 노동자, 아이들을 다 키우고 대학에 돌아
온 여성들—로 강당이 가득 차 있는 광경을 보았다. 내가 전쟁
의 무익함과, 침략과 불의라는 문제를 해결할 수 있는 다른 방
식을 찾기 위해 인간의 창의력을 사용할 필요성에 관해 발언하
는 동안 그들은 조용히 경청했고, 강연이 끝나자 우레와 같은
박수를 보내 주었다.

발언을 하는 동안, 강당 뒤쪽에 앉아 있는 한 남자가 눈에
띄었는데, 코트 차림에 넥타이를 매고 검은머리와 콧수염을 기
른 40대로, 어림짐작으로 보아 중동 어느 나라에서 온 사람 같
았다. 긴 질문과 토론 시간 내내 그는 침묵을 지켰지만, 사회자
가 "시간 관계상 마지막 질문 하나만 받겠습니다"라고 하자 손
을 들고는 자리에서 일어섰다.

그는 말문을 열었다. "저는 이라크 사람입니다." 강당은 순
식간에 조용해졌다. 그는 자신이 2년 전에 미국 시민이 되었

• Gulf Coast. 원래는 '멕시코만'이나 그 안쪽에 있는 '갤버스턴만'을 가리키는 말이겠지만 여
기서는 걸프전에 빗대어 말하려는 필자의 의도를 살리기 위해 '걸프 해안'이라고 옮겼다.

고, 시민권 취득 기념행사에서 〈남부연방여성회〉 회원들이 새로 미국 시민이 된 사람들에게 나눠 주는 조그만 미국 국기를 받았다고 말을 이었다. "아주 자랑스러웠습니다. 직장 책상 위에다 그 작은 깃발을 꽂아 두었지요. 지난주에 저는 이라크 북부의 제 고향이, 군사적 중요성이라곤 전혀 없는 그곳이 미군 비행기의 폭격을 받았다는 뉴스를 들었습니다. 책상에서 깃발을 뽑아 태워 버렸지요."

강당에는 침묵만이 감돌았다. 그는 잠시 숨을 돌렸다. "제가 미국인이라는 사실이 부끄러웠습니다." 다시 한 번 말을 멈췄다. "오늘밤 여기 와서 여러분 모두가 전쟁에 반대하는 목소리를 높이는 걸 듣기 전까지는 말입니다." 그는 자리에 앉았다. 잠시 침묵이 흐른 후, 강당에는 박수갈채가 울려 퍼졌다.

텍사스시티로 나를 초대한 이는 대학 교수인 래리 스미스로 『분노의 포도』에 나오는 톰 조드처럼 생긴, 야윈 체구에 턱수염을 기른 텍사스 사람이었다. 동료 교수가 그가 급진적이고 반미 성향이라고 비난하며 이사회에 그의 해고를 요청하자 그를 둘러싸고 논쟁이 벌어졌다. 한 집회에서는 학생들이 연이어 연단에 올라, 래리 스미스가 훌륭한 교수인 동시에 다양한 방식으로 자신들의 사고를 넓혀 주었다고 발언했다.

그의 제자였던 한 여성은 말했다. "모든 교사는 한 권의 책을 이루는 페이지들과 같습니다. 무삭제판이 없다면 우리는 결코 전체 줄거리를 파악할 수 없습니다." 대학 총장은 말했다. "우리 정부를 비판하는 게 반미이고 친공산주의라면… 제 생각에 우리 모두가 유죄입니다." 이사회는 만장일치로 스미스 쪽에 표를 던졌다.

1992년 봄에 펜실베이니아 주 윌크스배러에서 초대를 받았다. 래커와나 강과 서스쿼해나 강이 만나는 곳이자 미국혁명 직전에 한 토지 회사의 요청으로 골짜기에 있는 인디언들의 집이 전부 불태워져 잿더미로 변해 버렸던 와이오밍 계곡에는, 수백 명의 양심적인 사람들이 단체 간 협의회에 참여하고 있었다. 그 협의회는 여성주의 단체와 군비 축소 단체들이 함께 구성한 것이었고, 미국이 지원하는 군사정부들에 맞서 싸우고 있는 중앙아메리카 사람들을 돕는 일을 주로 하고 있었다.

수녀 한 명과 신부 한 명이 나를 안내했다. 짐 도일 신부는 윌크스배러의 킹스 대학에서 윤리학을 가르치고 있었다. 그는 제2차 세계대전 당시 포로수용소에서 이탈리아어 통역을 했고, 베트남전을 계기로 정치 활동에 뛰어들게 되었다.

윌크스배러를 떠나면서 나는, 서로를 알지는 못하지만 이 나라의 무수한 도시들에 이들과 같은 활동가들이 분명 또 있을 것이라고 생각했다. 그렇다면 변화를 가져올 수 있는 엄청난 가능성이 존재하는 것이 아닐까?

콜로라도 주 볼더에서는 유명한 센서 갈린을 만났다. 당시 88살의 나이였던 그는 옛날에 급진적 신문에서 일한 언론인이 었고 짤막하고 야윈 체구에 엄청난 에너지를 농축하고 있는 인물이었다. 내 초청 강연회를 조직한 그는 확신에 찬 어투로 내게 말했다. "집회를 계속 홍보했습니다. 적어도 5백 명은 모일 거예요." 그날 집회장에는 천 명이 모였다.

그제서야 알게 된 일이지만, 볼더는 갖가지 종류의 운동으로 활기가 넘치는 곳이었다. 지역 라디오 방송국은 대안 미디어의 메카와 같은 곳에서 서남부 전역에 반체제적 시각을 담은 방송을 내보내고 있었다. 그곳에서 가장 인기 있는 인터뷰 진행자인 데이비드 바서미언을 만났는데, 그는 독창적인 급진 방송 기획자로 전국 곳곳의 백여 개 지역 라디오 방송국에 자신의 테이프를 공급하고 있었다.

전국 곳곳을 돌아다니면서, 나는 사회에 대한 급진적 시각 ― 반전, 반군국주의, 사법 체제 비판, 부의 철저한 재분배, 시민 불복종에까지 이르는 항의 시위 ― 에 대해 사람들이 호의적인 반응을 보이는 것을 보고 거듭 강한 인상을 받았다.

로드아일랜드 주 뉴포트의 〈해양경비 사관학교〉 후보생들이나 보수적이라는 평판이 자자한 샌루이스오비스포의 캘리포니아 공과 대학에서 9백 명의 학생을 상대로 강연을 할 때조차 이러한 사실을 발견할 수 있었다.

특히 고무적이었던 점은, 내가 어디를 가든 간에 삶의 어떤 지점에서 어떤 현상―민권운동, 베트남전, 여성운동, 환경 파괴, 중앙아메리카 농민들의 곤경―에 자극을 받은 초등학교·고등학교·대학교 선생들을 발견하게 된다는 사실이었다. 그들은 학생들에게 기초적인 것들을 가르치는 데 성실했을 뿐 아니라 학생들의 사회의식을 높이기 위한 동기를 부여하는 데도 열심이었다.

1992년에 이르자 전국 곳곳의 수천 명의 교사들은 새로운 방식으로 콜럼버스 이야기를 가르치기 시작하면서, 미국 원주민들에게 있어 콜럼버스와 그의 부하들은 영웅이 아니라 약탈자에 불과하다는 사실을 일깨워 주었다. 그들이 제기한 문제는 과거의 사건들에 대한 시각을 교정하는 것만이 아니라 현재에 관해 생각해 보도록 자극하는 것이기도 했다.

가장 인상적이었던 점은 인디언 교사와 인디언 공동체 활동가들이 이 캠페인의 최전선에 섰다는 사실이었다. 마치 그들이 전부 죽어 버렸거나 보호구역으로 안전하게 치워져 있다고 여겨지던, 인디언들이 존재하지 않던 그 오랜 기간으로부터 우리는 얼마나 멀리 걸어 왔는가! 유럽 침략자들에 의해 거의 절멸

된 지 5백 년이 지난 지금, 그러나 그들은 다시 모습을 드러내고 미국이 자신의 기원에 관해, 자신의 가치에 관해 다시 생각할 것을 요구하고 있었다.

내게 용기를 준 것은 바로 이러한 의식의 변화였다. 그렇다. 인종 간 증오와 성차별은 여전히 우리 주위에 만연해 있고, 전쟁과 폭력은 여전히 우리의 문화를 타락시키며, 가난하고 절망에 빠진 하층계급은 엄청나게 많고, 다수 국민은 현재 상황에 만족하며 변화를 두려워하고 있다.

그러나 이런 점만을 본다면, 역사적 관점을 잃어버리게 되어 마치 어제 태어난 사람처럼 오늘 아침 신문과 오늘 저녁 텔레비전 뉴스의 우울한 소식들만 알게 된다.

인종주의에 대한 사람들의 의식 속에서, 자신들의 당연한 자리를 요구하는 대담한 여성들의 존재 속에서, 동성애자들이 진기한 골동품이 아니라 오감을 지닌 인간 존재라는 대중들의 각성 속에서, 걸프전 와중에 잠시 고조된 군사적 광기에도 불구하고 장기적으로 확대된 군사개입에 대한 회의론 속에서, 단지 수십 년에 불과한 시간 동안 이루어진 놀라운 의식의 변화에 관해 생각해 보라.

우리가 희망을 잃지 않으려면, 바로 이러한 장기적인 변화를 반드시 응시해야 한다고 나는 생각한다. 비관주의는 자기 충족적인 예언이 된다. 그것은 우리의 행동 의지를 무력하게 만듦으로써 자기 자신을 재생산한다.

우리에겐 지금 이 순간에 보는 것을 앞으로도 계속 보게 될 것이라고 생각하는 경향이 있다. 우리는 금세기에만도, 갑작스러운 제도의 몰락과 사람들 사고의 비상한 변화, 폭정에 맞선 반란의 예기치 못한 분출, 결코 무너뜨릴 수 없는 것처럼 보였던 권력 체제의 신속한 붕괴로 인해 얼마나 자주 놀라게 되었는지를 잊고 있다.

나쁜 일은 줄곧 벌어져 온 나쁜 일들 — 전쟁, 인종주의, 여성 학대, 종교적·민족적 광신주의, 기아 — 이 반복되는 것이다. 좋은 일은 예견할 수 없는 것들이다.

물론 예견할 수는 없겠지만, 이따금씩 우리에게 달려들지만 우리가 쉽게 잊어버리는 어떤 진실들로 그것을 설명할 수는 있다.

정치권력은, 그것이 아무리 엄청나더라도, 우리가 생각하는 것보다 허약하다(권력을 쥐고 있는 이들이 얼마나 소심한지를 유념하라).

평범한 사람들은 얼마간은 겁을 먹을 수 있고 농락당할 수 있지만 가슴속 깊이 상식을 지니고 있으며, 조만간 그들을 억압하는 권력에 도전할 길을 찾게 된다.

사람들은 비록 그렇게 만들어질 수는 있지만, 자연적으로 폭력적이거나 잔인하거나 탐욕스럽지는 않다. 인간은 누구든 똑같은 것들을 원한다. 그들은 버려진 아이들이나 집 없는 가족들, 전쟁 사상자들을 보고 마음을 움직인다. 그들은 인종과 민족이라는 구획을 가로질러 평화와 우애, 애정을 갈망한다.

혁명적 변화는 한 차례의 격변의 순간(그런 순간들을 조심하라!)으로서가 아니라 끝없는 놀람의 연속, 보다 좋은 사회를 향한 지그재그 꼴의 움직임으로 오는 것이다.

변화의 과정에 참여하기 위해 거대한 영웅적 행동에 착수할 필요는 없다. 작은 행동이라도 수백만의 사람들이 반복한다면 세계를 변화시킬 수 있다.

좋지 않은 시대에 희망을 갖는다는 것은 단지 어리석은 낭만주의만은 아니다. 그것은 인류의 역사가 잔혹함의 역사만이 아니라, 공감, 희생, 용기, 우애의 역사이기도 하다는 사실에 근거한 것이다.

이 복잡한 역사에서 우리가 강조하는 쪽이 우리의 삶을 결정하게 될 것이다. 우리가 만약 최악의 것들만을 본다면, 그것은 무언가를 할 수 있는 우리의 능력을 파괴할 것이다. 사람들이 훌륭하게 행동한 시대와 장소들 — 이러한 사례들은 무수히 많다 — 을 기억한다면, 행동할 수 있는 에너지, 그리고 적어도 이 팽이 같은 세계를 다른 방향으로 돌릴 수 있는 가능성을 얻을 수 있다.

그리고 아무리 작은 것일지라도 우리가 행동을 한다면, 어떤 거대한 유토피아적 미래를 기다릴 필요가 없다. 미래는 현재들의 무한한 연속이며, 인간이 살아가야 한다고 생각하는 바대로, 우리를 둘러싼 모든 나쁜 것들에 도전하며 현재를 산다면, 그것 자체로 훌륭한 승리가 될 수 있다.

하워드 진 연보

"내겐 절망할 권리가 없다.
나는 희망을 고집한다!"

1922년 8월 24일

뉴욕, 브루클린에서 가난한 조선소 노동자의 아들로 태어났다. 아버지 에디 진Eddie Zinn은 오스트리아-헝가리에서 태어나 제1차 세계대전 직전에 미국으로 이민을 갔고, 어머니인 제니 진Jenny Zinn은 동시베리아의 이르쿠츠크에서 미국으로 이주했다. 둘 다 유태계 이민자였다.

1937년

토머스 제퍼슨 고등학교에서 시인인 엘리아스 리버만이 개설한 창의적인 글쓰기 과정을 통해 작문을 배웠다.

1940년

열여덟 살에 조선소에 취직했다. 제2차 세계대전 초기에 쓰인 전함과 상륙선을 건조하는 도크에서 3년 동안 일했다.

1943년

제2차 세계대전에 참전했다. 미국 육군 항공대의 490폭격 비행단에서 폭격수로 복무하며 베를린, 체코슬로바키아, 헝가리 등을 폭격했다.

1945년 4월

서부 프랑스 르와양에서 있었던 초기의 네이팜탄 폭격에 참여했다.

1951년

뉴욕 대학교에서 학사 학위를 받았다.

1952년

컬럼비아 대학교에서 석사 학위를 받았다.

1956년 ~ 1963년

스펠먼 대학Spelman College의 역사학 교수로 일했다.

흑인들의 민권운동에 적극적으로 참여했다. 〈학생비폭력조정위원회
(Student Nonviolent Coordinating Committee, SNCC)〉의 고문 역할을 했
다. 흑인 투표권 쟁취 투쟁에 앞장섰으며, 흑인 활동가들에 대한 폭
력에 항의하기도 했다. 학교 당국은 이러한 활동을 못마땅하게 여겨
1963년에 대학에서 해고당한다. 하워드 진은 스펠먼에서 보낸 7년을
"가장 즐겁고, 흥분되고, 교육적이었던 순간들이었다. 나는 학생들이
내게 배워 간 것보다 더 많은 것을 학생들에게서 배웠다"고 회상한 적
이 있다.

1958년

컬럼비아 대학교에서 박사(Ph.D) 학위를 받았다.

1960년 ~ 1961년

하버드 대학교 동아시아 연구소의 박사 후 과정 연구원Postdoctoral Fellow
으로 일했다.

"역사가 잘못 흘러가고 있을 때
중립을 지키는 것은 그 잘못에 동조하는 행위입니다!"

1964년 ~ 1988년

보스턴 대학교에서 정치학 교수로 일했다.

1967년

자신이 폭격했던 르와양을 방문했다. 자신이 참여했던 폭격에서 르와

양 근처에서 종전을 기다리고 있던 독일 군인뿐 아니라 천 명 이상의 프
랑스 국적 민간인을 살해한 것을 알게 되었다. 하워드 진은 이 일을 "비
참한 실수"라고 표현했다.

1968년

베트남전쟁 반대 운동 시기의 명저로 꼽히는 『불복종과 민주주의』를
출간했다.

1976년

희곡 「에마Emma」를 발표했다. 20세기 초의 아나키스트이자 페미니
스트였으며, 자유로운 생각을 하는 사상가였던 에마 골드만Emma
Goldman의 인생을 다룬 작품이다. 이 희곡은 하워드 진의 아들 제프
가 연출을 맡아 무대에 올렸다.

1980년

『미국 민중사』를 출간했다. '아래로부터의 역사'를 써 내려간 이 책은
권력자 위주가 아니라 민중의 관점에서 역사를 다룬다. 유럽 백인들의
'신대륙 정복'을 찬양하는 주류 미국사를 뒤집어, 학살당하고 기만당한
아메리카 원주민들의 투쟁을 조명한다. 가난한 사람들과 노예제도 희
생자들, 여성의 인권 쟁취 과정에도 많은 지면을 할애했다. 하워드 진
은 말한다. 희망은 민중의 쉼 없는 노력에 달려 있다고! 미국에서만 해
마다 10만 부 이상 팔리는 책이다.

1985년

희곡 「비너스의 딸들Daughters of Venus」을 발표했다.

1994년

『달리는 기차 위에 중립은 없다』를 출간했다.

"내가 사랑하는 건 조국, 국민이지 어쩌다 권력을 잡게 된
정부가 아니다. 어떤 정부가 민주주의의 원칙을 저버린다면
그 정부는 비애국적이다. 민주주의에 대한 사랑은
당신으로 하여금 당신의 정부에 반대할 것을 요구한다."

1995년

「히로시마: 침묵을 깨기」에서 민간인 살상을 목적으로 한 공중 폭격을
비난했다.

1999년

희곡 「마르크스 뉴욕에 가다Marx in Soho」를 발표했다. 마르크스가 뉴
욕에 나타나 자신의 생각을 한 시간 동안 들려준다는 내용이다.

2003년

『미국 민중사』 프랑스어판이 발간됐다. '르몽드디플로마티크의 친구상'
을 받았다.

2005년

스펠먼 대학에서 졸업식 연설을 하게 되었다. 진의 연설 「실의에 맞서
서」는 지금도 많은 이들이 새겨듣는 명연설로 꼽힌다.

"역사의 진보가 이뤄지고 부당한 질서가 무너진 것은
정치인이 아니라 시민으로 행동할 때 가능했다. (…)
권력에 있는 자들이 우리의 요구와 주장을
외면할 수 없도록 만드는 것,
바로 이것이 지금 우리가 해야만 하는 일이다."

2006년

위스콘신 대학 사회학과 부설 연구소 〈헤이번센터〉가 주는 '비판적 연구에 대한 평생 공로상'을 받았다.

2008년 3월 20일

부인 로슬린 진Roslyn Zinn이 세상을 떠났다.

2010년 1월 27일

89세의 나이로 영면했다.

달리는 기차 위에 중립은 없다

초 판 첫 번째 찍은 날 2002년 9월 13일
개정판 네 번째 찍은 날 2021년 1월 20일

지은이 하워드 진
옮긴이 유강은
펴낸이 이명회
펴낸곳 도서출판 이후
편 집 김은주, 홍연숙
표지 디자인 공중정원 박진범
본문 디자인 문성미

등록 1998. 2. 18(제13-828호)
주소 10449 경기도 고양시 일산동구 호수로 358-25(동문타워 2차) 1004호
전화 (영업) 031-908-5588 (편집) 031-908-3030 | **팩스** 02-6020-9500
블로그 blog.naver.com/ewhobook

ISBN 978-89-6157-083-1 03840
이 책의 국립중앙도서관 출판시도서목록(CIP)은 e-CIP홈페이지(http://www.nl.go.kr/ecip)와
국가자료공동목록시스템(http://www.nl.go.kr/kolisnet)에서 이용하실 수 있습니다.
(CIP제어번호: CIP2016001044)